Mehr von Tina Folsom

Scanguards Vampire
Samsons Sterbliche Geliebte
Amaurys Hitzköpfige Rebellin
Gabriels Gefährtin
Yvettes Verzauberung
Zanes Erlösung
Quinns Unendliche Liebe
Olivers Versuchung
Thomas‘ Entscheidung
Ewiger Biss (Novelle)
Cains Geheimnis
Luthers Rückkehr
Brennender Wunsch (Novelle)
Blakes Versprechen
Schicksalhafter Bund (Novelle)

Jenseits des Olymps
Ein Grieche für alle Fälle
Ein Grieche zum Heiraten
Ein Grieche im 7. Himmel
Ein Grieche für immer

Der Club der ewigen Junggesellen
Begleiterin für eine Nacht
Begleiterin für tausend Nächte
Begleiterin für alle Zeit
Eine unvergessliche Nacht
Eine langsame Verführung
Eine hemmungslose Berührung

Der Clan der Vampire – Venedig 1 & 2
Der Clan der Vampire – Venedig 3 & 4

Geliebter Unsichtbarer (Hüter der Nacht - Buch 1)
Entfesselter Bodyguard (Hüter der Nacht – Buch 2)

Ein Grieche für alle Fälle

(Jenseits des Olymps – Buch 1)

Tina Folsom

Deutsche Erstausgabe
Die Amerikanische Originalausgabe erschien 2010 unter dem Titel *A Touch of Greek*

Cover Design: Leah Kaye Suttle
Cover Fotos: FXQuadro/Shutterstock
Autoren Foto: © Marti Corn Photography

Für Mark

Prolog

Sophia stapfte durch den weißen Sand, ihren kleinen roten Plastikeimer in der Hand, und ging zum Wasser. Nur weil Michael zwei Monate älter war als sie, dachte er, er könne sie herumkommandieren. Jetzt wollte er, dass sie für ihn Wasser holte, damit er eine Sandburg bauen konnte. Und natürlich würde *er* dann dafür gelobt werden.

Sie würde ihrem schrecklichen Cousin zeigen, was er mit seinem Wasser tun konnte. Sie würde es über ihn statt in den Sand gießen. Das würde ihn lehren, sie nicht wie seine Leibeigene zu behandeln. Und sobald dieser Sommer vorbei war, würde endlich die Schule beginnen, und dann würde sie eigene Freunde haben und nicht mehr mit ihm spielen müssen.

Geschieht dir recht, Michael!

Sophia watete in das seichte Wasser, tauchte den Eimer hinein und füllte ihn bis zum Rand. Als sie sich aufrichtete, sah sie eine Bewegung aus ihrem Augenwinkel. Mehrere Meter weiter draußen im Meer versank die Schwanzflosse eines riesigen Fisches wieder unter der Wasseroberfläche. Erschrocken stolperte sie rückwärts und ließ den Eimer fallen. Er fiel ins Wasser und wurde von der nächsten Welle aus ihrer Reichweite gespült.

Sie fluchte mit dem einzigen schlimmen Wort, das sie je ihre Tante Eleni hatte sagen hören. „Scheiße!"

Sofort schlug sie ihre Hand vor den Mund und hoffte, dass niemand sie gehört hatte. Sie warf einen nervösen Blick über ihre Schulter, aber zum Glück war niemand in der Nähe. Laut Eleni durften fünfjährige Mädchen solche Worte nämlich nicht verwenden.

Ein Spritzen im Wasser brachte sie dazu, ihren Kopf nach rechts zu drehen. Und dann sah sie ihn.

Er ruhte auf einem der großen Felsen, die aus dem Wasser hervorragten. Wie ein Seelöwe lag er dort und sonnte sich. Doch sie hatte Seelöwen schon einmal gesehen – im Zoo –, und so sah er nicht aus. Nein, er sah aus wie eine ... Meerjungfrau. Aber das war unmöglich, oder? Meerjungfrauen waren Mädchen, nicht Männer.

Sophia watete durch die Brandung, um einen genaueren Blick auf den fremden Mann zu werfen.

„Bist du eine Meerjungfrau?", fragte sie laut und winkte mit ihren Armen, damit er sie bemerkte.

Er setzte sich sofort auf, warf ihr einen erstaunten Blick zu und sprang sogleich ins Wasser.

„Warte, geh nicht!“, rief sie ihm nach. Sie hatte nicht vorgehabt, ihn zu verscheuchen.

Plötzlich fühlte sie neue Wellen gegen ihre Füße schlagen und verlor das Gleichgewicht. Sie fiel nach hinten und die Strömung zog sie in tieferes Wasser. Sie trat heftig mit den Beinen, um ihren Kopf über Wasser zu halten, doch sie hatte noch nie so viel Angst in ihrem Leben gehabt. Bevor die Strömung sie unter Wasser ziehen konnte, packten sie starke Arme und hoben sie hoch. Sophia wischte sich das Wasser aus den Augen und starrte auf ihren Retter.

Es war der Meerjungfrau-Mann – er war zurückgekommen. Sie schenkte ihm ein breites Lächeln und ihre Angst war sofort vergessen.

„Bist du eine Meerjungfrau?“, fragte Sophia ihn nochmals und begutachtete ihn. Sein Oberkörper war der eines großen Mannes, aber unter der Wasseroberfläche konnte sie die Schuppen eines Fisches und eine große Flosse sehen, die sich bewegte, als ob er Wasser trat.

Er lachte. „Nein, meine Kleine, ich bin keine Meerjungfrau.“

„Wie heißt du?“ Eleni hatte ihr gesagt, es sei unhöflich, Fremden Fragen zu stellen, aber das kümmerte sie nicht.

„Ich bin Poseidon. Und wie heißt du?“

„Sophia. Und ich bin fünf.“ Sie hob ihre Hand und zeigte ihm alle fünf Finger, um ihm zu zeigen, wie erwachsen sie schon war.

„Nun, Sophia, jetzt, da wir Freunde sind, kannst du mir was versprechen?“ Sein Blick war genauso verschwörerisch wie ihre Tante immer dreinblickte, wenn sie ihr ein großes Geheimnis mitteilte.

„Ja“, flüsterte sie und neigte ihren Kopf näher zu ihm.

„Versprich mir, niemandem zu verraten, dass du mich gesehen hast. Niemand sollte mich nämlich sehen, weil ich unsichtbar bin.“

„Aber das bist du doch nicht. Ich kann dich sehen“, protestierte sie.

Poseidon lächelte. „Ja, und das ist eine große Überraschung. Wie wär’s, wenn ich dir als Gegenleistung auch was verspreche?“

Sophia horchte auf. Ein Geschenk? Ein neues Spielzeug? „Ja?“

„Du versprichst mir, dass du niemandem sagst, dass du mich gesehen hast, und ich werde dich eines Tages mit meinem Sohn spielen lassen. Einverstanden?“

Sie war ein harter Verhandlungspartner. „Wann?“

„Wann was?“

„Wann darf ich mit ihm spielen?“

Poseidon runzelte die Stirn. „Wenn er aus seiner *Schlimme-Jungs*-Phase raus ist.“

„Heißt das, dass er ein schlimmer Junge ist?“, fragte sie, und wunderte sich, ob er so schrecklich wie Michael war.

„Nicht so ganz schlimm, nur ein wenig frech. Du wirst ihn mögen. Er ist auch gut aussehend. Und du könntest genau die Art von Mädchen sein, die er braucht“, köderte Poseidon sie.

Sophia spitzte ihre Lippen und überdachte Poseidons Angebot. „Okay. Ich bin einverstanden, mit ihm zu spielen.“

„Gutes Mädchen.“ Er tauchte seine Hand ins Wasser. Als er sie wieder herauszog, hielt er ihr ihren roten Eimer entgegen.

"Oh, du hast ihn gefunden!“ Jetzt konnte sie doch noch Wasser über Michael gießen.

Einen Augenblick später fand sie sich im nassen Sand sitzend wieder. Die Wellen umspülten ihre Füße, und sie hielt ihren Eimer in der Hand. Der Mann war verschwunden.

„Sophia!“ Die scharfe Stimme ihrer Tante durchbohrte beinahe Sophias Trommelfell.

Sie drehte sich um und sah ihre Tante Eleni auf sie zulaufen, Michael auf ihren Fersen.

„Wo bist du gewesen? Ich war ganz krank vor Angst!“

Sophia sprang auf und schlang die Arme um die Beine ihrer Tante. „Mach dir keine Sorgen, er hat mich aus dem Wasser gezogen, als ich hineingefallen bin.“

Eleni nahm sie bei den Schultern und zwang sie aufzublicken. „Du bist ins Wasser gefallen? Habe ich dir nicht befohlen, von den Wellen wegzubleiben? Ein Mann hat dich herausgezogen? Wo ist er?“

Oh, nein! Sie hatte nicht vorgehabt, ihr Versprechen zu brechen. Es war ihr herausgerutscht. „Es tut mir leid.“ Unter Elenis strengem Blick fühlte sie Tränen in ihre Augen steigen.

„Wo ist er?“ Elenis scharfe Stimme ließ sie zusammenzucken.

Einen Augenblick später rollte eine Träne Sophias Wange hinunter, und ihr Widerstand bröckelte. „Weg.“

„Sophia Olympia Baker, du sagst mir jetzt sofort, was passiert ist, oder ich werde dich solange im Keller einsperren, bis du mir die Wahrheit sagst!“, warnte Eleni mit gesenkter Stimme, wie sie es immer tat, wenn sie wütend war.

Sophia presste ihre Lippen zusammen und verschränkte die Arme vor ihrer Brust. „Gut. Aber wenn er mich deshalb schimpft, werde ich ihm sagen, dass du mich gezwungen hast. Er war ein Meerjungfrau-Mann.“

Michael triumphales Lachen unterbrach sie. „Du bist eine Lügnerin. Meerjungfrauen sind alle Mädchen.“

„Sind sie nicht!“, protestierte Sophia.

Eleni hob sie in die Arme. „So etwas gibt es nicht. Du musst aufhören, Sachen zu erfinden.“

„Er war echt. Ich habe mit ihm geredet. Er hat mir erzählt, dass er mich, wenn ich ein braves Mädchen bin, mit seinem Sohn spielen lässt.“ Warum glaubte ihr Eleni denn nicht?

Michael zupfte an Elenis Rock.

„Was?“

„Sie lügt, sie lügt.“

„Hör auf, Michael. Geh und bau deine Sandburg, und lass mich für eine Minute mit deiner Cousine sprechen.“

Widerwillig nahm Michael seine Plastikschaufel und wandte sich der Stelle zu, wo er zuvor im Sand gespielt hatte.

Eleni schenkte Sophia ein sanftes Lächeln. „Es gibt keine Männer, die halb Fisch halb Mensch sind. Du hast wieder geträumt.“

„Nein, habe ich nicht. Er hat mit mir gesprochen. Er hat gesagt, dass er Poseidon heißt, und er war nett.“

Jetzt hatte sie endgültig ihr Versprechen gebrochen. Es war Elenis Schuld. Sie hatte sie dazu gezwungen. Jetzt würde sie nie mit Poseidons Sohn spielen dürfen.

Sophia seufzte. *Macht nichts*, versuchte sie sich zu trösten. Wenn er wirklich ein so frecher Junge war, dann wollte sie sowieso nicht mit ihm spielen.

1

Dreiundzwanzig Jahre später

Was würde die Strafe diesmal sein? Ein Jahr im Hades, dafür dass er es mit Zeus' derzeitiger Geliebten getrieben hatte? Schien ein fairer Tausch zu sein, dachte Triton. Es könnte schlimmer sein. Es könnten ihm für ein ganzes Jahrzehnt alle sexuellen Aktivitäten unterbunden werden – und dann wäre er wirklich im Arsch. Alles, nur das nicht! Er würde es nie überleben. Seine sexuellen Triebe eine Woche lang nicht zu befriedigen grenzte schon ans Unerträgliche, ein Jahrzehnt wäre reine Folter.

Zumindest im Hades könnte er es mit ein paar verzweifelten Seelen treiben, und das Jahr würde schnell mit köstlichen Ausschweifungen vergehen. Mit der Hitze und dem Gestank käme er zurecht, und sicherlich würde Vaters anderer Bruder, Hades, ihm seinen Aufenthalt nicht zu unbequem machen. Solange Triton seine Finger von Hades' Frau ließ. Die war wirklich eine Schönheit!

Trotz seiner Gedanken hielt Triton seinen Kopf geneigt und seine Augen abgewendet, um den König der Götter nicht noch mehr zu verärgern. Er duckte sich überzeugend, als Zeus seinen Arm hob und einen weiteren Blitz über den blauen Himmel sandte. Ein Schall so laut wie tausend trampelnde Pferdehufe durchdrang die weißen Wolken, die über dem Olymp hingen. Sein Onkel gab eine beeindruckende Vorstellung auf der Terrasse seines Hauses, das eine wunderbare Aussicht auf die sterbliche Welt von Griechenland hatte.

Es war besser, Zeus' reuigen Diener zu spielen. Denn aus diesem Schlamassel kam er nicht unversehrt wieder heraus. Nicht einmal sein Vater Poseidon konnte ihm jetzt helfen, nicht dass Triton den alten Mann um Hilfe bitten wollte. Alles, was er sich einhandeln würde, wäre eine Standpauke.

Außerdem würde Onkel Zeus in seinem gegenwärtigen Zustand sowieso auf niemanden hören, am allerwenigsten auf seinen Bruder.

Egal welche Strafe Triton erhalten würde, sie wäre es wert. Bei den Göttern, wie Danaes blasse Oberschenkel sich um ihn geschlungen hatten, als er in sie hineingestoßen war. Ihre rosa Brustwarzen waren harte kleine Gipfel gewesen, die auf üppigen Brüsten saßen und bei jedem Stoß, den er geliefert hatte, auf und ab gehüpft waren. Liebe Götter, und wie hatte er es ihr gegeben – mehrere Male. Sie hatte ihr Vergnügen in den Himmel geschrien und bekundet, er sei ein besserer Liebhaber als Zeus – und bei den Göttern – dieses Kompliment hatte er genauso verschlungen wie die Feuchtigkeit, die aus ihrer bebenden Muschi gequollen war.

Sie hatte ihn so oft gemolken, dass er in ihren Armen zusammengebrochen war, unfähig, sich zu bewegen. Und das war genau so, wie Zeus ihn gefunden hatte: in ihrem Bett, splitternackt, mit seinem Schwanz noch in ihr. Wenn das nicht *in flagranti* war! Aus dieser Situation hatte selbst er sich nicht herausreden können.

Triton nahm einen tiefen Atemzug und füllte seine Lungen mit dem süßen Duft von Ambrosia, der aus dem Inneren des Palastes zu ihm schwebte. Er betrachtete die Zuschauer, die sich um ihn herum versammelt hatten. Es hatte nicht lange gedauert, bis sie alle erschienen waren – ein Wort an die richtige Person und schon hatte sich die Nachricht wie ein Lauffeuer verbreitet. Zeus mochte ein Publikum genauso wie jeder andere Gott, vor allem, wenn er Strafe austeilte.

„Hast du mich gehört?" Zeus' Stimme dröhnte durch die warme Luft, traf ihn wie ein Orkan, der über das Meer fegte. Im Gegensatz zu einem Sturm über einem der Ozeane dieser Welt, war dies einer, den Triton nicht so einfach beruhigen konnte, nicht einmal mit seiner Macht als der Gott der Seeleute und Matrosen.

Triton hob seinen Kopf, um dem funkelnden Blick seines Onkels zu begegnen, hütete sich jedoch davor, seinen Trotz zu zeigen. „Natürlich, Zeus."

Zeus sah nicht aus, wie die Sterblichen ihn in ihren Büchern und Gemälden darstellten. Er war kein alter Mann mit einem weißen Bart. Nein, der Gott aller Götter war ein kraftvoller Mann, nicht älter als fünfunddreißig in menschlichen Jahren, mit einem gemeißelten Gesicht, so schön wie Michelangelos David und so hart wie der Marmor, den der berühmte Künstler benutzt hatte. Leider, dachte Triton. Dies machte den Wettbewerb um heiße Frauen auf dem Olymp besonders hart. Nur in der Gegenwart von Frauen legte Zeus seinen Charme auf, sodass jede Frau vor seinem perfekten Körper dahinschmolz – oder besser gesagt *darunter*, denn dies war die bevorzugte Position für jede Frau, wenn sie sich in der Nähe des Gottes aufhielt.

Wieder traf Triton ein Luftstoß, der drohte, sein Gleichgewicht zu stören.

„Dann wähle."

Wähle? Was für eine Wahl verlangte Zeus von ihm?

Vielleicht wäre es besser gewesen, wenn er diesmal zugehört hätte, doch die Schimpftiraden seines Onkels konnten stundenlang dauern, und warum sollte er zuhören, wenn er sowieso nichts an dem Ergebnis ändern konnte? Doch dieses Mal breitete sich ein flaues Gefühl in Tritons Bauch aus, als ob er drauf und dran war, sein Leben zu verspielen.

„Äh, ich ...", stammelte er.

Ein wütendes Grunzen war Zeus' Antwort. „Option eins oder zwei. Ich lasse dir eine Wahl, aber nur, weil mein Bruder um Milde für dich gebeten hat. Wenn's nach mir ginge, würde ich dich mit meinen bloßen Händen zerquetschen. Ehrlich gesagt, Junge, hab' ich's satt mit dir. Soll ich dich daran erinnern, was du schon alles verbrochen hast?"

Tritons Gedächtnis funktionierte problemlos. Er musste nicht an seine Taten erinnert werden, doch es war ihm klar, dass er Zeus nicht weiter verärgern durfte, während seine Strafe noch in der Schwebe hing.

„Ares' Haus stinkt noch heute nach dem Fass voller Fische, die du in seinem Vorhof abladen und dort verrotten hast lassen."

Triton erinnerte sich nur zu gut daran. Geschah dem Scheißkerl aber auch Recht. Es war die Rache dafür gewesen, dass Ares Tritons Chancen bei der Göttin Phoebe zerstört hatte, indem dieser bösartige (und natürlich völlig falsche) Gerüchte über seine fehlende sexuelle Leistungsfähigkeit verbreitet hatte. Jeder Gott, der etwas auf sich hielt, hätte auf die gleiche Weise reagiert.

„Von deiner Verführung der Nymphe Metope in der Nacht vor ihrer Hochzeit will ich ja gar nicht sprechen. Ist dir denn nichts heilig?"

Nun, das zierliche Geschöpf hatte ihn praktisch gebeten, sie zu nehmen.

Lieber Gott, bitte zeig mir, wie ich meinen Mann glücklich machen kann, hatte sie gebetet. So hatte sich Triton darum angenommen, ihr ein oder zwei Dinge beizubringen. Na ja, vielleicht auch drei.

„Also wähle jetzt, bevor ich meine Meinung ändere!"

Triton blickte um sich und versuchte, ein freundliches Gesicht in der Menge zu finden. Jemand musste ihm zu Hilfe kommen. Er konnte Zeus nicht darum bitten, die beiden Möglichkeiten zu wiederholen. Wenn dieser herausfand, dass Triton während seiner Rede Tagträumen nachgehangen hatte, würde er schwer dafür bezahlen müssen, und jegliche Wahl würde ihm genommen werden.

Nein, was auch immer Triton jetzt wählte, würde letztendlich besser sein als das, was Zeus mit ihm machen würde, wenn er ihn noch weiter verärgerte.

Triton entdeckte Eros und Hermes, zwei seiner besten Freunde, in der Menge. Vielleicht konnten die ihm helfen, eine Entscheidung zu treffen, ohne dass Zeus es bemerkte.

Wie immer war Eros' Tunika straff über seine muskulöse Brust geschlungen, und das Material floss elegant über seine starken Oberschenkel bis zu seinen Knien. Sein Bogen und Köcher hingen über seiner Schulter. Er ging nie irgendwo ohne sie hin. Er war über 1,85 Meter groß, sein dunkelbraunes Haar kurz geschnitten. Sein Freund Hermes stand neben ihm, ebenso groß und stark, und trug wie üblich seine geflügelten Sandalen, die ihn überall hin befördern konnten. Er war ein schlauer Bursche, und man konnte sich immer auf ihn verlassen, wenn man Hilfe brauchte, um aus einem Schlamassel herauszukommen.

Mit einer kaum wahrnehmbaren Bewegung seines Kopfes winkte Triton seinen beiden Freunden zu. Beide falteten ihre Hände vor ihren Körper und deuteten mit ihren Fingern Ziffern an.

Aus seiner Faust ließ Eros einen Finger hervorstehen. Perfekt! Sein Freund hatte ihn verstanden. Tritons Blick fiel auf Hermes' Hand. Zwei Finger ragten von dessen Faust hervor.

Bei den Göttern! Die beiden waren sich nicht einig?

Was jetzt?

Sollte er Eros' Vorschlag nehmen, der noch nie versucht hatte, ihn mit einem seiner Pfeile zu treffen, obwohl er es verdient hätte? Nicht, dass die Liebespfeile an einem Gott funktionierten, doch sie stachen für eine Woche höllisch. Oder sollte er Hermes vertrauen, der ihm immer den Rücken frei hielt, wenn es nötig war, aber ihm gelegentlich Streiche spielte?

Welcher seiner Freunde hatte das Beste für ihn im Auge? Eros oder Hermes?

Ein weiterer Donnerschlag zeigte Zeus' Ungeduld an und machte Triton deutlich, dass seine Zeit abgelaufen war.

„Eins. Ich nehme die erste Option."

Triton erhaschte Eros' schelmisches Lächeln und Hermes' enttäuschten Blick, bevor Zeus donnerte: „Also gut dann. Du glaubst also, dass du der Herausforderung gewachsen bist?"

Triton schluckte den aufsteigenden Kloß in seinem Hals hinunter. „Herausforderung?"

Instinktiv drückte Triton seine Schultern zurück, um sich für einen Kampf bereit zu machen. Er nahm einen extra tiefen Atemzug, belebte damit seinen Körper neu. Wenn es darum ging, eine Herausforderung zu erfüllen, war er bereit. Wie schwer konnte es schon sein?

„Ehrlich gesagt dachte ich, du würdest eher den Hades wählen."

Oh, Scheiße! Er hätte Spaß in der Unterwelt haben können. Kein Wunder, dass Hermes diese Option vorgeschlagen hatte. Sie zwei hätten den Hades unsicher machen können, da Hermes den Fluss Styx kannte, der in die Unterwelt führte. Jedes Mal, wenn Hermes eine andere arme Seele in den Hades begleitete, hätte er ihn besuchen können, und sie hätten Spaß haben können. Verdammt, warum hatte er nicht auf ihn gehört?

Triton blickte Eros an und formte ein lautloses *was zum Teufel* mit seinen Lippen, bekam jedoch nur ein schiefes Grinsen als Antwort.

Was, um Olymps willen, hatte er stattdessen gewählt? Das Gefühl einer schlimmen Vorahnung traf ihn wie aus dem Nichts. Mit angehaltenem Atem blickte er Zeus an, sah ihm jedoch nicht in die Augen, sondern starrte auf dessen Mund. Es entstand eine Pause, die wie eine Ewigkeit erschien, bevor Zeus schließlich fortfuhr.

„So ist es beschlossen: Triton, du wirst in die Welt der Menschen verbannt und kannst nur dann zurückkehren, wenn du die Liebe einer sterblichen Frau gewonnen hast, die dich nicht wegen deiner Schönheit, sondern wegen deiner Güte und Selbstlosigkeit liebt."

Zeus' Lachen hallte gegen den Palast, dann rollte es den Hügel nach Griechenland hinunter. In seinem Schock hörte Triton kaum, was die Sterblichen als Donner wahrnehmen würden. Er hatte wohl nicht richtig gehört. Die Welt der Sterblichen? Und unter diesen Bedingungen? War Zeus verrückt geworden?

„Das wird den Kerl bis ins nächste Jahrhundert beschäftigen", hörte er einen Zuschauer flüstern.

„Genau, denn keine Frau wird jemals sein Aussehen ignorieren können. Keine Chance!", antwortete ein anderer und lachte.

Als ob er das nicht selbst wüsste! Blonde Haare, blaue Augen und eine klassische Nase: Triton hatte die Schönheit seiner Mutter geerbt. Zusammen mit einem perfekten Körper, gab es nichts, das Triton physisch noch verbessern konnte. Kein Tag verging, ohne dass er nicht einen anzüglichen Blick einer Göttin oder Sterblichen auf sich zog. Oder verächtliche Blicke von Göttern oder Männern, die ihn als Konkurrenz um die Gunst ihrer Frauen sahen. Aber es schien, dass sein gutes Aussehen ihn nun daran hindern könnte, wieder nach Hause zurückzukehren.

Triton warf Eros einen genervten Blick zu. Warum in aller Welt hatte sein Freund – nein, sein Ex-Freund – ihn so schlecht beraten? Eros' selbstgefälliges Lächeln bestätigte, dass dieser einen geheimen Plan hatte. Triton war in der richtigen Stimmung, dem Liebesgott den Hals umzudrehen, sobald Zeus gegangen war, und dann nachzufragen, was Eros' Motiv war.

Verletze ihn zuerst, stelle Fragen später.

„Außerdem wirst du all deiner göttlichen Kräfte beraubt werden, während du auf der Erde weilst", fügte Zeus an. „Jeder Gott, der dir bei deiner Aufgabe hilft, wird bestraft werden."

Der mächtige Gott ließ seinen Blick über die Menge schweifen und verweilte länger als nur ein paar Sekunden auf Eros und Hermes.

„Dies gilt auch für alle Götter, die heute nicht hier versammelt sind."

Nun, dann galt es auch für Dionysos. Das Quartett war praktisch unzertrennlich. Aber obwohl Dionysos nicht zu Tritons Verurteilung erschienen war und wahrscheinlich irgendwo in der menschlichen Welt auf Saufkurs war, würde Dionysos ihm sicherlich zu Hilfe kommen, wenn es notwendig war.

Auf dem Olymp bedeutete Freundschaft mehr als Verwandtschaft, vor allem wenn man bedachte, dass wegen all der Inzucht, die vor sich ging, sowieso praktisch jeder mit jedem verwandt war.

Sowohl Hermes als auch Dionysos waren seine Cousins, während Eros ein Cousin zweiten Grades war (und wenn es nach Triton ging, allerletzten Grades, nach dem Spaß, den er sich gerade erlaubt hatte, ihm solch einen katastrophalen Rat zu geben).

„Darüber hinaus", dröhnte Zeus weiter.

War der alte Gott immer noch nicht fertig? Was sonst könnte er noch hinzufügen, das die Sache noch schlimmer machen würde als sie ohnehin schon war?

„... sollte ein Gott Tritons Bemühungen, die Liebe einer Sterblichen durch seine Güte und Selbstlosigkeit zu sichern, stören, wird dieser ...“ Zeus machte eine dramatische Pause. In der Stille, die nun folgte, hätte man die Träne einer Jungfrau auf den Boden tropfen gehört. Nur gab es dank Zeus’ unstillbarer Libido auf dem Olymp keinerlei Jungfrauen mehr.

„... belohnt.“

Beifall begrüßte die *Lasst-uns-Triton-hochnehmen* Ankündigung. Sein Onkel war schon ein kranker Scheißkerl.

Viele der Olympier waren versammelt, alle in langen fließenden Tuniken gekleidet, einige in weiß, andere in fröhlicheren Farben. Die meisten Gesichter, die Triton beobachteten, waren ihm vertraut.

Er entdeckte Artemis, die in ihrer Jagdkleidung gekommen war, und deren weiche Lederstiefel ihre langen, muskulösen Beine streichelten. Triton fing ihren Blick auf und zwinkerte ihr zu. Wenn er nach seiner Strafe zurück war, würde er es bei ihr versuchen. Es würde Spaß machen, zumal er wusste, dass sein lästiger Halbbruder Orion sie auch begehrte. Das würde eine würdige Herausforderung werden: welcher Bruder sie als erstes ins Bett bekommen würde.

Jetzt wo Triton seine Strafe erhalten hatte, überdachte er seine Einschätzung von Danae, Zeus’ derzeitiger Geliebter. Rückblickend war sie doch nicht so gut im Bett gewesen. Jedenfalls war sie es nicht wert gewesen, die Art von harter Strafe auf sich zu nehmen, die Zeus ihm auferlegt hatte. Alles, was sie getan hatte, war, mit gespreizten Beinen dort zu liegen. Sie hatte nicht einmal seinen Schwanz gelutscht. Er war in der rechten Laune, zu ihr zurückzukehren und zu fordern, dass sie ihm einen blies, damit die Strafe zumindest dem Verbrechen entsprach.

Aber natürlich war das nicht möglich. Zeus würde sicherstellen, dass Triton nirgendwohin ging als den Berg hinunter ins menschliche Griechenland. Und von nun an würde er ein Adlerauge auf seine Geliebte werfen, bis er selbst das Interesse an ihr verlor und zur nächsten zog. Und das würde noch eher passieren als Triton wieder aus seiner Verbannung zurück war.

„So ist es beschlossen.“ Zeus drehte sich um und ging über die Terrasse zu seinem opulenten weißen Marmorpalast.

„Auf nach Griechenland dann“, murmelte Triton vor sich hin.

Zeus wirbelte herum und grinste höhnisch. „Griechenland? Du gehst nicht nach Griechenland.“

„Aber, wohin, wenn nicht –“

„Du gehst nach Amerika.“

Tritons Herz setzte einen Schlag aus. Nach Amerika? Ins Land des schlechten Fernsehens, des endlosen Konsums, und der Menschen, die von Schönheit besessen waren? Wie lagen da seine Chancen, auf eine Frau zu treffen, die ihn für irgendetwas anderes außer seiner Schönheit lieben konnte? Während Triton sich oft nach Griechenland und Italien begab, um dort erotische Abenteuer zu erleben, bei denen er natürlich die Tatsache, dass er ein Gott war, verheimlichen musste, hatte er Amerika immer gemieden. Er hatte kein Interesse daran. Natürlich war sich Zeus dieser Tatsache sehr wohl bewusst.

Einen Augenblick später war Zeus verschwunden, und die Zuschauermenge löste sich auf. Triton sah dort hinüber, wo Eros und Hermes standen, und bemerkte wie Orion hinter ihnen grinste. Der Gott der Jäger war ihm ein Dorn im Auge. Sie konnten sich nicht leiden. Triton würdigte ihn mit einem abweisenden Blick, doch Orion konnte kaum seine Schadenfreude unterdrücken, bevor er sich umdrehte und verschwand.

Seine beiden Freunde versuchten positiv zu bleiben.

„Mach dir keine Sorgen, das schaffst du schon“, behauptete Eros.

Triton schlug mit seiner Faust in den Magen des Liebesgottes. „Das ist für deinen glänzenden Rat.“

„Hey, ich hab’s doch nur gut gemeint.“

„Du hättest stattdessen auf mich hören sollen“, sagte Hermes mit einem selbstgefälligen Lächeln auf seinem Gesicht. „Aber nein, du dachtest, ich trickse dich aus. Würde ich denn so was tun?“

„Ja, würdest du und hast du auch oft genug getan“, sagte Triton und ignorierte den gespielt unschuldigen Ton seines Freundes.

„Diesmal nicht. Der Hades wäre ein Heidenspaß gewesen.“

Das musste ihm keiner sagen. Der Hades hatte vielleicht einen schlechten Ruf unter den Sterblichen, aber für einen schlauen Gott wie Triton war es ideal.

„Vielleicht hättest du besser Zeus zugehört, anstatt mal wieder Tagträumen nachzuhängen.“ Eros strich gelassen über seinen Bogen.

„Oder vielleicht hättest du es nicht mit Danae treiben sollen“, fügte Hermes hinzu.

„Hinterher ist jeder schlauer, aber das hilft mir jetzt auch nicht weiter. Also, was ist der Plan? Wie kommen wir aus dieser Scheiße wieder raus?“, fragte Triton und warf seinen Freunden einen erwartungsvollen Blick zu.

„Wir?“, antworteten Eros und Hermes wie im Chor.

„Da bist du ganz auf dich alleine gestellt“, rief Eros aus.

Hermes nickte. „Genau.“

„Schweinehunde!“ Triton bekam keine weitere Chance, seine Freunde noch länger zu beschimpfen, denn im nächsten Moment fühlte er eine starke Kraft seinen Körper ergreifen und ihn den Berg hinab transportieren.

„Eros, das zahle ich dir noch heim!“, rief er, war sich aber nicht sicher, ob der Liebesgott ihn gehört hatte.

Na super, Zeus gab ihm nicht einmal Zeit, für seine Reise zu packen.

2

„Eine blinde Frau? Das ist dein genialer Plan?“ Triton schüttelte den Kopf, während sein Freund Dionysos eifrig nickte.

„Natürlich. Es macht absolut Sinn. Eine blinde Frau kann dich nicht wegen deiner Schönheit lieben, weil sie dich nicht sehen kann. Jetzt musst du dir nur eine auswählen, und du bist so gut wie auf dem Weg nach Hause.“

Der Gott des Weines und der Ekstase hatte ein selbstzufriedenes Grinsen auf seinem Gesicht. Sein dunkles Aussehen stand in krassem Gegensatz zu Tritons blonden Haaren und dessen sonnenverwöhnter Haut. Dionysos war ein gut aussehender Gott, das musste Triton zugeben, zumindest meinten das die Frauen, die auf diese düstere und brütende Art standen.

Triton nackter Arsch tat ihm noch immer weh, nachdem er unsanft in einem Steingarten hinter einem alten Haus gelandet war. Wenn das Zeus’ Idee von einem Witz war, ihn dort abzuladen, nackt und ohne Mittel für die Beschaffung von Kleidung, dann konnte Triton den Humor darin nicht erkennen.

Zumindest hatte Dionysos seine Rufe sofort gehört, ebenso wie ein Gott den Hilferuf eines Sterblichen hören konnte, wenn dieser den Namen des Gottes ausrief. Er hatte sich Tritons Geschichte angehört und sofort gehandelt. Nachdem er ihn mit guter Kleidung versorgt hatte, war Dionysos wieder verschwunden.

Jetzt, da er angezogen war, fühlte sich Triton besser, und zum Glück war Dionysos’ Geschmack in Sachen Mode tadellos, genauso wie sein Auge für die richtige Größe. Die Jeans saß wie angegossen und schmiegte sich passgenau um Tritons Hintern.

Als er durch diese fremde Stadt wanderte, mit der Karte in der Hand wie ein unglücklicher Tourist, und Dionysos’ Anweisungen befolgte, bemerkte er mehr als nur eine Frau, die den guten Sitz seiner Jeans –Vorder- sowie Rückseite – bewunderte. Nun, er konnte sich nicht beklagen.

Er wanderte durch die kleine Stadt mit ihren kopfsteingepflasterten Straßen, verwinkelten Gassen und alten Backstein- und Holzhäusern mit ihren großen verzierten Balkonen und malerischen Innenhöfen, um zu dem Ort zu gelangen, wo Dionysos auf ihn wartete. Aber es war alles zu niedlich für seinen Geschmack, wo auch immer er *hier* war.

Triton blickte zurück auf den Stadtplan in seiner Hand. Richtig, Charleston hieß es da. Und wenn es das nicht erklärt hätte, dann konnte er auch noch das

Schild an dem Gebäude lesen, an dem Dionysos lehnte: Charleston Blindenschule.

„Auf geht's", schlug Dionysos vor.

Triton legte seine Hand auf den Arm seines Freundes, um ihn zurückzuhalten. „Wir können doch nicht einfach dort hineingehen. Es ist eine Schule."

„Ja, aber es ist eine Schule für Blinde. Niemand wird uns sehen."

Triton musste zugeben, dass Dionysos' Plan einerseits genial war. Wenn er eine blinde Frau fand, die er umschwärmen konnte, würde sie sich in ihn verlieben, ohne sich darüber bewusst zu sein, wie gut er aussah. Somit würde er Zeus' Bedingung erfüllen und wäre in Kürze wieder zu Hause. Aber einfach so in eine Blindenschule hineinzustapfen und eine überaus verletzliche Frau auszunutzen, das ging sogar Triton gegen den Strich.

Zögernd trat Triton in den geschützten Innenhof der Schule und blickte auf die Szene vor sich. Kinder im Alter von etwa fünf bis nicht älter als siebzehn Jahren waren auf der Rasenfläche versammelt. Einige saßen auf Bänken, andere standen in Gruppen herum und redeten laut. Er konnte keine Lehrer sehen. Wo waren sie alle? Müsste nicht mindestens eine Person Aufsicht haben, um die Kinder zu überwachen?

Triton ließ seinen Blick über einige der älteren Mädchen schweifen.

„Du kannst nicht von mir erwarten ...", fing Triton an und schluckte schwer. „Das sind doch noch Kinder. Dein Vater hat deutlich *Frau* gesagt, nicht *Mädchen*. Ich werde nicht ..."

„Ich wünschte, du würdest ihn nicht so nennen. Nicht einmal ich nenne ihn Vater. Was für ein Vater ist er denn gewesen!" Dionysos war wieder einmal dabei, eine Schimpfkanonade loszulassen. „Alles, wozu ich für ihn gut bin, ist, ihn mit schönen Frauen zu verkuppeln. Kannst du dir das vorstellen? Mein eigener Vater! Und er fing damit schon an, als er noch mit meiner Mutter zusammen war, als ob ..."

Triton hörte nicht weiter zu. Er hatte das alles schon oft genug gehört: Wie Zeus Dionysos' Mutter betrogen hatte – was genau genommen noch nicht einmal richtig war, da Dionysos' Mutter Semele lediglich eine von Zeus' Geliebten gewesen war –, wie er sich von Zeus im Stich gelassen und gleichzeitig von ihm benutzt gefühlt hatte, und wie dies Dionysos' Beziehungen zu Frauen beeinflusst hatte. Alles Psychogeschwätz, wenn man ihn fragte.

„Dio, konzentrier dich!"

„Du bist nicht der Einzige, der Probleme hat, Triton!"

Triton warf ihm einen ungeduldigen Blick zu. „Aber meine sind ein bisschen dringender. Und das ..." Er deutete auf die blinden Kinder. „Das wird nicht funktionieren, also lass uns verdammt noch mal von hier verschwinden."

„Ja, aber nicht ohne eine Frau für dich", stimmte Dionysos zu.

„Wie? Willst du sie so einfach mitnehmen? Sie entführen? Das ist doch selbst für dich ungeheuerlich“, erwiderte Triton.

Dionysos schlug Triton seine flache Hand auf die Stirn. „Natürlich nicht, du Idiot. Wir beobachten sie, folgen ihr und finden dann heraus, wo sie wohnt. Und dann findest du einen Vorwand, um dich ihr zu nähern und sie kennenzulernen. Sie wird in kürzester Zeit nach dir lechzen.“

Der Plan war perfekt. Aber Triton konnte seinem Freund nicht zustimmend auf die Schulter klopfen, um ihm für seine geniale Idee zu danken, im Gegenteil, er fühlte sich davon abgestoßen.

„Okay, dann“, fuhr Dionysos fort. „Welches dieser kleinen Fohlen gefällt dir denn?“ Er deutete auf eine Gruppe von drei Mädchen, die wie etwa siebzehn aussahen. Eine war flachbrüstig und noch nicht gut entwickelt. Alle drei hatten frische junge Gesichter, die ihre Jugend nur noch unterstrichen. Auf dem Olymp wurde jedes Mädchen über vierzehn als Frau angesehen, solange ihre Brüste ausreichend entwickelt waren. Zwei der drei Mädchen erfüllten dieses Kriterium sicherlich.

Dennoch waren sie Kinder, nicht Frauen.

„Los, such dir eine aus“, forderte Dionysos erneut.

Wie tief glaubte sein Freund, dass Triton sinken würde? Doch bevor er Dionysos sagen konnte, dass er die ganze Idee vergessen sollte, hörte er jemanden hinter sich rufen.

„Pädophile!“

Der Schrei erfüllte den Innenhof einen Moment, bevor ein Stock Triton an der Wade traf.

„Was zum Hades?“, zischte er und wirbelte herum, um sich seinem Angreifer zu stellen.

Der Blindenstock gehörte einem Jungen, der nicht älter als zehn Jahre sein konnte. Obwohl er blind war, schien er kein Problem zu haben, herauszufinden, wo er Triton treffen konnte, und wiederholte umgehend seinen Angriff.

„Halt!“, schrie Triton.

„Pädophile! Hilfe!“ Der Junge schrie wieder und bekam diesmal mehr Aufmerksamkeit von seinen Mitschülern. Angestachelt von den Schreien des Jungen schlossen sich mehr Kinder dem Kampf gegen Triton und Dionysos an.

„Scheiße!“, presste Dionysos hervor. „Das ist nicht gut.“

„Wirklich?“

Immer mehr Kinder umringten sie, und plötzlich fingen sie alle an zu schreien und zu kreischen. Wörter wie Pädophile, Schweinehund und Entführer flogen frei im Hof umher. Triton und Dionysos wehrten sich gegen die wütenden Schläge ihrer Stöcke.

„Toll, schau, was du uns damit eingehandelt hast“, beschwerte sich Triton.

Triton spürte einen weiteren schmerzhaften Hieb gegen seinen Oberschenkel, gefolgt von einem auf seinen Arsch, bevor er eine gebieterische erwachsene Stimme hörte.

„Was zum Teufel ist hier los?“

Triton blickte in Richtung der Stimme und sah eine Lehrerin aus dem Fenster schauen. Die Frau starrte ihn direkt an. Verdammt, sie war offensichtlich nicht blind.

„Pädophile!“, schrien mehrere der Kinder.

„Polizei!“, rief ein anderes.

„Wir müssen hier raus! Renn!“, rief Triton seinem Freund zu, der mitten im Kampf gegen eine bösartige Attacke von ein paar Zwölfjährigen war. Kinder sollten nicht in die Nähe dieser tödlichen Instrumente, dieser Stöcke, gelassen werden.

Triton musste so schnell wie möglich von hier verschwinden, bevor jemand eine genaue Beschreibung von ihm geben und ihn an die Behörden ausliefern konnte und damit seinen Aufenthalt in dieser schönen südlichen Stadt verkürzen würde.

Triton lief an Dionysos vorbei, packte ihn am Arm und riss ihn von seinen beiden kleinen Angreifern weg. In der Ferne ertönte schon eine Polizeisirene. Wer hat jemals behauptet, der Süden wäre langsam?

Er tauschte einen flüchtigen Blick mit Dionysos aus und sprintete durch das Schultor hinaus.

„Hier entlang“, befahl Dionysos.

Triton folgte ihm in die schmale Nebenstraße. Er stolperte wegen eines fehlenden Kopfsteins, fing sich aber rechtzeitig und rannte weiter.

Die Sirene kam näher und konnte jetzt nur noch einen Block entfernt sein. Dionysos bog in eine Gasse ein, Triton auf seinen Fersen. Nach einem halben Block drehte sich sein Freund nach links und bog in einen alten überwucherten Friedhof ein.

Spanisches Moos hing von den Trauerweiden und Flechten überzogen die alten Grabsteine. Das gefilterte Sonnenlicht, das auf die Gräber schien, verbreitete eine unheimliche Atmosphäre.

Schwer atmend folgte Triton Dionysos’ Beispiel und ließ sich gegen einen Grabstein fallen. Seine Brust hob sich aufgrund der unerwarteten Anstrengung. Er war kein guter Läufer. Als Meeresgott war er ein ausgezeichneter Schwimmer und vermisste das Wasser, aber auf dem Trockenen war er nur durchschnittlich. Um sich jetzt wirklich zu entspannen, würde er alles geben, das Gefühl der brechenden Wellen gegen seinen Körper zu spüren.

„Das war knapp.“ Triton atmete tief aus und wischte sich eine Schweißperle von der Stirn.

Für heute hatte er Dionysos satt. Eine Frau zu verführen war eine Sache (und zwar eine, gegen die Triton nichts einzuwenden hatte), aber eine Blinde anzumachen, und noch dazu eine, die kaum als Frau bezeichnet werden konnte, war etwas, das selbst er als Gott sich nicht eingehen lassen wollte. Natürlich waren die Götter nicht gerade für ihre humane Behandlung der Sterblichen bekannt, aber eine blinde Teenagerin verführen? Nur die verdorbensten Götter würden so tief sinken. Und trotz all seiner Gefühllosigkeit zog Triton doch irgendwo die Linie.

„Ich brauche jetzt was zu trinken."

„Gute Idee", stimmte ihm Dionysos zu. Schließlich war er ja der Gott des Weines.

„Ohne dich!", bellte Triton zurück.

3

„Ich hätte mich nie von dir überreden lassen sollen, hierher zu kommen.“ Sophia seufzte und warf Francesca einen frustrierten Blick zu. „Nur die verzweifeltsten Singles gehen in diese Absteige.“ Und sie zählte sich nicht zu den Verzweifelten, jedenfalls noch nicht.

Ihre Freundin nahm einen Schluck von ihrem Getränk, das mit einem Schirmchen gekrönt war. „Mach’s nicht nieder. Ich habe meine letzten fünf Dates von hier abgeschleppt.“

„Das bestätigt meine Meinung.“ Sophia nahm ihre Handtasche vom Tisch.

Ohne ihre Begutachtung der Männer in der dunklen Lounge zu unterbrechen, legte Francesca ihre Hand auf Sophias Arm, um sie am Aufstehen zu hindern. „Denk nicht einmal daran, zu gehen. Was wirst du denn zu Hause machen? Bis Mitternacht arbeiten? Nein, du musst mal eine Nacht abschalten und auf andere Gedanken kommen.“

Erwischt! Wie konnte Francesca nur immer wissen, was sie vorhatte? War sie eine Hellseherin, oder was?

„Ich habe keine Zeit zum Abschalten. Die Eröffnung ist in nur sieben Wochen, und wir sind noch nicht einmal halbwegs mit den Renovierungen fertig. Und die Bank sitzt mir auch im Nacken.“

An manchen Tagen wusste sie kaum, wo sie mit all den Dingen anfangen sollte, um die sie sich kümmern musste. Das Renovierungsprojekt erwies sich als zeitaufwändiger und frustrierender als sie es sich jemals vorgestellt hatte. Nur gut, dass sie gut im Multitasking war, sonst hätte sie die Flinte schon lange ins Korn geworfen.

„Das Haus in eine Pension zu verwandeln ist kein Job für eine einzelne Person. Ich habe dir das schon gesagt, bevor du angefangen hast“, tadelte Francesca sie und runzelte dabei die Stirn.

„Ich kann ja wohl schlecht jemanden um Hilfe bitten. Oder möchtest du, dass sich Michael daran beteiligt?“ Sophia wollte keine Antwort auf ihre rhetorische Frage, wusste aber, dass sie dennoch eine erhalten würde. Sie konnte darauf zählen – drei, zwei ...

„Den brauchst du wie ein Loch im Kopf! Dieser Mann ist reines Gift. Schade, dass man sich seine Familie nicht aussuchen kann.“ Ihre Freundin spitzte die Lippen und schüttelte den Kopf.

„Vielleicht ist das Wort Gift ein wenig zu hart. So schlimm, wie du ihn darstellst, ist er jetzt auch wieder nicht“, verteidigte ihn Sophia. Ihre Worte waren nur ein Reflex. Sie mochte nicht schlecht über Menschen reden, die nicht anwesend waren um sich zu verteidigen, selbst wenn sie es verdienten. Andererseits, vielleicht würde ein bisschen Lästern mit ihrer besten Freundin all die aufgestaute Frustration aus ihren müden Knochen vertreiben und ihr helfen, sich zu entspannen.

„Oh, wirklich? Und welcher Teil deines lieben Cousins ist gut? Der Teil von ihm, der deine Tante ausgenommen hat, während sie noch am Leben war, oder als er versucht hat, Kredite in deinem Namen aufzunehmen? Oder warte mal, vielleicht der Teil, der dir dein Auto unter deiner Nase verkauft hat, sodass du mit dem Bus zum Campus fahren musstest?“ Francesca legte mit einer spöttelnden Geste ihren Finger unter ihr Kinn.

Okay, also würde sie wohl lästern müssen. Warum kämpfte sie noch dagegen an, wenn sie noch immer über Michaels Benehmen bei der Verlesung von Elenis Testament verärgert war, als er gedroht hatte, sie wegen des Erbes zu verklagen, von dem er glaubte, dass es ihm zustand?

„Das bringt Erinnerungen zurück”, gestand Sophia. Leider nicht viele gute. Mit ihrem Cousin Michael aufzuwachsen, nachdem sowohl ihre Eltern als auch Michaels zusammen mit einem Boot verunglückt waren, war nicht einfach gewesen. „Tante Eleni war so wütend auf ihn, als sie herausfand, dass er sie bestohlen hatte. Das hat sie dazu gebracht, ihr Testament zu ändern. Sie sagte, er würde keinen roten Heller mehr von ihr bekommen.“

„Und das hat er auch nicht. Jetzt gehört das Haus dir alleine –“

Sophia unterbrach sie, „Besser gesagt der Bank – die Erbschaftssteuer bringt mich um. Mit dieser riesigen Hypothek, die ich aufnehmen musste, nur um die Steuern zu bezahlen, habe ich keine andere Wahl, als das Haus in eine Pension umzubauen. Was hätte ich sonst tun sollen? Es verkaufen?“

„Das wäre eine Idee.“

„Nein, Francesca, kommt nicht in Frage. Ich werde das Haus nicht aufgeben. Das ist alles, was ich habe.“ Es war ihr Zuhause und das einzige, das sie an ihre Eltern erinnerte. „Ich habe wirklich alles durchdacht. Ich habe alles ausgerechnet. Der Businessplan ist solide. Wenn er es nicht wäre, hätte mir die Bank nie den Kredit für die Renovierung gegeben. Ich sage dir, es wird funktionieren.“

„Na ja, so kriegt es wenigstens Michael nicht in seine Krallen.“ Francesca kippte den letzten Schluck ihres Getränkes hinunter.

„Könnte er aber doch.“ Sophia erinnerte sich noch an den Schock, als sie die Klausel in Elenis Testament gehört hatte.

„Wie denn das?“ Ihre Freundin warf ihr einen verwirrten Blick zu. „Du hast es geerbt. Ich hoffe, du setzt nicht ihn als Erben in deinem Testament ein.“

Sophia konnte als zu gutmütig bezeichnet werden, aber dumm? Nein, niemand würde sie das nennen. Sie konnte einen Geschäftsvertrag zerlegen, wie ein Zehntklässler einen Frosch sezierte: mit genug Neugier, um sicherzustellen, dass ihr nichts entging. Auch wenn sie während des Studiums nur ein paar Vertrags- und Wirtschaftsrechtskurse belegt hatte, hatte sie doch ein paar Dinge gelernt. Genug um zu wissen, wann sie einen Anwalt hinzuziehen musste und wann sie die Dinge selbst handhaben konnte.

„Tja, das ist nicht wirklich etwas, das ich kontrollieren kann. Elenis Testament hatte eine Klausel für den Notfall. Eine Familiensache“, schnitt Sophia den Protest ihrer Freundin sofort ab. „Wenn mir etwas passiert, bevor ich Kinder habe, dann ist er der Nacherbe.“

Francesca stieß ein unterdrücktes Keuchen aus. „Das kann sie tun?“

Sophia nickte. Ihr hatte die Klausel nicht gefallen, als eine Woche nach Elenis Tod das Testament verlesen worden war. Doch nach Absprache mit ihrem eigenen Anwalt hatte sie erkannt, dass die Anfechtung des Testaments sie jeden Pfennig kosten würde, den sie geerbt hatte.

„Sie kann es tun, und sie hat es getan. Ich glaube, Familie bedeutete ihr mehr als wir immer angenommen haben. Auch wenn das heißt, dass mein schrecklicher Cousin doch noch an ihr Geld kommen kann. Denn dass ich Kinder bekomme, wird nicht in absehbarer Zeit passieren, das weißt du so gut wie ich.“

Sosehr sie auch eine Familie wollte, musste sie erst einmal in der Lage sein, finanziell für eine zu sorgen. Und das bedeutete, ein profitables Geschäft aufzubauen und all ihre Energie hineinzustecken, damit es funktionierte. Auch wenn das hieß, den Kinderwunsch noch ein paar Jahre aufzuschieben. Sie hatte immerhin noch einige gebärfähige Jahre vor sich. Mit achtundzwanzig war sie noch nicht ganz aus dem Spiel.

Francesca verdrehte die Augen. „Es würde helfen, wenn du gelegentlich mal mit einem Mann ausgingst.“

Sophia hatte keinerlei Einwände gegen Verabredungen per se, allerdings gegen die verfügbaren Männer. Und eine Beziehung einzugehen, nur damit sie nicht mehr alleine war, war einfach zu erbärmlich. Sie suchte nach *Mr. Right*, nicht *Mr. Right-Now*. Nun, *suchen* war vielleicht ein zu starkes Wort. Sie war nicht gerade aktiv auf der Suche. Wirklich, wo würde sie auch die Zeit für Verabredungen hernehmen, wo sie sich doch um so viele Dinge kümmern musste?

„Ich brauche keinen weiteren Vortrag. Ich habe dir schon gesagt, sobald die Pension eröffnet ist, geht’s bei mir ganz neu los. Dann werde ich mir einen anständigen Mann suchen, wirkliches Heiratsmaterial. Da kannst du mich zitieren. Aber bis dahin habe ich keine Zeit, zu Verabredungen mit der Art von Typen zu gehen, die ich in einer Absteige wie dieser treffen werde.“

Wie einsam es auch war, in ein leeres Haus zurückzukehren, es war doch allemal besser als wieder eine Verabredung mit dem falschen Kerl zu treffen. Sie hatte ihre Lektion gelernt.

„Du kannst nicht zulassen, dass dich deine schlechten Erfahrungen für den Rest deines Lebens zurückhalten. Ich dachte, du fängst neu an.“ Francesca machte eine provokative Bewegung mit ihrem Handgelenk.

„Mache ich auch. Und weder Ralph noch Eric haben etwas damit zu tun.“

„Und Simon, Mark oder Justin?“, Francesca fragte spöttisch. „Klar, wenn du das sagst.“

Sophia nahm einen großen Schluck von ihrem Drink. „Was willst du, Francesca?“

Ihre Freundin beugte sich über den Tisch. „Ich möchte, dass du zugibst, dass man nicht alle Menschen mit dem gleichen Maß messen kann, nur weil ein paar Idioten dich verletzt haben. Es ist nicht fair.“

Sophia wollte sie unterbrechen, aber Francesca hob ihre Hand. „Nein, ich muss das jetzt mal sagen. Ich hätte es schon vor Jahren sagen sollen. Es ist an der Zeit, reinen Tisch zu machen. Du musst einem Mann doch eine Chance geben. Tu dir selbst einen Gefallen und vergiss diese Idioten! Sie sind es nicht wert.“

Das war leichter gesagt als getan. „Ich bin nicht wie du, Francesca.“

„Schätzchen, so was passiert uns allen. Glaubst du, niemand hat mich je hintergangen?“

Sophia zuckte mit den Achseln. „Ich weiß hundertprozentig, dass keiner deiner Freunde dich jemals für den Abschlussball mit einer anderen ausgetauscht hat, nur weil du plötzlich ein Gesicht voller Pickel hattest.“

"Ralph war ein Scheißkerl, das gebe ich zu, aber diese Pickel waren auch wirklich scheußlich.“ Francesca versuchte, ihr Lachen zu unterdrücken.

Sophia konnte sich nicht helfen und fing selbst an zu lachen. Die ganze Sache war lächerlich. Und als ihr Gesicht nach ein paar Wochen wieder pickelfrei gewesen war, war Ralph prompt wieder angekrochen gekommen.

Doch bis dahin war ihr bereits klar geworden, wie oberflächlich er war. Was ihm wichtig war, war der schöne Schein, und sie hatte nicht in seine perfekte Welt gepasst. Gott bewahre, wenn sein Abschlussballfoto seine Freundin mit Akne zeigen würde. Also hatte Sophia beschlossen, dass sie nie wieder mit einem Schönling wie Ralph ausgehen würde.

Ein paar Monate später hatte sie ihren Vorsatz gebrochen und war wieder mit einem Mann ausgegangen, der um seiner selbst willen zu schön war. Die Tatsache, dass Eric sich ständig in dem bewundernden Schein anderer Frauen sonnte und Komplimente förmlich aufsaugte, war noch nicht einmal das Schlimmste. Das Problem war gewesen, dass er jeder gleichermaßen schönen Frau ein Stück seines perfekten Körper anbieten musste. Bis Sophia seine Seitensprünge entdeckt hatte, hatte Eric sich schon so sehr daran gewöhnt, dass er darin absolut nichts Falsches sah.

Nach einer Weile war ihr aufgefallen, dass je besser aussehend der Mann war, desto katastrophaler die Beziehung verlaufen würde. Konnte sie etwas dafür, dass sie Männer mit einem tollen Körper und einem attraktiven Gesicht mochte? Zum ersten Mal fragte sich Sophia, ob sie vielleicht diejenige war, die oberflächlich war. Log sie Francesca und sich selbst an, wenn sie behauptete, sie mochte einen Mann mit Verstand und Substanz? Oh, Scheiße, sie war wahrscheinlich kein Stück besser als diese Männer. Nichts hatte sich wirklich seit der Schule geändert. Sie verliebte sich noch immer in jedes hübsche Gesicht und musste ihre Kampfwunden ein paar Wochen später lecken. Einfach doof!

„Glaub mir, wenn ich dir sage, dass ich mich nie wieder in einen Schönling verlieben werde“, versprach Sophia, ein Versprechen, das sie mehr sich selbst machte als Francesca.

Als sie ihre Freundin wieder anblickte, bemerkte sie, wie sich deren Gesichtsausdruck plötzlich veränderte. Interesse blitzte in ihrem hübschen Gesicht auf. „Gut, die Wette nehme ich an. Also, lass uns doch mal deinen Widerstand bei dem nächsten heißen Kerl, der auftaucht, testen.“ Francescas Augen klebten an der Eingangstür.

Sophia hob das Kinn. „Einverstanden. Ich werde dir beweisen, dass ich nicht mehr für ein hübsches Gesicht anfällig bin. Ich habe mich geändert.“

„Oh, lecker“, murmelte Francesca. „Hier kommt Sex auf Beinen.“

Sophia saß mit dem Rücken zur Tür und konnte nicht sehen, auf wen sich Francescas Bemerkung bezog, aber sie war nicht beunruhigt. „Für dich ist jeder Typ, der atmet, Sex auf Beinen. Keine große Hürde.“

Francesca schnaubte und fächelte sich Luft zu. „Überhaupt nicht wahr, und der hier ist ein echter Brocken. Schau jetzt nicht, aber ich glaube, er kommt auf uns zu.“ Sie fuhr sich mit der Hand durch die Haare. „Okay, hier ist der Plan. Ich werde seine Aufmerksamkeit auf uns lenken und ihn dir dann übergeben. Wie sehe ich aus?“

Sophia lächelte. Wie immer sah ihre beste und älteste Freundin perfekt aus. Ihr rotes Haar war leicht gewellt, und ihr Gesicht war mit subtilem Make-up noch schöner als sonst. Sie sah vollkommen natürlich und hübsch aus. „Wunderschön wie immer.“

Sophia war nicht einmal eifersüchtig oder neidisch auf das Aussehen ihrer Freundin. Als die beste Freundin eines der beliebtesten Mädchen in der Schule und später der Universität hatte sie viele Vorteile genossen. Aber das war noch nicht einmal das Beste. Francesca war ihr so nahe, wie nicht einmal eine Schwester hätte sein können.

„Er schaut in meine Richtung“, setzte Francesca ihren laufenden Kommentar fort. „Er ist definitiv auf dem Weg hierher. Sophia, mach dich bereit!“

Sie hatte ihre Freundin noch nie so nervös gesehen. Wenn es um Männer ging, hatte Francesca viel Erfahrung und spielte immer auf cool. Aber das Erröten ihrer Wangen bezeugte, dass ihre Freundin alles andere als cool war. Sophias Neugier flammte auf. Wenn jemand ihre Freundin erröten lassen konnte, musste er etwas ganz Besonderes an sich haben.

Sophia drehte sich auf ihrem Stuhl um und erstarrte.

Der hochgewachsene blonde Mann bahnte sich mit einem so autoritären Gang einen Weg durch die Menge als wäre er ein Shopaholic, der es auf eine Gucci-Tasche im Ausverkauf abgesehen hatte. Er war so atemberaubend schön, dass ihr das Wasser im Munde zusammenlief.

Sie saß so in der Scheiße!

Wenn nur Sophias Gehirn den Muskeln in ihrem Kiefer befehlen könnte, zuzuklappen, könnte sie eventuell den Eindruck erwecken, als ließe er sie unberührt. Leider stand ihr Mund so weit offen wie ein Schultor am Abschlusstag, und das gab ihr das Gefühl, sie sei ein totaler Idiot.

Der heiße Typ war über 1,85 m groß, und selbst unter seiner lässigen Kleidung war sein Körper gut zu sehen. Mit jedem Schritt bewegten sich die sehnigen Muskeln seiner Brust und dehnten sein Polo-Shirt. Aber er war kein Bodybuilder. Sein Körperbau sah zu natürlich aus, als wäre er so geboren worden.

Braun gebrannt. Heiß. Und auf dem Weg zu ihrem Tisch, seinen Blick auf Francesca fixiert.

Sophia spürte die Temperatur in ihrem Körper ansteigen und versuchte, sich mit den Händen Luft zuzufächeln. Sie hatte nichts so Verlockendes mehr gesehen seit sie und Francesca ihren ersten richtigen Urlaub am Strand von Griechenland verbracht hatten.

Die Hitze im Club wurde stickig. Sie fächelte sich noch heftiger Luft zu, und eine Sekunde später traf sie versehentlich ihr Glas mit ihrer Hand und kippte es um. In einem verzweifelten Versuch, die Flüssigkeit am Verschütten zu hindern, machte sie die Sache noch schlimmer. Ein Eiswürfel flog aus dem Glas, als sie es wieder aufrichtete, und landete prompt in ihrem Dekolleté. Und da saß er, genau dort, wo ihr neuer Victoria's Secret BH ihre perfekt geformten, aber durchschnittlich großen Brüste zusammendrückte, um sie in vorteilhafterer Art und Weise anzupreisen.

Mist! Jetzt hatte sie Aufmerksamkeit auf sich gelenkt, was das absolut Letzte war, das sie tun wollte.

Sophia hätte nie auf Francesca hören sollen und lieber ihre Bluse mit dem hohen Kragen tragen sollen anstelle des Tops, in dem ihre Brüste fast oben überquollen. Sie wagte es nicht, ihren Kopf zu heben, um zu sehen, ob der heiße Typ ihren kleinen Unfall mitbekommen hatte, denn sie wusste, dass er das hatte. Deshalb starb sie gerade den langsamen Tod der Verlegenheit. Sophia versuchte zu retten, was von ihrer Würde noch zu retten war, und griff nach dem rasch schmelzenden Eiswürfel.

„Darf ich?"

Seine tiefe melodische Stimme rüttelte sie in ihrer Bewegung auf. Sie hob den Kopf, um ihn anzublicken und spürte sofort, wie ihr Herz zu flattern begann. Er stand nur wenige Zentimeter von ihr entfernt, seine sandblonden Haare in perfektem Kontrast zu seinem gebräunten Gesicht, als ob er jeden

Tag stundenlang in der Sonne verbrachte. Seine stechenden azurblauen Augen funkelten voller Unfug.

Bevor Sophias Gehirn überhaupt verarbeiten konnte, was er sie gefragt hatte, griff er nach dem Eiswürfel, der immer noch zwischen ihren Brüsten steckte, und befreite ihn. Seine Finger streiften ihre nackte Haut, und sie hätte schwören können, dass ihre Haut bei der Berührung brutzelte.

Wie hypnotisiert beobachtete sie ihn, wie er den Eiswürfel nahm und ihn in seinem Mund verschwinden ließ.

„Mmm, erfrischend“, kommentierte er und fegte einen Blick über ihren Körper, als ob er sie für ein Kleid abmaß. Keine Kurve, kein Zentimeter schien seinem geschulten Auge zu entgehen. Wenn die Hitze, die sie in ihrem Kopf aufsteigen spürte, ein Anzeichen dafür war, dann würde sie sagen, dass sie wie eine überreife Tomate errötete.

„Möchtest du tanzen?“, fragte er.

Nein, sie wollte nicht mit ihm tanzen und diese Arme um sich fühlen, von diesen Händen berührt werden. Je weiter entfernt sie jemandem wie ihm blieb, desto besser für sie. Und außerdem hatte der heiße Typ gerade ihre Meinung unterstützt: Nachdem er zuerst geradewegs auf Francesca zugesteuert war, hatte er sofort umgeschaltet, als seine Aufmerksamkeit wegen Sophias Ungeschicklichkeit auf ihre Brüste gezogen worden war. Wenn das nicht *oberflächlich* auf seine Stirn tätowierte, dann wusste sie nicht was sonst.

„Natürlich will sie tanzen“, hörte sie Francesca für sie antworten.

Sofort sandte Sophia ihrer Freundin einen scheltenden Blick zu, aber Francesca wandte sich ihr nicht einmal zu. Sie fuhr fort, den heißen Typen anzulächeln.

„Sollen wir dann?“, fragte dieser wieder und nahm Sophias Hand in seine.

Jeder Nerv in ihrem Körper reagierte auf ihn, als ein elektrischer Stromschlag durch sie fuhr. Sie erkannte sofort, dass ihm zu widerstehen sie jedes bisschen Energie kosten würde, das sie hatte. Und sie musste ihm widerstehen. Er war der Typ Mann, der ihr Herz zum Flattern brachte, ihren Puls zum Rasen, und schließlich und endlich würde er ihr wehtun. Ein Blick in seine wunderschönen Augen bestätigte, dass er sehr wohl wusste, dass seine Reize auf sie wirkten. Sie kannte diesen selbstzufriedenen Blick bei Männern. Es bestätigte ihr, dass sie nur eine Eroberung für ihn sein würde, und dass das, was sie wollte oder brauchte, ihm vollkommen egal war.

Aber dieses Mal würde sie nicht darauf hereinfallen, versprach sie sich, als sie sich von ihm aus dem Stuhl heben ließ.

Ihre Füße fanden den Boden wieder, als er sie absetzte, doch dieser hätte genauso gut eine Wolke sein können, so schwindlig war ihr von seiner Nähe. Sie kämpfte gegen das Gefühl an, indem sie ihren Kopf schüttelte.

Sein Arm schlang sich sofort um ihre Taille, als er sie in Richtung Tanzfläche führte. Seine Finger drückten durch den Stoff ihres Tops und intensivierten die Hitze, die von ihm ausstrahlte. Oder war es die Art, wie er sie ansah, mit dem intensiven Blick eines Jägers, der seine Beute beäugte? Zum Glück wusste diese Beute genau, mit wem sie es zu tun hatte. Seine Jagd würde nicht erfolgreich sein.

Auf der Tanzfläche zog er sie in eine enge Umarmung. Die Muskeln seiner Oberschenkel rieben mit jedem Schritt, den er machte, gegen sie. Der Duft von Meer umgab ihn, und sie fühlte sich, als ob sie an den Strand transportiert worden war, der Geruch von Sand, Salz und Wind in der Luft.

Sophia spürte wie sich ihre Nervosität ausweitete. In Gegenwart von so viel Männlichkeit in einem solch verlockenden Paket verwandelten sich ihre Gehirnzellen in etwas, das die Konsistenz von Molasse hatte.

Als er sie im Rhythmus der Musik wiegte, streichelte seine Hand ihren Hals, und ein Schauer lief ihr den Rücken hinunter. Einen Augenblick später zog er sie noch näher an sich und strich seine Lippen gegen ihre Wange.

Verdammt noch mal, der Typ ging aber scharf ran! Sie würde ihn in seine Schranken verweisen müssen, bevor er auf irgendwelche Ideen kam. Sie würde es ihm nicht leicht machen.

Selbst Ralph war bei der ersten Verabredung nicht soweit gekommen, sie küssen zu dürfen trotz seines Status' als High-School-Quarterback und der Tatsache, dass sie mit einer der Cheerleaderinnen hatte konkurrieren müssen. Sicher, er war ihr erster Freund gewesen, aber auch heutzutage ließ sie Männer mindestens bis zum Ende des Abends warten, bevor sie einen Kuss erlaubte. Und dieser Kerl würde nicht einmal so weit kommen, das schwor sie. Das musste sie nicht nur sich selbst beweisen, sondern auch Francesca, die sie beobachtete.

Als sie versuchte, ihn etwas wegzuschieben, in der Hoffnung, ein wenig Selbstkontrolle über ihre tobenden Hormone zu gewinnen – und sie tobten, alle 10 Millionen –, schwebten seine Lippen an ihrem Ohr. Sein warmer Atem schickte einen Schauer über ihre Haut. Als dieser ihre Brüste erreichte, verwandelten sich ihre Brustwarzen zu kleinen harten Knospen, die schmerzten, als sie gegen ihren engen BH rieben.

Seine Stimme war das weichste Flüstern, aber seine Worte waren typisch seicht. „Du riechst gut."

Sophia fand keine Antwort auf seine offensichtliche Anmache.

Einen Augenblick später knabberte er an ihrem Ohr, reiste dann weiter nach unten, streifte gegen ihren Hals, den sie ihm – oh so freiwillig – entgegen neigte, um ihm einen besseren Zugang zu verschaffen. Das Kribbeln, das sich über ihre Haut verteilte, als er sie fast küsste, hinderte ihren Mund daran, einen zusammenhängenden Satz zu bilden.

Sie versteifte sich, versuchte, ihren Körper davon abzuhalten, auf ihn zu reagieren, und zog sich etwas von ihm weg, um ein wenig Abstand zwischen sie zu bringen.

„Tut mir leid, aber du bist so verlockend“, entschuldigte er sich, aber seine Augen zeigten keinerlei Reue, während er sie ansah. Hatte sie auch nicht erwartet. „Ich bin normalerweise nicht so forsch, aber du bist ganz anders.“ Ein etwas verwirrter Blick erschien auf seinem Gesicht. „Ich heiße Tr ... Trent“, stotterte er.

„Sophia“, antwortete sie knapp. Es war nicht notwendig, ihn noch mehr zu ermutigen. Denn Ermutigung brauchte der Kerl auf keinen Fall.

„Was für ein schöner Name. Er ist griechisch“, kommentierte er und zog sie näher an sich.

Wärme verteilte sich auf ihrem Rücken, als er sie gegen sich drückte. Sein Körper war hart und gleichzeitig beruhigend. Und vollkommen sündig – wenn sie die harte Latte, die gegen ihren Bauch drückte, richtig interpretierte. Sie fühlte eine antwortende Nässe in ihrem Höschen, obwohl sie sie zuerst hatte ignorieren wollen. Aber seine körperliche Kraft war überwältigend und brachte ihr Herz dazu, verzweifelt zu schlagen.

Als die Musik plötzlich aufhörte, war Sophia dankbar für die Begnadigung. Sie sah ihn an und erkannte hitziges Verlangen in seinen Augen. Der Blick, den er ihr schenkte, sandte ein Kribbeln durch ihren Körper, das tief bis in ihre Gebärmutter reichte.

Ohne ein Wort führte er sie zurück zu ihrem Tisch und half ihr auf den Stuhl, indem er sie einfach mit seinen Händen auf ihren Hüften hochhob.

„Darf ich dir und deiner Freundin etwas zu trinken bestellen?“, fragte Trent.

„Piña Colada“, antwortete Francesca.

Der heiße Typ nickte, ohne auch nur einen Blick auf sie zu werfen. Stattdessen hielt er seine Augen auf Sophia fixiert. „Und für dich?“

"D-das gleiche, bitte.“ Verdammt, ihre Stimme klang heiser, und sie wusste genau, was sie sich da eingehandelt hatte: einen akuten Fall von Lust. Und dafür gab es nur ein einziges bekanntes Heilmittel.

Ein Heilmittel, das sie auf jeden Fall ignorieren würde.

4

Triton winkte den Barmann heran. „Zwei Piña Coladas.“

Die Sache lief besser als er erwartet hatte. Der geschäftige kleine Ort, in den ihn Zeus ins Exil verbannte hatte, hatte mehr als seinen fairen Anteil an Restaurants und Bars, genau die Art von Etablissements, in denen sich schöne Frauen in Scharen herumtrieben. Er würde in kürzester Zeit wieder zu Hause sein, selbst ohne eine von Dionysos' dummen Ideen auszuführen.

Triton hatte sich schon oft in der Welt der Sterblichen aufgehalten, doch die meisten seiner Besuche hatten sich auf Europa beschränkt. Theoretisch wusste er, wie alles auf der Erde funktionierte. Alle Götter wussten das. Die, die es nicht wussten, waren einfach nur ignorant, denn alle Möglichkeiten der Beobachtung standen ihnen zur Verfügung.

All seine göttlichen Kräfte waren wie ausgelöscht, das wusste er, weil er versucht hatte, zu teleportieren und es nicht geklappt hatte. Selbst kleinere Gegenstände heraufzubeschwören, wie zum Beispiel einen Teller mit Essen oder ein Glas Wein, lag außerhalb seines Könnens. Zeus hatte an alles gedacht. Glücklicherweise hatte Dionysos ihm Geld und den Schlüssel zu einer Junggesellenwohnung gegeben, die er gerade erworben hatte.

Triton hatte die Diskothek gefunden, indem er das tat, was er am besten konnte: hübschen Frauen nachsteigen. Auch wenn die beiden Schönheiten, denen er gefolgt war, sich mit zwei Männern im Club getroffen hatten, war er nicht enttäuscht worden. Es gab reichlich Auswahl.

Zunächst hatte er die Rothaarige bemerkt. Was für eine heiße Frau! Er hatte sie sofort angesteuert. Aber als ihre Freundin versehentlich fast ihr Getränk verschüttet hatte, war seine Aufmerksamkeit sofort auf sie gefallen, und er hatte seine Richtung geändert. Sophia. Sie war nicht so schön wie ihre Freundin, aber sie hatte etwas Faszinierendes an sich. In dem Augenblick, in dem er ihre grünen Augen gesehen hatte, hatte er in die Tiefe eines Ozeans geblickt, den er noch nie zuvor gesehen hatte. Und er hatte das Feuer in ihr erkannt, ein Feuer, dessen Flammen er höher schüren wollte.

Die Art und Weise, wie sein Körper auf sie reagiert hatte, hatte ihn fast zurückschrecken lassen, doch er war geblieben. Er war nahe dran gewesen, sie in eine der Nischen, die sich an den Wänden aneinanderreihten, hineinzuziehen und sie wie verrückt zu vögeln. Stattdessen hatte er den schmelzenden Eiswürfel genommen und ihn verschlungen, um sie über seine Absichten aufzuklären. Am liebsten hätte er die Tropfen des geschmolzenen Eises, die sich in ihrem Busen gesammelt hatten, geleckt und deren Weg verfolgt, als sie tiefer liefen. Aber er wusste genug über Amerika, dass ihm klar war, dass er in der Öffentlichkeit diskreter sein musste. Später, wenn er mit ihr alleine war, würde er diesem köstlichen Weg folgen.

Sophia und ihrer Freundin Getränke von der Bar zu holen, gab ihm Gelegenheit, seinen erhitzten Körper abzukühlen und seinen tobenden Ständer wieder unter Kontrolle zu bringen. Außerdem war es nett, einer Frau ein Getränk zu bringen, und sogar noch netter, ihrer Freundin auch eins zu kaufen, obwohl er nicht einmal im Entferntesten an dieser interessiert war. Gemäß den Bedingungen seiner Buße musste sie sich aufgrund seiner Güte und Selbstlosigkeit in ihn verlieben. Er konnte beides tun. So schwer konnte es doch nicht sein.

Der Barmann stellte zwei Drinks vor ihn auf den Tresen und Triton zahlte.

„Welche willst du ...?“, fragte der Mann, während er eine unmissverständliche, stoßende Bewegung mit der Hand machte.

„Da gibt es wirklich nur eine Wahl.“ Triton grinste und dachte an die unendlichen Möglichkeiten vor sich.

Der Barmann reagierte mit einem wissenden Grinsen. „Sollte einfach sein, Francesca ist eine sichere Sache, wenn du mich fragst.“

„Nicht sie. Ihre Freundin“, Triton korrigierte ihn. Er hatte kein Interesse an dem Rotschopf. Die ruhige Schönheit von Sophia war das, was ihn faszinierte.

Der Barmann bedachte ihn mit einem ungläubigen Blick. „Die Brünette? Ja, viel Glück dann noch.“

Als Triton ihm einen neugierigen Blick zuwarf, fuhr der Barmann fort: „Ich habe sie erst ein paar Mal hier gesehen, und sie hat sich noch nie von einem der Typen hier abschleppen lassen. Sie ist prüde. Ich bezweifle, dass du überhaupt ihre Telefonnummer bekommst.“

Triton schmunzelte. Was würde er mit einer Telefonnummer tun? „Schau zu und lerne was!“

Mit einem Nicken in Richtung des Barmannes nahm er die Getränke und ging zurück zum Tisch, wo die dunkelhaarige Frau, die sein Herz zum Rasen und seinen Schwanz zum Pochen brachte, auf ihn wartete. Was machte es schon, wenn sie ein wenig schwerer zu bekommen war als der Rotschopf? Sie wäre es am Ende wert. Wenn sie erst einmal in seinen Armen keuchte, seinen Namen in Ekstase ausrief und ihm ihre Liebe bekannte, dann spielte das keine Rolle mehr.

Die Musik war ruhiger geworden, als er sich ihnen näherte. Die beiden Frauen unterhielten sich so intensiv miteinander, dass ihre Köpfe fast kollidierten. Irgendwie wusste er, dass sie über ihn sprachen. Offensichtlich hatte er einen guten Eindruck gemacht.

Triton lachte in sich hinein und kam ein paar Schritte näher, aber die Frauen bemerkten ihn immer noch nicht.

“... er scheint von dir betört zu sein“, fing er die Worte der Rothaarigen auf.

Sophia machte eine wegwerfende Geste. „Er ist nur ein *Himbo*.“

Himbo? Was war denn das?

„Ein männlicher Bimbo“, fuhr Sophia fort.

„Komm schon, willst du mir wirklich erzählen, dass du dich nicht Hals über Kopf in diesen heißen Typen verlieben wirst? Bitte!“ Der Rotschopf starrte sie ungläubig an.

„Verlieben? Spinnst du? Du solltest mich besser kennen! Der Mann hat *oberflächlich* auf seinem ganzen Körper tätowiert.“

Oberflächlich? Triton schnaubte. Es sah so aus, als hätte er noch einige Arbeit vor sich. Glaubte sie wirklich, dass er keine zwei Gehirnzellen hatte, die er aneinander reiben konnte? Wenn das ihre Einstellung war, dann war er zu einer Herausforderung bereit. Obwohl er keine Zeit hatte, sich mit einer Frau abzugeben, die er erst einmal von seinem Charme überzeugen musste, wollte er dies jedoch aus unerfindlichen Gründen versuchen.

Triton pflanzte ein breites Lächeln auf sein Gesicht, als er die beiden Drinks vor die Frauen stellte. „Hier, meine Damen, zwei Piña Coladas.“

Die beiden unterbrachen sofort ihre Unterhaltung. Sophia lief sogar rot an.

Triton suchte in seinem Gedächtnis nach einem intelligenten Thema, mit dem er ihr beweisen konnte, dass er Intelligenz besaß. Er erinnerte sich an einen Wegweiser für eine Touristenattraktion, den er in der Stadt gesehen hatte, und da Geschichte eine seiner starken Seiten war, beschloss er, sie mit seinem Wissen zu beeindrucken.

„Fort Sumter ist offenbar ein ziemlicher Anziehungspunkt für Touristen hier. Bist du schon dort gewesen?“

Sophia hob eine Augenbraue, eindeutig von seiner Themenwahl überrascht. Gut, wenn er sie auf Trapp halten konnte, hatte er eine Chance.

Mehrere Stunden und Hunderte von Jahren von Geschichte später wollte sich Triton fast selbst anerkennend auf die Schulter klopfen. Er hatte Sofia und ihre Freundin Francesca in eine Geschichtsdiskussion nach der anderen verwickelt und festgestellt, dass beide sehr gebildet waren.

Sophia hatte herzlich über seine klugen Witze gelacht, die er dieses Mal über der Gürtellinie gehalten hatte. Jedes Mal, wenn sie gelacht hatte, hatte sich ein seltsames Gefühl der Wärme in seiner Brust ausgebreitet. Die Frau hatte eine Art und Weise, ihn mit ihrem offenen Lachen anzustecken, die seinen ganzen Körper vor Aufregung erbeben ließ.

Er hatte es sogar geschafft, gelegentlich seine Hand auf ihren Arm zu legen, und sie hatte ihn nicht weggeschoben. Offensichtlich war sie jetzt etwas lockerer und hatte erkannt, dass ihre erste Einschätzung von ihm falsch gewesen war. Wenn er gewusst hätte, dass eine intelligente Konversation eine Frau anmachen konnte, hätte er dies ehrlich gesagt schon früher versucht.

Als Triton nun vor dem Club stand und ein Taxi heranwinkte, wusste er, dass er jetzt den nächsten Schritt machen musste.

Als das Taxi schließlich anhielt, umarmte Francesca ihre Freundin. „Gute Nacht, Schätzchen." Dann drehte sie sich zu ihm um und streckte ihre Hand aus. „Es war schön, dich kennenzulernen, Trent. Könntest du vielleicht Sophia zu Fuß nach Hause begleiten? Sie wohnt hier gleich um die Ecke."

Ihr Lächeln war verschwörerisch, und Triton nickte eifrig. Perfekt, Francesca hatte ihm gerade Sophia auf einem Silbertablett serviert.

Neben ihm stieß Sophia einen schnellen Atemzug aus. „Das ist wirklich nicht nötig. Ich kenne die Gegend sehr gut."

Triton bemerkte, wie sie einen Blick mit ihrer Freundin austauschte, der ihm zeigte, dass sie etwas verärgert über Francesca war.

Aber er konnte nicht zulassen, diese günstige Gelegenheit durch seine Finger gleiten zu lassen. „Bitte erlaube es mir, Sophia. Ich wäre kein Gentleman, wenn ich eine Frau mitten in der Nacht alleine nach Hause gehen ließe. Ich würde mich viel besser fühlen, wenn ich dich bis an deine Haustür begleiten könnte, damit du sicher zuhause ankommst."

Einen Moment lang blieb sein Herz fast stehen, als er befürchtete, dass Sophia sein Angebot ablehnen würde. Ihr Stirnrunzeln schien dies anzuzeigen, aber dann nickte sie doch widerwillig. „Gut."

Sobald Francesca mit dem Taxi verschwunden war, fiel Triton in Gleichschritt mit Sophia, während sie eine ruhige Straße entlanggingen.

In der frischen Nachtluft war er sich Sophias Geruch, der ihn sofort umschlang, noch mehr bewusst. Er füllte seine Lungen mit ihrem köstlichen Duft und spürte eine seltsame Sehnsucht durch seinen Körper ziehen. Etwas an dieser Frau zog ihn an. Obwohl sie nur eine Sterbliche war. Nicht einmal eine Göttin auf dem Olymp hatte jemals eine ähnliche Wirkung auf ihn gehabt. Und sicherlich hatte ihn niemals eine der sterblichen Frauen, mit denen er zusammen gewesen war, je so aufgewühlt, wie sie es tat. Vielleicht war dieses erzwungene Exil doch nicht ganz so schlimm, wie er gedacht hatte.

„Wir sind da", hörte er plötzlich Sophia verkünden.

Was? War er ewig lang stumm neben ihr her geschlendert und hatte wie ein dummer Junge Tagträumen nachgehangen? „Schon?"

„Ja, wie Francesca sagte, es war nur um die Ecke."

Triton sah sich in der Nachbarschaft um. Eine Seite der Straße war mit großen historischen Häusern gesäumt, während die andere Seite durch das Wasser begrenzt wurde. Als er sich wieder zu Sophia wandte, sperrte diese bereits die Eingangstür der großen Villa auf.

Er fing sofort an, sie aufzuhalten. „Sophia, ich –"

Sie warf einen Blick über ihre Schulter. „Gute Nacht, Trent, vielen Dank fürs Begleiten."

„Warte. Willst du mich nicht zu dir einladen?“ Hatte er nicht genug getan, um sie davon zu überzeugen, dass er nicht nur ein hübsches Gesicht hatte? Sicherlich brauchte sie nur einen kleinen Hinweis von ihm, dass er ihre Einladung nicht ablehnen würde.

„Nein.“ Ihre Antwort war harsch, was er nicht gewohnt war.

„Aber ich dachte, wir hatten einen wirklich schönen Abend.“

„Hatten wir, aber der Abend ist vorbei.“ Wenn das nicht eine kalte Abfuhr war, wusste er nicht, was es dann war.

Triton trat einen Schritt näher und legte seine Hand auf ihren Arm. Er senkte seine Stimme und flehte sie an: „Ich will nicht, dass der Abend schon vorbei ist.“ Er wollte sie in seine Arme nehmen, wollte diese süßen Lippen auf seiner Haut fühlen. Mehr als alles andere, musste er spüren, wie sie sich an ihn schmiegte. Es gab etwas, das ihn zu ihr hinzog, und der Gedanke sie zu verlassen, selbst wenn es nur für eine Nacht war, erschien ihm fremd.

Er spürte, wie sie tief einatmete, bevor sie seine Hand entfernte. Der Verlust traf ihn körperlich. Dann sah er etwas in ihren Augen, ein Flackern – könnte es Bedauern sein? – bevor sie wieder sprach.

„Hör zu, Trent. Es tut mir leid, wenn ich dir heute Abend einen falschen Eindruck vermittelt habe. Ich hatte viel Spaß, wirklich. Aber ...“ Sie hielt kurz inne und atmete aus. „Du bist nicht der Typ Mann, den ich suche. Eine kurze Affäre ist das Letzte, was ich gerade brauche.“

„Ich will keine Affäre“, unterbrach er sie.

Der Blick, den sie ihm zuwarf, bestätigte, dass sie ihm nicht glaubte. „Ich brauche jemanden zuverlässigen, jemanden, auf den ich zählen kann. Und wir wissen doch beide, dass du nicht der Typ bist. Gute Nacht.“

Dann drehte sie sich schnell um, verschwand im Haus und schloss die Tür hinter sich.

Sophia hatte ihn abblitzen lassen? Sie hatte ihn wie einen dummen Schuljungen einfach stehen lassen? Was glaubte sie denn, wer sie war? Etwas Besonderes? Glaubte sie, sie wäre etwas Besseres als er? Sie dachte, er wäre nicht zuverlässig? Dass sie nicht auf ihn zählen könnte? Woher wollte sie das wissen? Sie hatte ihm nicht einmal eine Chance gegeben. Dachte sie, nur weil sie seinen Schwanz so zum Pochen brachte, dass er sich verzweifelt nach Erleichterung sehnte, konnte sie ihn mit solcher Verachtung behandeln?

Hatte er nicht sie und ihre Freundin stundenlang mit intelligentem Gesprächsstoff unterhalten? Hatte er ihr nicht bewiesen, dass er mehr als nur ein hübsches Gesicht war? Und das war der Dank, den er dafür bekam: Sie ließ ihn einfach in der Kälte stehen – okay, es war tatsächlich eine warme und schwüle Nacht – ohne ihm auch nur einen einzigen Gute-Nacht-Kuss zu gewähren?

Fein, wenn sie ihn nicht wollte, dann gab es noch viele andere Frauen in dieser Stadt, und er würde es ihr und sich selbst beweisen, dass er eine dieser Frauen dazu bringen konnte, sich in ihn zu verlieben. Er brauchte Sophia nicht.

Triton Hand glitt instinktiv zu seinem Schritt. Er war immer noch so hart wie Granit, und der Reißverschluss dieser verdammten Jeans drückte in sein geschwollenes Fleisch. Wie konnte sie diese Wirkung auf ihn haben? Er schwor, er konnte sie immer noch riechen, und das gefiel ihm kein bisschen. Er war derjenige, der die Zügel in der Hand hielt, und nicht diese Frau.

Bei den Göttern, eines Tages würde sie ihre gerechte Bestrafung dafür erhalten, einen Gott verärgert zu haben.

5

Sophia ließ die schwere Eingangstür ihres Hauses – und zukünftigen Pension – hinter sich ins Schloss fallen.

Trent nicht einzuladen war das Schwierigste, das sie seit langem getan hatte. Der Mann ging ihr unter die Haut. Er war nicht nur gut aussehend, sondern schien auch intelligent und gebildet zu sein. Allerdings hatte sie bemerkt, dass er sich seiner Reize nur allzu bewusst war, und solche Männer waren gefährlich. Es umgab ihn eine gewisse Arroganz, und die machte ihr Angst.

Und dann war da noch die Art und Weise, wie ihr Körper auf seinen reagierte. Jedes Mal, wenn er sie beiläufig berührt hatte, war sie in Flammen gestanden. Wenn sie ihm erlaubte, sie zu küssen, würde sie mit ihm ins Bett gehen, ohne Rücksicht auf die Konsequenzen. Und die Folgen wären schlimm gewesen: Sie würde sich wieder in einen Schönling verlieben, der sie nach ein paar Wochen oder Monaten verlassen und damit am Boden zerstört zurücklassen würde. Sie war noch nie in der Lage gewesen, ihr Herz zu schützen. Sie würde wieder zu viel in diese Beziehung investieren und alles andere in ihrem Leben vernachlässigen. Enttäuschung würde folgen.

Nein, damit konnte sie im Moment nicht umgehen. Sosehr sie auch seine Arme um sich fühlen wollte, er war nicht der richtige Mann für sie. Sie brauchte jemanden, der solide war, stabil, und nicht jemanden, der ihr Herz mit nur einem Blick oder einer Berührung wie verrückt zum Schlagen brachte. Solche Dinge brannten sich schnell aus. Lust war keine gute Basis für eine Beziehung.

Sie war nicht wie Francesca, die einen *One-Night-Stand* haben konnte und danach unbeschädigt herauskam. Manchmal wünschte sie sich, sie könnte ein wenig mehr wie ihre Freundin sein. Wenn sie das wäre, hätte sie heute Nacht die Wärme und Leidenschaft eines Mannes gespürt – etwas, das ihr in den letzten sechs Monaten vorenthalten geblieben war, während sie Eleni im Endstadium ihrer Krebserkrankung betreut hatte.

Die Erinnerungen an Eleni katapultierten sie zurück in die Realität und brachten ihr den Schmerz ihres Verlustes wieder nahe. Sophia hatte nicht gewollt, dass ihre Tante die letzten Monate ihres Lebens in einem Krankenhaus verbringen musste, und hatte sie deshalb zuhause gepflegt. Sophia hatte all ihre Energie und Zeit damit verbracht, sich verstärkt um Elenis Wohlbefinden zu kümmern.

In diesen Monaten hatte sie ihr eigenes Leben zurückgestellt. Es hatte ihr nichts ausgemacht. Sie war jung und hatte noch ihr ganzes Leben vor sich. Und sie liebte ihre Tante und verdankte ihr so viel. Eine andere Frau hätte nicht ihre eigenen Träume aufgegeben, um ihre verwaiste Nichte und ihren verwaisten Neffen aufzuziehen.

Sophia schob ihre aufsteigenden Tränen weg und seufzte, als sie auf den Lichtschalter drückte. Die Glühbirne im Foyer flackerte, dann brannte sie mit einem kurzen Zischen durch und ging aus.

„Na super!"

Als sie in der Dunkelheit herumstolperte, konnte sie nur hoffen, dass die Arbeiter nicht wieder ihre Werkzeuge herumliegen hatten lassen wie am Tag zuvor. Sie streckte ihre Arme vor sich aus, tastete nach Hindernissen, als sie einen Fuß vor den anderen setzte. Nach ein paar Schritten erreichte sie die geschwungene Treppe, die zu den oberen Etagen führte, und packte den glatten Handlauf aus Mahagoni.

Ihre Augen gewöhnten sich allmählich an die Dunkelheit, während sie langsam die Treppe hinaufging. Das schwache Licht, das durch das kleine Fenster über der Eingangstür drang, half ihr, die erste Etage ohne Probleme zu erreichen.

Sie streifte ihre Hand an der Wand entlang nach rechts und fand den Lichtschalter. Einen Augenblick später ging das Licht im Flur an.

Sophia sah sich um. Das Haus sah aus wie ein Katastrophengebiet. Anstatt heute Abend auszugehen, hätte sie besser eine Bestandsaufnahme machen sollen, um zu sehen, was noch getan werden musste.

Die gesamte erste Etage beherbergte die öffentlichen Räume des Hauses: die Wohnräume, die so groß wie Ballsäle waren, den Speisesaal, die Rezeption und die Küche mit ihrer großen Speisekammer dahinter. Viele der Wände waren bis zu den unteren Querlagern abgetragen worden, um den sich im Laufe der Jahre gebildeten Schimmel und die verrotteten Holzbretter zu entfernen.

Sobald die Renovierungsarbeiten auf dieser Etage abgeschlossen waren, würden die Gästezimmer und Bäder renoviert werden. Alles sollte innerhalb von sechs Wochen abgeschlossen sein. Als Sophia sich allerdings jetzt umsah, hatte sie ernsthafte Zweifel an den Versprechungen des Bauleiters. Wenn er und seine Crew in den nächsten Wochen nicht etwas zulegten, würde der Eröffnungstermin für die Pension verschoben werden müssen.

Und das würde zu einem großen Problem führen. Die Hochsaison näherte sich, und die meisten Zimmer waren bereits gebucht, immer mehr Reservierungen kamen täglich herein. Eine Verzögerung der Eröffnung kam nicht in Frage, zumal sie die Einkünfte benötigte, um ihre nächste Hypothekenzahlung zu leisten.

Sophia seufzte und ließ sich auf die Couch in der Rezeption fallen, wodurch sie eine Staubwolke aufwirbelte. Hatte sie sich mit der Renovierung und der Pension zu viel aufgehalst? Sie hatte ja keine Erfahrung im Gastwesen. Aber ihr Heim aufzugeben kam auch nicht in Frage. Sie war hier zusammen mit ihrer Tante und ihrem Cousin nach dem Tode ihrer Eltern aufgewachsen, und es zu verkaufen würde ihr das Herz brechen.

Nachdem Eleni Michael aus dem Haus geworfen und ihm befohlen hatte, nie wieder zu kommen, hatten bis zu ihrem Tode nur noch sie beide hier gewohnt. Nein, sie würde das Haus so lange behalten wie sie konnte.

Sie teilte es lieber mit zahlenden Gästen, als es einem neuen Besitzer zu übergeben. Zumindest konnte sie in einem Teil des Hauses leben. Nachdem die Renovierungsarbeiten abgeschlossen waren, würde sie ein großes Studio auf einer Seite der zweiten Etage bewohnen. In der Zwischenzeit schlief sie in einem der zwei bereits renovierten Zimmer.

Sophia schloss die Augen für einen Moment und versuchte den Berg von Arbeit, der noch vor ihr lag, auszublenden. Wenn sie einen Vorsprung für morgen bekommen wollte, sollte sie wirklich etwas Papierkram erledigen. Sie erhob sich aus dem staubigen Sofa, als sie die alte Standuhr im Flur eins schlagen hörte. Es war spät. Vielleicht war Papierkram doch keine so gute Idee. Es war Zeit zu schlafen.

Nachdem sie sich schnell fürs Bett fertig gemacht hatte, schlüpfte sie unter die Laken. Das weiche Material streichelte ihre nackten Beine, entfachte die Empfindungen, die sie auf der Tanzfläche gespürt hatte, neu. Sie fragte sich, wie es wäre, wenn Trents Hände ihre nackte Haut berührten und ihre Beine erkundeten. Nur daran zu denken, machte sie nass. Sie atmete tief ein und erinnerte sich an seinen Duft. Er hatte nach Strand und Meer gerochen. So vertraut. Sie hatte das Meer schon immer geliebt. Immer wenn sie Probleme hatte, war sie zum Strand gelaufen, hatte ihre Füße von den Wellen umspülen lassen und in die Tiefe gestarrt.

Etwas da draußen hatte sie schon immer angezogen.

Als sie sich unter den Laken wandte, schmiegte sich der Stoff um ihren Körper wie die Wellen des Ozeans und wiegten sie in den Schlaf.

Ein kratzendes Geräusch erreichte Sophias Bewusstsein und zog sie aus ihren Träumen. Eingehüllt in Dunkelheit setzte sie sich im Bett auf. Die digitale Uhr auf ihrem Nachttisch zeigte drei Uhr siebzehn an. Sie hatte kaum zwei Stunden geschlafen.

Da war das Geräusch wieder. Da sie jetzt wach war, wusste sie, dass sie unmöglich wieder einschlafen konnte, solange sie dieses verflixte Geräusch nicht abgeschaltet hatte – falls sie herausfand, was es war.

Mit einem frustrierten Schnauben schwang sie ihre Beine aus dem Bett. Ohne sich die Mühe zu machen, ihre Hausschuhe zu suchen, ging sie barfuß durch ihr Zimmer und spähte in den Flur. Das Geräusch wurde lauter.

Sie drückte den Lichtschalter, aber nichts geschah. Er hatte funktioniert, bevor sie zu Bett gegangen war. Sophia verfluchte leise den Handwerker. Es wäre nicht das erste Mal, dass es einen Kurzschluss gab, weil der Handwerker sich nicht die Mühe gemacht hatte, den Sicherungskasten mit der ausreichenden Stromstärke aufzurüsten. Nun, das war dann wohl eine Rechnung, die sie nicht bezahlen würde, bis der Mann den Fehler behoben hatte. Zumindest konnte sie ihn damit ranhalten. Geld war immer ein Druckmittel.

Die Holzdiele fühlte sich grob unter ihren Füßen an, während sie sich dem Geräusch entgegentastete. Mondlicht schien durch eine der offenen Zimmertüren und half ihr, sich zurechtzufinden. Der Staub, der von ihren Bewegungen aufgewirbelt wurde, schien in dem trüben Licht zu tanzen. Sie fragte sich, ob sie wohl jemals den Schmutz wieder aus dem Haus herausbekommen konnte. Er schien in jede Ritze und in jedes Zimmer geraten zu sein.

Mit ihrem nächsten Schritt traf Sophia auf ein Hindernis und stieß sich ihre große Zehe an.

„Autsch! Verdammte Idioten!“ Ihre Flüche hallten durch das leere Haus. Das unheimliche Geräusch ließ sie in ihrem T-Shirt zittern. Sie hatte keine Pyjamahose angezogen, weil die Temperatur bei Mitte Dreißig Grad lag, und der Ventilator über ihrem Bett nicht funktionierte. Sie hatte den Bauleiter schon beauftragt, ihn zu reparieren, sonst würde sie es nicht durch die Hitze des Sommers schaffen.

Sie beugte sich hinab, um den Hammer aufzuheben, an dem sie sich gestoßen hatte, bevor sie ihre Suche nach dem störenden Geräusch fortsetzte. Da war es wieder: ein Laut, als ob jemand gegen eine harte Oberfläche wie ein Gitter kratzte. Ihre Nackenhaare stellten sich auf.

Mit mehr Vorsicht als zuvor bewegte sie sich in die Richtung, wo sich ihr privates Studio befand. Eine neue Mauer war bereits eingezogen worden, um für eine klare Trennung zwischen den privaten Wohnräumen des Hauses und der Gästezimmer auf der zweiten Etage zu sorgen. Die Tür zum Studio stand weit offen. Sie hätte schwören können, dass sie geschlossen gewesen war, als sie ins Bett gegangen war.

Während Sophia den Griff des Hammers fester umschloss, schob sie die Tür vollständig auf und spähte in die Dunkelheit. Der Klang kam zweifellos aus dem neu gebauten begehbaren Kleiderschrank.

Irgendetwas war dort. Oder irgendjemand.

Ihr Herz hämmerte schwer in ihrer Brust, während ihr Atem immer unregelmäßiger wurde. Adrenalin schoss durch ihre Adern. War jemand in der Lage gewesen, einzudringen, während die Handwerker tagsüber ihrer Arbeit nachgegangen waren? Oder hatte der Bauleiter eine Tür oder ein Fenster entriegelt, durch die ein Dieb einsteigen konnte?

Das Haus war voll von wertvollen Erbstücken, und jeder Dieb würde sich seine Finger lecken, wenn er an sie herankäme. Sie hatte alles in großen Kisten verpackt und versiegelt, bevor die Sanierung begonnen hatte, sodass keiner der Arbeiter in Versuchung geraten würde, Wertsachen zu stehlen oder gar Erbstücke zu zerbrechen. Doch anstatt die Wertsachen außer Haus zu lagern, hatte sie sie hier eingesperrt.

Sophia hob den Hammer über ihren Kopf, als sie sich dem Schrank näherte. Zögernd streckte sie die Hand aus und griff nach der Klinke.

„Ich bin bewaffnet. Komm heraus oder ich schieße!“ Tja, bluffen konnte sie ja. Sie hoffte nur, dass es ein Jugendlicher war, der, sobald er sie sah, weglaufen würde.

Es kam keine Antwort, doch das Kratzen ging weiter.

Ihren Atem anhaltend und bereit mit dem Hammer zuzuschlagen, drehte sie den Türknopf und riss die Tür mit einer ruckartigen Bewegung auf. Einen Bruchteil einer Sekunde später wischte etwas gegen ihre Beine, und sie schrie auf und stolperte nach hinten.

„Miau.“

Sophia fing sich an der Wand ab, bevor sie fallen konnte, und atmete auf.

Das weiche Fell einer Katze streifte ihren Knöchel und kitzelte ihre nackte Haut.

Erleichtert beugte sie sich nach unten. „Hey, kleine Mieze. Du hast mir aber einen Schrecken eingejagt.“

Die Katze schnurrte zufrieden. Sophia setzte den Hammer auf den Boden.

„Wie bist du nur hereingekommen?“

Trotz des trüben Lichts erkannte Sophia die Katze als die ihrer Nachbarn. „Haben die Kinder dir wieder einen Streich gespielt und dich eingesperrt?“ Die drei kleinen Racker von nebenan hatten der armen kleinen Katze während ihres kurzen Lebens schon so allerhand angetan.

Sophia nahm das Tier und drückte es an ihre Brust. „Lass mich dich nach Hause bringen, ja?“

Mit erleichtertem Aufatmen ging Sophia zurück in den Flur. Sie schloss die Tür zum Studio hinter sich und gähnte. Sie würde die Katze durch den Hintereingang in der Küche hinauslassen und in weniger als zwei Minuten wieder im Bett sein. Schlaf klang jetzt wunderbar.

Mit der Katze in einem Arm griff sie nach dem Handlauf des Treppengeländers. Das Knacken warnte sie zu spät. Unter ihrer Hand splitterte das Holz.

Sophia verlor ihr Gleichgewicht und taumelte. Die Krallen der Katze gruben sich sofort in ihren Arm. Sie schrie vor Schmerz auf und ließ die Katze los, während sie nach vorne fiel.

Mit beiden Händen versuchte sie, ihren Fall abzufangen, aber sie konnte ihren Sturz die Treppe hinunter nicht verhindern. Sie stürzte, und ihre Arme und Beine schlugen gegen die Stufen, das Geländer und die Wand, hielten ihren Fall jedoch auch nicht auf.

Ihr Schrei verließ nie ihre Kehle, als sie mit dem Kopf voran auf den Marmorboden fiel. Sofort wurde alles um sie schwarz.

6

Triton bewegte sich unruhig auf seinem Hocker in der Lounge, die zur Mittagszeit praktisch leer war. Er warf Dionysos einen resignierten Blick zu. „Also Hermes ist keine Hilfe, und lass mich gar nicht erst mit Eros anfangen. Er war derjenige, der mich in diese missliche Lage gebracht hat."

Sein Freund grinste unverschämt. „Was dich in diese missliche Lage gebracht hat, ist dein Appetit auf Frauen, die anderen Männern gehören."

„Versuch du mal, eine Frau, die nicht bereits von Zeus beansprucht wird, zu finden. Das ist nicht so einfach, das kann ich dir sagen", erwiderte Triton.

„Es ist doch erst vier Wochen her ...", sagte der Gott des Weines und der Ekstase.

„Erst?", schnaubte Triton wütend. „Hast du eine Ahnung, wie lange sich vier Wochen in der Welt der Menschen ohne den Luxus von zu Hause hinziehen können?"

Sein Freund machte eine abwehrende Handbewegung. „Nicht so laut. Du willst doch bestimmt keine Aufmerksamkeit erregen, oder? Darf ich dich daran erinnern, dass ich für dich meinen Hals riskiere, indem ich hierher komme und dir gegen Zeus' strengste Anordnungen helfe – und das schon zum zweiten Mal, wenn ich das anfügen darf."

„Ja, ja, und ich weiß es auch zu schätzen", antwortete Triton schnell. „Ich brauche deine Hilfe. Denn bisher ist das einzige, was ich hier erreicht habe, dass die gesamte weibliche Bevölkerung von Charleston über mich herzieht als wäre ich ein Pin-up. Jemand fragte mich sogar, ob ich ein Chippendale sei. Weißt du, was das ist?"

Dionysos grinste. „Ich nehme nicht an, dass du das Sofa meinst, oder?"

Triton presste seine Lippen zusammen und gab ihm ein knappes Lächeln. „Nein, sie haben nicht von Möbeln gesprochen, außer ich ziehe in Betracht, wie oft ich schon auf einem Sofa in einem Café angemacht worden bin."

Sein Freund winkte ab und schmunzelte. „Also ist das Problem wohl nicht, dass du keine willige Frau findest."

„Sie sind alle willig – viel zu willig, wenn du mich fragst." Und unter anderen Umständen hätte Triton kein kleines bisschen dagegen einzuwenden gehabt. Die Art von Promiskuität, die auf der Erde im 21. Jahrhundert herrschte, gefiel ihm ganz gut.

„Du hast dich doch noch nie zuvor über weibliche Aufmerksamkeit beschwert." Dionysos lächelte weiter, während seine Augen einer Kellnerin folgten, die vorbeiging.

„Und glaube mir, wenn das hier vorbei ist, werde ich mich auch nie wieder beschweren. Aber jetzt brauche ich etwas anderes. Irgendwelche Vorschläge?“ Triton warf seinem Freund einen erwartungsvollen Blick zu.

Dionysos zuckte mit den Achseln. „Du hättest meine Idee mit der blinden Frau verfolgen sollen.“

Triton hob seine Hand, um zu protestieren. „Nein. Selbst für deinen Standard ist das zu niederträchtig.“

„Wie auch immer. Dann erzähl mir, was du bisher versucht hast. Vielleicht fällt mir was ein, woran du noch nicht gedacht hast.“

„Zwei Gläser Cabernet“, kündigte eine weibliche Stimme an. Triton drehte seinen Kopf, um die junge Kellnerin anzusehen, während sie die Getränke vor sie stellte.

„Gibt es noch etwas, was ich Ihnen besorgen könnte?“, fragte sie und klimperte mit ihren Wimpern. Triton ließ seinen Blick über sie schweifen. Sie war jung, hübsch und stellte ihre weiblichen Vorzüge exzellent zur Schau. Beim Anblick dieser verführerischen Frau wartete er darauf, dass seine Hormone auf Hochtouren kamen, darauf, dass die Lust aufflammte und Blut in seinen Schwanz pumpte. Er wartete noch ein paar extra Sekunden, aber nichts geschah. Sein Herz schlug so gleichmäßig wie zuvor, und sein Schwanz blieb in seinem entspannten Zustand. Sein Körper war nicht interessiert.

Triton winkte ab. Es war nicht notwendig, sie zu ermutigen: Sie war keine geeignete Kandidatin. Das war ihm bereits jetzt klar, wie sie ihn von Kopf bis Fuß musterte, als ob sie ein gutes Stück Fleisch kaufen wollte. Doch ihre Begutachtung ließ ihn völlig kalt.

„Ich könnte später einen kleinen Happen brauchen“, sagte Dionysos und zwinkerte ihr zu.

Die Kellnerin übertrug ihre Aufmerksamkeit auf Tritons Freund und anhand der Blicke, die die beiden austauschten, war klar, dass Dionysos später etwas horizontalen Einsatz betreiben würde.

„Wir sprechen uns auf dem Weg nach draußen“, versprach der Gott des Weines.

„Genießen Sie Ihre Getränke“, zwitscherte sie und schlenderte außer Hörweite.

Triton machte eine Kopfbewegung in Richtung des verschwindenden Mädchens. „Siehst du, was ich meine?“ So und noch schlimmer war er die letzten vier Wochen behandelt worden.

Sein Freund leckte sich die Lippen. „Oh, ja, es ist vollkommen klar. Es ist geradezu ein Elend. Möchtest du die Rollen tauschen?“

„Das ist nicht zum Lachen!“ Triton nahm einen Schluck von seinem Wein und genoss das Getränk noch nicht einmal.

„Also, gib mir einen Überblick darüber, was du bisher versucht hast. Wir brauchen ja nicht das wiederholen, was nicht funktioniert hat.“ Dionysos schaute ihn an, Neugier blinkte in seinen Augen auf.

Triton räusperte sich. Dies würde nicht einfach sein. Während er nie Schwierigkeiten gehabt hatte, seinem Freund jedes Detail seiner sexuellen Heldentaten mitzuteilen, war er weniger erpicht darauf, ihm von seinem Versagen zu berichten.

„Also, zuerst ging ich in ein paar Bars, aber ehrlich gesagt, war es immer das gleiche. Ich tanze mit einer Frau, und wir lernen uns kennen, aber alles, was sie will, ist ein schnelles Vögeln. Sie kümmert sich nicht darum, ob ich nett bin und ihr einen Drink kaufe, oder ob ich ihr die Tür aufhalte oder so etwas. In dem Moment, in dem mich die Frauen ansehen, fangen sie schon an zu sabbern.“

Die meisten der Frauen waren ziemlich hoffnungslos gewesen. Und *sabbern* war noch gelinde ausgedrückt.

„Du bist also zu gut aussehend?“

Triton ignorierte den Hieb. „Eine von ihnen sagte, ich sei oberflächlich und ein männlicher Bimbo, ein Himbo, nichts hier oben drin.“ Er deutete auf seine Stirn.

„Du? Keinen Verstand? Sie hat das zu dir gesagt, und du bist trotzdem mit ihr ins Bett gegangen?“ Dionysos schüttelte ungläubig den Kopf.

„Sie hat’s mir nicht direkt gesagt.“ Triton erinnerte sich an Sophia, die dunkelhaarige Schönheit, der er in seiner ersten Nacht in Charleston begegnet war. „Sie hat es zu ihrer Freundin gesagt, und ich habe es zufällig mitgehört.“

Sein Freund lachte. „Und sie hat ihre Meinung nicht geändert, nachdem du mit ihr fertig warst?“

Tritons Erinnerungen schweiften zurück zu der peinlichen Szene, als sie ihm praktisch die Tür ins Gesicht geknallt hatte, ohne ihn auch nur ein einziges Mal ihre verlockenden roten Lippen küssen zu lassen. „Ich bin nicht mit ihr ins Bett gegangen. Wie tief glaubst du eigentlich, dass ich sinke?“ Dies hatte allerdings Triton nicht davon abgehalten, an sie zu denken. „Ich würde nie mit einer Frau schlafen, die mich so offensichtlich für intellektuell minderwertig hält.“ Nicht nur das, sie hatte ihn auch als unzuverlässig eingestuft.

Aber, bei den Göttern, trotz allem hatte er sie gewollt – und wollte sie immer noch. Ihr Gesicht war noch immer fest in seinem Gedächtnis verankert. Jeden Abend verfolgte sie ihn in seinem Schlaf. Und diese Augen, ihre Tiefe, ihre verborgene Sinnlichkeit. Er hatte noch nie etwas dergleichen gesehen, nicht einmal bei einer Göttin. Wie eine gewöhnliche Sterbliche ihn, einen Gott, so anziehen konnte, konnte er sich nicht erklären. Vielleicht war es geschehen, weil Zeus ihn seiner Kräfte beraubt hatte.

„Ich bin ein Gott, um Olymps willen! Ich kann Frauen bekommen, die mich bewundern und verehren, mich –“

„Hey, hey“, unterbrach Dionysos ihn. „Was ist dir denn über die Leber gelaufen? Sieht aus, als ob bei dir eine Hornisse in deinem Hosenbein hochgekrochen ist.“

Triton nahm einen Schluck von seinem Wein und erkaufte sich damit etwas Zeit, bevor er antwortete: „Die Frau war unverschämt, respektlos und total ärgerlich.“

Ganz zu schweigen von *wirf-sie-auf-die-Tanzfläche-und-fick-ihr-den-Verstand-raus* sexy.

„War sie schön?“

„Natürlich war sie schön. Ich unterhalte schließlich keine Wohltätigkeitsorganisation.“ Er schnitt seinem Freund das Schmunzlen mit einem eisigen Blick ab.

„Hier ist eine Idee: Such dir eine hässliche Frau! Die wird dir dankbar sein, und für sie bist du dann der freundlichste Mensch der Welt, und sie verliebt sich in dich, nur weil du sie bemerkt hast.“

„Schon versucht.“

„Und?“

„Nichts. Gleiches Ergebnis. Selbst die Hässlichen fallen über sich selbst, sobald sie mich sehen, und werfen mir diesen leeren Blick zu, der mir sagt, sie sehen nur das Äußere. Ich bekomme ja nicht einmal die Chance, einer von ihnen zu beweisen, dass ich nicht oberflächlich bin.

„Vielleicht nur ein wenig oberflächlich“, verbesserte ihn Dionysos.

Tritons Arm schoss hervor, packte Dionysos am Hemd und zog ihn so schnell halb von seinem Sitz, dass sein Freund nur mit einem schockierten Blick und offenem Mund reagieren konnte.

„Ich bin nicht oberflächlich, und ich werde es dir und dieser verdammten Frau beweisen.“

Er lockerte seinen Griff, und Dionysos ließ sich sofort wieder auf seinen Sitz fallen, während er sein Hemd zurecht zog.

„Du meintest *diese verdammten Frauen*, Plural, nicht wahr?“

„Natürlich, was habe ich denn gesagt?“

Worauf, zum Hades, spielte sein Freund da an? Er würde es all diesen Frauen zeigen und vor allem Sophia. Er hätte es bereits getan, aber leider hatte er sie nirgendwo in der Stadt mehr gesehen. Und Charleston war nicht groß, doch egal wo er gesucht hatte, welche Restaurants und Bars er aufgesucht hatte, welche Geschäfte er durchstöbert hatte, er hatte sie nirgendwo gefunden.

Er war sogar zu ihrem Haus zurückgekehrt in der Hoffnung, dass sie herauskommen würde, und er so tun konnte, als ob er ihr zufällig begegnete. Aber abgesehen von einigen Arbeitern hatte er niemanden im Haus gesehen. Sophia war nirgendwo aufzufinden. Fast so, als wäre sie vom Erdboden verschluckt worden.

„Nichts, ich muss mich verhört haben.“

Triton grummelte vor sich hin, nahm kaum die Antwort seines Freundes wahr. Er hatte bereits vier Wochen verloren und nichts vorzuweisen. Die Frauen in dieser kleinen Stadt im Süden waren in ihn verliebt, aber aus den falschen Gründen.

„Hast du dich wieder beruhigt?“ Dionysos’ dumme Frage ließ seine Nackenhaare sich sträuben, aber Triton benötigte dennoch seinen Rat, denn wenn er wieder nach Hause zurückkehren wollte, musste er sich jetzt beherrschen. Er zügelte seinen Zorn.

„Gut. Wir brauchen eine Strategie. Einen völlig neuen Anfang“, begann Triton.

„Ich könnte dir dein Gesicht ein bisschen polieren, damit du weniger attraktiv aussiehst.“

„Wenn du mein Gesicht berührst, werde ich dir ein paar andere Teile deines Körpers aufmöbeln, und du wirst in Zukunft im Knabenchor mitsingen können.“

Mit einer schützenden Bewegung ging Dionysos’ Hand sofort zu seinem Schritt. „War ja nur ein Vorschlag. Schon mal was von Brainstorming gehört? Ich werfe ja nur Ideen herum. Du bist vielleicht in den letzten paar Wochen empfindlich geworden. Hoffentlich kommst du bald wieder nach Hause, oder du verärgerst noch jemanden und startest den Dritten Weltkrieg.“ Er nahm einen Schluck aus seinem Glas. „Hast du’s mit älteren Frauen schon versucht? Vielleicht eine Witwe, jemand mit einem kürzlichen Verlust. Wir könnten die Todesanzeigen überprüfen. Oder Hermes fragen, welche Ehemänner er vor kurzem über den Styx geführt hat“, schlug Dionysos vor.

„Makaber.“ Tritons Antwort wurde von einem Achselzucken begleitet.

„Jüngere dann eben. Ein Mädchen aus dem Gymnasium.“

„Du meinst eine, die über Boybands und Filmstars sabbert?“ Mit gespieltem Interesse hob Triton eine Augenbraue.

„Ah, ich sehe das Problem.“ Dionysos summte vor sich hin. „Vielleicht ...“ Er hob seinen Finger, dann verwarf er seine Idee wieder. „Nein. Vielleicht auch nicht.“

Triton leerte sein Glas und sah sich nach der Kellnerin um, aber diese war nirgendwo zu sehen. Er winkte mit seinem leeren Glas in Richtung Bar, wo der Barmann jener Nacht, in der er Sophia getroffen hatte, Gläser putzte. Der Barmann nickte und schenkte ein Glas ein.

„So früh am Tag schon so schwer am Trinken?“ Dionysos konnte gut reden!

Was machte es schon, dass es erst Mittag war? „Hey, ich brauche zum Ausklang ein bisschen was. Die letzten vier Wochen waren zermürbend.“

„Ja, jede Nacht mit einer anderen Frau zu schlafen klingt auch für mich ziemlich zermürbend.“

Triton starrte ihn an. „Ich habe die letzten vier Wochen keinen Sex gehabt.“

Der schockierte Blick auf dem Gesicht seines Freundes war unbezahlbar und fast die Qual der letzten paar Wochen wert.

„Kein Wunder, dass du so gereizt bist.“

Seit der ersten Nacht, als Sophia nicht einmal versucht hatte, ihn richtig kennenzulernen, hatte er sie nicht mehr aus seinem Kopf bekommen. Er hatte jegliches Interesse an anderen Frauen verloren und hatte nicht mit einer einzigen geschlafen. Und Angebote hatte er ja wirklich jede Menge gehabt.

Aber Triton konnte nur an Sophias berauschenden Duft, ihren geschmeidigen Körper und ihr weiches seidenes Haar denken. Und diese schönen grünen Augen, die sich geweitet hatten, dann später ihren Ausdruck verändert hatten, als ihr Interesse sich in Erregung verwandelt hatte. Gleichzeitig war Blut in seinen Schwanz geschossen in der Erwartung, in sie einzudringen.

Er war noch nie so schnell angetörnt worden. Nicht von einer Sterblichen, noch nicht einmal von einer Göttin. Wenn es nur ein wenig dunkler im Club gewesen wäre, und sie vielleicht sein Aussehen nicht so genau wahrnehmen hätte können, vielleicht hätte sie sich dann nicht sofort diese falsche Meinung über ihn gebildet.

Nur an sie zu denken ließ seinen Schaft jetzt zu beunruhigenden Proportionen anschwellen. Er konnte schon nicht mehr zählen, wie oft er mit seiner eigenen Hand Erleichterung gefunden hatte, während er sich vorstellte, dass sie nackt vor ihm lag, ihre Haut glänzend, ihre Lippen feucht von seinen Küssen.

„Du hattest den Cabernet, richtig?“ Die Stimme des Barmanns unterbrach seine Gedanken. Er hatte nicht bemerkt, wie der Kerl sich genähert hatte. „Clarice macht gerade Pause.“ Er stellte ein frisches Glas vor Triton.

„Danke.“ Triton nahm das Glas und sah Dionysos an, der immer noch einen amüsierten Ausdruck auf seinem Gesicht hatte.

„Ich habe dich jetzt schon ein paar Male hier gesehen“, sagte der Barkeeper und fuhr fort: „Ich nehme an, du hattest in jener Nacht bei Francescas Freundin Glück, nicht wahr? Ich sah, wie ihr beide zusammen gegangen seid. Geht’s Sophia besser?“

Triton hob die Augenbrauen. „Was meinst du mit *besser gehen*?“

„Nach ihrem Unfall. Ihre Freundin kam vor ein paar Wochen vorbei und hat es erwähnt.“

„Unfall“, wiederholte Triton, während sich ein stechender Schmerz in seinem Solarplexus verbreitete. Er drückte seine Hand gegen sein Brustbein. Dunkle Flecken erschienen vor seinen Augen, und er schloss sie. Sein Atem stürzte aus seiner Lunge.

„Triton?“ Dionysos’ Stimme drang zu ihm durch. „Was ist los?“

Triton zwang seine Augen sich zu öffnen. „Sophia. Sie braucht mich.“ Aber die Wahrheit war, er brauchte sie, und er konnte sich nicht erklären, warum.

7

Sophia hatte Krankenhäuser noch nie gemocht. Nachdem sie vier Wochen lang in einem hatte bleiben müssen, mochte sie sie noch weniger. Sie hatte Glück gehabt: Bei dem Sturz hätte sie sich den Hals brechen können. Stattdessen war sie mit mehreren Knochenbrüchen, einer Gehirnerschütterung und zwei Netzhautablösungen davongekommen.

Das Trauma des Sturzes und der Aufprall ihres Kopfes auf den Marmorboden am Fuße der Treppe hatte ihre Netzhaut von ihren Augen gelöst, was zu fast vollkommener Blindheit geführt hatte. Der Augenarzt hatte jede Netzhaut in zwei Operationen wieder angenäht, und jetzt begann das Warten.

„Ihr linkes Auge heilt gut“, sagte Dr. Zimmerman, der neben ihrem Krankenhausbett stand.

Sie bewegte ihren Kopf, aber ihre Sicht war genauso verschwommen, wie sie vor einer Woche nach der zweiten Operation gewesen war. Mit ihrem linken Auge konnte sie Formen und Farben erkennen, jedoch keine Gesichter. Alles war verzerrt, als ob sie durch einen zehn Zentimeter dicken Glasbaustein durchzuschauen versuchte.

Ihr rechtes Auge zeigte keinerlei Anzeichen dafür, dass die Operation erfolgreich gewesen war. Sie kniff die Augen zusammen, aber ihre Sicht verbesserte sich nicht. Alles, was sie sehen konnte, war eine Person in einem weißen Kittel. Nur seine Stimme ließ sie seine Identität und sein Alter, irgendwo nördlich von vierzig, erraten.

„Dr. Zimmerman, ich kann immer noch nichts mit meinem anderen Auge sehen“, klagte sie, und ihre Stimme schnürte sich mit Sorge zu. Seit sie das Bewusstsein wiedererlangt hatte, packte sie jede Nacht aufs Neue die Angst, nie wieder sehen zu können, und sandte sie in eine Talfahrt nach der anderen.

Sophia wickelte die Kordel ihrer Pyjamahose um ihren Finger, machte einen Knoten, dann machte sie ihn mit der nächsten Bewegung wieder auf. Wie viele Knoten sie in den letzten Wochen gemacht hatte, konnte sie wahrlich nicht sagen, aber es mussten mehr sein, als jeder Matrose je gemacht hatte. Ihre Hände mit etwas zu beschäftigen half ihr dabei, ihren Verstand zu bewahren.

„Miss Baker, ich weiß, Sie sind ungeduldig.“ Sie fühlte die beruhigende Hand des Arztes auf ihrem Arm. „Aber diese Dinge brauchen Zeit. Ich hatte schon viele Fälle wie Ihren, und nach meiner Erfahrung ist das Beste, der Behandlung zu folgen und jegliche Anstrengung zu vermeiden. Haben Sie

Geduld! So was geht nicht schneller. Wenn wir in den nächsten zwei Monaten keine Besserung sehen, werden wir in Ihre Augen Siliziumöl injizieren. Es wird helfen, Ihre Linsen zu stabilisieren und sicherstellen, dass die Netzhaut mit der Linse verbunden bleibt."

„Und wenn es nicht funktioniert?" Sophia schluckte die aufsteigenden Tränen herunter und versuchte den Knoten in ihrem Magen zu lösen – ohne Erfolg.

„Dann werden wir damit umgehen. Sie hatten bisher erst zwei Operationen. Es gibt noch viele andere Dinge, die wir versuchen können. Eins nach dem anderen. Versprechen Sie mir, geduldig zu sein!"

Auf Dr. Zimmermans drängende Stimme hin nickte sie langsam.

„Und Sie sollten jemanden finden, der Ihnen zu Hause hilft."

„Leichter gesagt als getan." Sie lebte alleine in einem riesigen Haus, das gerade einer großen Renovierung unterzogen wurde. Sich auszuruhen und gleichzeitig Hilfe zu finden, war praktisch unmöglich.

„Warum fragen Sie nicht eine Freundin, ob sie kurzzeitig bei Ihnen einzieht?"

„Ich lasse mir was einfallen", antwortete Sophia. Um Hilfe zu bitten war etwas, das sie nicht gerne tat, auch wenn es sich um Hilfe von Freunden handelte. Aber das war nicht das Problem des Arztes, es war ihres.

Plötzlich hörte sie ein Geräusch an der Tür.

„Ah, ich sehe, Sie haben Besuch. Ich werde in der Zwischenzeit Ihre Entlassungspapiere vorbereiten und einen Nachsorge-Termin für Sie ausmachen. Sie werden noch vor heute Abend zuhause sein." Er nahm ihre Hand und drückte sie beruhigend.

„Danke, Dr. Zimmerman."

Sobald der Arzt das Zimmer verlassen hatte, kam eine andere Figur in Sicht. Die Form war verschwommen und zu weit weg, um sie zu identifizieren. „Francesca?"

„Hallo, Sophia", begrüßte sie eine männliche Stimme.

Sophias Herz sank. „Michael."

Sie hatte nicht die Kraft, sich jetzt mit ihm zu befassen. Nachdem er sie nicht sofort besucht hatte, als sie ins Krankenhaus eingewiesen worden war, hatte sie gedacht, dass er wieder einmal aus der Stadt verschwunden war. Leider hatte sie nicht so viel Glück. Wenn er jetzt hier war, konnte das nur eins bedeuten: Er brauchte Geld.

„Ich kam sofort, nachdem ich es gehört hatte." Michaels Stimmer kam näher, während er sprach, und sie sah, wie sich sein Körper auf sie zu bewegte, bis er neben ihrem Bett stehen blieb.

„Du hättest dich nicht bemühen sollen", presste sie hervor. Sie fühlte sich verletzlich und hilflos, weil sie seinen Gesichtsausdruck nicht lesen konnte.

Die Matratze unter ihr gab nach, als er sich setzte. Sophia mochte nicht, dass er ihr so nahe war. Michael hatte etwas vor, das konnte sie spüren. Die Luft prickelte förmlich vor Spannung.

„Ich werde nicht einfach daneben stehen und so tun, als wären wir nicht Familie, wenn du mich brauchst. Du kannst auf mich zählen, das solltest du wissen."

Die Worte klangen aufrichtig, aber ohne seine Augen zu sehen, konnte sie sich nicht sicher sein. Michael hatte es immer geschafft aufrichtig zu klingen, selbst wenn er es nicht war. Er war jedoch nie in der Lage gewesen, die Kälte in seinen Augen zu verschleiern. „Danke, Michael, aber ich brauche keine Hilfe."

„Sophia, sei nicht albern, du kannst dich nicht um alles selber kümmern. Ich ziehe bei dir ein und helfe dir."

Plötzlich wurde eine Tür zugeschlagen.

„Kommt ja gar nicht in Frage!" Francescas Stimme kam von der Tür, bevor sie näher trat. Ihr rotes Haar machte es leicht, sie zu erkennen. Sophia seufzte erleichtert: Die Kavallerie war da.

„Dies ist eine private Unterhaltung zwischen Familienmitgliedern, und als ich das letzte Mal nachgeschaut habe, warst du nicht Teil der Familie", entgegnete Michael in einem abfälligen Ton. Die Sanftheit, die er zuvor zur Schau gestellt hatte, hatte seine Stimme verlassen, und der wirkliche Michael bäumte sich jetzt auf. Genau wie sie ihn in Erinnerung hatte.

„Und das letzte Mal, als ich geschaut habe, warst du noch ein Gauner." Ihre liebe Freundin konnte schon immer jedem dagegen halten, und zwischen Francesca und Michael war kein Funken Freundschaft vorhanden.

Michael erhob sich und Sophia erkannte, wie sich die Umrisse der beiden nun gegenüber standen. Aber Sophia wollte nicht, dass sie hier im Krankenhaus einen Streit vom Zaun brachen. Jemand würde wahrscheinlich dabei verletzt werden.

„Hört auf, beide! Ich will hier keinen Streit."

„Was, glaubst du wirklich, deine Freundin wird dir helfen? Ich habe dir doch gesagt, dass ich mich der Dinge annehmen würde. Es war dumm von Eleni, dir diese Verantwortung für das Haus aufzuhalsen."

Sophia seufzte. „Ich kann damit umgehen."

„Nein, kannst du nicht", protestierte Michael.

„Kann sie und wird sie auch", unterbrach Francesca.

„Halt dich da raus, Francesca! Sophia, hier ist mein Vorschlag: Ich werde dir helfen, die Pension aufzubauen, und im Austausch bekomme ich eine Beteiligung daran."

Sie wusste es. Er bot ihr seine Hilfe nicht aus der Güte seines Herzens an. Natürlich wollte er etwas im Austausch. Wie immer. Schon als Kind war er so gewesen.

Wie viel würde ihr lieber Cousin dieses Mal für seine Hilfe wollen? Vielleicht war er jetzt etwas vernünftiger, da er Zeit gehabt hatte, sich nach der Verlesung von Elenis Testament abzukühlen. Vielleicht würde er akzeptieren, was sie ihm schon damals angeboten hatte: einen kleinen Anteil der Gewinne für gelegentliche Hilfe in der Pension, wenn sie Zeit für sich selbst brauchte. Neugier ließ sie fragen. „Wie viel?“

„Sophia, nein ...“, rief Francesca aus.

„Halt die Klappe!“, unterbrach Michael sie, und seine Stimme klang scharf. Eine Sekunde später wandte er sich wieder an Sophia. „Ich werde dir helfen, aber ich muss ja auch leben. Ich nehme fünfzig Prozent des Hauses.“

Sophia Herz sank. „Nein!“

„Sei nicht dumm! Du bist praktisch blind. Du hast eine Hypothek in der Größe des Mount Hood und einen Bauleiter, der dich bei allem reinlegt. So was wird nicht passieren, wenn ich verantwortlich bin.“

Sophia fühlte ihren Blutdruck ansteigen. Nicht nur wollte er die Hälfte von allem was ihr gehörte, er wollte auch noch die Kontrolle übernehmen. Sie würde sich lieber von ihrem Bauleiter betrügen lassen als von Michael.

„Meine Antwort ist nein. Eleni hat mir aus einem Grund das Haus vererbt: um es zu erhalten. Sie hat dir nicht vertraut, und ehrlich gesagt tue ich das auch nicht. Glaubst du nicht, dass ich weiß, was du machst, sobald du im Grundbuch eingetragen bist?“

„Ich habe mich geändert. Die Dinge sind jetzt anders“, behauptete Michael. Die beruhigende Qualität in seiner Stimme war wieder da.

Sophia nahm einen tiefen Atemzug. Was, wenn er sich wirklich geändert hatte? Vielleicht hatte er das Glücksspiel ja aufgegeben. Sie hatte ihn seit der Beerdigung nicht mehr gesehen. Menschen konnten sich ändern, aber sie zögerte. Was, wenn er noch immer log, genauso wie er sie und Eleni immer belogen hatte? Sie war immer in der Lage gewesen, seine Lügen zu erkennen, wenn sie ihm in die Augen gesehen hatte. Leider konnte sie sich auf diese Fähigkeit jetzt nicht verlassen.

Als ob er wusste, was sie dachte, fuhr er fort. „Ich habe seit sechs Monaten nicht mehr gespielt. Ich bin den Anonymen Glücksspielern beigetreten. Das kannst du sogar nachprüfen. Bitte, Sophia. Ich bin deine Familie. Ich kann dir helfen.“

Sophia drückte ihre Handflächen gegen ihre Schläfen und versuchte die aufkommenden Kopfschmerzen abzuwehren. Sie wollte jetzt keine Entscheidungen treffen. „Ich kann nicht. Nicht jetzt. Ich muss nachdenken.“

„Gut, denk darüber nach! Aber ich sage dir, du brauchst mich.“

Michael drehte sich um und verließ den Raum, seine schweren Schritte hallten in ihrem Kopf wider.

„Du wirst dich doch nicht ernsthaft von ihm überreden lassen, oder?“ Francescas Worte erinnerten sie daran, dass ihre Freundin noch im Raum war.

„Ich weiß es nicht. Ich weiß im Moment gar nichts.“ Tränen, die sie nicht mehr zurückhalten konnte, liefen ihre Wangen hinab. „Was soll ich jetzt tun? Ich kann nicht alleine leben. Ich kann kaum etwas sehen. Wie kann ich sicherstellen, dass der Bauleiter tut was ich ihm anschaffe, wenn ich noch nicht einmal Frühstück für mich selbst machen kann?“

Mit ein paar Schritten war Francesca an ihrer Seite, schlang ihre Arme um sie und drückte sie fest. Es fühlte sich gut an, zu wissen, dass es jemanden gab, der sich um sie sorgte.

„Mach dir keine Sorgen, Schätzchen, ich werde dir helfen. Ich werde bei dir einziehen, bis es dir wieder besser geht.“

„Du machst das?“ Hoffnung keimte in Sophias Bauch auf und stieg zu ihrer Brust. Sie hätte Francesca nie um Hilfe gebeten, doch sie konnte in deren Stimme hören, dass sie es ernst meinte.

„Natürlich. Also mach dir keine Sorgen!“

Eine neue Welle von Tränen kam, die jetzt Erleichterung signalisierte. „Vielen Dank. Du hast ja keine ...“

„Schsch. Du würdest dasselbe für mich tun.“ Francesca entließ sie aus ihrer Umarmung. „Lass mich ein paar Sachen packen! Ich werde kurz mit der Firma reden, um sicherzustellen, dass Leo weiß, wo ich zu erreichen bin und was in den nächsten paar Tagen erledigt werden muss. Vielleicht kann ich ja sogar von deinem Haus aus arbeiten. Ich hole dich ab, sobald du entlassen wirst.“

Bei der Erwähnung von Francescas Chef erinnerte Sophia sich an etwas Wichtiges. „Und die Messe an der Westküste?“

Francesca arbeitete für einen kleinen Halbleiterhersteller, der die Spielkonsolenindustrie belieferte.

„Kein Problem. Leo kann gehen. Wir müssen nicht beide hin. Solange einer von uns die Firma repräsentiert, ist das schon in Ordnung. Jemand muss sowieso hier die Stellung halten. Ich bin sicher, dass die Bestellungen nach dem ersten Tag auf der Messe in LA schon reinflattern werden, und ich kann sicherstellen, dass alles rechtzeitig geliefert wird.“

„Du bist einfach super. Ich weiß nicht, was ich ohne dich tun würde.“

Sophia sah das Schütteln von Francescas roten Locken. „Du würdest dir auch was einfallen lassen und es schon bewältigen. Wie du es immer machst.“

~ ~ ~

Ein paar Stunden später saß Sophia auf dem Krankenhausbett und knöpfte ihre Strickjacke zu.

„Ich wünschte, ich könnte es ändern, aber Leo kann nicht reisen. Sie gipsen gerade sein Bein ein“, erklärte Francesca. Sie war gerade in ihrem Büro angekommen, als ihr Chef auf einer Bahre hinausgetragen wurde. Er war auf einer losen Fliese in der Herrentoilette ausgerutscht und hatte sich seinen Knöchel gebrochen.

Sophia hörte das Bedauern in der Stimme ihrer Freundin und versuchte sie zu beruhigen. „Ich verstehe, wirklich. Mach dir meinetwegen keine Sorgen. Du musst gehen und ihn auf der Messe vertreten, das ist jetzt wichtiger. Ich werde es schon irgendwie schaffen.“

Was sie ohne Francescas Hilfe tun würde, wusste sie nicht. Aber sie wollte ihre Freundin nicht damit belasten.

„Lass mich dir zumindest helfen, etwas anderes zu organisieren. Ich habe mit der Krankenschwester gesprochen, und die erzählte mir von dieser privaten Pflege-Agentur, die Mitarbeiter zur Betreuung von Leuten, die Hilfe zuhause brauchen, haben“, schlug Francesca vor. „Die helfen dir mit allem, was du benötigst, eine Art Kombination von Haushälterin und Krankenschwester. Sie können dir sogar helfen zu duschen, wenn du das brauchst.“

Sophia hob ihre Hand, um zu protestieren. „So behindert bin ich jetzt auch wieder nicht. Ich glaube, ich kann alleine duschen. Wie schwer kann es schon sein, sich in einer zwei Quadratmeter großen Kabine zurechtzufinden?“

„Ich sag ja nur. Ich behaupte ja nicht, dass du dabei Hilfe brauchst. Aber zumindest weißt du, dass diese Leute für alles ausgebildet sind, was du benötigst. Und die Kosten dafür sind auch angemessen.“

Francesca war mit Sophias finanzieller Situation sehr genau vertraut. Tatsächlich hatte sie sich in den letzten Wochen darum gekümmert, dass alle Rechnungen bezahlt wurden, und hatte auch ihr Konto überprüft.

„Kann ich mir das leisten?“, fragte Sophia jetzt ihre Freundin.

„Das geht schon.“

Sophia hörte einen Anflug von Zweifel in der Stimme ihrer Freundin und wusste, dass Francesca ihr nicht bange machen wollte. „Wie schlimm ist es?“

Sie konnte praktisch spüren, dass Francesca erschauderte, bevor sie antwortete. „Da ist ein Brief von deinem Bank-Manager. Er hat von deinem Unfall gehört und ist um den Kredit besorgt. Er will, dass du ihm berichtest, wann die Pension jetzt eröffnet wird. Ich habe einen Termin für dich gemacht, dass du ihm erklären kannst, was der aktuelle Stand ist.“

Sophia schüttelte den Kopf. „Als ob ich das wüsste. Ich habe keine Ahnung, wie weit die Renovierungsarbeiten vorangekommen sind, während ich hier im Krankenhaus lag. Wer weiß, ob die Arbeiter überhaupt meinen Anweisungen gefolgt sind.“

Francescas Hand berührte ihren Arm. „Schätzchen, du sorgst dich zu viel. Ich habe ihnen all deine Aufträge gegeben, und soweit ich sehen konnte, haben sie gute Fortschritte gemacht. Du wirst sehen, ein Großteil der Arbeit auf der zweiten Etage ist schon erledigt. Die Küche ist fertig.“

Sophia zuckte die Achseln. „Na ja, zumindest ist das schon mal was.“ Trotzdem war sie nicht davon überzeugt, dass ihre Anweisungen genau befolgt worden waren. Ihr Bauleiter hatte ihr genug Probleme bereitet, als sie noch in der Lage gewesen war, alles gründlich zu inspizieren. Würde er jetzt versuchen, mit noch mehr schlampiger Arbeit davonzukommen, da er wusste, dass sie praktisch blind war und die Mängel nicht erkennen konnte?

Es war schon schlimm genug, dass er dachte, dass sie als Frau keine Ahnung hatte, wovon sie redete, wenn in Wirklichkeit immer sie diejenige gewesen war, die alle Reparaturen im Haus übernommen hatte, als Eleni noch am Leben war. Sie kannte sich mit Reparaturen aus und konnte einen Hammer schwingen. Die Abwesenheit eines Mannes im Haus hatte es notwendig gemacht, dass sie und Eleni lernten, kleine Reparaturen selbst zu übernehmen.

“So, soll ich die Agentur anrufen?“ Francescas Stimme drang an ihr Ohr.

„Ja, bitte, hier ist mein Handy. Doch ich möchte selbst mit ihnen sprechen.“

Ein Klopfen an der Tür unterbrach sie. Einen Moment später ging die Tür auf, und eine Person in Weiß trat ein. Sophia identifizierte die runde Silhouette als eine der Krankenschwestern, die sie in den letzten paar Wochen betreut hatte.

„Alles bereit? Zeit, nach Hause zu gehen, Sophia?“, fragte Schwester Claudia.

„Ja, ich bin soweit.“

Die Krankenschwester rollte etwas in den Raum, und Sophia wusste, dass es ein Rollstuhl war. Die Krankenhausvorschriften verlangten, dass Patienten bei der Entlassung hinausgefahren wurden. Während sie es als demütigend empfand, in einem Rollstuhl gesehen zu werden, würde sie zumindest über keine unsichtbaren Gefahren stolpern und sich lächerlich machen können.

Sie hatte das Krankenhaus seit vier Wochen nicht verlassen, und die Außenwelt erschien ihr auf einmal erschreckend. Aber sie konnte jetzt nicht rumtrödeln. Schwester Claudia half ihr in den Rollstuhl.

„Executive Home Healthcare? Ja, einen Moment, ich gebe Sie an meine Freundin weiter. Sie möchte eine Pflegerin engagieren. Danke.“

Francesca drückte ihr das Handy in die Hand. „Hier. Sag ihnen einfach, was du brauchst, und sie werden es für dich organisieren. Ich hole in der Zwischenzeit das Auto und treffe dich in ein paar Minuten am Haupteingang.“

Francesca fegte aus dem Zimmer. Schwester Claudia schob sie einen Augenblick später mit dem Rollstuhl in den Flur.

„Hallo, ja.“ Sophia holte tief Luft. „Ich brauche jemanden, der mir helfen kann.“

8

Als Triton im Krankenhaus um eine Ecke bog, kollidierte er fast mit einem Rollstuhl im Flur.

Er fluchte: „Was zum Hades!“

Die Worte blieben ihm fast im Halse stecken, als er die Person im Rollstuhl erkannte. Es war Sophia, die mysteriöse Frau! Was – bei den Göttern – war geschehen? Hatte der Unfall sie gelähmt?

Sophia erwiderte seinen Blick nicht, sondern ignorierte ihn völlig. Hatte er das wirklich verdient? War er wirklich in jener Nacht so ein Scheißkerl gewesen? Genügte es nicht, dass sie ihn damals sofort in die Schranken verwiesen hatte?

Er stand wie angewurzelt da, bis die Krankenschwester ihm einen strengen Blick zuwarf und ein entschlossenes „Entschuldigen Sie bitte“ von sich gab, sodass er zur Seite sprang. Die Krankenschwester schob den Rollstuhl an ihm vorbei und setzte ihren Weg den Flur hinunter fort.

Hinter ihm räusperte sich Dionysos.“Was gibt’s denn? Würdest du mir jetzt bitte erklären, was wir hier tun, und wer diese mysteriöse Frau ist, wegen der wir die ganze Stadt ablaufen?“

Mit einer ungeduldigen Handbewegung unterbrach Triton seinen Freund. „Nicht jetzt, Dio. Folge mir!“

Mit ein paar langen Schritten holte Triton die Krankenschwester mit dem Rollstuhl wieder ein und folgte ihr.

„Ja, ich brauche eine Pflegerin, die mir zuhause helfen kann. Nein, ich kann gehen“, sagte Sophia in ihr Handy.

Triton spürte Erleichterung, als er sie sagen hörte, dass sie gehen konnte. Er hatte es genossen, mit ihr zu tanzen, und es wäre wirklich schade, wenn sie das nicht mehr tun könnte. Er würde sie gerne zum Tanzen ausführen und mit ihr über die Tanzfläche wirbeln.

„Ja, sonst bin ich gesund. Ich brauche keine richtige Krankenschwester, nur jemanden, der mir dabei hilft, mich im Haus zurechtzufinden.“ Sie machte wieder eine Pause, lauschte auf die Person am anderen Ende der Leitung. „Nein, es sind beide Augen. Ich sehe kaum mehr als verschwommene Formen und undeutliche Farben, sonst nichts.“

Triton hätte den leisen Seufzer fast überhört, wenn er nicht so intensiv zugehört hätte. „Ja, ich bin praktisch blind.“

Blind? Sie war blind? In der Nacht, als er sie in der Bar getroffen hatte, war sie nicht blind gewesen. Im Gegenteil, ihre Augen hatten ihn praktisch verschlungen.

"Wann glauben Sie, dass Sie jemanden zu mir schicken können? Morgen? Das passt. Ja, mein Name ist Sophia Baker. Und ich wohne in der ..." Sie unterbrach sich abrupt und kicherte leise. Zum ersten Mal nahm ihre Stimme einen unbeschwerten Ton an. „Sie kannten Tante Eleni? ... Ja, ich lebe noch im gleichen Haus. ... Danke, das ist sehr nett von Ihnen. Wir alle vermissen sie sehr. Ich erwarte die Pflegerin dann morgen. Vielen Dank."

Sophia beendete das Gespräch. Triton beobachtete, wie sie ihr Handy in ihre Tasche steckte.

Nahezu blind? Konnte es wahr sein? Ein Teil von ihm hasste seinen nächsten Gedanken, aber er konnte ihn trotzdem nicht aufhalten. Könnte dies seine zweite Chance sein? Wenn er sicher sein könnte, dass sie ihn nicht anhand seiner Stimme erkannte, könnte er sich für jemand anderen ausgeben. In jener Nacht hatte er ihr sowieso einen falschen Namen genannt.

Wenn er ihr nahe kommen und sich in ihr Leben einschleusen könnte, dann würde er ihr beweisen, dass er kein *Himbo* war. Er könnte ihr beweisen, dass er sich kümmerte, dass er zuverlässig war und ein Herz hatte. Er würde wieder in ihrer Nähe sein – und bei den Göttern - wie er sie vermisst hatte! Wie er sich danach gesehnt hatte, ihren Duft zu trinken, ihre geschmeidige Haut zu berühren, zu fühlen, wie sich ihr Körper an seinen schmiegte. Er könnte für sie da sein, ihr helfen mit allem, was sie brauchte. Er könnte als ihre Augen agieren.

Mit ein paar flotten Schritten überholte er den Rollstuhl und eilte daran vorbei. Dann drehte er sich abrupt um und tat als hätte er etwas vergessen, blockierte damit den Rollstuhl.

Sophia blickte ihn direkt an. Nein, nicht an, sie sah *durch* ihn hindurch. Sie konnte ihn wirklich nicht sehen.

„Entschuldigen Sie uns", sagte die Schwester, sichtlich verärgert.

„Es tut mir leid", antwortete Triton.

Beim Klang seiner Stimme neigte Sophia ihren Kopf zur Seite, als ob sie versuchte, etwas herauszufinden. Einen Augenblick später schüttelte sie den Kopf. Nein, sie erkannte seine Stimme nicht. Im Club war es laut gewesen, und auf dem Weg nach Hause hatte er nicht viel gesprochen. Und vier lange Wochen waren seither vergangen. Sie erkannte ihn nicht. Es würde funktionieren!

„Ich wollte Ihnen nicht in die Quere kommen. Wie ungeschickt von mir."

„Kein Problem", sagte Sophia und lächelte.

Triton trat beiseite und ließ sie passieren, dann warf er Dionysos einen verschwörerischen Blick zu.

„Die willst du?", fragte sein Freund im Gegenzug.

Triton nickte. „Sie ist perfekt.“ In jeder Hinsicht.

Er erinnerte sich an ihren Duft, ihren geschmeidigen Körper, ihre weiche Haut. Bald würde er diese üppigen Lippen küssen und seinen pochenden Schwanz in ihrer süßen Wärme vergraben. Und er würde sie dazu bringen, seinen Namen in Ekstase auszurufen, bis sie ihm gestand, dass sie ihn liebte.

„Und da bist du dir sicher?“ Dionysos’ Stimme war voller Unglauben. „Denn wenn das so ist, sollten wir besser von hier verschwinden, bevor das Personal an deiner steifen Latte Anstoß nimmt.“ Sein Freund warf einen bedeutsamen Blick auf Tritons Schritt, was die Peinlichkeit, die gerade durch ihn floss, keineswegs linderte.

Wie kam es, dass er die Reaktion seines Körpers auf Sophia nicht kontrollieren konnte? Er war doch kein Teenager mehr. Dies sollte ihm nicht passieren.

„Oder bleiben wir einfach hier stehen, während du dir – die Götter mögen’s wissen – was vorstellst?“ Dionysos’ Ungeduld machte sich bemerkbar. „Und jetzt möchte ich eine Erklärung, vor allem in Anbetracht der Tatsache, dass du meine Idee, eine blinde Frau anzubaggern, so herzlos abgewiesen hast. Und wenn ich mich nicht ganz irre, ist die Frau, die der Grund für deinen aktuellen Steifen ist, blind.“

Eine Sekunde lang fragte sich Triton, ob er Dionysos die Wahrheit erzählen sollte. Aus irgendeinem seltsamen Grund wollte er seine frühere Begegnung mit Sophia für sich behalten, was ihn überraschte. Normalerweise hatte er keine Probleme damit, seinem Freund jedes Detail seiner Abenteuer mit Frauen mitzuteilen. Mit einem schnellen Kopfschütteln befreite er sich von dem komischen Gefühl.

„Sie war derjenige, die mich hinter meinem Rücken einen männlichen Bimbo genannt hat.“

Im nächsten Augenblick schüttelte sich Dionysos vor Lachen. Triton zuckte die Achseln. Sein Freund hatte einen komischen Sinn für Humor und fand die seltsamsten Dinge lustig.

„Wenn du mit dem Lachen fertig bist, können wir dann wieder zur Sache kommen?“, fragte Triton in einem trockenen Ton.

Dionysos hob eine Hand, um darauf hinzuweisen, dass er versuchte zu sprechen. Er brauchte jedoch noch eine volle Minute, um seine Stimme wieder unter Kontrolle zu bringen. „Entschuldige, aber das war einfach zu lustig.“

„Ich sehe wirklich nicht, was daran so lustig ist.“

„Wirklich nicht, wie? Also lass mich das mal klarstellen: Du wählst sie, weil sie dich oberflächlich und unzuverlässig genannt hat? Was versuchst du, damit zu beweisen?“

War das nicht offensichtlich? Er würde ihr zeigen, dass er nichts dergleichen war. Und außerdem war sie so schön wie Aphrodite und so resolut wie Artemis. „Ich muss nichts beweisen. Sie ist das perfekte Ziel: alleinstehend, blind und schön.“

Er hatte absichtlich das Wort *Ziel* verwendet, weil er nicht wollte, dass Dionysos herausfand, dass diese Frau nicht nur ein bequemes Opfer, sondern mehr für ihn war. Außerdem war sein Freund viel zu scharfsinnig für seinen Geschmack. Nein, wenn Dionysos wüsste, was Sophia in ihm aufgewirbelt hatte, welche Art von Gefühlen und Wünschen sie in seinem verwirrten Geist entfesselt hatte, würde Dionysos' Lachen nie enden.

„Das ist nicht genau das, was du zuvor gesagt hast. Warte mal, es fällt mir gleich wieder ein. Ich glaube, deine genauen Worte waren: Ich bin nicht oberflächlich, und ich werde es dir und dieser verdammten Frau beweisen. Ich nehme an *diese verdammte Frau* ist diese hier? Oh, ja, und bevor ich es vergesse: Hast du sie nicht auch unverschämt, respektlos, und total ärgerlich genannt?"

Warum nur musste sein Freund ein perfektes Gedächtnis besitzen? „Du bewegst dich auf dünnem Eis. Wenn du nicht aufpasst, dann brichst du noch ein!", zischte Triton.

„Wozu sind Freunde da?" Das Grinsen auf Dionysos' Gesicht musste ihm unbedingt abgewischt werden, aber Triton wollte nicht noch mehr Aufmerksamkeit auf sie beide lenken als Dionysos' Gelächter ihnen schon eingebracht hatte.

„Und jetzt?"

„Jetzt werden wir herausfinden, was für eine Pflegerin sie gebucht hat." Triton kam gerade eine geniale Idee.

„Und dann?"

„Dann werden die Rollen getauscht." Triton drehte sich frontal seinem Freund zu und streckte seine Arme zu beiden Seiten aus, um sich zu präsentierten. „Darf ich dir Sophias neuen Pfleger vorstellen?" Ein Grinsen breitete sich auf Tritons Gesicht aus, als die Idee in ihm Wurzeln schlug. Was für eine perfekte Situation, um ihr nahe zu kommen und ihr zu beweisen, dass er ihrer Liebe wert war und dass sie sich auf ihn verlassen konnte.

„Du bist schon ein verrückter Gottessohn." Dionysos grinste. „Gefällt mir. Gefällt mir sogar sehr."

9

In dem Moment, als die Eingangstür hinter Francesca zufiel, ließ sich Sophia auf das Sofa im Wohnzimmer fallen. Von dem bisschen, das sie sehen konnte, wurde ihr klar, dass ihre Freundin Recht gehabt hatte. Die Handwerker hatten gute Fortschritte gemacht, und die Arbeit auf der ersten Etage, wo sich die Küche, das Wohnzimmer und das Esszimmer befanden, schien abgeschlossen zu sein. Wie gut die Arbeit ausgeführt worden war, konnte sie allerdings mit ihrer begrenzten Sehkraft nicht beurteilen.

Die Arbeiter hatten das Haus bereits verlassen, und es war jetzt still. Sie hätte gegen ein bisschen Gesellschaft nichts einzuwenden gehabt. Nach vier Wochen im Krankenhaus mit ständigen Geräuschen bei Tag und Nacht kam ihr das Haus nun unheimlich still vor. Es hatte sie früher nie gestört. Aber jetzt, da sie sich nicht mehr auf ihre Augen verlassen konnte, schien ihr Gehör den Verlust einer ihrer Sinne zu kompensieren und verstärkte alles, selbst die Stille um sie herum.

Sophia erhob sich aus dem Sofa und tastete sich mit den Händen an der Wand entlang, um ihren Weg in die Küche zu finden. Francesca hatte einen Teller mit Essen, das sie nur noch in der Mikrowelle aufwärmen musste, für sie im Kühlschrank gelassen. Morgen würde ihre Pflegerin hier sein und sich um diese Dinge kümmern.

Als Sophia die Küche betrat, fand sie den Lichtschalter und machte ihn an. Das Zimmer wurde hell und das half ein wenig, die Konturen der neu renovierten Küche zu erkennen. Sie achtete darauf, nicht gegen die Kücheninsel zu stoßen und benutzte ihre Hände, um sich zu den Doppeltüren des riesigen Kühlschranks vorzutasten.

Sophia fand den Teller, den Francesca vorbereitet hatte, und griff danach. Ein Geräusch hinter ihr ließ sie herumfahren. Der Teller in ihrer Hand stieß gegen ein Hindernis, das zuvor nicht da gewesen war. Ihr Atem stockte.

„Ich habe dir doch gesagt, dass du Hilfe brauchst."

Sie blickte auf die große Silhouette des Mannes vor ihr. Sofort stieg Gereiztheit in ihrem Magen hoch. „Michael, wie bist du reingekommen?" Hatte jemand die Hintertür offen gelassen?

Michael nahm den Teller aus ihrer Hand und bewegte sich. Sie hörte die vertrauten Töne der Mikrowelle, als er die Zeit eintippte. „Der Handwerksmeister gab mir einen Schlüssel. War auch gut so, da ich ja sehen kann, dass du ganz alleine und hilflos bist."

„Ich bin nicht hilflos", protestierte sie, aber er nahm sie nicht zur Kenntnis.

„Ich bin hier, um dir zu helfen. Ich habe gehört, dass Francescas Chef sich ein Bein gebrochen hat, und dass sie jetzt seine Aufgaben übernehmen muss."

„Wie hast du das herausgefunden?" Sophia mochte die Tatsache nicht, dass er bereits wusste, dass Francesca nicht in der Lage wäre, ihr zu helfen. Sie fühlte sich beobachtet. Wo sonst noch hatte Michael schon herumgeschnüffelt? Ein unangenehmes Gefühl stieg in ihrem Bauch hoch.

„Du vergisst, dass dies eine kleine Stadt ist. Jeder kennt jeden. Mach dir keine Sorgen, ich bin hier um zu helfen." Michael Stimme klang lässig und locker, als ob der Streit im Krankenhaus nie stattgefunden hätte.

„Ich habe dir bereits gesagt, dass ich deine Hilfe nicht brauche. Das hat sich nicht geändert." Sie wollte ihn hier nicht, nicht einmal jetzt, wenn sie jegliche Hilfe, die sie bekommen konnte, benötigte.

„Sei nicht albern. Wie willst du dich denn halb blind im Haus zurechtfinden?"

Seine Worte taten weh. Tat er dies mit Absicht, sie ständig daran zu erinnern, dass sie jetzt behindert war? Als ob sie das nicht selbst wusste. Tränen begannen, hinter ihren Augen zu brennen. Sie drängte sie zurück. Sie würde ihm nicht die Genugtuung geben, sie so zu sehen. Mit einer schnellen Bewegung drehte sie sich von ihm weg und griff nach der Arbeitsplatte.

„Ich habe Hilfe engagiert. Also musst du dich nicht um mein Wohlbefinden sorgen." Als ob er das je getan hätte.

„Du hast Hilfe engagiert? Du willst einen Fremden dafür bezahlen, dir zu helfen, wenn ich dir meine kostenlos anbiete? Mach dich nicht lächerlich!" Michaels Empörung durchfuhr sie wie ein Messer.

„Kostenlos?" Sie hob ihre Stimme nicht, wollte keinen weiteren Streit beginnen, vor allem nicht, wenn sie alleine mit ihm war. „Nichts, was du tust, ist kostenlos. Du hast noch nie eine einzige Sache in deinem Leben getan, für die nicht jemand am Ende zahlen musste."

„Das ist nicht wahr."

„Ist es das nicht? Ich bin müde, Michael, und ich habe dich satt. Es war Elenis Entscheidung, dir das Haus nicht zu geben, nicht meine. Ich habe dir gesagt, was ich dir anbieten kann, aber das wolltest du nicht –"

„Wirf mir doch keinen Knochen zu! Glaubst du, du machst das Richtige, indem du Fremde in unser Haus bringst? Zahlende Gäste? Das ist entwürdigend! Wir sind hier aufgewachsen, und so ehrst du diese Erinnerungen, indem du unser Zuhause zu einem Ort machst, wo jeder der zahlt, seine schmutzigen Füße hochlegen kann?"

Die Feindseligkeit in Michaels Stimme erfüllte den Raum und machte die Luft stickig. Sophia atmete scharf ein. „Was wirfst du mir vor? Dass ich versuche mir mein Zuhause zu erhalten? Ich habe auch Erinnerungen hier. Und ich werde dieses Haus nicht verlassen. Wenn das bedeutet, dass ich das Haus mit zahlenden Gästen teilen muss, damit ich die Erbschaftssteuer bezahlen kann, dann nehme ich das in Kauf."

Die weichen Pings der Mikrowelle unterbrachen ihre Worte. Sie drehte sich um und öffnete die Tür. Michael trat hinter sie und kam ihr zuvor. Er zog den Teller heraus und stellte ihn auf den Tresen vor ihr.

„Verdammt noch mal, Sophia, ich habe meine Hilfe angeboten. Was willst du denn noch von mir?"

„Ich will, dass du gehst." Sie fühlte sich ausgelaugt.

„Das kann ich nicht tun. Wir sind eine Familie. Familie hält zusammen, wenn die Zeiten hart sind."

„Es ist alles in Ordnung." Nun, nichts war in Ordnung, weder körperlich, noch emotional, noch finanziell, aber sie biss sich lieber die Zunge ab, als Michael um Hilfe zu bitten. Sein Preis für diese Hilfe war zu hoch. Sie würde lieber jemanden bezahlen, ihr zu helfen.

„Du hast doch gerade gesagt, dass du die Erbschaftssteuer zahlen musst. Also leugne es nicht! Du brauchst Hilfe. Wenn wir unsere Ressourcen bündeln würden, müsstest du dich nicht um alles alleine kümmern." Seine Hände fuchtelten im Raum herum.

„Unsere Ressourcen bündeln? Das letzte Mal als ich nachschaute, hattest du keine Ressourcen. Das letzte Mal, als ich dich vor Elenis Tod sah, hattest du ihre Unterschrift gefälscht und einen Scheck von ihrem Konto eingelöst. Du hast sie ausgenommen. Sind das die Ressourcen, von denen du redest, Michael? Ist das, was du vorhast, wieder von jemanden zu bestehlen?"

Sie hatte ihn nicht anklagen wollen, aber er konnte leider ihre Hinweise, dass er verschwinden sollte, nicht verstehen.

„Das war ein Missverständnis, und das weißt du auch." Seine Verteidigung war bestenfalls lahm. Es war kein Missverständnis gewesen. Sophia hatte ihn auf frischer Tat ertappt.

„Du hast Glück gehabt, dass sie nicht zur Polizei gegangen ist. Sie hätte es tun sollen. Wenn ich an ihrer Stelle gewesen wäre, hätte ich es getan. Vielleicht hättest du dann endlich was gelernt." Sie schluckte eine Träne hinunter, während sie sich erinnerte, wie enttäuscht Eleni gewesen war, als sie herausgefunden hatte, was er getan hatte. Sie hatte stundenlang geweint und sich Vorwürfe gemacht, dass sie als seine Ersatzmutter gescheitert war.

„Ich habe mich geändert. Die Dinge sind jetzt anders. Ich bin jetzt sauber. Ich spiele nicht mehr. Ich bin weg von den Drogen. Vertrau mir! Ich bedauere, was damals passiert ist, das tue ich wirklich. Ich war nicht ich selbst, aber –"

„Aber was, Michael? Hast du endlich ein Gewissen entwickelt?", spottete sie.

„Ich hatte immer ein Gewissen. Du brauchst gar nicht so selbstgerecht tun. Ich bin nicht der Einzige in diesem Haus, der Probleme hatte. Oder hast du vergessen, wie oft ich dich gedeckt habe, wenn du behauptet hast, seltsame Kreaturen zu sehen, die nicht da waren?"

Sophia schnappte nach Luft und legte ihre Hand auf ihren Mund. Nein, sie hatte die seltsamen Geschöpfe nicht vergessen, die sie als Kind gesehen hatte. Dass er dies jetzt hervorzog, das war gemein.

„Nein, du hast es nicht vergessen, nicht wahr?“, fuhr er fort zu spotten. „Ich war damals für dich da. Ich habe dich davon abgehalten, Eleni davon zu erzählen, damit sie dich nicht zum Arzt schicken würde. Was glaubst du denn, dass die mit dir gemacht hätten? Das weißt du doch, oder?“

„Hör auf, bitte hör auf“, stammelte Sophia, ihre Stimme nur ein atemloses Flüstern. Sie wollte nicht daran erinnert werden, nicht jetzt, niemals mehr.

„Sie hätten dich in die psychiatrische Abteilung des Krankenhauses eingeliefert, genauso wie sie es mit deiner Mutter vorgehabt hatten, wenn sie nicht bei dem Bootsunfall umgekommen wäre. Ja, wenn ich nicht da gewesen wäre, um dich abzuhalten, Eleni jedes Mal davon zu erzählen, wenn du glaubtest jemanden zu sehen, dann hätten sie dich mit all den Spinnern eingesperrt. Und so bedankst du dich dafür?“

Michaels große Silhouette ragte über ihr auf, bedrängte sie. Sie wollte nicht an jene Tage erinnert werden. In ihren Träumen hatte sie Geschöpfe aus einer anderen Welt gesehen, sogar mit ihnen gesprochen. Es hatte Monate vor jenem Tag am Strand angefangen, als sie einen Mann im Meer gesehen hatte. Sie hatte auch andere gesehen: Feen, Zwerge, Geschöpfe aus anderen Welten – Wesen aus der Luft und dem Meer, sogar Götter.

Sie hatte Eleni zuerst davon erzählt, aber ihre Tante hatte angefangen, über ihr Wohlbefinden besorgt zu sein, und deshalb hatte Michael ihr geraten, Eleni anzulügen und zu behaupten, die Kreaturen wären verschwunden. Sie hatte ihre Tante angelogen, weil sie befürchtete, dass sie weggeschickt würde.

Sophia spürte die Nässe auf ihren Wangen und erkannte, dass sie weinte. Sie drückte ihre Hände gegen Michael Brust und schob ihn aus dem Weg, bevor sie durch die Küche stolperte.

„Wir unterhalten uns morgen darüber“, rief er ihr nach, als sie durch die Tür in den Flur trat.

„Nein!“, krächzte sie, ihre Kehle ausgedörrt.

Sie fand das Geländer und benutzte es, um ihren Weg nach oben in ihr Zimmer auf der zweiten Etage zu finden. Auf unsicheren Füßen betrat sie ihr Schlafzimmer und knallte die Tür zu. Ihre Hände zitterten, als sie den Schlüssel im Schloss drehte.

Als sie das Bett erreichte, ließ sie sich darauf fallen. Die Geister ihrer Vergangenheit hatten sie eingeholt. Seit über zehn Jahren hatte sie nicht mehr an die Geschöpfe, die sie als Kind gesehen hatte, gedacht. Aber ein paar Worte von Michael hatten die Erinnerung wieder zurückgebracht.

Sie konnte nicht erlauben, dass Michael im Haus blieb. Er würde jede Gelegenheit nutzen, sie an all die Dinge, die sie vergessen wollte, zu erinnern, vor allem an ihre Angst, dass sie an einer Geisteskrankheit litt.

Einige Jahre nach dem Tod ihrer Mutter hatte sie deren Tagebuch gefunden. Sophia war so ausgehungert gewesen, mehr über ihre Mutter herauszufinden, dass sie es lesen musste. Als sie gelesen hatte, dass ihre Mutter behauptete, sonderbare Geschöpfe zu sehen, hatte sie das Tagebuch ins Feuer geworfen.

Ihre Mutter war geisteskrank gewesen, und ihr Tagebuch war nicht der einzige Hinweis darauf gewesen. Während sie und Michael eines Tages im Haus herumgestöbert hatten, hatten sie einen Brief von einem Psychiater gefunden, der empfahl, dass Sophias Mutter in eine psychiatrische Anstalt eingeliefert werden sollte. Sophia wusste, dass sie die gleichen Symptome einer psychischen Erkrankung zeigte, die ihre Mutter in ihrem Tagebuch beschrieben hatte und die der Arzt in dem Brief bestätigt hatte. Von dem Tag an hatte sie die Augen geschlossen, wann immer sie glaubte, ein anderes Geschöpf zu sehen, und es weggewünscht. Mit der Zeit waren die Kreaturen verschwunden, und sie hatte geglaubt, ihr Schicksal besiegt zu haben.

Aber das Schicksal war grausam, und manche Dinge konnte man nicht wegwünschen.

10

Triton lehnte an einem der Bäume, die die Battery Street säumten, und für einen flüchtigen Beobachter hätte er wie ein Tourist ausgesehen, der die Morgensonne genoss. Aber unter seinen halbgeschlossenen Lidern entging nichts seinem Blick. Wie ein Falke beobachtete er seit Sonnenaufgang die Eingangstür zu Sophias Haus.

Er ließ seine Augen über das beeindruckende Antebellum-Gebäude schweifen, das in Größe mit dem Palast seiner Eltern wetteifern konnte. Es bestand aus drei Stockwerken. Der erste und zweite Stock waren von großen Veranden auf der einen Seite des Hauses umgeben und mit kleinen Juliette-Balkonen auf den anderen Seiten geschmückt. Die Zimmer im Erdgeschoss hatten Doppeltüren, die zu dem großen privaten Garten führten, der hinter einem massiven schmiedeeisernen Zaun lag. Entlang des Zaunes waren Büsche und junge Bäume gepflanzt, die für Privatsphäre sorgten.

Triton war überrascht, dass eine so junge Frau wie Sophia in einem so großen Haus wie diesem lebte. Aus seinen Beobachtungen während der Nacht – denn er war nicht in der Lage gewesen zu schlafen – hatte er sich zusammengereimt, dass sie dort alleine lebte.

Vor einer halben Stunde hatte Triton Arbeiter ins Haus gehen sehen, und nun konnte er Baulärm aus dem zweiten Stock kommen hören. Der Lärm sowie der große Muldenkipper vor dem Gebäude deuteten an, dass im Haus größere Renovierungsarbeiten vor sich gingen.

Bisher hatte er niemand anderen das Haus betreten oder verlassen sehen.

Mit dem Fuß stupste Triton Dionysos an, der am Fuße des Baumes saß. „Schläfst du?“

Sein Freund schnaubte, erhob sich jedoch nicht. „Genau das tue ich. Niemand steht zu einer solch ungöttlichen Zeit auf. Wir hätten zuerst frühstücken gehen sollen.“

„Ich habe keinen Hunger.“

„Typisch. Wann hast du schon jemals an jemand anderen gedacht als an dich selbst? Ich bin hungrig. Ich kenne da dieses Restaurant, das den besten Grieß mit Speck macht und –“

„Was ist mit dir und Grieß?“ Die Nacht zuvor hatte Dionysos ihn in ein Restaurant geschleppt und darauf bestanden, dass er den örtlichen Grieß probierte.

Sein Freund zog sich auf seine Füße und staubte seine Hose ab. „Er schmeckt gut. Und wenn du so viel trinkst wie ich, brauchst du eine gute Nahrungsgrundlage, um bei Kräften zu bleiben."

„Schon jemals in Erwägung gezogen, dein Trinken zu reduzieren?", spottete Triton und machte sich auf eine heftige Reaktion seines Freundes gefasst.

„Warum – zum Olymp – sollte ich so etwas tun? Geht's dir noch ganz gut? Offensichtlich nicht, sonst würdest du nicht auf so eine dumme Idee kommen. Nicht, dass du in letzter Zeit überhaupt brillante Ideen gehabt hättest."

Triton schüttelte die Beleidigung mit einem Achselzucken ab. „Mein Plan ist brillant, und du bist nur eifersüchtig, weil es nicht deine Idee war, und du jetzt dafür kein Lob einstecken kannst."

„Du bist ein Esel, und es war doch meine Idee."

„Ich liebe dich auch", schoss Triton zurück. „Du weißt also Bescheid, was du tun musst?"

Dionysos nickte gelangweilt. „Sobald die Krankenpflegerin hier ist, werde ich sie mit meinem Charme ablenken und von hier weglocken. Bla, bla, bla. Ich werde ihr Zeitgefühl verzerren, sodass sie nicht weiß, wie lange ich sie von hier fernhalte, und du hast freie Bahn. Ich hoffe, du nutzt die Zeit auch gut – ich habe keine Lust, zu lange mit der gleichen Frau rumzuhängen."

Dionysos' genervter Blick ließ Triton schmunzeln. Sein Freund würde es für eine oder zwei Wochen aushalten müssen. Wie schwer konnte so was denn sein? Und mit etwas Glück würde die Pflegerin sich als eine nette Ablenkung für Dionysos erweisen, und vielleicht würde sie ihn sogar ein oder zwei Dinge lehren.

„Selbst deine *Nur-eine-Nacht-Regel* muss mal gebrochen werden. Genieße es!", riet Triton.

„Sagt *Herr Ich-binde-mich-nicht*. Ich frage mich, was du sagen würdest, wenn du an meiner Stelle wärst."

Triton gab ein trockenes Lachen von sich. „Reg dich nicht auf. Ich werde diese Frau für eine oder zwei Wochen umgarnen, und sie wird sich in mich verlieben. Es wird die reinste Folter sein."

Reinste Folter, ja. Schon jetzt konnte er sie kaum aus seinem Kopf verbannen. Letzte Nacht hatte die Vorfreude darauf, sie heute zu sehen, Hackfleisch aus seinen Bemühungen gemacht, eine gute Nachtruhe zu finden. Sein Körper hatte mit Lust gepocht, als er an ihre üppigen Kurven, ihre glatte Haut und ihren berauschenden Duft gedacht hatte. Und in seiner Brust war eine sonderbare Sehnsucht nach ihrer Nähe entstanden, aber er ignorierte dieses seltsame Gefühl und konzentrierte sich stattdessen auf sein Verlangen nach ihr.

Wenn er nicht bald seine Hände auf sie legen konnte und seine harte Lanze in ihre Hitze eintauchte, würde er bald in Flammen heißer als der Hades aufgehen. Die Lust, die ihn packte, wann immer er an sie dachte, hielt seinen

Schwanz in einem permanenten Zustand der Halb-Erektion, nur um dann voll anzuschwellen, wenn seine Gedanken länger als fünf Sekunden bei ihr verweilten. Nun, seine fünf Sekunden waren schon wieder mal abgelaufen.

„Da."

Triton folgte Dionysos' ausgestrecktem Arm, als er auf eine Person zeigte, die zu Fuß in Richtung Sophias Haus marschierte.

„Los geht's!", kündigte Triton an und bewegte sich.

Dionysos hielt ihn am Arm zurück. „Ich hab's mir anders überlegt."

„Du kannst dich jetzt nicht da rausreden. Du hast es versprochen."

Dionysos warf ihm einen angewiderten Blick zu. „Ich weiß, was ich versprochen habe. Aber das da war nicht abgemacht." Er deutete auf die Person, die jetzt an der Tür stand und klingelte. „Das ist ein Mann."

Triton zuckte die Achseln. „Na und? Benütze mal deine Fantasie."

„Und mach was?"

„Was du am besten machst."

Dionysos schüttelte den Kopf. „Kommt ja gar nicht in Frage. So was mache ich nicht, nicht mal für dich."

Triton packte seinen Freund am Arm und zog ihn in Richtung Haus. „Nimm ihn auf eine Sauftour mit, das kann doch nicht so schwer sein, oder?"

Ein nervöses Lachen entkam der Brust seines Freundes. „Sauftour? Sicher, ja, natürlich, du hast Recht."

Triton warf ihm einen neugierigen Blick zu. „Was hast du denn gedacht?"

„Nichts. Gar nichts."

Einen Augenblick später erreichten sie die Tür, und Dionysos klopfte dem Mann auf die Schulter. Als er sich umdrehte, blickte Triton in das Gesicht eines Mannes, der Anfang Dreißig war, attraktiv, aber nicht übermäßig gut aussehend. Seine Haut hatte die Farbe von Milchschokolade, und seine Augen waren eine Mischung aus grau und blau.

„Entschuldigen Sie", begann Triton. „Sind Sie hier, um Sophia Baker aufzusuchen?"

Der Mann nickte. „Ja, die Agentur schickt mich."

„Ah, ja, da gab es eine geringfügige Änderung der Pläne", übernahm Dionysos das Gespräch.

Triton beobachtete, wie sein Freund dem Pfleger tief in die Augen sah und seine hypnotischen Kräfte einsetzte. Ein paar Sekunden später legte er seine Hand auf die Schulter des Mannes und führte ihn weg.

Triton hatte keine Zeit, seine Gedanken zu sammeln, da sich die Tür plötzlich öffnete.

Der kurzstämmige Mann wischte sich seine mit Farbe beschmutzten Hände auf seiner ebenso verdreckten Hose ab und blickte zu ihm auf.

„Ich nehme an, du bist nicht der Elektriker", bemerkte er nüchtern.

Triton räusperte sich, froh, noch ein paar Minuten Zeit zu haben, bevor er Sophia gegenüberstehen würde. Er brauchte noch ein paar Momente, um das Pochen in seinem Herzen unter Kontrolle zu bekommen. Warum es wie ein Presslufthammer schlug, wusste er nicht.

„Ich bin hier, um Miss Baker, Sophia Baker zu sehen."

Der Arbeiter deutete mit dem Daumen auf die Treppe hinter sich. „Sie war gerade noch in der Küche."

Triton marschierte an dem Mann vorbei.

„Würde da jetzt nicht gerade reinplatzen", sagte der Maler gedehnt hinter ihm. „Sie ist nicht in guter Stimmung."

Triton hob eine Augenbraue, ließ sich aber wegen dieser Information nicht von seinem Vorhaben abhalten. Doch es würde nicht schaden, mehr herauszufinden. „Was ist denn los?"

Der Mann grinste. „Hartnäckiges Mädel – sie mag's nicht, wenn ein Mann ihr sagt, wo's langgeht."

„Als ob ich das nicht schon wüsste", murmelte Triton vor sich hin.

Er hatte sich bereits in der Nacht im Club seine Meinung über Sophia gebildet. Die Frau war eigensinnig und rechthaberisch, ebenso wie schön und sexy. Und wenn es nicht wegen letzterem wäre, dann wäre er nicht hier.

Zumindest würde er irgendwann seine gerechte Belohnung dafür bekommen, dass er sich mit ihr herumärgerte. Und während sein Verstand wusste, dass seine Belohnung darin bestand, wieder nach Hause zurückzukehren, wünschte sich sein Körper eine ganz andere Belohnung, eine, die er am liebsten gleich kassieren wollte, wenn es nach der Härte seines Schwanzes ginge.

„Ich glaube, ich habe das, was sie braucht", antwortete er dem Arbeiter.

Und wenn sie ihn sein Vorhaben ausführen ließe, würden sie sich beide prächtig verstehen.

11

Die Stimmen, die er hörte, kamen aus der Küche: Sophias und die eines Mannes. Triton spürte ihre Aufregung mit jedem Wort ansteigen, das sie dem Mann entgegenschleuderte.

„Du hast uns immer nur benutzt." Der Vorwurf in ihrer Stimme trieb den Ton höher.

Triton überquerte den Flur und blieb am Eingang der großen, modernen Küche stehen. Alles sah ganz neu aus: Edelstahl-Geräte, brandneue Schränke, glatte Arbeitsplatten.

Die beiden sahen ihn nicht sofort, also nutzte er die Gelegenheit, die Szene zu erfassen. Gekleidet in einen dicken Frotteebademantel, beugte sich Sophia verspannt über den Tresen, während ihre Hände blind etwas vor ihr suchten. Der Mann auf der anderen Seite der Kücheninsel war etwa in ihrem Alter, Ende Zwanzig, mit einem dunklen Teint und braunem Haar. Seine Augen wanderten hin und her, während er sie beobachtete. Sein Mundwinkel war in einem höhnischen Lächeln nach oben gezogen.

„Du und Eleni, ihr habt euch immer gegen mich verschworen. Ich konnte nie etwas richtig machen. Du warst immer ihr Liebling. *Fräulein Perfekt* tat immer, was Eleni wollte. Jetzt weiß ich auch, warum. Damit sie dir das Haus gibt, und nicht mir." Der Mann klang herablassend, als ob es sich um eine bloße Tatsache handelte, die er schon zum zehnten Mal bekräftigt hatte.

„So war es nicht. Ich kümmerte mich um sie, und du hast dich nie um sie geschert."

Triton bemerkte ein Beben in ihrer Stimme und ahnte, dass sie den Tränen nahe war. Der Mann schien es auch zu erkennen: Ein selbstgefälliges Grinsen huschte über sein Gesicht.

Triton würde sie nicht vor diesem Mann weinen lassen. Er brauchte sie in guter Stimmung und nicht von einem Idioten niedergemacht, der mit ihr über – wissen die Götter – was stritt. Er räusperte sich lautstark.

Eine Sekunde später funkelte der Mann ihn an. Sophia wandte sich in Tritons Richtung, aber ihre Augen starrten ihn nur leer an.

„Ja?", fragte sie, ohne dass die Anspannung ihre Stimme verließ. Er fühlte den Drang, den Abstand zwischen ihnen zu verringern und sie in seine Arme zu nehmen, ihr zu sagen, dass alles in Ordnung gehen würde. Aber natürlich konnte er das nicht tun.

„Die Agentur hat mich geschickt", begann Triton.

Der Mann blickte ihn verwirrt an. „Was für eine Agentur?"

„Sie haben einen Mann geschickt?“, fragte Sophia und übertönte dabei fast die Frage des Mannes.

„Das ist deine gemietete Hilfe?“, fragte der Mann, jetzt lauter.

Triton ignorierte ihn. Er war ihm keine Rechenschaft schuldig. Zwar war er ihr auch keine Rechenschaft schuldig, aber zu ihr würde er nett sein. Zu ihr würde er sogar viel mehr als nur nett sein.

Sophia machte einen vorsichtigen Schritt in seine Richtung, ihre Hand verließ dabei nie die Küchentheke, die sie zur Orientierung benutzte. Triton kam ihr auf halbem Weg entgegen und nahm ihre ausgestreckte Hand.

„Ich fürchte, da es so kurzfristig war, war ich alles, was sie hatten“, log Triton, seine Stimme ungewöhnlich trocken. Er drückte sanft ihre Hand, wollte sie gar nicht mehr loslassen. Ihre Haut war weich und warm. „Ich hoffe, das wird kein Problem sein.“

Sie schien einen Augenblick zu zögern, bevor sie antwortete. „Nein, ich bin sicher, es wird in Ordnung gehen. Vielen Dank dafür, dass –“

„Du hast einen männlichen Pfleger engagiert?“, schnaubte der Mann, als er näher trat.

Schließlich drehte sich Sophia zu ihm um. „Nicht, dass es dich was angeht, Michael, aber ja, ich habe einen Pfleger engagiert. Also, wie du siehst, du wirst hier nicht gebraucht.“

Michaels Gesicht lief bei ihren Worten rot an. Er warf Triton einen wütenden Blick zu. „Sie hat ihre Meinung geändert. Sie braucht Sie nicht mehr.“

Was gab ihm das Recht, Entscheidungen für sie zu treffen? Für den Bruchteil einer Sekunde fragte Triton sich, ob er ihr Freund war, oder noch schlimmer, ihr Verlobter, aber er verwarf die Idee sofort. Der Teil des Gespräches, den er mit angehört hatte, ließ ihn eher vermuten, dass er zur Familie gehörte, und ein Teil von ihm war erleichtert, dass er nicht ihr Liebhaber war – gleichzeitig gefiel ihm aber auch nicht, dass sie von einem feindseligen Familienmitglied belästigt wurde. Und Triton wusste ein paar Dinge über feindselige Familienmitglieder.

„Nein, er bleibt“, bestand Sophia.

„Warum würdest du für das, was du kostenlos angeboten bekommst, bezahlen wollen?“, fragte Michael, seine Wangen noch geröteter als zuvor.

„Weil deine Hilfe nicht kostenlos ist! Bitte geh!“

Triton bemerkte, wie ihre Hand zitterte, und legte eine beruhigende Hand auf ihren Arm.

„Das kannst du nicht tun. Ich bin deine Familie!“, protestierte Michael.

Familie oder nicht, es war Zeit, den Mistkerl loszuwerden. Er regte Sophia nur auf. „Ist dies Ihr Haus, Miss Baker?“, fragte Triton sie und hielt seine Stimme ruhig.

Sie nickte. „Ja.“

Triton wandte sich Michael zu, ohne Sophias Hand loszulassen. „Dann denke ich, es gibt hier nichts mehr für Sie zu tun. Michael, stimmt's? Ich glaube, es wäre besser, wenn Sie jetzt verschwinden."

„Sie können mich nicht rauswerfen!" Michaels Augen starrten Triton an, der jedoch unbeirrt blieb. Wenn Sophia diesen Mann loswerden wollte, würde er dafür sorgen, dass er auf die eine oder andere Weise das Haus verließ. Und offen gesagt war ihm egal, ob er freiwillig ging oder ob er ihn aus dem Fenster werfen musste. Eigentlich klang im Moment das Fenster eher angemessen.

„Nein, das kann ich nicht", gab Triton zu und nickte mit dem Kopf in Sophias Richtung. „Aber sie kann es. Und da ich ihr Angestellter bin, werde ich jetzt ihre Befehle ausführen." Er ließ ein unverbindliches Lächeln um seine Lippen spielen.

Er hatte die Oberhand in diesem Kampf, und Michael wusste es.

„Bitte", sagte Sophia. „Ich will, dass du gehst, Michael." Sie klang jetzt viel ruhiger, und Triton fragte sich, ob die Tatsache, dass er immer noch ihre Hand hielt, etwas damit zu tun hatte. Er mochte das Gefühl. Er konnte sich vorstellen, ihre Hände auf seiner nackten Haut zu spüren und wie sie damit sein Blut erhitzen würden.

Michael schritt zur Tür.

„Das hier ist noch nicht vorbei. Wenn du denkst, du kannst mir das nehmen, was rechtmäßig mir gehört, dann pass nur auf." Er unterstrich seine Drohung mit zusammengebissenem Kiefer und einem eisigen Blick. Triton war sich sicher, dass dieser mehr ihm gegolten hatte als Sophia, da diese nicht in der Lage war, seinen Gesichtsausdruck zu erkennen.

Einen Augenblick später stürmte Michael hinaus. Erst als die Eingangstür zuschlug, begann Sophias Erstarrung zu bröckeln. Ihre Schultern sackten sofort ab, und instinktiv packte Triton sie am Arm, um sie zu stützen.

„Geht es Ihnen gut?", fragte er.

Sie nickte. „Vielleicht sollte ich mich für einen Moment hinsetzen."

„Natürlich." Er führte sie aus der Küche in den nächsten Raum, der als Rezeption eingerichtet war. An einer Wand stand ein großes Sofa.

„Hier." Triton half ihr, sich zu setzen und ließ sich neben ihr nieder. Mit Bedauern ließ er ihre Hand los und wurde von einem seltsamen Gefühl der Leere überrascht, das sich einstellte.

„Wer war das?", fragte Triton, kaum in der Lage, seine Neugier zu unterdrücken.

„Michael? Mein Cousin."

„Oh, ich verstehe."

„Also, die Agentur hat Sie geschickt?", nahm sie den früheren Gesprächsfaden wieder auf.

Triton räusperte sich. „Es tut mir leid, ich habe mich noch gar nicht vorgestellt. Ich heiße Triton."

Bevor er es verhindern konnte, war er mit seinem richtigen Namen herausgeplatzt. Fast hätte er sich dafür selbst eins drüber gehauen. Sein Plan war eigentlich, einen gewöhnlichen Namen zu nennen, um keinen Verdacht zu erregen, aber sein Plan war in dem Moment in Rauch aufgegangen, als er ihre Hand berührt hatte. Er wollte nicht, dass sie den Namen eines anderen ausrufen würde, wenn sie in seinen Armen lag. Nein, er wollte seinen eigenen Namen über ihre Lippen kommen hören, wenn er in ihr war.

Triton wischte sich eine Schweißperle von der Stirn, erkannte schockiert, wie schnell diese Frau ihn antörnte – und sie musste noch nicht einmal etwas dafür tun.

„Triton? Das ist ein ungewöhnlicher Name. Er erinnert mich an etwas ... Oh, ja, ist das nicht der Name eines griechischen Gottes?“, fragte sie.

Triton schluckte seine Überraschung hinunter. Die meisten Sterblichen wussten sehr wenig über die griechische Mythologie, zumindest außerhalb Griechenlands. „Ja, ähm, meine Eltern haben mich nach einem unbedeutenden griechischen Gott benannt. Sie waren sehr an Mythologie und Geschichte interessiert.“

„Sind Sie Grieche? Ich kann ein wenig einen Akzent hören.“ Sophia lächelte ihn an, aber ihre Augen blickten starr vor sich hin. Sie konnte auf keinen Fall seine Gesichtszüge ausmachen, auch nicht auf diese kurze Distanz, sonst hätte sie inzwischen erkannt, dass sie sich bereits einmal begegnet waren. Nach dem, was zwischen ihnen passiert war, hatte sie ihn bestimmt nicht vergessen.

„Ja, ich bin Grieche.“ Triton blieb wortkarg, wollte nicht zu viel verraten. Er hatte nicht wirklich darüber nachgedacht, was er ihr über sich erzählen würde, deshalb war es im Moment besser, wenig zu sagen, bis er sich überlegt hatte, was er ihr erzählen sollte, damit er sich später nicht in seinen eigenen Lügen verhedderte.

„Meine Familie auch. Meine Mutter war Griechin.“

Warum hatte er das nicht sofort erraten? Nun, da er sie ansah, konnte er ihre starken griechischen Gesichtszüge deutlich erkennen. Kein Wunder, dass er sich zu ihr hingezogen fühlte. Das erklärte es.

„Dann sind wir ja praktisch verwandt. Darf ich du sagen?“

Sie lächelte. „Natürlich.“

„Sprichst du auch Griechisch?“, fragte Triton.

Sie schüttelte den Kopf. „Leider nur ein bisschen. Meine Tante bestand immer darauf, zuhause Englisch zu sprechen ...“

Er unterbrach sie: „Deine Tante? Hast du nicht gesagt, dass deine Mutter Griechin war? Hat sie nicht Griechisch mit dir gesprochen?“

Sophias Lächeln wurde ernst. „Sie waren Schwestern, Eleni und meine Mutter. Aber meine Mutter starb, als ich fünf Jahre alt war. Meine Tante zog Michael und mich hier in diesem Haus auf.“

Sophia ließ ihren Blick durch den Raum schweifen, versuchte alles, was sie sehen konnte, aufzunehmen, aber es waren nur verschwommene Formen und undeutliche Farben. Es spielte keine Rolle. Was sie eigentlich tun wollte, war, sich von dem Mann abzulenken, der neben ihr auf dem Sofa saß.

Alles, was sie feststellen konnte, war, dass er groß und hellhäutig war. Sein Haar schien blond zu sein. Doch ob er gut aussehend war oder nicht, konnte sie nicht sagen.

Alles, was sie wusste, war, dass die bloße Berührung seiner Hand sie zuerst beruhigt hatte, als sie mitten im Streit mit Michael war, und sie dann später erregt hatte, als er sie weiterhin festhielt. Sie versuchte, ihr rasendes Herz zu beruhigen, indem sie sich selbst einredete, dass er doch nur ein Pfleger war. Pfleger halfen Behinderten – wie sie dieses Wort hasste – und manchmal bedeutete dies, dass sie dafür ihre Patienten berühren mussten.

Das war alles, was sie für ihn war: eine Patientin. Und er war ihr Krankenpfleger, ihr sehr großer, sehr starker Krankenpfleger. Ihre Hand war praktisch von seiner verschluckt worden, als er sie umklammert hatte. Auch wenn er sie jetzt nicht berührte, konnte sie fast die Stärke spüren, die von ihm ausstrahlte wie eine positive Aura, die ihn umgab. Er hatte etwas Fremdes, jedoch gleichzeitig etwas Beruhigendes an sich, und sie schrieb es seiner Herkunft zu. Ausländische Männer hatten schon immer eine gewisse Faszination auf sie ausgeübt.

„Ähm, wir sollten wahrscheinlich deine Aufgaben durchgehen, außer die Agentur hat dir bereits alles erklärt", stotterte sie.

„Leider war dazu keine Zeit. Der Auftrag klang sehr dringend, sodass ich gar nicht in der Geschäftsstelle vorbeigegangen bin. Vielleicht könntest du mir erklären, was du brauchst", bat er mit entschuldigend klingender Stimme.

„Natürlich. Nun, ich glaube, da ich eine Frühaufsteherin bin, wäre es wohl gut, wenn du recht früh kommen könntest, vielleicht um halb acht?" fragte Sophia und hoffte, er hätte nichts dagegen. Sie brauchte Hilfe mit dem Frühstück und jemanden, der ihr die passende Kleidung aus dem Schrank suchte, damit sie nicht wie ein Clown angezogen herumlaufen würde.

„Früh kommen? Aber ich würde doch schon hier sein." Sein Ton war voller Verwirrung.

„Hier? Was meinst du damit?"

„Nun, das ist doch eine Stelle, bei der ich hier wohnen würde, oder?", fragte Triton.

Sophia erstickte fast an ihrem eigenen Speichel. Sie hatte nicht darüber nachgedacht und war automatisch davon ausgegangen, dass, wer auch immer ihr helfen würde, einfach morgens kommen und abends wieder gehen würde. „Hier wohnen?"

Wie konnte sie diesem Fremden erlauben, bei ihr im Haus zu wohnen, wo sie doch ganz alleine war? Zumal er ihr Herz schneller als hundert Schläge pro Minute schlagen ließ und das, wenn er sie nicht einmal berührte.

Sie spürte, wie er sich ihr zuwandte. „Es tut mir leid, aber mir wurde gesagt, dass ich hier wohnen würde, und ehrlich gesagt, das ist auch einer der Gründe, warum ich sofort zugesagt habe. Ich bin gerade aus meiner Wohnung ausgezogen und muss erst eine neue finden. Klar könnte ich für ein paar Nächte auf der Couch eines Freundes schlafen, aber das wird ein wenig schwierig, und ich würde wahrscheinlich nicht so gut ausgeruht für meinen Job hier sein."

„Oh." Sophia taten ihre Worte sofort leid. Ein Anflug von Schuldgefühl stieg in ihrem Magen hoch. Vielleicht war es üblich, dass Pfleger bei ihren Patienten wohnten. Sie hatte die Agentur nicht gefragt, aber das war ihre eigene Schuld.

Sie hatte ja Platz. Zwei der Zimmer waren bereits renoviert und bewohnbar. Sie benutzte eines davon, und es gab wirklich keinen Grund, warum er nicht in dem anderen wohnen sollte. Es gab keinen Grund, egoistisch zu sein.

Und außerdem war die Agentur seriös und hatte mit Sicherheit alle ihre Mitarbeiter überprüft. Schließlich kümmerten sie sich um verletzliche Menschen. Sie hatte von Triton nichts zu befürchten – abgesehen von ihrer eigenen unvernünftigen Anziehung zu ihm. Da sie nicht wusste, wie er aussah, und nur seine melodische Stimme hörte sowie seine Berührung spürte, und ja, seinen reinen männlichen Duft von Salz, Sand und Meer roch, konnte sie sich nicht erklären, warum sie sich so zu ihm hingezogen fühlte. Salz und Meer? Komisch. Wo hatte sie diesen Duft schon einmal wahrgenommen?

„Natürlich", sagte Sophia schnell, bevor das Schweigen unangenehm wurde. „Es ist genug Platz. Es tut mir leid, dass ich nicht schon früher daran gedacht habe. Es ist ohnehin das praktischste Arrangement, nicht wahr? Ich bin sicher, dass die Agentur das bei vielen Fällen so macht, nicht wahr?"

Und warum in aller Welt plapperte sie so nervös wie ein sechzehnjähriges Schulmädchen, der gerade ihr Teenieschwarm über den Weg gelaufen war?

„Richtig, das ist so üblich." Triton Stimme war ruhig und gesammelt.

Was musste er nur von ihr denken? Vielleicht würde er es einfach ihrem Zustand zuschreiben und keine weiteren Gedanken darüber verschwenden. Und wenn er hier für ein paar Wochen mit ihr lebte, bis ihre Augen verheilt waren und sie wieder sehen konnte, würde sie sich an ihn gewöhnen und nicht mehr diese unerklärliche Nervosität um ihn herum spüren.

Zum ersten Mal war sie froh, dass sie seinen Gesichtsausdruck nicht lesen konnte, zumindest blieb ihr die Verlegenheit erspart, ihn bei ihrem unfähigen Geplapper erschaudern zu sehen, oder schlimmer noch, seinen mitleidigen Blick aufzufangen.

„Also, wo soll ich schlafen?"

Mit dieser sinnlichen Stimme kannst du in meinem Bett schlafen.

Sophia riss sich zusammen und schluckte schwer. „Ähm, ich, äh ... die Schlafzimmer befinden sich im zweiten Stock“, stammelte sie und spürte, wie sie bis in die Haarspitzen errötete. Sie konnte nicht einmal das Wort Schlafzimmer sagen, wenn er in der Nähe war – das war doch verrückt.

12

Triton sah sich in dem Raum um, in den Sophia ihn geführt hatte. Es war ein komfortabel eingerichtetes Zimmer, obwohl es weder so geräumig noch so opulent war, wie er es gewohnt war. Das Haus seiner Eltern im Ozean, wo er normalerweise wohnte, hatte viel mehr Luxus zu bieten.

Bisher hatte er noch nicht den Wunsch gehabt, auszuziehen. Seine Mutter, Amphitrite, war die liebste Frau im Meer und konnte unendlich nachsichtig sein, alles und jedem vergeben. Nicht einmal, als er noch ein wilder Jugendlicher gewesen war, hatte sie ihn jemals bestraft. Sein Vater war jedoch ein ganz anderer Typ: so zornig wie Hades und ohne Takt. Aber er verhielt sich immer fair. Wann immer Triton und sein Halbbruder Orion sich stritten, hielt Poseidon sich heraus und blieb unparteiisch.

„Triton?“ Der Klang von Sophias zögernder Stimme war so unwiderstehlich wie eine liebliche Sirene und zog ihn aus seinen Gedanken.

„Ja?“, antwortete er und trat in den Flur.

Sie stand in der Tür zu ihrem Zimmer, noch immer mit dem Bademantel bekleidet.

„Würdest du mir helfen, ein geeignetes Kleid zu finden? Ich muss heute Morgen professionell aussehen.“

Er machte nur wenige Schritte, um den Abstand zwischen ihnen zu überbrücken, begierig, ihr nahe zu sein. „Natürlich, dafür bin ich ja hier, nicht wahr?“

Triton hatte keine Ahnung, was ein Krankenpfleger tat, aber sicherlich beinhaltete dies nicht, dass er ihr beim Anziehen helfen sollte. Er würde keine Einwände dagegen einlegen, aber niemand hatte soviel Glück, nicht einmal ein Gott. Obwohl der Gedanke ihm das Wasser im Mund zusammenlaufen ließ. Er konnte sich vorstellen, wie er sie von diesem abscheulichen Bademantel befreien würde, bevor er seine Augen über ihren Körper schweifen lassen würde. Dann würde er ihren Körper mit sexy Unterwäsche bekleiden, dann ein noch heißeres Kleid, eines, das ihre Kurven betonte, sodass er den ganzen Tag den Anblick genießen konnte. Triton schluckte die Lust hinunter, die aus seiner Leistengegend heraufstieg.

Er folgte ihr ins Schlafzimmer, das ähnlich wie seines eingerichtet war. Der Schrank, vor dem sie stehen blieb, war bis in die Ecken mit Kleidung vollgestopft. Kein Wunder, dass Sophia Hilfe brauchte. Selbst ein Sehender würde Schwierigkeiten haben, etwas darin zu finden.

„Ich suche nach meinem marineblauen Kleid.“

„Na, lass mich mal sehen." Triton durchwühlte den Schrank auf der Jagd nach dem besagten Kleid. Er zog ein dunkelblaues Kleid hervor und warf einen kritischen Blick darauf. Sie wollte diesen öden Fetzen tragen? Nicht, wenn er etwas zu sagen hätte!

Mit einem Seufzer hing er es in die tiefste Ecke des Schrankes zurück, in der Hoffnung, sie würde es nie wieder finden. „Tut mir leid, aber ich sehe kein dunkelblaues Kleid. Lass mich was anderes für dich finden."

„Oh, nein", beschwerte sie sich hinter ihm, „aber ich muss doch heute den Bankmanager aufsuchen. Ich muss konservativ aussehen, da ich ihn darum bitten will, meinen Kredit zu verlängern."

Triton grinste. Wenn sie versuchen wollte, einem Mann einen Gefallen zu entlocken, hatte er genau das Richtige für sie. Er zog ein weich fließendes Sommerkleid hervor, eine Mischung aus sanften Blau- und Grüntönen, die ihn an das Meer erinnerten. Das dünne Material würde ihre Kurven liebkosen und sie wie eine Nymphe erscheinen lassen. Kein Mann wäre in der Lage, ihr zu widerstehen.

Kein Mann?

Nein, das würde nicht funktionieren. Was würde passieren, wenn der Bankmanager mehr anbot als nur das Darlehen zu verlängern? Er würde keinem anderen Mann erlauben, sie so anzusehen. Triton ignorierte den Knoten in seinem Magen und schrieb ihn der Tatsache zu, dass er das Frühstück hatte ausfallen lassen. Unmöglich konnte er auf den Bank-Manager eifersüchtig sein, aber – beim Olymp – er würde das Schicksal nicht herausfordern.

Triton langte noch einmal in die hintere Ecke des Schrankes. Das marineblaue Kleid wäre genau das richtige. Aber sobald sie nach dem Termin zurück im Haus waren, würde er sie dazu bringen, sich etwas Schmeichelhafteres anzuziehen. Vielleicht nicht sofort, aber sobald alle Bauarbeiter das Haus verlassen hatten.

„Oh, schau mal. Da ist ja das marineblaue Kleid", verkündete er mit dem Kleid auf dem Bügel in der Hand.

Sophia griff danach. „Vielen Dank. Du bist ein Lebensretter."

Er reichte ihr das Kleidungsstück. „Dann lasse ich dich mal alleine, damit du dich anziehen kannst."

Eine leichte Röte stieg in ihre Wangen. Sie sah plötzlich wie ein junges Mädchen aus.

Sophia hörte Tritons Schuhe auf dem hölzernen Boden widerhallen, als er sich zum Gehen wandte. Im Krankenhaus hatte sie einige männliche Krankenpfleger gehabt, die ihr geholfen hatten sich anzuziehen, vor allem direkt nach ihrer Operation, als sie völlig desorientiert gewesen war. Während es ihr jetzt viel besser ging, hatte sie jedoch immer noch Probleme mit bestimmten Kleidungsstücken, und dieses Kleid war eines davon.

Wenn sie versuchen würde, dieses Kleid über ihren Kopf zu ziehen, würden sich die Träger, die im Rücken gekreuzt waren, verheddern, und sie würde nie rechtzeitig fertig werden. Selbst mit guter Sehkraft hatte sie immer Probleme gehabt, die Träger zu richten.

Sicherlich führte Triton als Heimpfleger die gleichen Pflichten wie ein Pfleger im Krankenhaus aus. Die Tatsache, dass sie in seiner Gegenwart ein wenig befangen war, sollte sie nicht davon abhalten, ihn um Hilfe zu bitten.

„Triton“, hielt sie ihn auf, bevor er zur Tür hinaus war. „Entschuldige, aber ich glaube, ich brauche etwas Hilfe. Durch die überkreuzten Träger ist das Kleid für mich nicht so einfach anzuziehen. Könntest du mir bitte dabei helfen?“

Eine Sekunde später stand er vor ihr und nahm ihr das Kleid ab.

Mit zitternden Händen öffnete sie den Gürtel ihres Bademantels und ließ ihn von ihren Schultern gleiten. Ein rauer Atemzug kam von Triton, bevor er den Bademantel nahm. Hatte sie ihn um etwas gebeten, das er nur ungern tat?

„Es macht dir doch nichts aus, oder?“

„Nein, nein. Natürlich nicht. Es ist doch mein Job, nicht wahr?“

Sie war froh, dass sie heute Morgen ein Unterhemd gewählt hatte, statt eines regulären BHs. Das Leibchen hatte einen eingenähten BH, deckte aber viel mehr von ihrem nackten Fleisch ab als ein BH alleine. Es reichte sogar halbwegs über ihr Bikinihöschen. Da sie jeden Sommer am Strand viel weniger trug, versuchte sie das unangenehme Gefühl abzuschütteln, sich vor ihm zu entblößen.

Sie hörte das Knistern des Stoffes, bevor sie Tritons Hände auf sich spürte.

„Streck deine Arme hoch!“, instruierte er sie und strich gleichzeitig mit seinen Händen ihre Arme entlang, während sie seiner Aufforderung nachkam.

Elektrisches Prickeln durchfuhr sie, sodass ihre Haut sich anfühlte, als würde sie verbrennen, wo auch immer er sie berührte. Sie spürte, wie er näher trat, als er das Kleid über ihren Kopf hob und dann ihren Oberkörper hinunter schob. Er zerrte es in die richtige Position, dann glätteten seine Hände das Gewebe über ihrem Bauch und ihren Hüften und zogen die Nähte gerade. Als Tritons Finger versehentlich die Innenseite ihres Oberschenkels berührte, sog Sophia scharf die Luft ein. Es war schon viel zu lange her, seit ein Mann sie so intim berührt hatte. Offenbar konnte jede völlig unschuldige Berührung sie mittlerweile wie eine läufige Hündin zum Keuchen bringen. Sie musste wirklich ihre Vorstellungskraft zügeln.

Er ist ein Pfleger. Es bedeutet nichts.

Leichter gesagt als getan. Einen Augenblick später spürte sie seine Hände an ihrer Seite, dort wo der Reißverschluss noch offen war. Er legte eine Hand auf ihre Hüfte, zog dann mit der anderen den Reißverschluss hoch, bevor er den Stoff glättete.

„Perfekt.“ Seine Stimme klang heiser.

„Du musst die Träger am Rücken begradigen und dann die kleinen Knöpfe zuknöpfen, damit die Träger an Ort und Stelle bleiben“, sagte sie.

„Klar“, antwortete er und stellte sich hinter sie.

Tritons Hände entwirrten die Träger. Dann streiften seine Fingerspitzen über die sensible Haut an ihrem Nacken, als er versuchte einen der kleinen Knöpfe zu schließen.

„Der Knopf ist aber sehr schlüpfrig, tut mir leid, das kann eine Weile dauern.“

„Ich weiß. Ich habe auch immer Probleme mit diesen Knöpfen. Das Loch ist einfach zu klein, glaube ich.“ Sie spürte Nervosität in sich aufkommen, je länger sie seine Finger an ihrem Nacken fühlte. Aber sie wagte nicht, sich zu bewegen. Wenn sie das täte, würde es noch länger dauern, und sie war sich nicht sicher, wie lange sie in der Lage wäre, seiner Berührung zu widerstehen, bevor sie anfangen würde, vor Vergnügen zu stöhnen. Alles, was sie tun konnte, war, ihre Zähne zusammenzubeißen und es zu ertragen.

„Ist alles in Ordnung?“, fragte er.

Sophia fühlte sich benommen, aber sie musste sicherstellen, dass er es nicht bemerkte. „Meine Schuhe, ich, äh, ich muss meine blauen Stöckelschuhe finden.“

Er legte seine Hand auf ihren Unterarm. „Lass mich danach suchen!“

Als seine Hände ihren Körper verließen, normalisierte sich ihr Herzschlag wieder. In ein paar Sekunden würde sie sich wieder ganz normal fühlen. Es war nur vorübergehend, kein Problem, redete sie sich ein.

Es war völlig normal, eine körperliche Reaktion auf eine andere Person zu haben, und sie wusste, dass viele Patienten eine Bindung zu ihren Ärzten und Krankenschwestern aufbauten. Dies hier war nicht anders. In ein paar Tagen würde die Neuheit, ihn um sich zu haben, abflauen, und sie würde nichts mehr fühlen, wenn er sie im Laufe seiner Arbeit berührte.

„Hab sie gefunden“, kam seine Stimme aus dem Schrank.

Ein paar Sekunden später kniete er sich zu ihren Füßen nieder, und seine warme Hand schlang sich um ihren Knöchel. „Verlier dein Gleichgewicht nicht! Leg deine Hände auf meine Schultern!“

Es war leicht, seinem Befehl zu gehorchen. Seine harten Muskeln spannten sich unter ihrem Griff an, und die Hitze, die sich schon fast wieder gelegt hatte, entflammte ihren Körper erneut, sobald sie ihre Hände auf seine Schultern legte. Entweder war die Arbeit im Gesundheitswesen körperlich sehr anstrengend, oder er ging regelmäßig zum Sport. Kein normaler Mensch hatte Muskeln wie er: straff und stark.

Triton führte ihren Fuß in den Schuh und ließ ihren Knöchel los, um dann den anderen zu berühren. Seine Bewegungen waren ruhig. Alles in seinem

Handeln sagte aus, dass dies Routine für ihn war. Sie war einfach eine ganz normale Routinearbeit für ihn.

Als er wieder aufstand und sie seinen Geruch sofort verschlang, entließ Sophia einen fast nicht wahrnehmbaren Seufzer. Es war etwas so Vertrautes daran, wie er roch, etwas, das den Wunsch in ihr aufkommen ließ zu tanzen. Sie räusperte sich, um ihre Gefühle wieder unter Kontrolle zu bekommen. Es hatte keinen Sinn, sich so gehen zu lassen. Dieser Mann war ihr Angestellter, nicht mehr und nicht weniger.

„Gut dann. Wie spät ist es?“, fragte sie in ihrer besten Arbeitgeberstimme.

13

„Du willst, dass *ich* fahre?“, fragte Triton, während ein Schock durch seinen Körper schoss, als Sophia auf die Auffahrt zusteuerte, anstatt in Richtung Bürgersteig vor dem Haus zu gehen, wo er geplant hatte, ein Taxi zu nehmen. Daran hatte er nicht gedacht. Ehrlich gesagt, im Moment war er nicht in der Lage, irgendeinen zusammenhängenden Gedanken zu bilden, geschweige denn, eine Erklärung zu erfinden, warum er nicht Autofahren konnte.

Was Triton brauchte, war eine Dusche, ein sehr kalte Dusche, zusammen mit ein paar Tipps, wie er mit Sophia umgehen sollte. Auf der einen Seite war sie vorsichtig, genau so, wie es im Umgang mit einem Fremden zu erwarten war, doch als er ihr beim Ankleiden geholfen hatte, hatte er einen flüchtigen Einblick in die ungezügelte Leidenschaft bekommen, die in ihrem Inneren versteckt war.

Er hatte nicht erwartet, dass sie ihn zurückrufen würde, um ihr mit dem Kleid zu helfen. Als sie den Bademantel ohne Zeremonie ausgezogen hatte, hatte er auf seine eigene Lippe beißen müssen, damit der Schmerz ihn von seinem pochenden Schwanz ablenkte. In jenem Augenblick hatte er den Göttern gedankt, dass sie praktisch blind war und deshalb weder die Lust in seinem Blick noch die massive Beule in seiner Hose hatte sehen können.

Genauso wenig wie sie nun seine Panik sehen konnte.

Das ganze Spiel würde jetzt auffliegen. Sie würde nie glauben, dass er als Krankenpfleger nicht fahren konnte, wenn dies doch sicherlich eine der Voraussetzungen für den Job war. Er musste eine Ausrede finden und zwar schnell, bevor sie Verdacht schöpfte, und er noch weitere Hindernisse überwinden musste.

Alles, was Triton je gefahren hatte, war ein altertümlicher Streitwagen. Er war auch ein ausgezeichneter Segler, aber ein Auto? Wo hätte er denn gelernt, Auto zu fahren? In der Theorie wusste er natürlich, wie ein Auto funktionierte, wusste, dass es Gänge, ein Brems- und ein Gaspedal hatte, aber wie man es wirklich fuhr, hatte er noch nie ausprobiert. Er verstand die Faszination der sterblichen Männer was Autos betraf nicht. Ein schnelles Boot jedoch, das war etwas völlig anderes.

Wenn Triton auf dem trockenem Land Transportmögichkeiten benötigte, dann teleportierte er einfach dorthin, wohin er wollte – was jetzt unmöglich war, da Zeus ihn seiner göttlichen Kräfte beraubt hatte – oder er nahm ein Taxi.

Gelegentlich hatte er sich Hermes' geflügelte Sandalen ausgeliehen. Nicht, dass Hermes es als Ausleihen bezeichnet hätte, obwohl Triton nie die Absicht gehabt hatte, diese kitschigen Dinger zu behalten. Sie ziemten sich nicht für einen Mann, und dass ein erwachsener Gott wie Hermes sie Tag, ein Tag aus, ohne vor Verlegenheit zu erröten, tragen konnte, war ihm ein Rätsel.

„Du fährst doch, oder?" Sophias Frage klang fast so panisch, wie er sich fühlte.

Männlicher Stolz diktierte seine Antwort. „Natürlich fahre ich. Ich habe nur ..." Seine Gedanken rasten. „... meinen Führerschein oben im Zimmer liegen gelassen." Ausgezeichnet, dies verschaffte ihm eine Galgenfrist."Warum wartest du nicht schon mal im Auto auf mich?" Er öffnete die Beifahrertür des heruntergekommenen Trucks, der in der breiten Einfahrt geparkt war.

Sie schüttelte den Kopf. „Das ist nicht mein Auto." Ihre Hand deutete in Richtung Garage. „Das ist mein Auto."

Tritons Blick fiel auf den kleinen roten Sportwagen, der unter einem Schutzdach abgestellt war. Er schluckte. „Das rote Cabriolet?"

Ein sündhaftes Lächeln umspielte ihre Lippen. „Ich mag schnelle Autos."

Triton fuhr auch gerne einen schnellen Streitwagen – und eine noch schnellere Frau. Er pfiff voller Wertschätzung durch die Zähne und half ihr auf den Beifahrersitz des tollen Sportwagens. „Ich bin gleich wieder da."

Mit schnellen Schritten lief er zurück ins Haus. Sobald er drinnen war und sicher war, dass niemand in seiner Nähe war, rief er: „Hermes, ich brauche dich. Beweg deinen Arsch hier runter."

Er nahm eine Bewegung zu seiner Rechten wahr und wandte sich gerade noch rechtzeitig um, um zu sehen, wie der Götterbote das Geländer herunterrutschte und auf beiden Füßen landete – samt seinen geflügelten Sandalen.

Hermes lehnte sich lässig gegen die Holzvertäfelung im Flur und verschränkte die Arme vor seiner Brust. „Du könntest wirklich versuchen, ein bisschen höflicher zu sein, wenn du mich rufst, besonders wenn man bedenkt, dass ich ein Gott bin und du nicht."

Triton ballte die Hände zu Fäusten, bereit, seinem frechen Freund einen Hieb zu versetzen. „Ich bin ein Gott!" Und das würde sich niemals ändern.

„Im Moment nicht. Zugegeben, du bist immer noch unsterblich, aber du hast keine Kräfte mehr."

Triton packte seinen Freund so schnell am Hals und hob ihn in die Luft, dass Hermes keine Zeit hatte, ihm auszuweichen „Meine Kräfte habe ich vielleicht nicht mehr, aber weißt du was? Ich brauche sie nicht, um dich zu verprügeln." Niemand hatte das Recht, sein angeknackstes Ego anzugreifen, geschweige denn, sich über ihn lustig zu machen. Er musste nicht daran erinnert werden, was Zeus ihm angetan hatte.

Hermes erhob kapitulierend seine Arme und brach in Gelächter aus. „Dio sagte schon, dass du gerade ein wenig gereizt bist, aber Junge, war das eine Untertreibung."

Triton grunzte nur. Sein Freund hatte Recht, er war ein wenig gereizt, aber war das nicht zu erwarten? Seine ganze Zukunft hing davon ab, wie es ihm mit Sophia erging, und daran erinnert zu werden, dass er seine göttlichen Kräfte nicht benutzen konnte, um den Dingen nachzuhelfen, war, als ob man einem Kind ein glänzendes neues Spielzeug versprach und dann das Geschäft zusperrte.

„Wie wär's?", fragte Hermes und gestikulierte, dass er losgelassen werden wollte. „Da du mich gerufen hast, nehme ich an, dass du etwas willst. Ich finde immer, dass ich weniger motiviert bin zu helfen, wenn ich bedroht werde."

Triton ließ ihn herab.

Hermes schwebte zum Boden zurück, die geflügelten Sandalen ermöglichten eine weiche Landung. Er zog seine Tunika zurecht. „Sieht so aus, als steigt und fällt deine Laune im direkten Verhältnis zu deinem –"

„Sag es, und du wirst eine Woche lang nicht in der Lage sein, auch nur einen Finger hochzuheben, geschweige denn einen wichtigeren Körperteil!", warnte Triton.

„Hör auf, deinen Ärger an mir auszulassen! Wir beide wissen, auf wen du eigentlich sauer bist." Hermes ahmte einen Mann nach, der einen Pfeil in die Luft schoss und grinste.

Triton war nicht in der Stimmung, über Eros nachzudenken. Er kochte immer noch wegen des schrecklichen Rates des Liebesgottes. „Ich kümmere mich um den Scheißkerl, wenn es an der Zeit ist. Aber jetzt brauche ich deine Sandalen."

„Kommt ja gar nicht in Frage!" Die Weigerung seines Freundes war keine Überraschung. „Du hast keine Ahnung, wie man sie benutzt."

„Ich weiß, wie man sie benutzt, also gib sie mir!" Er streckte ihm seine offene Handfläche entgegen.

„Und was bekomme ich dafür?"

Wie immer war Hermes bereit, einen Handel zu machen. Nun musste Triton ihm nur das richtige im Austausch anbieten.

„Was willst du?" Es war besser, seinen Freund ein paar Vorschläge machen zu lassen, bevor er selbst einen machte. Er wollte ja nicht zu viel für diesen Gefallen bezahlen.

„Einen Blanco-Scheck."

Triton schüttelte sofort den Kopf. „Erst wenn es im Hades eiskalt wird, werde ich einen Blanco-Scheck ausstellen. Denn so verzweifelt bin ich nicht."

„Ich glaube aber doch. Übrigens, ich habe einen Blick auf die Frau geworfen, die du gerade anbaggerst. Heiße Braut. Pralle Titten auch ohne BH – war schon ein toller Anblick, als sie heute Morgen aus der Dusche trat."

Bevor Triton wusste, was er tat, landete seine Faust in Hermes' Gesicht und ließ dessen Kopf zurückschnellen. „Du Arschloch, du hast ihr nachspioniert?"

Der Gott hielt seine blutige Nase. „Hey! Seit wann ist Glotzen eine Straftat?"

„Du beobachtest sie nicht, verstehst du mich?", zischte Triton. Sein Herz klopfte schwer, als seine Faust sich wieder öffnete. Wie konnte Hermes es wagen, sie nackt zu betrachten? Niemand durfte sie so ansehen, nur –

Triton unterbrach seinen Gedankengang. Sophia heute Morgen in ihrer Unterwäsche zu sehen, war schon erregend genug gewesen. Der Gedanke, dass Hermes sie splitterfasernackt gesehen hatte, war unerträglich. Er würde nicht zulassen, dass dies nochmals passierte. Von nun an würde er auf der Hut sein. Würde er in der Lage sein, einen Gott, der sich vor menschlichen Augen unsichtbar machte, zu spüren? Normalerweise ja, aber ohne seine göttlichen Kräfte, war Triton sich nicht sicher, ob er es konnte. Er war im Nachteil. Dennoch musste er Sophia vor neugierigen Blicken schützen.

„Ich glaube, du gehst jetzt besser", riet er Hermes mit ruhiger Stimme, "bevor ich vergesse, dass wir Freunde sind."

„Du bist ein totaler Spielverderber geworden", beschwerte sich Hermes und verschwand.

„Das ist kein Spiel", murmelte Triton vor sich hin.

Er würde eben improvisieren müssen, damit seine Tarnung nicht aufflog. Wie schwer konnte es schon sein, ein Auto zu fahren? Vielleicht war es gar nicht so anders als ein Boot zu steuern.

~ ~ ~

Sophia genoss die Sonnenstrahlen auf ihrem Gesicht, während sie auf Tritons Rückkehr wartete. Es war schön, nicht mehr in einem Zimmer im Krankenhaus eingesperrt zu sein. Als sie die Schritte auf dem Kies hörte, wusste sie, dass Triton zurück war. Ihr Herz schlug sofort schneller, und sie machte ein paar zusätzliche Atemzüge, um sich zu beruhigen. Es war völlig lächerlich, wie sie auf ihn reagierte.

„Tut mir leid, dass es so lange gedauert hat", entschuldigte er sich, stieg ein und setzte sich auf den Fahrersitz.

„Hast du deinen Führerschein gefunden?", fragte sie, um Konversation zu machen.

„Ja. Also, lass uns mal, äh, dieses Baby hier anwerfen."

Sophia stieß ein leises Kichern aus. Er war wie jeder andere Mann, wenn es um Sportwagen ging. Einen Augenblick später blieben ihr die Worte im Halse stecken, als sie seine Hand auf ihrer spürte. Machte er einen Annäherungsversuch?

„Der Schlüssel", sagte er, als sich sein Körper ihr entgegen beugte.

„Oh, sicher, ja, natürlich.“ Sophia zog ihre Hand unter seiner hervor und kramte in ihrer Handtasche. Ihre Hand zitterte von den Nachwirkungen ihrer falschen Annahme. Warum hatte sie nur gedacht, dass er einen Annäherungsversuch machte? Sie war ja wirklich kein super Fang. Kein Mann würde sich in ihrem aktuellen Zustand mit ihr belasten wollen.

Mit einem nervösen Lachen zog sie ihren Schlüsselbund aus der Tasche und reichte ihn Triton. Seine Finger streiften dabei ihre. Sophia zog ihre Hand weg und legte sie in ihren Schoß, während sie das Gefühl hatte, als ob ein elektrischer Blitz durch ihren Körper schoss.

Als der Motor brummte, versuchte sie sich wieder in ihrem Sitz zu entspannen, doch der Wagen sprang plötzlich ein paar Meter nach vorne, der Motor stotterte und starb ab.

„Was zum Hades?”, fluchte Triton.

„Der Gang war drin“, bemerkte sie trocken.

„Was?“ Seine Verwirrung war offensichtlich.

„Gangschaltung.“ Sophia wies auf den Ganghebel hin.

„Oh. Ich, äh“, stammelte er.

Dann wusste sie plötzlich, was das Problem war. „Es tut mir leid. Du bist wahrscheinlich eine Automatik gewohnt, nicht wahr? Ich bin einfach davon ausgegangen, dass du das weißt, weil du aus Europa bist und dort die meisten Autos Gangschaltung haben.“

„Ja, ja, stimmt schon. Aber ich habe das Autofahren in Amerika gelernt, wo jeder Automatik fährt. Das ist es. Aber wie schwer kann es schon sein, oder? Sollen wir es noch einmal versuchen?“ Ein Lächeln lag in Tritons Stimme.

Zumindest schien er nicht wie andere Männer zu sein, denen ihre Unerfahrenheit mit einem Auto peinlich war. Die meisten Männer wären schlecht drauf, wenn eine Frau sie jemals dabei erwischte, wie schlecht sie fuhren.

„Hast du was dagegen, wenn ich dir schnell die Gangschaltung erkläre? Ich hänge nämlich sehr an meinem Auto“, sagte Sophia. Sie hoffte, er war nicht der Typ Mann, der sich ungerne etwas von einer Frau erklären ließ.

“Kein Problem.“

Sie legte ihre linke Hand auf den Ganghebel. „Setz deinen Fuß auf das linke Pedal. Das ist die Kupplung. Drück sie ganz nach unten und halte sie dort.“

„Gemacht“, bestätigte er.

„Jetzt kannst du von einem Gang in den anderen schalten, und wenn du im Gang bist, lässt du langsam die Kupplung los und drückst auf das Gaspedal.“ Sie bewegte den Ganghebel mit ihrer linken Hand.

„So?“, fragte er und legte seine Hand auf ihre. Sie hatte seine Berührung nicht erwartet, und der erneute Kontakt mit seiner warmen Haut brachte ihren

Puls zum Rasen. Ein Beben begann in ihrem Bauch und drohte, an die Oberfläche zu brechen.

Sophia schluckte schwer, bevor sie ihm antwortete: „Ja, der erste Gang ist hier, dann der zweite, der dritte und vierte. Siehst du das Muster auf dem Hebel?“, murmelte sie, als sie weiterschaltete, während seine Hand ihre umklammert hielt. „In der Stadt wirst du den fünften Gang nicht brauchen.“

Triton schmunzelte. „Das werden wir ja sehen. Wie wäre es, wenn ich alles aus diesem Auto herauskitzle, das es in sich hat? Ich sollte dich warnen, dass ich ein Talent habe, aus allem den letzten Tropfen von Aufregung und Leidenschaft herauszuwringen – egal um wen oder was es sich handelt.“

Ein Schauer lief ihr den Rücken hinunter.

Gott helfe ihr, wenn er das wirklich konnte.

„Sind wir soweit?“, fragte er.

„Ja, wir sollten uns besser auf den Weg machen. Ich will nicht zu spät ankommen.“ Sie versuchte, ihre Stimme professionell klingen zu lassen, um ihre Nervosität zu verbergen.

Triton ließ die Gangschaltung und ihre Hand los und ließ den Motor erneut an. Sie faltete ihre Hände wieder in ihren Schoß.

„Ich glaube, du musst mir am Anfang noch mit dem Schalten helfen“, sagte er plötzlich, „nur für die ersten paar Blöcke, bis ich den Dreh raus habe.“

Ohne ihre Antwort abzuwarten, nahm er ihre Hand und legte sie zurück auf den Ganghebel, umhüllte sie dann mit seiner eigenen viel größeren.

„Erster Gang?“, fragte er. Sophia spürte einen leichten Druck auf ihrer Hand und folgte ihm, um den Hebel in die erste Position zu schieben.

„Mmm hmm“, murmelte sie, ihre Kehle zu trocken, um ein vernünftiges Wort herauszubringen. Diese Fahrt würde ihr zum Verhängnis werden.

Nach zwei Blöcken schaltete Triton schon wie ein Profi, und sie versuchte, ihre Hand wegzuziehen, aber er hielt sie davon ab.

„Ich lerne immer noch“, behauptete er, wo sie doch wusste, dass er diese Fertigkeit bereits gemeistert hatte.

Während am Anfang sein Schalten etwas ruckartig war, wurde es im Laufe der Fahrt immer besser. Als er kurze Zeit später vor der Bank parkte, hätte niemand sagen können, dass dies das erste Mal war, dass er einen Wagen mit Gangschaltung gefahren hatte. Vielleicht war es Männern angeboren, Autos zu fahren. Sophia erinnerte sich daran, dass sie fast zwei Wochen gebraucht hatte, um sich an die Gangschaltung zu gewöhnen, nachdem sie Elenis Kombi gegen den gebrauchten Sportwagen eingetauscht hatte.

Oder vielleicht war Triton einfach ein Naturtalent mit Autos. Und vielleicht auch mit anderen Dingen.

14

Triton hielt Sophia die Tür auf und führte sie in die Bank.

Sein erstes Fahrerlebnis war gut verlaufen, dachte er. In der Tat hatte er entdeckt, wie sehr es ihm gefiel, diesen kleinen roten Sportwagen zu fahren. Und nachdem sie ihm das Schalten gelehrt hatte, hatte er sofort alles verstanden. Nicht, dass er sie hatte wissen lassen, wie schnell er wirklich gelernt hatte. Er hatte behauptet, noch Schwierigkeiten zu haben, damit sie ihre Hand auf dem Schalthebel ließ. Es war eine völlig legitime Entschuldigung, sie zu berühren, genau wie jetzt, als er ihre Hand nahm und sie auf seinen Unterarm legte, um sie durch die belebte Empfangshalle zu führen.

Er bemerkte, wie zappelig Sophia war.

„Ist alles in Ordnung?“, fragte Triton besorgt.

Sie zuckte die Achseln. „Ja, alles ist okay. Der Bankmanager kennt meine Familie, ich bin mir sicher, ich werde ihn überzeugen können, mir eine Verlängerung von ein paar Wochen zu geben.“

Sophia hatte ihn über den Zweck ihres Besuchs aufgeklärt. Wegen ihres Krankenhausaufenthaltes hinkten die Renovierungsarbeiten ein paar Wochen hinter dem Zeitplan her, und die Eröffnung der Pension musste verschoben werden, was zur Folge hatte, dass das erste Geld von zahlenden Gästen später als erwartet eintrudeln würde. Und es war dieses Geld, das Sophia benötigte, um eine Zahlung auf die Hypothek zu leisten.

Triton nickte und tätschelte ihre Hand. “Du machst das schon.“ Er ging mit ihr zur Rezeption. Die Frau, die dahinter saß, richtete sich sofort gerade auf und legte ein strahlendes Lächeln an den Tag.

„Darf ich Ihnen helfen?“ Die Frage war an ihn gerichtet, nicht an Sophia. Ebenso wie die klimpernden Wimpern. Typisch.

„Ja, ich habe einen Termin mit Mr. Clive Henderson“, verkündete Sophia.

Ohne die Augen von Triton zu nehmen, fragte die Empfangsdame: „Mr. Henderson? Sind Sie sich da sicher?“ Die Frau befeuchtete ihre Lippen und warf Triton unter ihren Wimpern einen anzüglichen Blick zu.

„Ja. Der Termin wurde vergangene Woche für mich gemacht. Ich bin Sophia Baker.“

„Einen Moment.“ Mit einer widerwilligen Bewegung nahm die Empfangsdame den Hörer ab und wählte. „Ja, hier ist Pippa. Ich habe eine Sophia Baker hier, die zu Mr. Henderson will.“ Sie hielt inne und nickte. „Das habe ich auch gedacht. Nein, offenbar letzte Woche. Klar. Werde ich machen.“

Pippa legte auf und deutete auf einen Fahrstuhl hinter sich. „Fahren Sie bis zur fünften Etage. Die Assistentin wird Sie dort abholen."

„Danke", antwortete Sophia.

Triton nahm ihren Arm wieder und führte sie zum Aufzug. Er spürte eine Gänsehaut auf ihrer Haut. „Mach dir keine Sorgen, es wird alles gut werden. Du musst nicht nervös sein."

Die Sekunden, die sie im Aufzug verbrachten, waren die reine Folter für Triton. Ihr Duft verbreitete sich sofort in dem kleinen Raum und machte ihn ihrer Nähe nur allzu sehr bewusst. Wenn sie hier stecken bleiben würden, wenn der Aufzug plötzlich anhalten würde und sie gezwungen wären, für einen längeren Zeitraum hier alleine zu bleiben, würde er nicht in der Lage sein, sich zu beherrschen. Er würde sie gegen den kalten Stahl der Kabine drücken und küssen, bis sie atemlos war. Und dann würde er –

Triton räusperte sich. Es war dumm, seiner Fantasie solch freien Lauf zu lassen. Das führte nur zu einem steinharten Schwanz und einer unstillbaren Sehnsucht nach Sophia.

Als sich die Fahrstuhltüren nach einer Ewigkeit öffneten, konnte er endlich wieder atmen.

Eine Assistentin führte sie in ein großes Eck-Büro mit Blick auf die Stadt. Der Mann hinter dem Schreibtisch war Anfang Fünfzig, etwas grau, und schien seit einem Jahrhundert nicht mehr gelächelt zu haben. Sein Gesichtsausdruck blieb versteinert, als er Sophia sah. Komischer Freund der Familie, dachte Triton.

„Guten Morgen", begrüßte ihn Sophia und streckte ihre Hand in seine Richtung.

Der Manager ging um seinen Schreibtisch herum. "Miss Baker, ich bin Mr. Morton."

Sophia sofort zog ihre Hand zurück. „Oh, ich glaube, wir haben das falsche Büro erwischt, tut uns leid, wir –"

„Sie sind im richtigen Büro, Miss Baker. Mr. Henderson ist nicht mehr bei uns."

Triton bemerkte ein leichtes Zittern in Sophias Körper und strich mit einer beruhigenden Bewegung über ihren Arm.

„Aber, ich habe den Termin letzte Woche vereinbart."

Mr. Morton schenkte ihr einen ungeduldigen Blick. „Mr. Henderson ist hier nicht mehr zuständig. Ich bin jetzt Ihr Ansprechpartner. Also, warum nehmen Sie nicht Platz, und wir gehen das durch, was Sie mit ihm besprechen wollten?"

Er wies auf die beiden Stühle vor seinem Schreibtisch. Triton half Sophia sich zu setzen, bevor er auf dem Stuhl neben ihr Platz nahm.

„Und Sie sind?", fragte der Bankmanager Triton.

„Das ist mein –"

Triton drückte Sophias Hand, um sie zu unterbrechen. Etwas in Mr. Mortons Benehmen ließ ihn ahnen, dass Sophias Erklärung, dass er ihr Krankenpfleger war, sie in eine schwache Verhandlungsposition bringen würde. „Ich bin Miss Bakers Verlobter. Triton Waters."

Bevor Triton wusste, was er tat, war die Lüge leichter von seinen Lippen geplätschert als Wasser aus einem Hahn. Nun, zumindest würde er damit dem Mann zeigen, dass sie Unterstützung hatte und dass er nicht mit ihr herumspielen konnte.

Triton nahm den kleinen Ruck in Sophias Körper zwar wahr, doch er nahm ihn in Kauf. Er würde seine Handlungsweise später erklären. Aber jetzt war es besser, die Scharade weiterzuspielen.

„Ich verstehe. Miss Baker, darf ich vor Ihrem Verlobten offen mit Ihnen sprechen? Wie Sie wissen, laufen die Konten alle nur auf Ihrem Namen."

Sophia nickte, immer noch sichtlich geschockt. „Natürlich, Mr. Morton. Mein, uh, Verlobter kann alles hören, was Sie zu sagen haben. Mr. Morton, ich habe einen Termin mit Mr. Henderson vereinbart, damit –"

Der Bankier hob seine Hand. „Ich habe einen Blick in Ihre Akte geworfen, Miss Baker, und die Notizen gelesen, die Mr. Henderson vor seinem, äh, Abgang gemacht hat. Ich sehe, dass Ihre Zahlungen in zwei Wochen beginnen sollen. Ist das richtig?"

„Ja, und das ist auch der Grund, warum ich mit Ihnen darüber sprechen wollte, um möglichst –"

Wieder unterbrach sie der Mann. Sein Verhalten wurde immer unfreundlicher. „Auf dieser Notiz hier steht auch, dass Sie für eine längere Zeit im Krankenhaus waren und sich nicht um die Renovierung der Pension kümmern konnten. Miss Baker, ich hoffe, dass es Ihnen wieder gut geht."

Triton sah das verdächtige Glitzern in den Augen des Mannes und antwortete an ihrer Stelle: „Sophia geht es wieder ausgezeichnet. Sie müssen sich nicht sorgen."

„Gut. Ich würde nicht wollen, dass die Investitionen der Bank wegen einer längeren Erkrankung in Gefahr gerieten."

„Natürlich nicht", warf Triton ein.

Sophia rutschte auf ihrem Stuhl nach vorne. „Mr. Morton, während ich im Krankenhaus war, sind gewisse Dinge aus dem Zeitplan geraten, und ich fürchte, die Eröffnung der Pension wird sich ein wenig verzögern."

Der Ausdruck des Bankiers verhärtete sich, und Triton wusste, dass der Mann sich nicht erweichen lassen würde, den Beginn der Zahlungen aufzuschieben. Er kannte diese Art Mann. Er befolgte die Regeln und zeigte keinerlei Flexibilität. Eine Heulgeschichte würde nicht auf ihn wirken. Triton wollte mit Sophia sofort dieses Büro verlassen, doch sie schien entschlossen zu sein, das zu erreichen, wofür sie gekommen war.

„Ich möchte daher die Bank bitten, die Zeitdauer um vier Wochen zu verlängern, bis ich meine erste Zahlung leisten muss.“

„Vier Wochen?”, fragte Morton und stand hinter seinem Schreibtisch auf. „Ich glaube nicht, dass Sie mich verstehen, Miss Baker. Mr. Henderson hätte Ihnen dieses Darlehen niemals geben dürfen. Sie haben keine Erfahrung im Hotelwesen, Sie haben keinerlei andere Einkünfte, kein Erspartes, und was jetzt noch dazu kommt, können Sie sich noch nicht einmal an Ihren eigenen Zeitplan halten. Warum geben Sie denn nicht zu, dass Sie sich übernommen haben?“

Sophias Gesicht wurde weiß vor Schreck. Ihre Hand zitterte. „Mr. Morton, mein Kreditantrag war solide. Ich habe einen Business-Plan –“

„Ich habe Ihren Business-Plan gesehen, Miss Baker, und ehrlich gesagt, gefällt er mir nicht. Bevor Sie überhaupt mit diesem Geschäft anfangen, sind Sie schon hintendran. Sie sind auf sich alleine gestellt und haben ein Projekt in Angriff genommen, das Sie nicht handhaben können, und Sie –“

Triton schoss von seinem Stuhl hoch. Er hatte genug gehört. Niemand hatte das Recht, so mit Sophia zu reden. „Mr. Morton, Miss Baker ist nicht auf sich alleine gestellt. Sie hat bei diesem Projekt meine vollste Unterstützung.“

„Ich sehe Ihren Namen nicht auf den Papieren, Mr. Waters.“

„Das mag schon der Fall sein, aber das bedeutet nicht, dass ich dem Projekt nicht meine volle Unterstützung entgegenbringe. Jetzt, wo ich hier bin, versichere ich Ihnen, dass die Renovierungen ohne Probleme über die Bühne gehen werden.“

Morton nickte steif. „Darauf zähle ich, sonst werde ich keine andere Wahl haben, als das Darlehen zu kündigen.“ Er drehte sich zu Sophia. „Sie bekommen keine Verlängerung des Darlehens. Ich erwarte die erste Zahlung am Fälligkeitstag.“

Sophia erhob sich, und Triton nahm sofort ihren Arm. Bisher hatte Morton offenbar nicht bemerkt, dass sie praktisch blind war, und Triton wollte, dass es so blieb. Wenn er die Wahrheit erfuhr, würde er vermutlich den Kredit sofort kündigen.

„Sie erhalten, was ich Ihnen schulde, das kann ich Ihnen versichern“, presste sie hervor und hielt ihren Kopf mit Würde hoch.

„Vielen Dank für Ihre Zeit, Mr. Morton“, sagte Triton in trockenem Ton und fegte mit Sophia aus dem Zimmer. Der Mann war ein Arschloch, und jede weitere Sekunde in seiner Gegenwart war eine Sekunde zu viel.

Im Aufzug bemerkte Triton, wie Sophias Lippen zitterten. Sie war den Tränen nahe. Er wusste, dass wenn er seine Arme um sie legen würde, sie zu weinen beginnen würde. Aber er musste sie aus der Bank bringen, ohne dass sie in Tränen ausbrach, deshalb unterdrückte er den Drang, sie zu berühren. Diese Zurückhaltung riss ihn beinahe entzwei.

„Halte nur noch ein paar Minuten durch!“, drängte er sie, bevor er sie durch das überfüllte Foyer und dann zur Ausgangstür hinausgeleitete.

In dem Moment, als sie beide im Auto saßen, trat Triton auf das Gaspedal und raste aus der Stadt hinaus. Er hatte einen Wegweiser zum Strand gesehen und folgte ihm. Erst als der Geruch des Meeres in seine Nase stieg, und er neben den Dünen parkte, sprach Sophia:

„Wo sind wir?“

Triton stellte den Motor ab und sprang aus dem Auto. „Am Strand.“ Er marschierte um das Fahrzeug herum und half ihr auszusteigen. Ihre Knie gaben unter ihr nach. Ohne zu zögern, hob er sie in seine Arme und trug sie an den Strand, wo er sich mit ihr in den Sand setzte.

Er hielt sie fest in seinen Armen. „Jetzt kannst du weinen“, flüsterte er ihr zu.

Eine Sekunde später riss sich der erste Schluchzer aus ihrer Brust, und dann öffneten sich die Schleusen. Triton hatte noch nie verstanden, warum Frauen das Bedürfnis hatten zu weinen, wenn dies sowieso nichts am Ergebnis ändern würde. Aber aus irgendeinem Grund fühlte er, dass Sophia weinen musste, ohne beurteilt zu werden.

Mit beiden Armen hielt er sie wie in einen Kokon eingewickelt und wiegte sie sanft wie ein Baby. Er spürte, wie ihre Tränen sein Hemd benetzten und ihre Hände gegen seine Brust drückten. Es fühlte sich gut an, sie zu umarmen. Er wünschte, er könnte all die Hindernisse, die ihr so viel Schmerz bereiteten, aus dem Weg schaffen, aber ohne seine göttlichen Kräfte fühlte er sich nutzlos. Alles, was er ihr geben konnte, war eine Schulter zum Anlehnen.

Sophia spürte die sanfte Meeresbrise ihren Rücken streicheln, während Tritons Arme sie fest in seinem Schoß hielten. Beides beruhigte sie, und schließlich versiegten ihre Tränen. Der Schock, dass ihr einziger Verbündeter bei der Bank, Clive Henderson, nicht mehr dort arbeitete, und – so wie es den Anschein hatte – entlassen worden war, war einfach zu viel für ihre angespannte Psyche gewesen. Sie war nicht bereit gewesen, mit dem viel unnachgiebigeren Morton zu verhandeln. Wie sie die Pension jetzt in zwei Wochen eröffnen sollte, wusste sie nicht.

Triton hatte sich einmalig verhalten und sie durch die ganze Situation und dann aus dem Gebäude begleitet, ohne ein Drama daraus zu machen. Sie musste ihm dafür danken. Dies ging definitiv über seine Job-Beschreibung hinaus. Sophia hob den Kopf von seiner Brust. „Wegen dem, was in der Bank passiert ist –“

Triton legte einen Finger auf ihre Lippen. “Es tut mir leid. Ich weiß nicht, was über mich gekommen ist, aber –“

„Was tut dir leid?“ Sie war verwirrt. Warum tat es ihm leid, sie aus dieser schrecklichen Situation so geschickt wie menschenmöglich herauszubringen?

„Ich wollte nicht lügen, wer ich bin, aber ehrlich gesagt, hatte ich bei diesem Mann kein gutes Gefühl.“

„Lügen? Du meinst, dein Name ist nicht Triton Waters?“ Ein Anflug von Panik rauschte durch sie hindurch, und plötzlich wurde ihr bewusst, dass sie immer noch auf seinem Schoß saß. Mit so viel Würde, wie sie aufbringen konnte, kletterte sie von ihm herunter. Hatte er gelogen, wer er war?

„Nein, nein, natürlich ist mein Name Triton Waters“, sagte er schnell, aber seine Stimme klang nicht so sicher, wie sie sein sollte. Hatte er etwas zu verbergen? „Aber die andere Sache.“

Es gab eine kurze Pause, in der Sophia den Atem anhielt. „Was für eine andere Sache?“

„Die Lüge, dass ich dein Verlobter bin.“

Wie konnte sie nur vergessen haben, was er zu Morton gesagt hatte? Sie stieß ein nervöses Lachen aus. „Oh, das. Ja.“ Sie schluckte schwer, unfähig, einen zusammenhängenden Satz zu bilden. In dem Augenblick, als er den Bankier belogen hatte, hatte sie ein seltsames Gefühl von Wärme in ihrem Körper gespürt, eine Art Ruhe bei dem Gedanken, dass jemand auf ihrer Seite war, jemand, der sie unterstützte. Jetzt fühlte sie sich deswegen dumm.

„Ich habe es nur gesagt, weil ich nicht wollte, dass er glaubte, dass du niemanden hast, der dir hilft. Ich hoffe, dass es dir nichts ausmacht. Und ich glaube nicht, dass er bemerkt hat, dass du nahezu blind bist“, fügte Triton hinzu.

Sophia zuckte zusammen. Sie mochte es nicht, an ihre Behinderung erinnert zu werden, aber sie war davon überzeugt, dass es gut war, dass Morton es nicht bemerkt hatte. „Danke für deine Hilfe.“

„Dazu bin ich ja da.“

Richtig, sie hatte ihn angestellt, um ihr zu helfen. Er war nicht ihr Freund, nur ihr Angestellter, und sie sollte sich in Zukunft daran erinnern. Sich gehen zu lassen und an seiner Schulter zu weinen, wie sie es nur wenige Minuten zuvor getan hatte, war nicht gut. Triton war es wahrscheinlich peinlich.

„Es tut mir leid.“

„Sag das nicht! Ich tue es gerne.“ Seine Stimme war weich wie die Meeresbrise. „Ich glaube, ein Spaziergang am Strand würde dir gut tun. Du siehst blass aus.“

Sophia war sich dessen bewusst. Vier Wochen in einem Krankenhaus ohne regelmäßige Ausflüge an den Strand konnten jeder Frau die Farbe aus dem Gesicht rauben.

15

Orion schlug mit der Faust in seine Handfläche. Hoch auf einer Wolke schwebend, blickte er auf die beunruhigende Szene, die sich an einem Strand in der Welt der Sterblichen abspielte.

Sein wertloser Halbbruder Triton ging am Strand spazieren und hatte eine attraktive junge Frau mit wallendem dunklen Haar an seiner Seite. Arm in Arm schlenderten sie, und Orion konnte hören, wie sie über Urlaub und Arbeit plauderten. Als ob Triton etwas über das letztere wüsste.

Orion schnaubte. „Warte nur, bis sie dich wirklich kennenlernt!“ Soviel er bisher über die Frau wusste, auf die Triton es abgesehen hatte, würde sie früh genug herausfinden, wie oberflächlich er war. Er würde nie eine Chance bei ihr haben.

„Und warum interessiert dich das überhaupt?“, fragte eine Stimme hinter ihm.

Orion wirbelte herum und sah den Liebesgott näherkommen.

„Halt die Klappe, Eros, oder ich stoße dich runter!“, warnte Orion. „Diese Wolke ist für uns beide zu klein. Meinst du nicht auch?“

Eros sah zuerst nach rechts, dann nach links, bevor er seinen Kopf schüttelte. „Nein, ich glaube nicht. Sieht mir groß genug aus.“

„Was willst du?“

Eros grinste. „Das Gleiche wie du: Triton im Auge behalten.“

Jedoch würde ihm *im Auge behalten* nicht ausreichen – Orion musste etwas unternehmen, um die Richtung, in die sich die Ereignisse entwickelten, zu ändern, bevor Triton sein Ziel erreichte. Denn Orion hatte keine Lust, weiterhin mit Triton im Wettbewerb um die Gunst der Göttin Artemis zu stehen. Und es war ihm nicht entgangen, wie sie Triton während seiner Verurteilung angesehen hatte.

„Und das musst du von der gleichen Wolke aus tun, auf der ich mich befinde? Das ist ja ein Zufall“, reagierte Orion voller Sarkasmus. Er kannte Eros zu gut. Der Liebesgott war nicht nur einer von Tritons besten Freunden, er steckte auch voller Unfug. Es gab immer einen Grund für alles, was Eros tat. Wenn er jetzt auf derselben Wolke stand, gab es dafür einen guten Grund.

„Also, was hat unser Freund nun wieder angestellt?“, fragte Eros mit unschuldigem Ton.

Orion hob eine Augenbraue. „*Unser Freund?* Seit wann bin ich mit meinem Halbbruder befreundet?“

„Ich will mich nur versichern, dass du nicht hier bist, um ihm zu *helfen*.“

„Was unterstellst du mir da?“ Orion kniff die Augen zusammen.

„Genau das, was ich gesagt habe.“

„Wenn du dich an Zeus’ Worte erinnerst, dann weißt du sicher, dass es gegen sein Edikt steht, Triton zu *helfen*.“

„Ich bin nur hier, um das Gleichgewicht zu halten, sodass er eine faire Chance bekommt. Die Chancen stehen sowieso gegen ihn. Hermes schließt links, rechts und in der Mitte Wetten auf ihn ab. Die Kohle rollt nur so rein!“

Orion sah den Liebesgott eindringlich an und fragte sich, wie viel er von dem, was Eros sagte, glauben durfte. „Und du, hast du eine Wette platziert und willst jetzt sicherstellen, dass deine Investition sich lohnt?“

„So ähnlich“, gab Eros zu. „Aber diese leichten Wetten machen ja gar keinen Spaß. Ich lebe für das Risiko. Das macht mich eher an.“

Orion lachte. „Ich hatte dich nicht für einen Glücksspieler gehalten. Ich dachte, Hermes und Dionysos sind die Spieler in eurer Gruppe, die darauf wetten, wer mehr Frauen in sein Bett locken kann: du oder Triton.“

Eros schmunzelte. „Im Prinzip ja, aber selbst ich brauche von Zeit zu Zeit eine kleine Pause. Ehrlich gesagt bin ich ein wenig hinten dran, wenn es um den Wettbewerb zwischen Triton und mir geht, also hätte ich gerne aufgeholt und möchte deshalb Triton etwas außer Gefecht setzen.“

Orion horchte auf. Eros wollte Triton irgendwie deaktivieren? War das ein Trick, oder hatte der Liebesgott wirklich ein sehr egoistisches Motiv? „Sprich weiter!“

Eros trat näher. „Nun, ich dachte, wenn ich dafür sorgen könnte, dass Triton für eine Weile monogam leben würde, hätte ich eine Chance, im Rennen aufzuholen.“

„Und wie willst du das anstellen? Er kann seinen Füller nicht einen Tag lang für sich behalten, bevor er ihn in ein anderes Tintenfass eintaucht.“

Eros schüttelte den Kopf. „Du musst dir wirklich ein paar neuere Ausdrücke zulegen, wenn es um die fleischlichen Künste geht. Aber egal: Welch besseren Weg gibt es, ihn monogam zu machen, als wenn er glaubt, dass er verliebt sei?“

„Verliebt? Triton?“ Jetzt musste Orion wirklich lachen. Sein Halbbruder liebte nur sich selbst. In seinem Herzen war kein Platz für jemand anderen. Bei dem Gedanken, Triton verliebt zu sehen, begannen seine Augen wässrig zu werden. Es wäre sicherlich ein lustiger Anblick. „Du bist schon witzig, Eros, einfach zu witzig.“ Dann wurde Orion wieder ernst. Er hatte viel zu tun, nämlich Triton übers Ohr zu hauen, damit er bei dieser Frau keinen Erfolg hatte und sich nicht seinen Weg zurück zum Olymp verdienen konnte. „Jetzt verschwinde von meiner Wolke, bevor ich dich hinunterstoße!“

Eros hob seine Hände. “Hör mir zu!“

“Kein Interesse.“

Mit einer raschen Bewegung zog Eros seinen Bogen und einen Pfeil aus dem Köcher auf seinem Rücken, spannte den Bogen und zielte auf Orion.

„Wenn du nicht willst, dass ich auf dich schieße, solltest du dir besser meine Idee anhören."

Orion knurrte. Der lästige Gott war einfach zu flink. Natürlich könnte Orion irgendwo hin teleportieren, aber wenn er es tat, würde Eros wahrscheinlich das nächste Mal auf ihn schießen, wenn er ihn sah. Und diese Pfeile waren kein Spaß. Obwohl er als Gott gegen deren Wirkung immun war, stachen sie höllisch. Nein, Eros' Pfeile waren kein Witz. Sie mussten ernst genommen werden.

„Ich höre."

„Hier ist der Plan, was wir machen werden. Ich werde einen meiner Pfeile auf Triton schießen, sodass er sich verliebt und –"

„Deinen Plan kannst du gleich wieder aufgeben. Hast du nicht ein kleines Detail vergessen? Triton ist ein Gott, er ist immun gegen deine Pfeile."

Eros grinste und schüttelte seinen Kopf. Er senkte seinen Bogen. „Und du scheinst vergessen zu haben, dass Zeus ihn all seiner göttlichen Kräfte beraubt hat, ergo ist er nicht immun."

Orion ließ die Information in sich einsinken. Der Plan gefiel ihm. In der Tat gefiel er ihm sogar sehr. „Weiter."

„Er wird sich in die Frau verlieben, nach ihr verrückt werden und sich damit lächerlich machen. Er wird sich zu einem sabbernden, ärmlichen Verlierer entwickeln. Frauen hassen das. Und wir beide bekommen, was wir wollen: Ich hole bei meinen Eroberungen auf und werde endlich Triton bei unserem kleinen Wettbewerb, wie viele Frauen wir verführen können, überholen, und du hast freie Bahn hier oben um zu tun, was auch immer du willst, ohne mit ihm konkurrieren zu müssen."

Obwohl Orion die Idee gefiel, gab es jedoch ein Problem damit. „Aber wenn er es schafft, seine Kräfte wiederzuerlangen, und er wieder ein Gott ist, wird die Auswirkung des Pfeils verschwinden. Er wird nicht mehr verliebt sein."

Eros zuckte die Achseln. „Nichts dauert ewig an. Doch zumindest bis dahin würden wir unseren Spaß haben und bekommen, was wir wollen. Also, machst du mit?"

Orion warf einen misstrauischen Blick auf Eros. Etwas war nicht in Ordnung. „Warum brauchst du mich dafür? Warum schießt du nicht einfach den Pfeil ab, ohne mir was davon zu sagen?"

„Ah, hier ist mein kleines Dilemma. Ich kann den Pfeil selbst nicht schießen. Leider hat der liebe Zeus an alles gedacht und hindert mich daran, meine Pfeile abschießen zu können, während –"

„Du meinst, du hast mit deinem Pfeil auf mich gezielt und konntest ihn eigentlich gar nicht wirklich abschießen?", schnappte Orion verärgert.

Eine Seite von Eros' Mund zog sich hoch. „Das nennt sich *bluffen*."

„Ich sollte dich dafür von der Wolke runterschmeißen."

„Aber das machst du nicht.“

Orion lächelte und streckte seine Hand aus. „Also, funktioniert der wie ein Jagdbogen?“ Er wusste mit Pfeil und Bogen umzugehen. Als erfahrener Jäger war er auch ein besonders guter Schütze. „Wo soll ich denn hinzielen?“

Eros grinste. „Da er den Pfeil sowieso nicht spüren wird, lasse ich dir freie Wahl. Ich wüsste genau, auf was *ich* zielen würde.“

16

Sophia strich mit ihrer Hand ein zweites Mal über die Fliesen. Die Glasur fühlte sich unter ihren Fingern rau an. Sie erhob sich aus ihrer Hocke und wandte sich in Richtung Badezimmertür.

„Charlie? Ich muss mit Ihnen reden“, rief sie in den Flur.

Ein paar Augenblicke später hörte sie Schritte, und der Bauleiter erschien vor ihr.

„Was gibt es?“, fragte er, und seine Stimme klang fröhlich. Das würde sich in wenigen Minuten ändern, wenn sie ihm von ihren Beobachtungen berichtete.

Sophia zeigte auf die Wandfliesen hinter sich. „Das ist los. Die Fliesen.“

„Ja, wir haben sie heute Morgen verlegt, während Sie unterwegs waren. Sieht gut aus, nicht wahr?“

„Es sieht vielleicht gut aus, nicht, dass ich das beurteilen kann, aber es fühlt sich nicht gut an“, erklärte sie.

„Was meinen Sie damit?“ Sofort konnte sie die Abwehrhaltung spüren, die sich in seine Stimme geschlichen hatte.

„Die Fliesen sind nicht glatt. Das sind nicht die, die ich bestellt habe.“

„Natürlich sind das diejenigen, die Sie ausgesucht haben. Ich war dabei. Sie können sich einfach nicht genau daran erinnern“, protestierte Charlie.

„Die Fliesen, die ich ausgewählt habe, hatten eine glatte Oberfläche. Diese hier fühlen sich rau und uneben an“, beharrte Sophia auf ihrer Feststellung. Sie war davon überzeugt, dass die Fliesen, die nun das neue Gästebad schmückten, nicht die waren, die sie bestellt hatte. Selbst wenn sie nicht sehen konnte, wie sie aussahen, konnte sie spüren, dass die Qualität anders war.

Charlie zwängte sich an ihr vorbei in Richtung Wand. „Ich weiß nicht, was Sie meinen. Die Fliesen fühlen sich glatt an. Mit diesen Fliesen ist nichts falsch.“

Sophia spürte ihre Wut steigen. Der Bauleiter versuchte, ihre Situation auszunutzen. „Ich bin vielleicht blind, aber ich kann es fühlen“, antwortete sie und versuchte, ihre Stimme davon abzuhalten zu zittern.

„Was ist denn hier los?“, kam plötzlich Tritons Stimme von hinter ihr.

Sie drehte sich um, einen Seufzer der Erleichterung auf ihren Lippen. „Charlie hat die falschen Fliesen im Bad verlegt.“

„Habe ich nicht!“, schoss Charlie sofort zurück.

„Woher weißt du das, Sophia? Wie sehen die richtigen aus?“, fragte Triton, seine Stimme ruhig und gesammelt. Glaubte er ihr auch nicht?

Sophia stieß ein frustriertes Schnauben aus. „Es geht nicht darum, wie sie aussehen, sondern wie sie sich anfühlen. Berühre sie! Sie sind rau. Die, die ich ausgesucht habe, waren glatt."

Triton drückte sich an ihr vorbei, und seine Körperwärme ließ sie dabei nahezu verglühen, bevor er zur Wand ging und seine Hand auf die Fliesen legte. Einen Augenblick später drehte er sich um. „Ich sehe, was du meinst."

„Danke."

„Das waren die Fliesen, die sie ausgesucht hat. Es ist nicht meine Schuld, dass sie sie jetzt nicht mag", protestierte Charlie.

„Das sind nicht die, die ich wollte. Ich habe für die Fliesen gutes Geld bezahlt. Die hier –" Sie deutete zur Wand. „– sind mindere Qualität. Das ist nicht das, wofür ich bezahlt habe."

„Es sind die, die Sie bestellt haben." Charlie blieb beharrlich.

„Moment mal", unterbrach Triton. „Ich bin sicher, wir können dieser Sache auf den Grund gehen. Haben Sie den Lieferschein?"

„Natürlich habe ich den", sagte der Bauleiter.

„Dann lassen Sie uns einen Blick darauf werfen."

Sophia ging zur Seite, als Charlie forsch aus dem Badezimmer in den Flur stapfte.

„Sophia?", fragte Triton. „Du erinnerst dich genau, was du bestellt hast, nicht wahr?"

Sie stemmte die Hände in die Hüften. „Natürlich erinnere ich mich."

Eine Sekunde später spürte sie seine Hand auf ihrem Arm. „Ich bin nicht der Feind."

Ihre Schultern entspannten sich. Es war unfair, dass sie ihn auf die gleiche Art behandelte wie Charlie – mit Argwohn. Triton hatte das nicht verdient. Doch bevor sie etwas sagen konnte, fuhr er fort: „Gibt es etwas, das mir helfen würde, die Fliesen zu identifizieren?"

Sophia nickte. „Sie hießen *Roman Bath*, und der Name ist auf die Rückseite gestempelt."

„Gut. Lass uns einen Blick auf das werfen, was er bestellt hat. Ich bin sicher, dass wir es ergründen können."

„Danke. Ich fühle mich so hilflos, nicht in der Lage zu sein, mich um diese Dinge zu kümmern. Ich weiß, ich habe dich nicht für so was angestellt –"

Seine Hand strich über ihren Arm. „Es ist mir egal, für was du mich ursprünglich engagiert hast. Ich werde tun, was getan werden muss. Ich kann deine Augen für dich ersetzen, und wenn das bedeutet, ein paar Sachen mit dem Bauleiter zu regeln, dann tue ich das. Sofern du nicht denkst, dass das deine Autorität überschreitet?"

Sie schüttelte sofort den Kopf. „Nein, natürlich nicht. Ich bin sehr dankbar dafür, dass es dir nichts ausmacht, auszuhelfen." Seine Hand war noch immer auf ihrem Arm. Hatte er vergessen, dass er sie noch immer berührte? Sollte sie ihren Arm wegziehen?

Während ihres Spaziergangs am Strand hatte sein Arm ihr Trost gegeben, sie nicht nur daran gehindert, über Treibholz und Algen zu stolpern, sondern ihr auch Stärke verliehen. In der Tat hatte die gesamte Wanderung ihre Stärke und das Vertrauen in ihre Fähigkeit, mit der Pension Erfolg zu haben, erneuert. Mit einem Fremden über die Herausforderungen, denen sie gegenüberstand, zu reden, hatte ihr geholfen, wieder klarer zu denken.

Und auch jetzt, als sie die Wärme seiner Finger in ihre Haut sickern fühlte, wollte sie dieses Gefühl nicht abschütteln. Es war nichts falsch daran, seine Berührung im Verborgenen zu genießen. Er würde es nie herausfinden. Wenn er wüsste, was für Empfindungen seine Hand durch ihren Körper sandte, was für ein Kribbeln über ihre Haut wanderte, und welche Hitze sich in ihrem Bauch sammelte, würde er wahrscheinlich aufhören sie zu berühren.

„Fühlst du dich gut?“, fragte Triton.

„Ja, es geht mir gut.“ Sah er Anzeichen davon, wie seine Berührung sie beeinflusste? War ihr Gesicht gerötet? Ihr Herzschlag unregelmäßig? Ihr Atem ungleichmäßig? Wahrscheinlich alles, aber sie konnte ihn nicht wissen lassen, dass er derjenige war, der das mit ihr machte. „Ich ärgere mich nur über Charlie.“

Er schien ihre Ausrede zu glauben. „Mach dir keine Sorgen. Wir bringen das schon in Ordnung.“

Triton streichelte weiter ihren Arm und applaudierte seinem Glück. Sophia war in einem solch aufgeregten Zustand über den Bauleiter, dass sie wahrscheinlich gar nicht bemerkte, dass er sie noch immer berührte. Er wusste, er sollte damit aufhören, aber die Belohnung war einfach zu süß.

Seit dem Spaziergang am Strand fühlte er sich noch mehr zu ihr hingezogen als bisher und nutzte jede Gelegenheit, in ihrer Nähe zu sein. Und damit würde er jetzt auch nicht aufhören.

Wenn sie wollte, dass er für sie den Helden spielte, würde er das tun. Er konnte die kleinen Probleme lösen, die sie in dieses Chaos katapultiert hatten. Und dann würde er die Früchte seiner Arbeit ernten. Bald würde das dankbare kleine Küken in seine wartenden Arme sinken und für ihn keuchen.

Ich zeig's dir, Zeus!

Die schweren Schritte des Bauleiters näherten sich aus dem Flur und ließen ihn aus seinen Tagträumen hochfahren. Tagträume? Was – zum Hades – geschah mit ihm? Er war nicht einer, der träumte.

„Hier“, kündigte Charlie an und schob Triton ein Blatt Papier in die Hand. „Das ist der Lieferschein von den Fliesen, die wir bestellt haben.“

Triton blickte auf das Blatt Papier und überflog es. Es war nicht das, was er erwartet hatte, und er wusste nicht, wie er Sophia die Nachricht beibringen sollte. Er räusperte sich. „Die Fliesen, die bestellt und geliefert wurden, heißen *Roman Bath*.“

Sophias Schock war offensichtlich. „Das kann nicht sein. Dies sind nicht die *Roman Bath* Fliesen. Das sind nicht die Fliesen, die ich bestellt habe."

„Sind sie aber doch", sagte Charlie verärgert. Er fuhr mit der Hand durch seine zerzausten Haare. „Ich weiß nicht, was ich Ihnen sonst noch zeigen soll."

„Ich bin nicht verrückt!", protestierte Sophia.

„Das sage ich ja auch gar nicht", behauptete Charlie.

„Das sind nicht meine Fliesen."

Triton blickte zurück auf das Blatt Papier, bemerkte einen Fleck neben der Beschreibung der Fliese. Er hielt das Papier gegen das Licht. Etwas war ausradiert worden. Er fing Charlies Blick auf. „Haben Sie schon alle Fliesen verwendet?"

Charlie schüttelte den Kopf. „Nein, es sind noch welche für die anderen Bäder da."

„Bringen Sie mir bitte eine", befahl Triton.

„Wieso denn?" Charlies Zögern, seinem Befehl nachzukommen, ließ Triton Verdacht schöpfen.

„Weil ich es sage."

„Sie sind nicht der Boss."

Sophia scharfe Stimme unterbrach ihn. „Nein, aber ich bin es. Bringen Sie eine der Fliesen."

„Gut", grummelte Charlie und drehte sich wieder in Richtung Flur, nur um ein paar Sekunden später zurückzukehren. Er überreichte Sophia die Fliese. Sie berührte sie, strich mit ihren Händen über die Oberfläche. Triton stellte sich vor, wie diese Finger seine Haut mit der gleichen Sehnsucht berühren würden, wie sie die Fliese berührte.

„Das ist die gleiche wie die an der Wand. Es ist nicht die Qualität, die ich bestellt habe."

Bevor Charlie seinen Mund öffnen konnte, hielt Triton seine Hand hoch. „Darf ich?" Er nahm die Fliese aus Sophias Hand und drehte sie um, um die Rückseite zu betrachten.

Dann lächelte er. „Es heißt schon *Roman Bath* hier, aber würde es Ihnen etwas ausmachen, diesen Stempel für mich zu lesen?" Triton hielt Charlie die Fliese vor die Nase.

Das Gesicht des Bauleiters lief sofort rot an, und er presste die Lippen zusammen.

„Dann lese ich es wohl selbst", meinte Triton. „Da steht *Zweite Wahl*."

Sophia seufzte erleichtert. „Ich wusste es. Ich konnte es fühlen."

„Ja, du hattest Recht", sagte Triton und blickte zurück zu Charlie. „Haben Sie eine Erklärung dafür, Charlie?"

„Sie beschuldigen doch nicht etwa mich, als ob ich etwas damit zu tun hätte? Es ist offensichtlich, dass das Unternehmen uns minderwertige Ware geliefert hat. Das ist nicht meine Schuld. Ich habe das Zeug nur bestellt."

Triton schob das Bestellformular zurück in Charlies Hand und deutete auf den Fleck darauf. Es war nicht nötig, Sophia wissen zu lassen, dass Charlie versucht hatte, sie zu betrügen. Sie hatte genug Sorgen. „Ich glaube, Sie wissen, was zu tun ist. Nehmen Sie die falschen Fliesen wieder ab und verlegen Sie die richtigen, sobald sie kommen. Und Sie berechnen Miss Baker die zusätzliche Arbeitszeit besser nicht. Verstehen wir uns?"

Triton tippte mit dem Finger auf den Fleck, wo anscheinend *Zweite Wahl* ausradiert worden war, um seine Position klarzumachen. Wenn Charlie sich weigerte, würde er dafür sorgen, dass dieser nirgendwo anders mehr Arbeit fand.

„Ja", presste Charlie durch seine geschlossenen Lippen hervor und rauschte aus dem Zimmer.

„Wow, danke", sagte Sophia. „Ich habe erwartet, dass er einen großen Aufstand machen würde, da es doch die Schuld des Lieferanten war."

Triton überlegte kurz, ob er ihr die Wahrheit sagen sollte, entschied sich jedoch dagegen. Es war nicht notwendig, dass sie sich weiterhin darum sorgte. Von nun an würde er den Mann im Auge behalten. Wenn er versuchte, Materialien gegen solche von minderer Qualität auszutauschen, war ihm nicht zu trauen.

„Er hätte von Anfang an überprüfen müssen, dass die richtigen Fliesen geliefert wurden. Das ist doch seine Verantwortung, oder nicht?"

„Du hast Recht. Nun, zumindest ist das jetzt erledigt. Ich mache mich besser dran, den Rest zu überprüfen."

Als sie einen Versuch machte, den beengten Verhältnissen des Badezimmers zu entkommen, blockierte er den Ausgang. „Warum machst du nicht Pause, und ich mache dir was zu essen? Du musst nach unserem Spaziergang am Strand hungrig sein."

Bei seinen Worten färbten sich ihre Wangen in einem schönen Rosa. Er musste sich zurückhalten, diese rosa Wangen nicht den ganzen Weg hinunter bis zu ihrem anmutigen Hals zu küssen. Natürlich würde er dort nicht aufhören, sondern tiefer gehen zu ihren einladenden Brüsten und den kleinen harten Brustwarzen, die sich jetzt durch ihr T-Shirt drückten.

Sophia hatte sich, nachdem sie nach Hause gekommen waren, Jeans und T-Shirt angezogen. Zu Tritons Enttäuschung hatte sie dabei nicht um seine Hilfe gebeten.

„Essen?", fragte sie. „Das wäre großartig."

Zehn Minuten später hatte Triton alles zusammengekratzt, was er in dem fast leeren Kühlschrank und den wenig bestückten Regalen in der Küche finden konnte. Er würde später einkaufen gehen müssen. Wie einfach es doch wäre, wenn er seine Kräfte nutzen und alles von den Dienern der Götter liefern lassen könnte.

Triton balancierte das Tablett und passte auf, nicht den Rotwein, den er in ein Glas gegossen hatte, zu verschütten. Kein Essen war komplett ohne ein anständiges Glas Wein. Zumindest nicht für ihn. Während viele Götter den süßen Geschmack von Ambrosia mochten, bevorzugte Triton Rotwein auf die Art und Weise, wie Sterbliche ihn kultivierten. Da er so viel Zeit in der Gesellschaft von Dionysos verbrachte, der nicht eine einzige wache Stunde ohne ein gutes Getränk aushalten konnte, hatte sich Triton vermutlich mehr an Wein statt an Ambrosia zu seinen Mahlzeiten gewöhnt.

Das Esszimmer war immer noch unmöbliert, deshalb hatte er Sophia gebeten, im Wohnzimmer auf ihn zu warten. Als er den großen Raum betrat, saß sie auf dem überdimensionalen Sofa, ihre Beine unter sich versteckt, ihre Augen geschlossen. Triton hielt einen Moment inne, um sie anzusehen. Er hatte in seinem ganzen Leben noch nie etwas Schöneres gesehen.

17

Sophia lehnte sich zurück. Sie musste lernen, sich zu entspannen. Die Konfrontation mit Charlie hatte sie aufgeregt, und hätte sich Triton nicht eingemischt und die Sache geregelt, wäre sie wahrscheinlich ausgeflippt. Und der Grund dafür war nicht, dass ihr jemand die falschen Fliesen untergeschoben hatte, sondern dass sie angefangen hatte, an ihrem eigenen Verstand zu zweifeln.

Sie erinnerte sich deutlich, welche Fliesen sie im Geschäft ausgewählt hatte. Deren Glätte war der Grund gewesen, warum sie sie sofort gemocht hatte. Als erst Charlie und dann Triton an ihrer Behauptung gezweifelt hatten, war sie in Panik geraten. Was, wenn es nur ein weiteres Zeichen dessen war, was sie verzweifelt versuchte zu verdrängen: Eine Geisteskrankheit? Seit Michaels Besuch war sie nicht mehr in der Lage, diesen Gedanken wieder aus ihrem Kopf zu verbannen.

Sophia schob die hässliche Erinnerung von sich weg. Nein, sie war nicht verrückt. Und Triton hatte es am Ende bewiesen. Als sie plötzlich spürte, dass sie nicht mehr alleine war, blickte sie auf. An der Tür konnte sie Triton ausmachen. Seine große Gestalt und sein blondes Haar hoben sich ab, und er hatte einen Duft an sich, an dem sie ihn sofort erkennen konnte, ohne sein Gesicht zu sehen.

Als er näher kam und ein Tablett auf dem Couchtisch abstellte, lächelte sie ihn an. „Danke. Ich werde völlig verwöhnt sein, wenn ich wieder sehen kann. Ich bin normalerweise nicht jemand, der sich bedienen lässt."

Er lachte leise. „Wir machen alle manchmal Dinge, die wir nicht gewohnt sind. Und oft stellt sich heraus, dass sie nicht immer so schlimm sind, wie wir sie uns vorstellen. Manchmal sind Überraschungen gut."

Triton hatte Recht, wie sich herausstellte. Sophia ließ sich gerne verwöhnen.

„Okay, jetzt versuchen wir mal herauszufinden, was du wirklich magst", verkündete Triton. „Dies ist ein Spielchen, das ich als Kind gespielt habe."

Sophias Atem stockte. Was sie mochte? Was hatte er im Sinn? Es gab eine Menge Dinge, die sie mochte, aber die machten entweder dick oder wurden nackt ausgeführt, oder beides. Sie musste ihren Verstand davon abhalten, unangemessene Gedanken wie diese zu produzieren, sonst würde sie ständig unter Hitzewallungen leiden müssen.

Als Triton sich neben sie setzte und sein Oberschenkel versehentlich gegen ihren streifte, verwarf sie ihren früheren Gedanken. Sofort schlichen sich noch mehr unangemessene Gedanken in ihren Kopf – alle beinhalteten verschiedene Stadien der Nacktheit.

Sie musste etwas sagen, bevor die Stille unangenehm wurde. „Was für ein Spiel?“

„Es ist ein Lebensmittel-Spiel. Es wird normalerweise mit verbundenen Augen gespielt, aber ...“ Er hielt inne. „Es tut mir leid, ich wollte nicht taktlos ...“

„Nein, das ist schon ...“ Sie griff nach seinem Arm, realisierte aber sofort, dass sie stattdessen seinen Oberschenkel berührte. Bevor sie ihre Hand wegziehen konnte, bedeckte er sie mit seiner. „... okay.“ Seine Muskeln zuckten unter ihrer Berührung.

„So funktioniert es“, erklärte er und ließ ihre Hand los. Sie zog sie sofort von seinem Oberschenkel und hoffte, er würde nicht merken, wie peinlich es ihr war. Wie konnte sie ihn nur so berührt haben?

„Ich füttere dir ein Stück Essen und du sagst mir, was es ist.“

„Das ist einfach.“ Sie lachte.

„Nicht so einfach, wie du denkst. Wir verlassen uns zu sehr auf unser Sehvermögen um festzustellen, was wir essen, und vergessen dabei unseren Geschmackssinn.“

Sophia kannte ihr Essen. Dies würde überhaupt keine Herausforderung für sie sein, obwohl sie glaubte, dass es lustig wäre mitzuspielen. „Okay, ich bin bereit.“ Für einen Moment wunderte sie sich, ob dies ein Spiel war, das Krankenschwestern mit ihren Patienten spielten, um ihnen zu zeigen, dass eine blinde Person ihre anderen Sinne schärfen konnte, um so ihre Blindheit zu kompensieren.

„Öffne deinen Mund!“, wies Triton sie ein paar Sekunden später an.

Sophia spürte, wie seine Finger einen Bissen Essen an ihre Lippen führten. Sie zog das runde Objekt in ihren Mund und kaute. Ein Hauch von nussigem Geschmack verbreitete sich in ihrem Mund, als sie das saftige Stück mit ihren Zähnen zermahlte. „Olive.“

„Gut. Aber ist sie grün oder schwarz?“

Sophia beschloss zu schummeln. Sie wusste, dass Francesca ein paar Notwendigkeiten für sie eingekauft hatte, und da ihre Freundin wusste, dass sie schwarze Oliven den grünen vorzog, machte sie eine wohlbegründete Vermutung. „Schwarz.“

„Das ist ziemlich gut“, lobte er. „Jetzt wollen wir mal sehen, ob du dies auch erraten kannst.“

Ein kleiner Würfel stieß an ihre Lippen. Sie öffnete ihren Mund und zog den Gegenstand hinein, berührte dabei ungewollt seinen Finger mit ihren Zähnen. Sie spürte, wie er seinen Atem einsog.

Sophia zuckte zusammen. „Tut mir leid.“

„Beiß nicht die Hand, die dich füttert!“

Das Essen in ihrem Mund zerfiel in kleine Stücke und verteilte sein Aroma: scharf, aber cremig. „Käse."

„Welche Art von Käse?", fragte er, und sie konnte das Lächeln in seiner Stimme hören.

Sie schüttelte den Kopf. „Irgendeine Art von Weichkäse. Bin mir nicht sicher."

„Guter griechischer Feta", verriet Triton.

„Das hätte ich mir denken sollen."

Er lachte. „Raten ist erlaubt, aber von jetzt an werde ich es dir nicht mehr so leicht machen."

„Tust du das mit all deinen Patienten?"

„Was denn?", fragte Triton.

„Spielen."

„Nur wenn ich weiß, dass sie auch mitmachen."

Oh, sie wollte mitmachen. Was auch immer er mit ihr spielen wollte, sie würde mitmachen. „Kennst du noch andere Spiele wie dieses?"

Sie fühlte, wie ein Schatten auf ihr Gesicht fiel, und wusste, dass er mit seinem Kopf nähergekommen war.

„Du hast ja keine Ahnung." Tritons Meeresduft hüllte sie ein, während sein Atem über ihr Gesicht wehte.

Wenn sie es nicht besser wüsste, würde sie sagen, dass er mit ihr flirtete. Lächerlich. Warum sollte er mit ihr flirten? Sie war nur eine von seinen Patientinnen. Sophia rutschte nervös umher, und einen Augenblick später zog er seinen Kopf wieder zurück. Aber sein Oberschenkel rieb jedes Mal gegen ihren, wenn er sich vorbeugte, um mehr Essen von dem Tablett zu nehmen, und dann wieder, wenn er sich ihr entgegenlehnte, um sie zu füttern. Es machte sie verrückt. Ihre Haut entflammte bei jeder Bewegung, die er machte, und sie brauchte dringend etwas, um sich abzukühlen.

„Hier ist etwas zu trinken." Triton hielt ein Glas an ihre Lippen, während seine andere Hand ihr Kinn stillhielt. Sie öffnete ihren Mund und trank. Rotwein, sie erkannte es sofort. Selbst nachdem er das Glas von ihren Lippen entfernt hatte, lag seine Hand immer noch unter ihrem Kinn. Dann strich sein Daumen über ihre Unterlippe. Sophia fühlte einen Hitzeschlag durch ihren Körper schießen und zuckte unwillkürlich zusammen.

„Tut mir leid, es war ein Tropfen Wein. Ich wollte nicht, dass er auf dein T-Shirt tropft", erklärte er.

Das war sehr rücksichtsvoll von ihm. Und absolut professionell. Definitiv Teil seiner Stellenbeschreibung, nicht wahr? Es gab keinen Grund, warum sie diese einfache Berührung so erregte.

„Oh, danke", stammelte sie.

Und dann quälte Triton sie weiter, indem er ihr einen Bissen nach dem anderen fütterte. Ab und zu streiften seine Finger ihre Lippen, wenn sie das

Essen von ihm nahm. Nachdem sie Kirschtomaten probiert hatte, dann mehr Oliven, Cracker mit Pastete, mehr Käse und Wein, war Sophia nahe daran zu verbrennen.

„Ich glaube, ich hatte genug“, sagte sie schließlich, als sie nicht mehr von seiner sinnlichen Folter aushalten konnte. Wenn er weitermachte, würde sie ihn wahrscheinlich anspringen und zerfleischen, bevor er überhaupt wusste, was mit ihm geschah. Und was würde ihr das einbringen? Er würde kündigen, und wenn er den Vorfall der Agentur meldete, würden sie ihr wahrscheinlich nie wieder jemanden schicken. Nein, sie musste ihre unangebrachten Gedanken zurückhalten.

„Okay, ein kleines Dessert, bevor wir hier fertig sind“, schlug Triton vor.

„Aber nur einen oder zwei Happen. Ich kann nicht zu viele Süßigkeiten essen, ansonsten ...“ Sophia legte ihre Hand auf ihren Bauch, um darauf hinzuweisen, dass sie es nicht nötig hatte, noch mehr zuzunehmen.

„Ich bezweifle, dass ein paar Pfunde mehr auf deinem schönen Körper dich weniger attraktiv machen würden.“

Sophia erstickte fast. Jetzt flirtete er auf jeden Fall mit ihr. Sie fühlte einen Temperaturanstieg in ihren Wangen.

„Hier, pass auf, es ist auf einem Löffel, also nicht zu fest draufbeißen.“

Sie nahm den Löffel, der mit einer cremigen Substanz beladen war, und war im Begriff, den Mund zu schließen, als ein lauter Knall von oben sie erschreckte. Triton schien genauso erschrocken zu sein, denn der Löffel kippte, und ein Teil des cremigen Essens tropfte auf ihr Kinn.

„Was war das?“, fragte sie.

„Keine Ahnung.“

Sophia wollte aufspringen, um der Sache nachzugehen, doch er hielt sie zurück. „Warte, du hast Joghurt auf deinem Kinn.“

Bevor sie ihren eigenen Finger benutzen konnte, fühlte sie seinen Finger über ihr Kinn streifen und es abwischen. „Aufmachen“, befahl er, als sein Joghurt-bedeckter Finger an ihre Lippen stieß. Sie befolgte seine Anweisung automatisch und zog seinen Finger in den Mund, leckte ihn sauber, bevor ihr bewusst wurde, was sie tat.

Triton tat nichts, um sie zu stoppen, sondern wirbelte seinen Finger in ihrem Mund herum, spielte mit ihrer Zunge. Sein Kopf kam näher, und sie ließ seinen Finger los. Er legte seine Hände auf ihre Schultern, und in diesem Moment wusste sie, dass er sie küssen würde.

Sophias Herzschlag raste wie der eines Sprinters, und ihre Hände bebten vor Vorfreude. Mit ihrem nächsten Atemzug sog sie seinen Duft ein und schloss ihre Augen. Sein Aroma und seine Hände auf ihrem Körper zu spüren, erinnerten sie an etwas. Ihr Verstand zauberte Bilder hervor: von Musik, Tanz, und einem harten Körper gegen ihren gedrückt. So vertraut und doch so aufregend.

Seine Lippen schwebten über ihren, sein Atem vermischte sich mit ihrem.

„Miss Baker! Miss Baker!“

Die Unterbrechung kam von Greg, einem der Arbeiter. Triton zog sich zurück und ließ sie sofort los.

„Wir haben ein Problem im Obergeschoss“, berichtete Greg.

Triton bewegte sich neben ihr und stand auf. „Was ist los? Was war das für ein Lärm?“

„Es gab einen kleinen Zwischenfall. Der Schlot des Kamins war instabil und ist eingestürzt. Sie dürften sich das besser mal ansehen ... ich meine, nach oben kommen.“

„Ist jemand verletzt?“, fragte Sophia besorgt.

„Nein, nein. Alle sind in Ordnung. Es ist nur ein echtes Chaos.“

Sophia stieß einen Seufzer der Erleichterung aus. Zumindest war niemand verletzt worden. Nicht, dass sie gerade in Stimmung war, sich um einen eingestürzten Kamin zu kümmern. Zögernd stand sie auf. Sie hatte Pflichten. Sie sollte sich nicht erlauben, von Triton so umgarnt zu werden, wenn nichts dabei herauskommen würde und sich nur die Arbeit häufte.

„Wir sind in einer Minute oben“, antwortete Triton dem Handwerker.

Sie hörte Greg wieder die Treppe hinaufstapfen.

„Wegen dem, was gerade passiert ist –“

Sophia unterbrach ihn. „Es tut mir leid. Ich habe mich gehen lassen. Es wird nicht wieder passieren.“ Sie konnte es nicht zulassen. Sie verließ sich auf ihn. Seine Hilfe zu verlieren, würde alles noch schlimmer machen.

18

Triton trat in die Dusche und stieß einen frustrierten Seufzer aus. Er ließ das warme Wasser über seine Haut laufen und griff nach der Seife. Den ganzen Tag hatte Sophia ihm die kalte Schulter gezeigt. Wenn sie nicht von diesem verdammten Kamin-Fiasko unterbrochen worden wären, würde sie jetzt keuchend in seinen Armen liegen. Aber nein, die Unterbrechung hatte ihr die Stimmung versaut, und nun hatte sie offenbar ihre Meinung geändert. Und er war schon so nahe dran gewesen.

Natürlich hatte er den perfekten Gentleman gespielt, getan als wäre nichts geschehen, und vorgegeben, dass es ihn nicht im geringsten störte, dass sie seine Berührung vermied, obwohl er sie in Wirklichkeit am liebsten gegen die nächste ebene Fläche drücken wollte, um ihr den Verstand rauszuficken.

Ach, Scheiße! Er sah an sich herab. Sein Ständer hatte die Größe eines Baseballschlägers angenommen, hart und dick genug, um einen Stier damit umzuhauen. Und das würde sich nicht ändern, solange er nicht aufhörte, an Sophia zu denken. Sophia, die nur wenige Schritte entfernt im Zimmer neben seinem schlief.

Er würde sich selbst darum kümmern müssen, sonst konnte er nicht garantieren, was ihn mitten in der Nacht überkommen würde. Er fühlte sich wie eine geladene Waffe, die bei der geringsten Provokation losgehen könnte.

Mit seinen seifigen Händen packte Triton seine Erektion und seine Eier und bewegte seine Hüften. Durch die Seife glitt sein Schwanz reibungslos in seiner Handfläche hin und her. Seine Hand klammerte sich fest um ihn und imitierte damit das Gefühl in Sophias enger Muschi gefangen zu sein.

Er schloss die Augen, und in einem gleichmäßigen Rhythmus stieß er hin und her, streichelte seine Eier so, wie er wollte, dass Sophia es tat. Er drückte fester, während er sich vorstellte, wie ihre feuchte Grotte ihn drückte, wenn sie kam. Und er machte weiter, durch ihren Orgasmus hindurch, umgeben von der Feuchte ihrer Erregung, bis sie wieder so weit wäre, bis er sie wieder zu einem überwältigenden Höhepunkt bringen würde, bevor er sich selbst erlauben würde zu kommen.

„Bei den Göttern, Triton, ist es schon soweit mit dir?“

Triton wirbelte herum und schnappte sich sofort das Handtuch, das über der Glaswand der Dusche hing. Während er es sich rasch um seine Taille wickelte, um seinen immer noch steinharten Schwanz zu verbergen, starrte er Hermes an.

„Dein Timing ist zum Kotzen.“

Hermes grinste. „Das kann ich sehen."

Triton ignorierte den Kommentar seines Freundes. „Und außerdem kann ich mich nicht erinnern, dich gerufen zu haben."

Hermes lehnte lässig am Türrahmen, während Triton aus der Dusche stieg und Wasser auf den gefliesten Fußboden tropfte.

„Kann ein Freund nicht mal vorbeischauen, um hallo zu sagen?"

„Irgendwas sagt mir, dass du nicht zum Quatschen hier bist."

„Wenn du nicht wissen willst, was ich zu berichten habe, dann sollte ich vielleicht gehen." Hermes machte einen halbherzigen Versuch, sich zum Gehen zu wenden.

„Gib mir eine Minute, mich anzuziehen. Warte im Schlafzimmer auf mich!"

Hermes drehte sich um.

„Und mach die Tür zum Bad zu!", befahl Triton.

In dem Moment, als die Tür geschlossen wurde, atmete Triton aus. Es war schon schlimm genug, beim Masturbieren erwischt zu werden wie ein Verlierer, der keine Frau ins Bett bekommen konnte. Aber noch schlimmer war es, nur wenige Sekunden vor dem Höhepunkt unterbrochen zu werden. Er drückte seine Hand auf die Beule unter dem Handtuch, um seinen Ständer runterzudrücken, aber das verdammte Ding sehnte sich nach Erlösung. Es gab nichts Schlimmeres als einen Schwanz zu haben, der kurz vorm Explodieren stand, und keine Zeit zu haben, den Sprengstoff zu zünden.

Er versprach sich, sofort zu dieser Sache zurückzukehren, nachdem Hermes wieder verschwunden war, und kleidete sich eilig an. Je schneller er seinen Freund loswerden konnte, desto schneller konnte er sich wieder darum kümmern, seine unstillbare Lust zu stillen. Denn das war alles, was es war. Dieses Gefühl in ihm, das ihm vorgaukelte, dass er Sophia wirklich mochte, musste ein Nebeneffekt seines Verlangens nach ihr sein. Und sobald er diesen Drang befriedigt hatte, würde er sich wieder ganz normal fühlen. Kein Zweifel. Davon war er überzeugt.

Als Triton sein Schlafzimmer betrat, fand er Hermes ausgestreckt auf dem Bett liegend, seine Hände hinter seinem Kopf verschränkt auf die Decke starrend. Er machte keinen Versuch, seine bequeme Position aufzugeben, obwohl Triton sich räusperte.

„Du bist hergekommen, um zu reden, also rede!", forderte Triton.

„Ich nehme an, die Sache mit ihr ..." Hermes neigte seinen Kopf in Richtung der Wand, auf deren anderer Seite Sophias Schlafzimmer lag. „... läuft nicht so schnell wie gewünscht?"

„Entschuldige mal, aber ich habe mich erst heute Morgen hier einquartiert." Verärgert kniff Triton seine Augen zusammen. „Und danke auch für deine Hilfe!"

„Du weißt so gut wie ich, dass es mir nicht erlaubt ist, dir zu helfen."

„Das hat meine anderen Freunde nicht aufgehalten."

Hermes unterbrach ihn: „Andere Freunde? Da Eros gegen dich arbeitet, nehme ich an, Dionysos hat –"

„Was?"

Hermes grinste und setzte sich auf. „Dachte mir doch, dass ich damit deine Aufmerksamkeit bekomme."

„Was – zum Hades – macht Eros?" Triton fühlte Wut in sich aufsteigen.

„Ich sah ihn heute mit Orion."

„Er hat sich mit meinem Halbbruder getroffen?"

Hermes nickte. „Sie standen auf einer Wolke und quatschten."

„Worüber haben sie sich unterhalten?" Triton würde den Liebesgott erdrosseln, wenn dieser seine Mission sabotierte.

„Sie haben über dich geredet, aber ich konnte nicht alles hören. Ich musste weit genug weg bleiben, damit sie mich nicht bemerkten."

Triton fuhr mit der Hand durch seine nassen Haare. „Warum würde Eros mit Orion reden? Die zwei können sich nicht ausstehen."

Hermes zuckte die Achseln. „Vielleicht haben sie ein gemeinsames Ziel."

„Was denn?"

„Zum Beispiel, dir Steine in den Weg zu legen. Wir wissen, dass Orion das sicher will ..."

„Aber nicht Eros. Er ist mein Freund, oder zumindest war er das." Triton wollte nicht glauben, dass Eros ihn betrog, obwohl er wegen Eros' Rat hier in Charleston gelandet war. „Er muss einen Grund haben –"

„Du meinst, die gleiche Art von Grund, die er gehabt hat, als er dir riet, Option eins statt Option zwei zu wählen?" Hermes' abfällige Bemerkung schnitt in Tritons Magen. Betrug tat immer weh, vor allem, wenn er von einem Freund kam. Betrug von einem Familienmitglied wurde auf dem Olymp erwartet, aber von einem Freund?

„Ich habe ihm nichts angetan, was eine solche Wende von ihm rechtfertigen würde", sagte Triton nachdenklich.

„Nicht in letzter Zeit vielleicht", stimmte Hermes mit ihm überein. „Aber wer weiß, was für einen alten Groll er noch hegt."

Triton schüttelte den Kopf. „Ich kann mir nichts vorstellen, das ihn so verärgert hätte, dass er sich plötzlich mit Orion zusammenschließt, um es mir heimzuzahlen. Und außerdem, warum würde Orion überhaupt mit ihm reden? Er weiß, wie nahe wir uns sind. Er würde sowieso ahnen, dass Eros versuchen würde, ihn auszutricksen."

„Du meinst, wie ein Doppelagent?"

„Genau."

„Aber wozu?", fragte Hermes.

Triton schritt die volle Breite des Schlafzimmers entlang. Sein Verstand machte Überstunden. Eros hatte keinen Grund, wütend auf ihn zu sein, also warum würde er sich gegen Triton wenden? Was war sein Motiv?

„Hast du in letzter Zeit irgendwelche Veränderungen bei Eros bemerkt?“, fragte Triton.

„Außer der Tatsache, dass er von einem Bett zum nächsten springt, als ob Hades ihn jagen würde?“

Triton grinste. „Das kannst du ihm nicht übel nehmen. Nach seiner letzten katastrophalen Beziehung muss er sich wieder ans Junggesellenleben gewöhnen.“

Hermes sprang plötzlich vom Bett hoch. „Das ist es! Er ist über die Liebe verbittert, und jetzt will er, dass niemand anderer Liebe findet.“

Triton drehte sich zu seinen Freund, dachte für einen Moment über dessen Worte nach, doch verwarf sie dann wieder. „Eros gibt die Liebe auf? Das wird erst passieren, wenn der Hades zufriert.“

„Hmm“, brummte Hermes zustimmend.

„Selbst wenn das der Fall wäre, würde er sich um mich keine Sorgen machen müssen, da ich am allerwenigsten von uns vieren dafür anfällig bin, mich zu verlieben.“

Tritons Gedankten wanderten zu Sophia. Schlief sie schon? Trug sie etwas im Bett, oder war sie nackt? Dachte sie an ihn, so wie er in der Dusche an sie gedacht hatte? Oder vielleicht träumte sie von ihm, wie er sie in seine Arme nahm und Liebe mit ihr machte.

Verdammt, die Frau machte ihn heiß.

„Keine Sorge, eines Tages wird es dich wie eine Breitseite treffen, und du wirst nicht einmal wissen, woher es kam“, prophezeite Hermes.

Triton winkte ab. Es war ihm unangenehm, dass sobald das Wort Liebe ins Gespräch kam, ein Bild von Sophia in seinem Kopf erschien. Es war dumm. Alles, was er wollte, war, sie zu ficken und sie dazu zu bringen, sich in ihn zu verlieben, nicht umgekehrt.

„Darauf kannst du lange warten. Du verschwendest deine kostbare Zeit.“

Hermes grinste wieder. „Ich hoffe, du magst deine Worte, denn die wirst du eines Tages schlucken müssen.“

„Genug davon. Was sollen wir mit Eros tun?“

„Wir?“, fragte Hermes. „Da du nicht viel tun kannst, da du ja erdgebunden bist und keine göttlichen Kräfte mehr hast, nehme ich an, dass du mit *wir* mich meintst, oder?“

„Ich dachte, du wolltest nicht den Zorn deines Vaters auf dich ziehen. Vielleicht solltest du der gute Sohn sein, und dich einfach weiter raushalten.“ Triton wusste ganz genau, dass er Hermes damit anstacheln konnte, wenn er seine nicht-so-feste Vater-Sohn-Beziehung erwähnte, da dies am ehesten eine Rebellion bei seinem Freund hervorrufen würde.

Hermes’ Brust blies sich auf. „Zeus hat damit nichts zu tun. Er trifft meine Entscheidungen nicht für mich, das mache ich selbst.“

„Ich bin froh, das zu hören. Ich würde es hassen, herauszufinden, dass du eine seiner Marionetten bist. Es ist schon schlimm genug, dass Orion sich so bei ihm einschmeichelt.“ Triton unterdrückte sein Grinsen.

„Dein Bruder ist ein Weichei. Aber ich treffe meine eigenen Entscheidungen.“

„Aber natürlich. Selbst wenn dies bedeutet, gegen Zeus’ Befehle zu handeln“, meinte Triton mit einer Spur von Hohn.

„Genau. Zeus kann mir nicht vorschreiben, was ich tun soll. Nicht mehr“, schnappte Hermes.

Triton konnte sein Grinsen nicht länger unterdrücken. Er wusste genau, wie er Hermes anstacheln konnte. „Ich sag ja nur. Du musst mir nicht helfen, wenn das bedeutet, dass dich Zeus dann bestrafen wird.“

Hermes machte zwei Schritte in Richtung Triton und warf ihm einen ärgerlichen Blick zu. „Ich sagte, Zeus kann mir den Buckel runter rutschen. Ich helfe meinen Freunden, wenn sie mich brauchen, egal ob ich damit in heißem Wasser lande oder nicht. Ich bin kein Feigling.“

„Hätte ich auch nie gedacht“, antwortete Triton. Gut, sein Freund war auf seiner Seite. Jetzt war alles, was sie tun mussten, herauszufinden, was Eros und Orion vorhatten.

19

Während der nächsten drei Tage wurde Sophia von einer Flut von Aktivitäten überschwemmt. Zuerst wurde das neue Geschirr geliefert und musste weggeräumt werden. Dann kamen schließlich die Vorhänge, die sie bestellt hatte. Mit Tritons Hilfe war es ihr möglich, herauszufinden, welches Set in welches Zimmer gehörte. Aber anstatt sie sofort aufhängen zu können, musste Greg erst stärkere Gardinenstangen anbringen, da die neuen Vorhänge für die alten Stangen zu schwer waren.

Nach dem *Beinahe-Kuss* zwischen Triton und ihr vermied es Sophia so gut sie konnte, mit ihm alleine zu sein. Während er ihr immer noch half, Kleidung aus ihrem unübersichtlichen und überfüllten Schrank herauszusuchen, bestand sie jetzt darauf, sich selbst anzukleiden. Seine Hände auf ihrem Körper zu spüren war eine zu große Versuchung für ihre ausgehungerten sexuellen Bedürfnisse.

Triton schien die Tatsache, dass sie sich nicht wie ein bedürftiger Welpe an ihn klammerte, zu schätzen. Sophia war dankbar für all die Arbeit, die er tat. Er war einkaufen gegangen und hatte ihr alle ihre Lieblingsspeisen gebracht. Jeden Tag kochte er für sie, aber hatte sie nicht ein einziges Mal mehr mit seinen Fingern gefüttert. Offensichtlich hatte er seine Lektion gelernt, dass ihr nicht zu trauen war und dass sie seine Finger lecken würde, sobald sie sich ihrem Mund näherten.

Wann immer er in ihrer Nähe war, verdoppelte sich ihr Herzschlag sofort, ihre Hände wurden feucht und ihr Atem ungleichmäßig. Und wenn sie seinen Duft einatmete, erlag sie der Lust, die in ihr zu kochen begonnen hatte. Wenn dies passierte, entschuldigte sie sich und sperrte sich im Bad ein, um sich so zu berühren, wie sie wollte, dass Triton es tat.

Deshalb hatte sie sich auch angewöhnt, nur flache Atemzüge zu machen, wenn sie ihm nahe war, in der Hoffnung, das würde das Verlangen in ihr unterdrücken. Sie hatte schon immer einen relativ gesunden Appetit auf Sex gehabt, aber was ihr jetzt passierte war einfach lächerlich. Wie konnte ein Mann sie lediglich mit seinem Duft und einer gelegentlichen zufälligen Berührung so erregen? Sie fühlte sich wie eine Zündschnur, die bereit war, jederzeit abzubrennen.

Wenn sie nicht vorsichtig war, würde sie etwas Dummes anstellen, und Triton würde kündigen. Das konnte sie nicht riskieren. Sie brauchte einen Pfleger dringender als sie einen Liebhaber brauchte, zumindest tagsüber. Nachts war das eine ganz andere Sache. Zu wissen, dass er nur ein paar Meter von ihr entfernt schlief, dass sie nur durch eine dünne Wand getrennt waren, half nicht gerade beim Einschlafen. Vielmehr brachte es sie dazu, sich die ganze Nacht hin und her zu wälzen, bis sie endlich vor Erschöpfung in den Schlaf sank.

Apropos Erschöpfung: Sophia war müde. Nachdem sie die Vorhänge sortiert und dann Telefonate mit Lieferanten und den Gästen geführt hatte, die in weniger als zwei Wochen erwartet wurden, spürte sie den Schlafmangel in ihren Knochen.

Sie saß aufrecht auf ihrem Stuhl und versuchte sich zu entspannen. Die Arbeiter begannen, für den Tag zusammenzupacken. Vom Esszimmer nebenan hörte sie Greg telefonieren.

„Mach dir keine Sorgen, Schatz, wir schaffen das schon irgendwie.“ Seine Stimme klang trotz des positiven Inhalts betroffen. „Wenn du keinen anderen Job finden kannst, dann werde ich versuchen, zusätzliche Arbeit zu bekommen.“ Es gab eine Pause, und Sophia lauschte unwillkürlich. Normalerweise hörte sie nicht den privaten Gesprächen anderer Leute zu, aber etwas zwang sie diesmal dazu.

„Weine nicht, Schatz, ich werde einen Weg finden, die Rechnungen zu bezahlen.“

Sophia seufzte. Der Wirtschaft ging es nicht gut, und viele Menschen hatten im vergangenen Jahr ihre Arbeitsplätze verloren, aber wenn es jemanden traf, den sie kannte, war diese Tatsache schwieriger zu akzeptieren. Sie wusste, dass Greg nicht viel Geld in seinem Job verdiente, und zu wissen, dass seine Frau ihre Arbeit verloren hatte, schmerzte Sophia. Es war nicht fair, dass guten Leuten Schlimmes passierte.

„Du siehst müde aus.“ Tritons Stimme unterbrach ihre Gedanken.

Sophias Herz stoppte. Sie hatte ihn nicht hereinkommen hören. Sie fragte sich wieder, wie ein Mann mit so einer Stimme wohl aussah – mit einer sanften Stimme, der dieses weiche Grollen unterlag, tief und rau. Keinem Menschen sollte es gestattet sein, so eine Stimme zu haben – so verdammt sexy.

„Es war ein anstrengender Tag“, gestand sie und erhob sich.

„Was machst du normalerweise, um dich nach so einem Tag zu entspannen?“

„Ich würde wahrscheinlich lesen, aber ich fürchte, das ist nicht möglich. Ich habe vor dem Unfall mit einem guten Buch angefangen, aber leider hatte ich noch keine Gelegenheit, weiterzulesen.“ Sophia vermisste es, sich in einem Buch zu verlieren, in eine andere Welt einzutauchen und sich mitreißen zu lassen. „Vielleicht sollte ich stattdessen ein Hörbuch besorgen.“

„Oder vielleicht sollte dir jemand vorlesen“, meinte Triton.

Seine Worte beschworen Erinnerungen an Eleni herauf, an Sophias Bett sitzend, wie sie eine Gute-Nacht-Geschichte vorlas.

„Wo ist das Buch, das du angefangen hast?“, fragte Triton.

„In meinem Schlafzimmer, auf dem Nachttisch, warum?“

„Weil ich dir vor dem Abendessen vorlesen will.“

Im Nu war er weg.

~ ~ ~

Triton gratulierte sich zu seiner genialen Idee. Er würde ihr helfen, sich zu entspannen und dabei Zeit mit ihr alleine verbringen. Welcher Ort wäre dafür am besten geeignet? Er brauchte einen romantischen Platz, der sie nicht an die viele Arbeit im Haus erinnerte. Ein Platz, der bequem war, sodass sie sich schließlich an ihn kuscheln würde. Ein Zwei-Sitzer-Sofa, sodass sie ganz nahe bei ihm sitzen musste und er sie berühren konnte, ohne dass es ihr auffiel.

Entschlossen, diese Situation für sich zu nutzen, führte er Sophia ein paar Minuten später auf die Terrasse. Er brachte sie zu dem kleinen Sofa und setzte sich direkt neben sie. Kein Zentimeter Platz blieb zwischen ihnen frei. Die Sonne war bereits untergegangen, aber das Licht aus einer kleinen Lampe, die hinter Triton an der Wand hing, würde ausreichen, um lesen zu können.

„Bequem?“

„Ja, danke“, antwortete sie.

Triton öffnete das Buch auf der markierten Seite. „Kapitel Sieben“, begann er.

Die Meeresbrise kühlte die heiße Sommerluft und machte die Atmosphäre auf der Terrasse perfekt. Triton achtete kaum auf das, was er las. Stattdessen konzentrierte er sich auf das Gefühl ihres Körpers, wie er gegen seinen streifte, wie ihre Oberschenkel ab und zu gegen seine drückten, wenn sie sich in ihrem Sitz bewegte.

Sophia roch nach dem Shampoo, mit dem sie ihre Haare gewaschen hatte, und Triton rückte näher, während er vorgab, sich eine bequemere Position zu suchen. Und es war auf jeden Fall bequemer für ihn, je näher er ihr kam, je mehr Kontakt sein Körper mit ihrem hatte.

Nachdem er drei Kapitel gelesen hatte, bemerkte er, dass sie aufgehört hatte, sich zu bewegen, und dass ihre Atmung rhythmischer war als zuvor.

„Sophia?“, flüsterte er, bekam jedoch keine Antwort. Sie war eingeschlafen.

Triton legte das Buch beiseite und wandte sich ihr zu. Ihr Kopf fiel gegen seine Schulter. So sanft er konnte hob er sie, ohne sie aufzuwecken, auf seinen Schoß, legte ihren Kopf an seine Brust und hielt sie fest.

Ein winziger Seufzer entkam ihrer Kehle, aber sie öffnete ihre Augen nicht.

Er liebte es, wie ihre Wärme in seinen Körper sickerte, wie ihre üppigen Kurven seine harten Muskeln polsterten, wie ihr Atem durch sein Hemd auf seine Haut traf. Triton war überrascht von den zärtlichen Gefühlen, die in ihm hochkamen. Alles, was er sich je von einer Frau gewünscht hatte, war Spaß im Bett. Aber Sophia so in seinen Armen zu halten, rief mehr Wünsche in ihm hervor. Mehr als nur eine schnelle Nummer. Er wollte, dass diese roten Lippen ihm gestanden, dass sie ihn liebte und es ernst meinte.

Er versuchte, sich davon zu überzeugen, dass das, was er von ihr wollte, normal war. Schließlich war es sein Ziel, wieder nach Hause zurückzukehren, aber sein Herz schimpfte ihn einen Lügner. Vielleicht lockte sie ihn so, weil er keine seiner göttlichen Kräfte mehr besaß und daher genauso anfällig für ihre irdischen Reize war wie jeder Sterbliche. Das musste der Fall sein. Es war vollkommen normal.

Triton bewegte sie in seinen Armen, sodass ihr Kopf nun auf seinem Bizeps lag. Mit der anderen Hand streichelte er über ihr Kinn und fühlte ein Kribbeln, als seine Finger mit ihrer weichen Haut in Kontakt kamen. Ein leises Geräusch kam von ihr, als sich ihre Lippen leicht öffneten.

Die Versuchung war zu stark, um ihr zu widerstehen. Zärtlicher als er es je getan hatte, streifte Triton mit seinen Lippen in einer federleichten Berührung über ihre, dann knabberte er daran, bevor er sanft seine Zunge über ihre Lippen leckte. Oh, bei den Göttern, schmeckte sie süß!

„Sophia“, flüsterte er gegen ihre Lippen. „Agapi mou.“ *Meine Liebe.*

Plötzlich bewegten sich ihre Lippen unter seinen, jedoch nicht, um sich loszureißen, sondern um näher zu kommen. Er konnte sich diese Gelegenheit nicht entgehen lassen und nahm mehr von ihr, drückte seine Lippen deutlicher auf ihre. Einen Moment später fühlte er, wie sich ihre Lippen teilten und ihr Atem in seinen Mund rauschte. Es war wie ein Feuersturm, der sich in ihm entzündete.

Mit einem triumphierenden Knurren eroberte seine Zunge ihren Mund und erforschte ihn. Einen Moment später spürte er ein zögerndes Streichen ihrer Zunge gegen seine und begrüßte die Hitzewelle, die ihre Handlung durch ihn schickte. Sophia küsste ihn zurück!

Triton zog sie näher an seine Brust und neigte seinen Kopf zur Seite, um eine intimere Verbindung zu schaffen, als er weiter in die köstliche Tiefe ihres Mundes eintauchte, streichelte, saugte, forderte. Ihr weiches Stöhnen spornte ihn an. Sie rührte sich auf seinem Schoß und rieb gegen seine wachsende Erektion. Die Enge in seiner Jeans wurde mit jeder Sekunde ihrer unschuldigen Bewegungen schlimmer.

Als ein lautes Stöhnen aus seiner Kehle drang, spürte er, wie sie gegen seine Brust drückte. Er ließ von ihren Lippen ab, um ihr und sich selbst Zeit zum Atmen zu geben.

„Sophia“, flüsterte er und setzte kleine Küsse auf ihren Mundwinkel.

„Triton?“, fragte sie, und ihre Stimme klang benommen, als ob sie gerade erst aufgewacht war.

„Ja, agapi mou.“

Sie zog sich weiter zurück, ihr Gesicht nun ein paar Zentimeter von ihm entfernt. „Nein, wir müssen aufhören. Wir können nicht –“

„Schsch, küss mich, wie du’s gerade getan hast“, forderte Triton mit einem Murmeln gegen ihren Mund.

„Triton, wir müssen aufhören. Es ist nicht richtig. Die Agentur –“

Er unterbrach ihren Protest mit einem Lecken ihrer Lippen. „– der ist es egal, was wir tun. Ich werde ihnen nichts verraten.“

„Aber, ich bin deine Arbeitgeberin. Du solltest nicht –“

„Sollte nicht was?“, fragte er. „Dich mögen? Mich zu dir hingezogen fühlen?“ Er strich seine Lippen gegen ihren Mund, entlockte ihr ein leises Stöhnen. Er wusste, sie wollte nicht aufhören, genauso wenig wie er.

„Dafür habe ich dich nicht eingestellt“, protestierte sie.

„Dann ändere meine Tätigkeitsbeschreibung.“ Er knabberte an ihrer Unterlippe und sog sie in seinen Mund. „Du bist die Chefin, du kannst mit mir machen, was du willst. Ich bin Wachs in deinen Händen.“

Selbst als er sagte, was als Lüge gemeint war, erkannte Triton, wie viel Wahrheit doch in seiner Aussage lag. Was auch immer sie jetzt von ihm forderte, er würde alles tun – außer sie aus seiner Umarmung zu entlassen. Nie hatte er sich so von einer Frau gefesselt gefühlt.

„Aber Triton –“

„Ich möchte alle deine Bedürfnisse erfüllen – Tag *und* Nacht. Sophia, ich will dich.“

Ihr Atem stürzte aus ihrem Mund und geisterte über sein Gesicht. „Wir sollten nicht –“

Er wusste nicht, was sie noch hatte sagen wollen, da er ihr keine Chance gab, weiterzusprechen. Als er ihre Lippen wieder nahm, legte sie keinen Widerspruch ein. Stattdessen schmiegten sich ihre Lippen perfekt an seine, und ihre Zunge glitt in seinen Mund, um mit ihm zu tanzen. Bei den Göttern, diese Frau küsste wie eine Göttin. Nein – besser, viel besser.

Was auch immer ihre Bedenken gewesen waren, nichts zeigte sich jetzt davon in ihrem Handeln. Ihr Kuss war pure Leidenschaft und willentliche Reaktion auf seine Forderungen. Triton vergrub seine Hand in ihren weichen Locken und hielt sie fest, küsste sie mit einer Leidenschaft, die keine Frau ihm jemals entlockt hatte.

20

Sophia ließ sich von Tritons Kuss wegtragen. Morgen konnte sie sich immer noch um die Probleme kümmern, die sie durch ihr Handeln heraufbeschwor. Aber im Moment wollte sie nur eines tun: auf ihn reagieren. Ihr Körper hatte allen Widerstand aufgegeben. Niemand hatte sie je mit solcher Zärtlichkeit und gleichzeitig solcher Leidenschaft geküsst.

Die Art und Weise wie seine Zunge sich an ihre schmiegte, wie seine Lippen ihren Mund gefangen hielten, ließ ihr Inneres schmelzen und ihren Slip feucht werden. Sie konnte sich nicht erinnern, jemals so feucht geworden zu sein, nur indem ein Mann sie küsste. Aber was er mit ihr machte, wie er sie so fest hielt, so sicher in seinen muskulösen Armen wiegte und sie an seine starke Brust drückte, ließ ihr keine andere Wahl: Sie musste ihren Körper so reagieren lassen, ob sie wollte oder nicht.

Sophia spürte die Hitze in ihrem Körper bis zum Siedepunkt ansteigen. Sie wusste, sie würde explodieren, wenn sie nicht bald Erlösung fand. Wenn sie nur ihr Geschlecht gegen seine Erektion drücken könnte, würde sie kommen. Sie spürte, wie hart er war – sein steifes Glied drängte sich unmissverständlich gegen ihre Hüfte. Hatte sie das bei ihm bewirkt, indem sie seinen Kuss erwiderte?

Wer war dieser Mann? Warum reagierte sie mit solch einer Leidenschaft auf ihn, wenn sie doch nichts über ihn wusste? Verdammt, sie wusste noch nicht einmal, wie er aussah. Und dann schlug Panik ein: Was, wenn er hässlich war? Was, wenn er blinde Frauen umschwärmte, weil es die einzige Möglichkeit für ihn war, eine Frau ins Bett zu bekommen?

Mach das nicht, warnte sie sich. Es war nicht fair, so zu denken. Es war oberflächlich, und es war gehässig. Wäre es wirklich wichtig, wie er aussah, solange er ihr weiterhin half, sich so wohl zu fühlen?

Und sie fühlte sich mehr als nur wohl in seinen Armen. Sie fühlte sich begehrt, geliebt, gewollt.

Mit neuer Entschlossenheit setzte Sophia den Kuss fort. Sein tiefes Stöhnen zeigte ihr, dass er die Veränderung in ihr bemerkt hatte. Seine Hand strich über ihren Hals, sandte Schauer über ihre Haut. Als ob er wusste, was er tun musste, folgten seine Finger dem Weg des Schauers auf ihrer Haut. Sie wusste, auf was er zusteuerte, und bei Gott, sie wollte seine Hand auf ihrer Brust spüren, wo ihre Brustwarze in Vorfreude auf seine Berührung bereits hart war.

Sie wollte ihn, brauchte seine Berührung. Jetzt sofort.

„Also das ist es, wozu du ihn angestellt hast!“

Sophia erschrak, als eine drohende Stimme ihre Glückseligkeit durchdrang: Michael. Mit einem Ruck entzog sie sich Triton.

„Oh ja, von einer Agentur ist er schon, aber im Gesundheitswesen arbeitet er nicht.“

Die abfällige Bemerkung schnitt wie ein Messer durch Sophias Herz. Sie kletterte von Tritons Schoß. Glücklicherweise half ihr Triton und setzte sie direkt neben sich auf das Sofa.

„Ich wusste nicht, dass du Geld für einen Gigolo hast, Sophia. Aber ich nehme an, da du jetzt blind bist, ist es schwer, einen Mann zu ködern“, dröhnte ihr Cousin weiter.

Bevor sie Michael antworten konnte, schoss Triton hoch. „Du hast kein Recht, so mit Sophia zu reden. Noch ein Wort, und ich werde dir in den Arsch treten“, zischte Triton.

„Ich habe keine Angst vor einem Sexarbeiter.“

„Er ist kein Sexarbeiter!“, schaffte Sophia endlich zu krächzen.

„Ach, also macht er es nur für Taschengeld?“, spottete Michael.

„Hör auf, Michael! Es geht dich nichts an, was ich tue.“ Sie hatte schließlich ihre Stimme wieder gefunden. Michaels Meinung über sie war nicht mehr wichtig.

„Soll ich ihn rauswerfen?", fragte Triton.

„Ich –“

Michael unterbrach sie: „Damit du sie gleich wieder bearbeiten kannst? Was hast du vor? Willst du, dass sie sich in dich verliebt, damit du an ihr Geld rankommen kannst? Ist es das? Das hast du vor, nicht wahr? Du suchst dir eine verletzliche Frau, gaukelst ihr Liebe vor, und dann nimmst du sie aus.“

Sophia weigerte sich, sich von Michaels Worten beeinflussen zu lassen. „Ich dachte, ich hätte dir letztes Mal eindeutig mitgeteilt, dass du hier nicht mehr willkommen bist. Meine Geduld mit dir ist erschöpft.“ Es war an der Zeit, ihm zu zeigen, dass er sie nicht mehr herumschubsen konnte. „Wenn du jetzt nicht sofort gehst, werde ich zur Polizei gehen und eine Verfügung gegen dich erwirken, damit du mein Haus nicht mehr betreten darfst.“

Sie konnte Michaels Reaktion nicht sehen, aber sie hörte ihn scharf einatmen. Für ein paar Sekunden herrschte Stille, bevor er antwortete. „Ich gehe jetzt. Aber ich rate dir, dir nochmals zu überlegen, wem du wirklich vertrauen kannst. Ich bin deine Familie. Er ...“ Michael zeigte mit seinem Finger auf Triton. „... ist ein Fremder.“

Sie hörte, wie Michael sich auf seinen Fersen umdrehte und im Haus verschwand. Augenblicke später knallte die Haustür zu.

Sophia war alleine – alleine mit Triton. Sie schluckte schwer. Als er sich neben sie setzte und ihre Hand nahm, entzog sie sich seinem Griff. Innerhalb von wenigen Tagen waren sie sich nahe gekommen, doch was wusste sie schon wirklich über ihn?

„Ist was nicht in Ordnung?“, fragte er, sein Ton besorgt.

Sie hätte sich nicht so mit ihm gehen lassen sollen. Eine Beziehung mit jemandem anzufangen, von dem sie abhängig war, war keine gute Idee. Schon jetzt brauchte sie ihn für so viele Dinge in ihrem täglichen Leben. Sie war zu verletzlich, und selbst wenn Triton es gut meinte, konnte sie nicht zulassen, dass sie sich emotional von ihm abhängig machte. Nicht jetzt. Und vielleicht waren die Dinge, die sie empfand, sowieso nicht wahr. Nach allem, was sie seit dem Unfall durchgemacht hatte, konnte sie nicht mehr sicher sein, dass die Anziehungskraft, die sie Triton gegenüber fühlte, echt war oder nur eine Nebenwirkung ihre Angst und Einsamkeit. Sie brauchte Zeit, um über das, was mit ihr geschah, nachzudenken.

„Es tut mir leid, Triton, ich kenne dich nicht wirklich. Ich weiß nicht mehr, wem ich vertrauen kann.“

„Du glaubst doch nicht, was dein Cousin behauptet hat.“

„Michaels Meinung ist mir egal. Aber dies hier, all dies ...“ Ihre Stimme brach ab. Sie wusste nicht, wie sie es ihm erklären sollte.

Triton streichelte ihre Hand. „Dies hier fühlt sich gut an. Ich mag es, mit dir zusammen zu sein.“

Sophia schüttelte den Kopf und versuchte, nicht der Wärme seiner Berührung zu erliegen. „Es geht alles zu schnell. Ich kenne dich erst weniger als eine Woche.“

„Ist das wirklich wichtig?“

„Ich weiß es nicht. Triton, es tut mir leid, aber ich muss nachdenken. Ich weiß nicht, was du von mir willst.“

"Sophia, ich will nur dein Bestes. Ich bin hier, um mich um dich zu kümmern. Nichts hat sich geändert. Du kannst es mir nicht anlasten, dass ich mich zu dir hingezogen fühle.“

„Nein, das kann ich nicht. Aber ich muss es nicht weitergehen lassen. Nicht jetzt. Nicht mit allem, was hier los ist.“

Sie sprang von der Couch und trat zurück.

„Bitte, schließ mich nicht aus!“, flehte er.

„Gib mir etwas Zeit!“

Mit letzter Kraft fand sie den Weg zur Tür ins Haus und rannte die Treppe hinauf, obwohl sie sich in Wirklichkeit Triton in die Arme werfen wollte.

21

In dem Moment als Orion gesehen hatte, wie Triton Sophia küsste, hatte er einen Entschluss gefasst. Er würde sicherstellen, egal welche Methode er anwenden musste, dass ihre zerbrechliche Beziehung nicht überleben würde. Er war nicht davon überzeugt, dass Eros' Plan, Triton in einen liebeskranken Welpen zu verwandeln, funktionieren würde. Als der Mann, den die Frau Michael genannt hatte, auf der Bildfläche erschienen war, hatte sich in Orions Kopf schnell ein Plan entwickelt.

Orion lehnte an einem der Bäume, die die Straße säumten, und wartete darauf, dass der Mann das Haus verließ. Er musste nicht lange warten: Der Streit war kurz gewesen, und die Worte waren von der Terrasse auf der zweiten Etage bis hier unten zu hören gewesen. Tritons Position bröckelte bereits. Alles, was Orion jetzt tun musste, war, ein paar gut platzierte Stöße auszuteilen und Tritons instabiles Kartenhaus würde in sich zusammenfallen. Und wer wäre besser dafür geeignet, ihm diese Stöße zu versetzen, als ein Sterblicher, den Orion leicht manipulieren konnte?

Nachdem die Eingangstür zugefallen war, verfolgte Orion Michael auf dem Bürgersteig. Zwei Blöcke weiter fühlte er sich sicher genug, ihn anzusprechen, ohne dass Triton Wind davon bekam.

Mit einem Fingertipp auf Michaels Schulter machte Orion auf sich aufmerksam. Michael drehte sich sofort um und nagelte ihn mit einem wütenden Blick fest.

„Was zum T –“

„Na, na. Was ist denn das für eine Art, einen neuen Freund zu begrüßen?“ Orion grinste und legte seinen Arm um die Schulter des Mannes. „Und etwas sagt mir, dass wir gute Freunde sein werden.“

Michael versuchte, sich aus seinem Griff zu winden. „Hey, ich bin nicht vom andern Ufer, Kumpel, also such dir jemand anderen.“

Orion verstärkte seinen Griff. „Glaube mir, selbst wenn ich von dem Ufer wäre, hätte ich einen besseren Geschmack, als mir jemanden wie dich ins Bett zu holen.“ Er schnaubte. „Und so wie die Sache liegt, bin ich nicht auch auf eine fleischliche Ablenkung aus. Nein, du und ich, wir haben ein gemeinsames Anliegen.“

„Was willst du von mir?“ Verdacht steckte ganz offensichtlich in Michaels Stimme, ebenso wie Neugier, die Orion in ihm entdeckte. Gut, der Trottel würde mitspielen. Sterbliche waren so leicht zu manipulieren. Ein Grund, warum er sie sowohl hasste als auch liebte, je nachdem, was er von ihnen wollte.

„Es geht nicht darum, was ich von dir will, sondern was wir für einander tun können“, spielte Orion auf seinen Plan an. „Und wie profitabel das für uns beide sein könnte.“

Er konnte förmlich die Gier riechen, die aus jeder Pore des Sterblichen drang und die Luft um ihn herum vergiftete. Orion schluckte seinen Ekel hinunter. Er hasste Gier – sie führte zu nichts. Lust allerdings, die war eine ganz andere Sache. Lust trieb ihn an. Er konnte nicht zulassen, dass Triton wieder zum Olymp zurückkehrte und ihm bei der Eroberung der auserwähltesten Frauen in die Quere kam, denn Orion wollte die schöne Göttin Artemis für sich selbst beanspruchen. Kein Mittel war zu niederträchtig, um Triton an seiner Rückkehr zu hindern. Und wenn ein paar Sterbliche dabei leiden mussten, war ihm das egal.

„Profitabel?“, hörte Orion Michael stammeln. Genau wie er vermutet hatte – pure Gier trieb diesen Menschen an. Dies würde einfach werden.

„Ich habe das Gefühl, du willst nicht, dass dieser Fremde mit deiner hübschen Freundin im Bett landet“, köderte ihn Orion.

„Sie ist nicht meine Freundin, sie ist meine Cousine und sie ist verrückt“, spuckte Michael aus.

„Na, gut. Aber du willst trotzdem nicht, dass sie mit ihm im Bett landet, nicht wahr? Oder habe ich den Streit, den ihr gerade hattet, falsch interpretiert?“ Orion grinste.

„Ich werde mir nicht von einem Gigolo wegnehmen lassen, was mir gehört. Ich hätte das Haus bekommen sollen, nicht diese kleine hinterhältige Schlampe. Und wenn sie sich einen Mann angelt und Kinder bekommt, dann verliere ich das Haus endgültig.“

„Ich werde dir helfen, das Haus zu bekommen, so lange du mir hilfst dafür zu sorgen, dass sie sich nicht in ihn verliebt.“

„Und was springt für dich dabei heraus?“ Wieder hatte sich Verdacht in Michaels Stimme eingeschlichen.

„Lass uns einfach sagen, ich habe eine alte Rechnung zu begleichen. Er verdient die Liebe einer Frau nicht, und du und ich werden dafür sorgen, dass er sie nicht bekommt. Und sobald wir ihn aus ihrem Leben hinausbefördert haben, kannst du mit dem weitermachen, was du willst, und ich widme mich wieder dem, was ich am besten kann.“ *Göttinnen verführen.*

„Was ist mit dem Profit, von dem du gesprochen hast?“, fragte Michael.

„Du wirst angemessen belohnt werden.“

„Wie viel?“

Der Sterbliche wurde lästig, aber was machte es schon aus, wenn Orion ein wenig lügen musste, um ihn zu beruhigen? Das kostete ihn nichts. „Wie klingt die stolze Summe von fünfzigtausend Dollar?“ Wenn es hart auf hart kam, konnte Orion immer noch das Geld aus dem Safe einer Bank herauszaubern und es Michael geben. Orion kümmerte es nicht, woher das Geld kam.

Ein selbstzufriedenes Grinsen flog über Michaels Gesicht. „Jetzt sprichst du meine Sprache. Was soll ich tun?“

Orions Mund verzog sich halb belustigt, halb angewidert. „Und jetzt sprichst du meine.“

~ ~ ~

Es dauerte eine Stunde, bis Michael herausgefunden hatte, dass es drei Pflegedienste in Charleston gab, die Pfleger vermittelten, die Patienten zu Hause betreuten. Das verkomplizierte die Dinge etwas. Ein Anruf bei dem ersten Dienst auf seiner Liste bestätigte seinen Verdacht: Die Agentur hielt sich an die Datenschutzrichtlinien, die sie daran hinderte, Informationen über Kunden oder Mitarbeiter herauszugeben. Er musste sich einen Trick einfallen lassen.

Als er in den Empfangsbereich von Professional Home Healthcare trat, legte Michael ein freundliches Lächeln auf und näherte sich der dunkelhäutigen Frau, die vor einem Computer saß und etwas eingab. Sie sah von ihrer Arbeit auf, als er vor ihr stehen blieb.

„Kann ich Ihnen helfen?“

„Oh, das hoffe ich, Ma’am. Fred Harlow ist mein Name.“ Er legte einen dicken Südstaaten-Akzent auf, denn er hoffte, je mehr er nach jemandem aus der unteren Schicht klang, desto mehr würde die Frau Mitleid mit ihm haben. „Ich bin gekommen, weil meine Oma jemanden braucht, der sich um sie kümmert, wissen Sie. Ich würde es selbst tun, aber ich habe zwei Jobs, und sie braucht wirklich rund um die Uhr Hilfe.“ Die Lügen purzelten nur so aus ihm heraus.

Die Frau nickte, griff nach einem Formular und steckte es auf ein Klemmbrett. „Sie sind an die richtige Stelle gekommen.“

„Da bin ich aber erleichtert, das zu hören. Denn, wissen Sie, meine Nachbarin, Miss Baker, Miss Sophia Baker, sie hat auch jemanden aus Ihrer Agentur bestellt, und sie ist vollkommen zufrieden. Sie kann gar nicht aufhören, von euch zu schwärmen. Sie müssen wissen, sie ist blind, und Sie haben ihr einen hervorragenden jungen Pfleger geschickt ...“ Er suchte ihr Gesicht nach Anzeichen dafür ab, wie viel dicker er noch auftragen musste, und bemerkte, wie sich ihre Augenbrauen zusammenzogen. „Sie kennen doch Miss Baker, oder?“

„Mr. Harlow, ich bin nicht sicher, dass ich Miss Baker kenne, aber ich kann Ihnen versichern, dass unsere Agentur die beste in der Stadt ist, und wir freuen uns darauf, Ihrer Großmutter zu helfen.“

„Oh, soll das heißen, dass Miss Baker Sie nicht engagiert hat?“ Er kratzte sich am Kopf und setzte einen verwirrten Blick auf.

„Nein, aber machen Sie sich keine Sorgen, wir bekommen sehr viele Empfehlungen von anderen zufriedenen Kunden.“

Nun, das bestätigte es. Sophia hatte nicht die Professional Home Healthcare engagiert. Zeit, um weiterzuziehen.

„Oh, dann gehe ich wohl besser zu Miss Baker zurück und frage nach dem Namen der Agentur. Ich hätte sie gleich zu Anfang fragen sollen. Nichts für ungut, Ma’am, es ist nur, sie hat darauf beharrt, dass ich nur die Besten für meine Oma engagieren soll.“

„Aber, Mr. Harlow ...“

Michael drehte sich um und ging zur Tür hinaus, den Protest der Frau ignorierend. Er musste sich auf den Weg zur nächsten Firma machen.

Aber bei dem Executive Home Healthcare stieß er auf ein Problem: Er kannte die Frau, die an der Rezeption saß. Scheiße! Bevor sie ihn sehen konnte, drehte er sich um und flüchtete.

Er war mit Carol einmal eine sehr kurze Zeit lang ausgegangen, und da sie ihn kannte, ergaben sich zwei Probleme: Sie wusste, dass er abgesehen von Sophia keine lebenden Verwandten hatte, und sie wusste, was für ein Schurke er war. Er hatte sich etwas Geld von ihr *ausgeliehen* und es ihr nie zurückgegeben, und wenn sie ihn jetzt sah, würde sie ihm nur Beleidigungen an den Kopf werfen. Auf keinen Fall würde sie ihm die Informationen geben, die er benötigte. Er konnte nur hoffen, dass die letzte Firma, Selective Home Healthcare, diejenige war, die Sophia angeheuert hatte, sonst müsste er sich was anderes einfallen lassen.

22

Irgendwann würden er und Sophia sich darüber unterhalten müssen, was zwischen ihnen vorgefallen war, aber in der Zwischenzeit musste Triton sich erst überlegen, was er ihr erzählen sollte, um sie zu überzeugen, dass es keine Rolle spielte, dass sich die Dinge so schnell zwischen ihnen entwickelten.

Was er von ihr wollte, war schlicht und einfach: dass sie ihn liebte. Aus einem Grund, und nur aus einem Grund: damit er wieder nach Hause zurückkehren konnte.

Lügner.

Triton schloss die Tür seines Schlafzimmers und griff nach der Fernbedienung. Er schaltete den Fernseher ein, ohne den Kanal zu ändern, auf dem er die Nacht zuvor eine öde Nachrichtensendung angesehen hatte, bis er schließlich dabei eingeschlafen war.

Was machte es schon, dass er sich bei dem Grund, warum er wollte, dass Sophia sich in ihn verliebte, selbst belog? Es war ja nicht so, als ob jemand dies jemals herausfinden würde. Er würde es auf keinen Fall verkünden, sobald er wieder zu Hause war. Er würde dieses kleine Geheimnis in den dunklen Tiefen seines Geistes versteckt halten, wo es nie wieder das Tageslicht erblicken würde.

Triton ließ sich auf sein Bett fallen. Mit seinen Händen über seinem Kopf berührte er die Wand hinter sich. Sie war direkt auf der anderen Seite dieser Wand.

Sophia. Bei den Göttern, wie diese Frau ihn in Aufruhr versetzte. Die Art, wie sie ihn geküsst hatte, sich an ihn gedrückt hatte, als ob sie nicht wollte, dass er sie je wieder gehen ließ – er hatte dieses Gefühl genossen. Und der Geschmack ihrer süßen Lippen, die weiche Berührung ihrer Zunge, der Duft ihrer Erregung wühlten ihn auf. Nein, nichts war ihm entgangen: nicht die Hitze ihrer Haut, ihr schneller Herzschlag oder ihre atemlose Stimme. Er wusste, dass auch er sie nicht unberührt gelassen hatte.

Triton seufzte und schloss die Augen. Er wollte ihre Liebe, nicht um nach Hause zurückzukehren, sondern für sich selbst. Wenn das bedeutete, dass er egoistisch war, dann scherte ihn das nicht.

„... und nun zum Wetter“, dröhnte die Frau aus dem Nachrichtensender. „Ein Sturm bildet sich vor der Ostküste.“ Er horchte auf und starrte auf den Bildschirm. „Es wird erwartet, dass die Staaten von Rhode Island im Norden bis Florida im Süden beeinträchtigt werden. Der Nationale Wetterdienst hat noch keine genauen Prognosen über Stärke und Richtung des Sturms bekannt gegeben, aber sie vermuten, dass es ein Jahrhundertsturm werden wird. In den nächsten drei bis vier Tagen wird man mehr wissen. Zu diesem Zeitpunkt ist der Sturm noch in der Mitte des Atlantiks. Zurück zu Ihnen, Jim."

Triton sprang auf. „Scheiße!"

Dies war sein Job. Mit seinen göttlichen Kräften war er der Einzige, der den Sturm aufhalten konnte. Da sein Vater als Gott und Herrscher aller Meere die Macht, Stürme zu beruhigen Triton übergeben hatte, konnte sich Poseidon deshalb jetzt nicht mehr einmischen. Nur er, Triton, konnte diese Kraft freiwillig wieder an ihn zurückgeben, aber da er gerade nicht über diese Macht verfügte, waren ihm die Hände gebunden. Nur Zeus war stark genug, anderen Göttern seine Kräfte wiederzugeben.

Triton fluchte. Sterbliche würden leiden, verletzt werden, sogar sterben, weil er nicht tun konnte, was seine Aufgabe war. Tritons Jahrtausende lange Erfahrung mit Stürmen hatte ihn gelehrt, die Warnung des Wetterdienstes nicht zu unterschätzen. Er hatte genau die gleiche Art Sturm viele Male zuvor gesehen. Und jedes Mal hatte es zu Verwüstungen geführt. Auch ohne seine Kräfte wusste er das.

War Zeus sich dessen bewusst gewesen, als er ihn bestraft hatte? Hatte er berücksichtigt, was dies der sterblichen Welt antun würde?

Triton ging hektisch auf und ab. Er musste etwas tun. Er konnte nicht zulassen, dass dieser Sturm auf das Land traf und die Küstenstädte verwüstete. So gefühllos er in Beziehungen zu Frauen war, seine Pflichten als Gott nahm er ernst.

Und wenn dies bedeutete, bei seinem Vater anzukriechen und um Hilfe zu bitten, dann würde er das tun. Da Poseidon äußerst ungern aufs trockene Land kam, musste Triton sich ins Meer begeben, wenn er mit ihm reden wollte.

Ein paar Minuten später zog Triton die Eingangstür hinter sich zu, wobei er darauf achtete, keinen Lärm zu machen. Er wollte nicht, dass Sophia bemerkte, dass er das Haus verließ. Es war ihm unangenehm, sie alleine zu lassen, aber er hatte keine andere Wahl.

Triton blickte die verlassene Straße auf und ab, bevor er sie im Schutz der Dunkelheit und einer ausgebrannten Straßenlaterne überquerte. Auf dem Deich angekommen befreite er sich von seinem Hemd, seiner Hose und den Schuhen und legte sie neben dem Geländer ab, das die Menschen davor schützte, ins Meer zu fallen.

Nach einem weiteren Blick auf die Straße tauchte Triton ins Wasser. Als die Wellen über ihm zusammenschlugen, genoss er das Gefühl, wie das Wasser seine nackte Haut streichelte. Mit langen, sicheren Zügen durchschnitt er die Unterströmung, bevor sein Kopf durch die Wasseroberfläche brach.

Mühelos schwamm er in Richtung Fort Sumter. Es war weit genug draußen, sodass sein Vater dorthin kommen konnte, um ihn zu treffen. Das Wasser war sein Element, und zum ersten Mal seit Wochen fühlte sich Triton wirklich wohl. Der einzige Unterschied war, dass er ganz Mensch blieb: Seine untere Körperhälfte verwandelte sich nicht in die eines Fisches. Hätte er seine göttlichen Kräfte noch gehabt, dann wäre er in der Lage gewesen, seine Flosse zu nutzen und schneller zu schwimmen. Aber es machte ihm nichts aus. Schwimmen entspannte ihn, und sein Körper ging auf Autopilot, während seine Gedanken zu Sophia zurückschweiften.

Triton brauchte weniger als eine Stunde zu der kleinen Insel, auf der sich eine alte Festung befand. Er zog sich an Land und ruhte sich auf einem der großen Felsen aus, die die Insel umgaben.

„Vater! Ich brauche dich“, rief er in die Nacht.

Er musste nicht lange warten. Innerhalb einer Viertelstunde spülte eine große Welle Poseidon an Land. Er ließ sich neben Triton auf dem Felsen nieder.

„Es ist schon eine Weile her, seit wir uns gesehen haben, mein Sohn.“

Triton nickte seinem Vater zu, dessen untere Hälfte die eines Fisches war: eine große geschuppte Schwanzflosse.

„Wie geht es Mutter?“

„Sie vermisst dich. Es ist das erste Mal, dass sie keine Kinder mehr im Haus hat, also hat sie angefangen, mich zu bemuttern. Das ist ab und zu sehr irritierend.“

Triton lachte. „Gib’s zu, du genießt es!“

Poseidon bedachte ihn mit einem verschworenen Grinsen. „Sag es ihr ja nicht. Solange ich mich darüber beschwere, ist sie glücklich.“

Triton blickte aufs offene Meer hinaus. „Ein Sturm braut sich zusammen.“

„Ich weiß. Was hast du vor, dagegen zu unternehmen?“

„Deshalb habe ich dich angerufen. Ich brauche deine Hilfe. Du musst Zeus davon überzeugen, mir meine Kräfte zurückzugeben.“ Er suchte flehend die Augen seines Vaters, wissend, dass er ihm klar machen musste, wie ernst er es meinte, sonst würde er keinerlei Hilfe bekommen.

Poseidon schüttelte den Kopf. „Es tut mir leid, mein Sohn, aber mir sind die Hände gebunden. Zeus und ich haben eine Vereinbarung. Ich darf mich nicht einmischen, oder er wird die Strafe dauerhaft machen.“

Tritons Atem stockte. „Dauerhaft? Wie kann er das tun? Das Leben von unschuldigen Menschen steht auf dem Spiel. Wenn ich den Sturm nicht beruhigen kann, werden Menschen sterben!“

„Ich weiß, Triton, ich weiß. Du kennst deine Pflicht, und deshalb habe ich vollstes Vertrauen in dich, dass du dich Zeus’ Herausforderung stellst und deine Kräfte wieder zurückgewinnst. Du schaffst das.“

„Vater, ich bin nicht für eine Aufmunterungsrede gekommen. Ich brauche deine Hilfe“, protestierte Triton.

„Das ist die einzige Hilfe, die ich dir geben kann: ein Rat von einem Vater an seinen Sohn.“

Triton fuhr sich mit seiner Hand durchs Haar. Sollte er seinem Vater gestehen, wie weit er von seinem Ziel entfernt war, was für einen riesigen Rückschlag er nur vor wenigen Stunden erhalten hatte, als Sophia ihn abgelehnt hatte, weil ihr Vertrauen in ihn erschüttert war?

„Woran denkst du?“ Die Stimme seines Vaters war beruhigend.

„Ich bin mir nicht sicher, dass ich erfolgreich sein werde“, räumte er ein. „Sie hat mich zurückgewiesen.“

Poseidon legte seine Hand auf Tritons Schulter. „Erzähl mir von ihr!“

Triton sah seinen Vater an und lächelte plötzlich. „Sie heißt Sophia. Und sie ist exquisit, schön, stark, und die süßeste Frau, die ich je in meinen Armen gehalten habe.“

„Du magst sie.“

„Ja, aber mach dir nicht zu viele Hoffnungen. Ich tue dies alles nur, um meine Kräfte wieder zu bekommen. Sobald ich sie wieder habe, werde ich nach Hause zurückkehren und Sophia vergessen.“ Triton wusste, dass er log. Wie könnte er sie vergessen, wenn alles, woran er Tag und Nacht denken konnte, ihr schönes Gesicht, ihr süßer Duft und ihre weiche Haut waren?

„Natürlich.“ Machte sich sein Vater über ihn lustig? Triton unterbrach ihn mit einem genervten Blick, aber Poseidon schmunzelte nur. „Also, was für ein Problem hast du mit ihr?“

Triton lehnte sich gegen den nassen Felsen und blickte zu den Sternen hinauf. „Sie glaubt nicht, dass ich nur ihr Bestes will.“

„Willst du das?“

„Will ich was?“

„Willst du ihr Bestes?“

Triton schnaubte. „Natürlich will ich das. Ich kümmere mich um sie.“

Poseidon hob eine Augenbraue. „Wie kümmerst du dich um sie?“

„Sie ist blind. Ein Unfall“, erklärte er. „Lange Geschichte. Sie braucht Hilfe im Haus. Ich helfe ihr.“ Und er war ziemlich stolz auf all die Dinge, die er für sie tat.

„Das ist gut. Also, warum vertraut sie dir nicht?“

Triton zuckte mit den Schultern, obwohl er den Grund vermutete. Er war zu scharf rangegangen, zu schnell. Sie war noch nicht so weit. Aber er hatte keine Zeit mehr, schon gar nicht jetzt, wo sich der Sturm näherte. Wenn überhaupt, dann müsste er jetzt noch schneller vorgehen, um sein Ziel zu erreichen.

„Sie glaubt, meine Absichten seien nicht ehrlich.“

„Das sind sie ja doch vielleicht auch nicht.“

Ärger stieg in Tritons Brust hoch. „Was sagst du da?“

„Alles, was du von ihr willst, ist dein Ticket nach Hause. Alles, was du willst, ist etwas von ihr zu nehmen, ohne etwas zurückzugeben. Eine Frau spürt so etwas.“

Triton starrte seinen Vater an. „Ich will ihr nichts wegnehmen. Ich bin nicht an ihrem Besitz interessiert. Alles, was ich von ihr will, ist ihre Liebe, sodass ich nach Hause gehen kann."

„Wenn du willst, dass sie dich liebt, musst du ihr zuerst etwas geben."

„Aber was?"

„Ich weiß es nicht, mein Sohn, aber es muss etwas sein, das sie sehr schätzt, etwas, das ihr wichtig ist, nicht dir. In der Liebe geht es darum, etwas zu geben und im Gegenzug nichts dafür zu verlangen."

„Aber du weißt genauso gut wie ich, dass sie mich lieben muss, damit ich wieder nach Hause kann."

Poseidon schüttelte den Kopf. „Das musst du für eine Weile vergessen. Deine eigenen Bedürfnisse und Wünsche spielen keine Rolle. Nur wenn du dich in sie hineinversetzen und ihr geben kannst, was sie will, wirst du letztendlich bekommen, was du brauchst. So einfach ist das."

„Es klingt nicht einfach."

„Das glaubst du, weil du nur an dich selbst denkst. Stell dein eigenes Ego beiseite und –"

„Mein Ego?", schnappte Triton. „Es geht nicht um mein Ego."

„Es ist immer um dein Ego gegangen, darum, mit wie vielen Frauen du schläfst, wie viele Unschuldige du verführst, um wie viel begehrenswerter du bist als dein Bruder."

Triton mochte die Wahrheit nicht aus dem Munde seines Vaters hören. Es tat weh. Aber sein Vater war mit seinem Vortrag noch nicht zu Ende.

„Du wirst dich nie zu einem richtigen Mann entwickeln, wenn du deine eigenen Bedürfnisse nicht beiseitestellen und wirklich sehen kannst, was jemand anderer will. Jeder Mann muss dies früher oder später lernen, sonst wird er nie sein Zuhause finden."

„Unsinn, ich weiß genau, wo mein Zuhause ist."

„Weißt du das wirklich, mein Sohn? Zuhause ist nicht ein Ort, Triton, es ist ein Zustand des Geistes. Und nur, wenn du das erkennst, findest du den Weg dorthin. In der Zwischenzeit bist du nur ein verlorenes Schiff, das den Leuchtturm ignoriert, der den Weg dorthin weist."

„Und was soll ich tun, um den Leuchtturm zu finden?"

Poseidon zwinkerte. „Ich würde sagen, du hast ihn schon gefunden, und wenn ich deine eigenen Worte benutzen darf: Sie ist die süßeste Frau, die du je in deinen Armen gehalten hast."

„Sophia?"

„Ja, sie wird dir den Weg nach Hause zeigen, aber zuerst musst du ihr geben, was sie braucht."

„Und der Sturm?"

„Vergiss den Sturm! Denk nur an sie!"

Triton seufzte. An sie zu denken war einfach, weil das die natürlichste Sache der Welt für ihn war. Den Sturm zu vergessen war schwieriger.

„Und, mein Sohn?“

Triton blickte auf.

„Folge deinem Herzen!“

Und mit einem Sprung tauchte sein Vater zurück in den Ozean. Das Wasser verschluckte ihn, und er war weg.

Seinem Herzen folgen? Wenn er seinem Herzen folgte, so wie sein Vater es ihm riet, würde er jetzt zu Sophia gehen, sie in seine Arme nehmen und die ganze Nacht mit ihr Liebe machen. Und jede Nacht danach. Aber dann würde er nur ihren Körper bekommen, obwohl das, was er wirklich wollte, ihr Herz, ihre Seele und ihr Vertrauen waren. Nein, er würde seine sexuellen Triebe kontrollieren müssen.

„Hermes“, rief er in die Nacht hinein. „Triff mich im Haus. Wir müssen reden.“

23

Sophia wollte nicht aufwachen. Nur ein einziges Mal wollte sie sich im Bett vergraben und so tun, als ob die Außenwelt nicht existierte. Die Nacht war nicht gut gelaufen. Sie hatte gehört, wie Triton heimlich mitten in der Nacht das Haus verlassen hatte, und als er Stunden später wiedergekommen war, hatte sie mehr als nur eine Stimme gehört, aber die Stimmen waren zu leise gewesen um zu erkennen, ob sie männlich oder weiblich waren. Hatte er eine Frau mitgebracht?

Der Gedanke, dass er mit einer anderen Frau in seinem Zimmer war, sie berührte und sie küsste, tat weh. Aber konnte sie es ihm wirklich verdenken? Sie hatte ihn scharf gemacht und ihn dann abblitzen lassen. Warum sollte er also nicht versuchen, sich wo anders Befriedigung zu suchen? Sie hatte ihm gestern Abend klar gemacht, dass sie ihm nicht vertraute und dass sie für das, was sich zwischen ihnen entwickelte, noch nicht bereit war. Nun, er hatte offensichtlich den Hinweis akzeptiert und eine andere gefunden, die nicht so schwierig war wie sie. Eine, die sofort mit ihm ins Bett hüpfte.

Und damit hatte Triton ihr bereits bewiesen, dass das kleine bisschen Anziehungskraft, das zwischen ihnen herrschte, nur oberflächlich war. Sie hatte um mehr Zeit gebeten, und er hatte sich einfach eine andere Frau gefunden, um seine Triebe zu befriedigen.

Sophia schwang die Beine aus dem Bett und ging ins Bad. Aber ihre morgendliche Routine wurde jäh unterbrochen, als sie mit dem Zähneputzen fertig war. Kein Wasser kam aus der Dusche. Egal, wie sehr sie den Knopf auch drehte, kein Tropfen kam aus dem Duschkopf.

Was zum Teufel hatte der Bauleiter jetzt wieder vermurkst?

Sie zog den Gürtel ihres Bademantels enger um sich und stapfte in den Flur und mitten ins Chaos.

„Vorsicht!", rief eine männliche Stimme von der Treppe und brachte Sophia dazu, wie erstarrt stehen zu bleiben.

„Ich komme durch. Gib mir die Latten!", befahl eine andere autoritäre Stimme.

Sophia kannte die meisten der Arbeiter, die ihr Bauleiter beschäftigte, aber keine dieser Stimmen klang vertraut. Was ging in ihrem Haus vor sich?

„Wo ist die Nagelpistole?"

„Frag Greg!"

Es klang so, als wimmelte das Haus von Menschen. Sie hatte bereits mindestens vier oder fünf verschiedene Stimmen auf der Treppe und auf der

Etage unter sich gehört, und bestenfalls beschäftigte Charlie drei oder vier Leute gleichzeitig.

„Charlie? Wo sind Sie?“, rief sie.

Mehr Schritte auf der Treppe, und mehr Männer, die zu den Schritten passten, erschienen.

„Entschuldigen Sie, Miss Baker“, erreichte sie endlich Charlies Stimme, als er sich näherte. „Dafür können Sie mir nicht die Schuld geben. Dafür bin ich nicht verantwortlich.“ Die Abwehr in Charlies Ton war nicht zu leugnen.

„Was ist hier los? Wer sind all diese Leute?“

„Sie gehören nicht zu mir. Die sind von –“

„Ich kann es erklären“, unterbrach Triton. Er tauchte hinter Charlie auf. „Einen Moment, Sophia. Charlie, da sind zwei Männer in der Lobby, die bereit sind, auszumalen. Geben Sie ihnen was zu tun!“ Ohne ein weiteres Wort akzeptierte Charlie Tritons Befehl und verschwand. Das war neu, dachte Sophia.

„Es ist so staubig hier, warum unterhalten wir uns nicht in deinem Zimmer?“, fragte Triton.

„In meinem Zimmer?“ Wollte sie wirklich wieder alleine mit ihm sein? Nur halb angekleidet und in ihrem Schlafzimmer? Schlechte Idee. Extrem schlechte Idee.

„Wir können hier reden“, beharrte sie.

„Sophia, du warst in den letzten Tagen sehr überlastet. Also habe ich beschlossen, dir etwas Arbeit abzunehmen und die Überwachung der Renovierungen zu übernehmen.“

„Was?“, keuchte sie. Hatte er gesagt, er übernahm die Renovierungen?

„Du bist ab jetzt offiziell im Urlaub.“

„Aber das kannst du nicht tun. Es ist meine –“

Triton schnitt ihren Protest ab. „Hör mich an, Sophia. Du hast mir in den letzten paar Tagen genau gezeigt, wie diese Renovierung von statten gehen soll. Ich weiß, was du willst. Die Schlafzimmer sollen luftig werden, aber zur gleichen Zeit gemütlich. Ich weiß, wie du dir die Bäder vorstellst, wie die Rezeption aussehen soll, welche Vorhänge wohin gehören, welche Bettwäsche mit welcher Wandfarbe zusammenpasst. Du musst nicht alles selbst machen. Du musst dich ausruhen, sonst brichst du bis zum Eröffnungstag noch zusammen.“

Sophias Protest war automatisch. Dies war ihr Baby, und sie würde es auf ihre Weise machen. „Ich habe dich nicht dafür angestellt. Und wer sind all diese Leute? Was tun sie hier?“

„Das sind meine Freunde. Sie stellen sicher, dass wir den Zeitplan einhalten können. Charlie ist mit seiner Arbeit hinten dran, und wir wissen beide, dass –“

„Aber ich kann all diese zusätzlichen Arbeiter doch nicht bezahlen. Verstehst du das nicht?“

Triton trat einen Schritt näher und betörte sie dabei mit seinem sinnlichen Duft. Das war genau das, was sie hatte vermeiden wollen. „Ich weiß das. Darum mache ich dies hier. All diese Männer schulden mir ein paar Gefallen. Sie arbeiten kostenlos, Sophia, damit du die Pension rechtzeitig eröffnen kannst.“

„Aber –“

Sein Finger auf ihren Lippen stoppte ihren Protest. Sie schloss ihre Augen und versuchte, ihr donnerndes Herz zu beruhigen.

„Du“, betonte er, „wirst dich anziehen und in den Garten hinunter gehen, wo du dich auf einen Liegestuhl legst und dir das Hörbuch anhörst, dass ich dir besorgt habe. Ich bring dir das Frühstück. Und wenn du etwas brauchst, rufst du mich, und ich werde es dir besorgen. Du wirst dich nicht um jede Kleinigkeit kümmern, die im Haus passiert. Dafür bin ich jetzt da.“

Sie schüttelte den Kopf, konnte ihren eigenen Ohren nicht trauen. Er wollte all diese Arbeit auf sich nehmen? „Warum tust du das? Das ist viel mehr Arbeit als die, für die ich dich bezahle.“

„Du bist gerade erst aus dem Krankenhaus entlassen worden und brauchst deine Ruhe. Lass mich das bitte für dich tun.“

„Wann hast du all dies organisiert?“

„Letzte Nacht. Ich konnte nicht schlafen.“

Sophia verschluckte sich fast. Bedeutete das, dass er letzte Nacht keine Frau in seinem Zimmer hatte? „Ich habe gestern Nacht Stimmen gehört.“

„Es tut mir leid. Wir wollten dich nicht wecken, aber ich hatte einen Freund mitgebracht, der mir half, die Arbeit zu organisieren. Tut mir leid, wenn wir –“

Ihr Herz machte einen Sprung. Es gab keine andere Frau. „Nein. Nein, das ist ganz in Ordnung. Du hast mich nicht geweckt. Ich konnte auch nicht schlafen.“

Triton räusperte sich. „Wegen gestern Abend –“

Sophia legte ihre Hand auf seinen Arm, um ihn zu stoppen, aber er nahm sie einfach in seine.

„Es tut mir leid“, sagte Triton. „Ich hätte mir nie solche Freiheiten nehmen dürfen. Du hast nichts weiter von mir zu befürchten, das verspreche ich dir. Nichts wird passieren, was du nicht willst. Ich werde mein bestes Benehmen hervorholen und mich dir nicht mehr aufzwingen. Also bitte lass mich dir bei der Organisation der Renovierungsarbeiten helfen.“

Er würde sich ihr nicht mehr aufzwingen? Als ob er sich ihr jemals aufgezwungen hatte. War sie nicht diejenige gewesen, die ihn mit solch ungezügeltem Verhalten angestachelt hatte? Sophia hatte ihm nicht nur erlaubt, sich Freiheiten zu nehmen, sie hatte ihn regelrecht provoziert. Aber sie sagte nichts, denn sie wollte nicht zugeben, dass sie diejenige war, die nach ihm lüstete. Er war nur ein Mann, er konnte sich nicht helfen. Sie war eine

Frau. Und waren Frauen nicht weniger anfällig für fleischliche Gelüste? Offensichtlich war sie da eine Ausnahme.

„Danke."

„Ist das ein *Ja danke* oder ein *Nein danke*?", fragte er, ein Lächeln in seiner Stimme.

„Es ist ein *Ja*."

„Da bin ich froh." Er ließ ihre Hand los. „Also, dann mache ich mal Frühstück. Es wird im Garten auf dich warten, sobald du angezogen bist."

Triton drehte sich um und ging.

Sie verdiente dies nicht. Hinter seinem Rücken hatte sie ihn beschuldigt, eine Frau mit in sein Schlafzimmer gebracht zu haben. Und was machte er stattdessen? Er nahm sich all ihrer Arbeit an, sodass sie sich für eine Weile entspannen konnte.

Und Triton hielt sein Versprechen. Bis Sophia in den Garten gelangt war, wartete ihr Frühstück schon auf sie, zusammen mit einem CD-Player, Kopfhörern und einem Hörbuch. Alles stand unter einem großen Sonnenschirm, der Schatten vor der brennenden Sommersonne bot. Sogar eine Tube Sonnencreme lag neben ihrem Sessel bereit. Ein extra Kissen für ihren Nacken und ein paar Handtücher vervollständigten ihren kleinen Urlaubsort.

Tritons Fürsorglichkeit berührte sie. Immer wenn sie ihn rief, kam er und brachte ihr, was sie wollte. Aber er verweilte nie lange. In der Tat verbrachte er kaum Zeit mit ihr, außer wenn er die Renovierungsarbeiten mit ihr besprechen musste. Dann waren seine Fragen konzentriert, und die Gespräche hielten sich kurz.

Beim Abendessen verbrachten sie mehr Zeit miteinander. Er hielt sie über die Fortschritte der Arbeit auf dem Laufenden, und nach dem Abendessen zeigte er ihr die Resultate der Arbeit, sodass sie die Oberflächen berühren konnte, um zu bestätigen, dass alles gut ausgeführt worden war. Sie würde sich nicht darum sorgen müssen, dass schlechte Arbeit geleistet wurde.

Innerhalb von drei Tagen waren sie in einen angenehmen Rhythmus gefallen, und die Fortschritte im Haus waren erstaunlich. Sie musste zugeben, dass sie ohne Triton und seine vielen Freunde nie in so kurzer Zeit so weit gekommen wäre. Wenn alles so weiter ging, würde sie in der Lage sein, die Pension rechtzeitig zu eröffnen.

Zum ersten Mal seit ihrem Unfall spürte Sophia ein Gefühl der Erleichterung. Nur eine Sache fehlte noch, um sie glücklich zu machen: Tritons Berührung.

~ ~ ~

Michael folgte dem Arbeiter, als dieser Sophias Haus verließ. Der Wind vom Meer begann stärker zu werden, aber er genoss die Brise. Er hatte den ganzen Tag gewartet und den Gesprächen gelauscht, um jemanden unter den vielen Arbeitern zu finden, den er davon überzeugen konnte, ihm zu helfen.

Seine eigenen Fähigkeiten, wenn es um Elektrik ging, waren dilettantisch, und für das, was er im Sinn hatte, brauchte er jemanden vom Fach, der sich zusätzliches Geld verdienen wollte. Dank der hektischen Aktivität im Haus hatte Michael sich hineinschleichen können, während Triton und Sophia im Garten waren. Leider war es schwieriger als gedacht, den Deckenventilator in Sophias Schlafzimmer so zu manipulieren, dass er mitten in der Nacht auf ihr landen würde. Er brauchte jemanden, der dies für ihn tun konnte.

Er hatte es geschafft, die Wasserleitungen in Sophias Dusche zu manipulieren, aber er war sich nicht sicher, ob das, was er geplant hatte, funktionieren würde. Es war besser, verschiedene Eisen im Feuer zu haben.

Selective Home Healthcare, das dritte Unternehmen, das er gecheckt hatte, war nicht das gewesen, von dem Sophia ihren Pfleger engagiert hatte, also blieb nur Executive Home Healthcare. Obwohl er dorthin zurückgegangen war, wo seine Ex, Carol, als Empfangsdame arbeitete, hatte er jedes Mal Pech gehabt, da sie ständig dort war. Er hatte das Gebäude fast zwei Tage lang beobachtet, aber sie ging nicht einmal zum Mittagessen hinaus und aß stattdessen an ihrem Schreibtisch. Informationen von dieser Firma zu bekommen erwies sich als Fehlschlag.

Also hatte er sich etwas anderes einfallen lassen müssen. Deshalb wandte er sich wieder seinem ursprünglichen Plan zu, Sophia loszuwerden, da dies ihrer Beziehung zu Triton auch ein Ende machen würde. Wenn das nicht hieß, zwei Fliegen mit einer Klappe zu schlagen!

Michael folgte dem Bauarbeiter, der gerade das Haus verlassen hatte. Er näherte sich ihm, als dieser um die nächste Ecke bog.

„Greg“, rief er ihm zu, da er im Haus seinen Namen gehört hatte.

Der Mann drehte sich um. „Ja?“

„Ich wollte mit dir über einen Job sprechen, den ich für dich hätte.“

Gregs Gesicht erhellte sich. „Einen Job?“

„Ja, wenn du Lust drauf hast. Warum gehen wir nicht was trinken und reden darüber?“

24

Als die Arbeiter einer nach dem anderen das Haus am Ende des Tages verließen, wanderte Triton in die Küche und öffnete den Kühlschrank. Er wollte Sophia ein schönes Abendessen kochen. Nach vier Tagen ohne irgendwelche Versuche sie zu berühren, fühlte er sich wie ein Süchtiger, der gegen die Entzugserscheinungen ankämpfte. Heute Abend würde er ihr ein nettes Abendessen bereiten und seinen Charme wieder einschalten. Nur ein bisschen Charme, nichts anderes, schwor er sich. Er würde nicht versuchen, so dreist zu sein, sie zu berühren, vielleicht nur ihre Hand, sonst nichts, und bestimmt kein Kuss. Sonst würde sie sich wieder in sich zurückziehen.

Sophia beendete gerade ein Telefonat mit ihrer Freundin Francesca.

„Das ist aber schade ... nein, nein, mach dir um mich keine Sorgen. Mein Pfleger kümmert sich schon um mich."

Triton lauschte weiter.

„Wenn du nach San Francisco musst", fuhr Sophia fort, „kannst du nichts machen ... Ich hoffe, du wirst ein bisschen Zeit haben, um die Sehenswürdigkeiten anzusehen. Arbeite ja nicht den ganzen Tag! ... Okay, auf bald." Sie legte auf.

Einen Moment später hörte er sie in den Flur gehen.

„Greg, bevor Sie gehen", rief Sophia einem Arbeiter zu.

„Ja, Miss Baker?"

„Ich habe vor ein paar Tagen zufällig mitgehört, dass Ihre Frau gerade arbeitslos ist."

Triton hörte Gregs Zögern, als dieser antwortete. „Ja?"

„Ich wollte Sie fragen, ob sie vielleicht morgen bei mir vorbeischauen könnte. Ich habe eventuell einen Job für sie."

Triton hielt bei seiner Durchsicht des Kühlschranks inne. Ein Schock durchfuhr ihn. Welche Art von Arbeit? Wollte sie ihn ersetzen?

„Einen Job?", fragte Greg mit Überraschung in der Stimme.

„Ja, die Pension wird bald eröffnet, und ich brauche eine Haushälterin, die auch kochen kann."

Erleichterung überkam Triton. Sophia wollte ihn nicht ersetzen. Er hatte noch eine Chance.

„Ich werde dafür sorgen, dass sie gleich morgen früh vorbeikommt", hallte Gregs Stimme durchs Haus.

„Gute Nacht", zwitscherte Sophia.

Einen Augenblick später schloss sich die Haustür, und Sophia erschien in der Tür zur Küche.

„Habe ich vor dem Abendessen noch Zeit für eine Dusche?“, fragte sie und blickte in Tritons Richtung.

Eine Dusche, damit sie ganz süß und anziehend roch, wenn sie neben ihm beim Abendessen saß? Konnte er das aushalten? Wahrscheinlich nicht. „Klar, ich werde uns in der Zwischenzeit etwas Gutes kochen. Willst du etwas Bestimmtes?“

Sie schüttelte den Kopf. „Überrasche mich!“

Triton verschluckte sich fast. Überraschungen hatte er genug. Würde es sie überraschen herauszufinden, dass er gerade einen Steifen hatte, nur weil er sie in ihren Shorts und im T-Shirt anstarrte? Seine Augen folgten ihr, als sie im Flur verschwand. Bildete er sich das nur ein, oder bewegte sie ihren süßen Hintern heute provokativer als sonst? Oder wurde er immer ausgehungerter nach ihr?

Er schüttelte den Kopf und wandte sich wieder dem Kühlschrank zu. Es war besser, sich auf das Abendessen zu konzentrieren und nicht auf die perfekten runden Backen ihres wohlproportionierten Hinterns oder auf die schlanken Beine, die ewig lang zu sein schienen. Warum musste sie nur Shorts im Haus tragen? Versuchte sie ihn zu verführen?

Triton beschloss, einen großen Salat vorzubereiten. Er hatte bemerkt, dass Sophia alles Grüne immer sehr gerne aß. Sobald sie mit ihrer Dusche fertig war, würde er ein paar Meeresfrüchte auf den Grill werfen, und sie würde zufrieden sein.

In einem der Schränke fand er eine Flasche Wein. Rotwein zu Meeresfrüchten? Nun, es war egal. Er wollte, dass sie sich mit einem Glas Wein entspannte, und er konnte nirgendwo Weißwein finden. Es war Zeit, wieder einkaufen zu gehen. Morgen dann.

Ein Geräusch am Fenster ließ seinen Kopf in dessen Richtung schnellen. Ein niedrig hängender Ast hatte gegen das Haus geschlagen. Mit einem besorgten Blick schaute Triton nach draußen in die Dunkelheit. Der Wind wirbelte alles auf. Bereits tagsüber hatte er die Brandung ansteigen sehen. Es war kein gutes Zeichen. Der Sturm war nicht mehr weit entfernt. In zwei oder drei Tagen würde er auf Land treffen und die Stadt verwüsten, bis sie sich ihm unterwarf.

Triton schauderte bei dem Gedanken, welch eine Zerstörung dies in Charleston und anderen Orten entlang der Küste anrichten würde. Der Verlust von Menschenleben und die Verwüstung. Und es gab nichts, was er dagegen tun konnte. Ohne seine Kräfte fühlte er sich hilflos. Es war ein Gefühl, das er bisher nicht gekannt hatte. Wenn er nicht bald mit Sophia Fortschritte machte, würden unschuldige Menschen für seinen Fehler bezahlen müssen. Zum ersten Mal in seinem Leben fühlte er wahre Reue über das, was er getan hatte.

Sterbliche würden ihr Leben lassen müssen, und warum? Weil Triton unbedingt eine Frau in seinem Bett hatte haben wollen, und sich deshalb Zeus' Zorn zugezogen hatte.

Irgendwie musste er eine Lösung finden. Was, wenn er Sophia seine Situation erklärte? Würde sie seine fantastische Geschichte glauben? Würde sie sich erlauben, Gefühle für ihn zu entwickeln, wenn sie wusste, was auf dem Spiel stand? Würde sie ihm eine Chance geben?

Als ein Schrei von oben kam, ließ er die Salatschüssel auf den Boden fallen.

Sophia! Sie schrie wie am Spieß. Der Klang durchfuhr seinen ganzen Körper.

Triton hatte sich noch nie schneller auf dem Trockenen bewegt, als er jetzt die Treppe hinauf rannte, indem er drei Stufen auf einmal nahm. Er stürmte in ihr Schlafzimmer und fand es leer. Ihre Schreie kamen aus dem Badezimmer.

Ohne zu zögern, drückte er den Türgriff nach unten, aber die Tür war verschlossen. „Sophia?"

„Triton! Hilf mir!" Ihre Stimme klang panisch.

Ohne zu zögern, trat er von der Tür zurück, und einen Augenblick später stieß er seinen Fuß gegen das Schloss. Zwei weitere Tritte, und die dünne Tür brach auf. Eine Wand aus heißem Dampf begrüßte ihn. Er konnte kaum etwas durch den dichten Nebel erkennen.

Ein Rütteln an der Glastür der Dusche zeigte ihm, wo Sophia war. „Ich bin hier!"

Triton eilte zur Dusche und zog an der Glastür. Anfangs ließ sie sich nicht öffnen, aber mit einem kräftigen Ruck riss er sie dann doch auf. Blind griff er in die Dusche, fühlte wie das siedend heiße Wasser auf seiner Haut brannte.

Sophia nackter Körper fiel ihm fast entgegen, als er sie aus der Dusche zog. Instinktiv drückte er ihren feuchten Körper an seinen und legte seine Arme um sie. Sie bebte in seiner Umarmung.

„Ich bin hier, agapi mou. Alles ist in Ordnung."

„Das Wasser", schluchzte sie, „es wurde immer heißer."

Mit einer beruhigenden Bewegung strich er mit seinen Händen über ihren Rücken und war überrascht, dass sie keine Anstalten machte, sich aus seinen Armen zu befreien. „Du hättest es nur abschalten sollen."

„Das habe ich versucht. Es hat nicht funktioniert." Ein weiterer Schluchzer riss sich von ihrer Brust. „Ich konnte es nicht abschalten. Und dann klemmte die Tür. Ich konnte nicht raus." Die Worte strömten nur so aus ihr heraus, und er spürte ihre Angst. „Ich war gefangen." Ihre Panik war offensichtlich.

Tritons Kleidung war bereits von dem Wasser, das von ihren köstlichen Kurven tropfte, durchnässt, aber sicherlich würde sie sogleich erkennen, dass sie in seinen Armen war, nackt und verletzlich. Triton griff nach einem großen Badetuch und legte es über ihren Rücken.

„Lass mich das Wasser abschalten und dann kümmere ich mich um dich."

Widerwillig ließ er von ihr ab und ging zur Dusche. Er griff hinein und tastete nach den Hähnen. Als er einen umfasste, bemerkte er, dass dieser sich nur mit viel Kraft drehen ließ. Jemand mit feuchten Händen musste Schwierigkeiten haben, den Hahn zuzudrehen.

Als das Wasser schließlich aufhörte zu laufen, wandte er sich wieder Sophia zu. Sie stand noch genau dort, wo er sie in das Badetuch gewickelt hatte. Er machte zwei Schritte auf sie zu und bemerkte, dass sie noch immer zitterte.

„Bist du verletzt? Hat es dich verbrannt?“ Seine Augen überflogen die Stellen ihrer Haut, die seinem Blick ausgesetzt waren.

Sie schüttelte ihren Kopf.

Ohne sich darüber Gedanken zu machen, was sie denken würde, hob er sie in seine Arme und trug sie ins Schlafzimmer.

„Ich konnte das heiße Wasser nicht zudrehen“, betonte sie erneut.

„Ich weiß.“ Er setzte sich aufs Bett und hielt sie in seinem Schoß, streichelte dabei die ganze Zeit über ihren Rücken. „Ich werde jemanden bitten, sich morgen die Dusche anzusehen, damit wir herausfinden, was damit los ist.“

Ihr Kopf nickte in Einvernehmen. „Ich bin nicht hysterisch.“

Triton legte seine Hand unter ihr Kinn und blickte in ihre verweinten Augen. „Ich weiß, dass du nicht hysterisch bist.“

Sie schnupfte.

„Du hast mich ganz schön erschreckt.“

Ihre Augen veränderten sich plötzlich, als ob sie erst jetzt bemerkte, dass sie nur in ein Handtuch gewickelt auf seinem Schoß saß. Aber er konnte sie jetzt nicht gehen lassen. Die Angst, dass ihr etwas Schlimmes hätte passieren können, pulsierte noch immer durch seinen Körper, und er brauchte etwas, um sich zu beruhigen.

Triton senkte seine Lippen auf ihre und küsste sie. Weich, sanft, ohne Forderung. Sophia schmiegte sich an ihn. Sie leistete keinen Widerstand, drückte sich nur näher an ihn heran. Er hatte dies vermisst. Er hatte *sie* vermisst. Als sie seufzte, drückte er mit seiner Zunge gegen ihre Lippen, tauchte in die einladende Höhle ihres Mundes ein.

Ein tiefes Stöhnen brach aus seiner Brust hervor. Verdammt, sie schmeckte gut. Er würde das Abendessen jederzeit für diesen Geschmack von ihr überspringen. Abendessen, verdammt. Machte nichts, das Abendessen konnte warten, aber er nicht.

Triton plünderte, schmeichelte, eroberte. Mit jedem Schlag seiner Zunge gegen ihre, mit jedem Lecken, intensivierte er den Kuss. Als er spürte, wie ihre Arme sich um seinen Hals schlangen, fiel das Handtuch von ihren Schultern. Seine Hände trafen plötzlich auf nackte Haut. Nackte, weiche, warme Haut.

Mit einem Stöhnen unterbrach er den Kuss und legte einen Finger auf ihre Lippen. „Sophia, wir müssen jetzt aufhören, oder ich werde nicht in der Lage sein, überhaupt noch zu stoppen.“ Schon jetzt schmerzte sein Schwanz und sehnte sich nach Erlösung, als dieser gegen ihren Oberschenkel drückte.

„Es tut mir leid. Ich wollte mich dir nicht aufzwingen.“

„Aufzwingen? Sophia, ich bin derjenige, der diese Situation ausnutzt“, korrigierte er sie. Als ob sie sich ihm jemals aufzwingen könnte. So viel Glück konnte kein einziger Mann haben!

„Oh.“ Sie zog sich ein wenig zurück, was ihm einen perfekten Blick auf ihren schönen Busen gab. Sein Blick fiel darauf, und er konnte sich von dem herrlichen Anblick nicht losreißen.

„Sophia, ich, äh ...“ Er konnte nicht mehr klar denken. All sein Blut stürzte aus seinem Gehirn und in seinen Schwanz, beraubte ihn all seiner Intelligenz. Unfähig, sich zurückzuhalten, streckte er seine Hand nach ihrer Brust aus. Er umfasste sie sanft. „Es tut mir leid, aber ich kann nicht aufhören. Ich weiß nicht, was mit mir los ist, aber ...“

Sophia leises Stöhnen ließ ihn seinen Kopf heben. Ihre Lippen waren leicht geöffnet und noch feucht von seinem Kuss, und ihre Augen waren geschlossen. „Bitte hör nicht auf“, flüsterte sie und öffnete ihre Augen.

„Wir sollten das nicht tun.“ Er konnte dies nicht tun, nicht so. Bevor er Liebe mit ihr machte, musste er ihr sagen, wer er war. Zumindest musste sie wissen, dass sie sich schon einmal begegnet waren.

„Sophia, du musst etwas wissen“, begann er. „Ich muss dir etwas sagen ...“

„Willst du mich nicht mehr?“ Enttäuschung färbte ihre Stimme, und ein Anspannen ihres Körpers zeigte ihm, dass sie im Begriff war, von ihm wegzulaufen.

Er schlang seinen Arm um ihre Taille. „Doch! Ich will dich.“ Es war alles, was sein Gehirn zu Stande brachte, bevor er seinen Mund zurück auf ihre Lippen senkte und sie mit einem leidenschaftlichen Kuss versiegelte. Vergessen war der Wunsch, sich auszusprechen. Er wollte sie, und ihre Worte hatten ihm gesagt, dass sie ihn auch wollte. Er würde ihr alles später beichten.

Triton knetete ihre Brust. Sie war die perfekte Kombination von Weichheit und Festigkeit. Ihre Brustwarze wurde unter seiner Liebkosung hart, und ihr anerkennendes Stöhnen bestätigte ihm, dass er ihre Reaktion nicht falsch interpretiert hatte. Sie war wie ein weiches Kätzchen in seinen Armen, biegsam und empfänglich.

Seine Zunge suchte mehr von ihr, verlangte mehr Intimität, eine tiefere Verbindung. Jeder Zungenschlag sandte einen Blitz ähnlich Zeus’ Donnerschlägen durch seine Lenden. Er würde bald platzen, wenn er sich nicht in ihrer Hitze begraben durfte.

Seine Erkundungen ihres köstlichen Mundes wurden mit der gleichen Begeisterung aufgenommen, die ihn erfüllte. Ihre Antwort war mehr als er erwartet hatte. Wie eine Sterbliche in seinem Körper solch ungezügelte Lust und Begierde entfachen konnte, indem sie ihn küsste, war ihm unergründlich. Wie kleine elektrische Schläge schickte jeder Kontakt mit ihrer Zunge und ihren Lippen ihn noch näher an den Punkt, an dem es kein Zurück mehr gab.

Es war, als ob Sophia ihn mit der Erinnerung an ihren Kuss auf alle Ewigkeit brandmarken wollte, und ihn somit für jede andere Frau verdarb, denn er wusste sofort, dass keine andere Frau ihn je mit solcher Hingabe, solchem Begehren geküsst hatte wie diese Sterbliche. Sicherlich wäre kein sterblicher Mann in der Lage, ihr nach so einem Kuss zu widerstehen. Also, warum hatte sie noch niemand als die seine erobert? Waren alle sterblichen Männer blind?

Triton nahm, was sie ihm anbot. Und dann nahm er mehr, lockte mehr Leidenschaft aus ihrem Körper, mehr Lust aus ihrem Herzen. Seine Hände streiften frei über ihre nackte Haut. Vergessen war alles, auch der Grund, warum er hier war. Zeus' Edikt bedeutete ihm in diesem Augenblick nichts. Er wollte ihre Liebe nicht gewinnen, nur damit er nach Hause zurückkehren konnte, nein, er wollte ihre Liebe für sich selbst, für sein eigenes egoistisches Bedürfnis. Ja, egoistisch, weil er wusste, dass er nicht der Typ Mann war, der eine Ewigkeit mit derselben Frau zusammen bleiben würde. Er kannte sich zu gut. Aber ihre Liebe zu gewinnen wäre trotzdem die süßeste Belohnung seines Lebens.

Er stöhnte tief, als ihre Hand die empfindliche Haut an seinem Nacken streichelte. Ein Schauer lief über seinen Rücken und ließ sich in seiner Leistengegend nieder. Sophias Berührung war so sanft, wie sie nur sein konnte, aber die Wirkung war explosiv. Triton war noch nie so zärtlich von einer Frau berührt worden. Er war die Hände von Frauen auf seiner Haut so gewohnt, dass es ihn überraschte von einer einfachen Berührung seines Nackens so erregt zu werden. Aber Sophias Finger verwandelten seinen ganzen Körper in eine einzige erogene Zone.

Er ließ sich zurücksinken, bis er die Matratze unter seinem Rücken fühlte, während er Sophia in seinen Armen hielt und sich dann zur Seite rollte. Das Handtuch war nun am Fußende des Bettes zerknüllt, und ihr herrlicher nackter Körper war mit nichts mehr bedeckt. Er fühlte sich ernsthaft overdressed in dieser Situation.

„Zieh mich aus!" Er wollte, dass sie ihn in ihrem eigenen Tempo von seiner Kleidung befreite. Der Gedanke erregte ihn.

Es schien ein Leichtes für sie zu sein, sein T-Shirt hochzuschieben und über seinen Kopf zu ziehen. Dann tanzten ihre Hände über seine Haut, streichelten seine nackte Brust, als ob sie noch nie den Körper eines Mannes berührt hatte. Als ob sie versuchte, ihn zu sehen. In dem Moment als ihre Hände nach Süden wanderten, sog er scharf die Luft ein. Seine Erektion drängte sich gegen seine kurze Hose und wollte herausgelassen werden.

Aber Sophia hatte offenbar beschlossen, ihn zu foltern. Anstatt den Knopf zu öffnen und den Reißverschluss herunterzuziehen, legte sie ihre Handfläche auf die Beule in seiner Hose.

„Bei den Göttern!“ Seine Stimme klang als erdrossele ihn jemand. Wenn sie so weitermachte, würde er sich blamieren und in seiner Hose kommen.

Ihre Lippen schmiegten sich an seinen Mund. „Bist du immer so hart?“

Sie machte Witze? Im Bett? Spielte sie mit ihm? „Was willst du dagegen tun?“

Sie drückte ihn.

„Abgesehen davon mich zu quälen“, fügte Triton mit einem Stöhnen hinzu.

„Wenn du denkst, das sei Quälerei, habe ich das Gefühl, dass du dies nicht überleben wirst. Ich habe noch nicht einmal richtig angefangen.“

Er hatte nicht gedacht, dass sie eine sündhafte Ader hatte, aber er hatte nichts gegen die eine oder andere Überraschung. „Du solltest besser loslegen, agapi mou, oder ich mache sehr bald einen kompletten Idioten aus mir.“ So ein Geständnis sollte ihm peinlich sein, aber aus irgendeinem Grund hatte er beschlossen, ehrlich mit ihr zu sein.

Als er ihre Lippen wieder einfing, öffnete sie seine Hose und schob sie über seine Hüften. Er half ihr, ihn vollständig auszuziehen, bis er endlich ihren Körper an seinen geschmiegt spürte, und sich sein Schaft gegen ihren Bauch drängte.

Der Duft ihrer Erregung trieb in seine Nase, und er atmete ihn ein. Er drehte sie, damit sie auf dem Rücken lag, nahm ihren Oberschenkel und hob ihn über seinen, während er sein Bein zwischen ihre gespreizten Beine gleiten ließ.

Als er von ihren Lippen abließ, schien sie protestieren zu wollen, aber sobald er Küsse auf ihren Hals setzte, seufzte sie. Triton bewegte sich weiter nach unten, begierig, ihre üppigen Brüste und diese harten Nippel zu kosten. Ihre Haut schmeckte nach Pfirsichen, ihre Weichheit wurde von ihrer Dusche noch verstärkt. Er blickte auf ihre perfekten runden Brüste. Sie waren von der Größe kleiner Grapefruits und füllten seine gierigen Hände perfekt aus. Er fühlte ihr Gewicht in seinen Händen und drückte sie, entlockte Sophia damit ein leises Stöhnen. Oh, wie sehr er empfängliche Frauen mochte.

Seine Zunge schoss heraus und leckte über die aufrechte kleine Knospe, die unmöglich noch härter werden konnte als sie es ohnehin schon war. Er liebte es, dass seine Küsse sie so erregten, dass sie ihm mit solcher Aufregung entgegenkam.

Sophias Brust hob sich mit jedem Atemzug. Er warf einen Blick auf ihr Gesicht. Ihre Augen waren geschlossen, und sie zog ihre Unterlippe in ihren Mund, als wolle sie sich davon abhalten aufzuschreien.

Triton lächelte und saugte ihre Brustwarze in seinen Mund. Ein atemloses *Oh* war ihre Antwort. Es war egal, dass er sich selbst nach Erlösung sehnte, aber ihr nun die größte Freude zu bereiten, die sie jemals erleben würde, war gerade sein vorrangiges Motiv geworden. Er wollte, dass sie sich in seinen Armen gehen ließ. Nein, er wollte es nicht nur, er *brauchte* es. Vielleicht war es sein männliches Ego, was auch immer, aber diese begehrenswerte Frau in seinen Armen zu befriedigen war ihm in diesem Moment wichtiger als alles andere.

Mit jedem Lecken seiner Zunge über ihre Brüste beschleunigte sich ihre Atmung, und ihr Körper begann, sich unter seinem zu winden. Er nahm eine Brustwarze in seinen Mund, zerrte leicht daran. Ermutigt durch ihr Stöhnen, biss er zaghaft zu. Ihr Körper wölbte sich im Bett, stieß die Brust tiefer in seinen Mund. So wiederholte er das gleiche mit ihrer anderen Brust, bevor er ihre wunderschönen runden Hügel freigab und sich nach unten in Richtung ihres Bauches bewegte.

Ihr Bauch war nicht ganz flach, hatte gerade genug Fleisch, um ein weiches Kissen für einen Mann oder einen Gott zu liefern. Triton drückte einen Kuss auf ihren Nabel und steuerte auf den ultimativen Preis zu. Der Duft ihrer Erregung winkte, und er konnte der Anziehungskraft nicht länger widerstehen. Wenn er sie jetzt nicht kostete, würde er verhungern.

Mit seinen Händen auf ihren Schenkeln drückte er diese auseinander und machte sich Platz dazwischen.

„Schau mich an!“, befahl er ihr. Sophia riss die Augen auf. Wie sehr er doch wollte, dass sie ihn wirklich sehen konnte, damit sie die Leidenschaft in seinen Augen erkennen würde, die er für sie empfand, aber Sophias Blick blieb leer, obwohl sie in seine Richtung schaute. Trotzdem wollte Triton ihr zeigen, was er vorhatte. „Sophia, ich werde dich lecken, bis du in meinem Mund kommst.“

Ein Keuchen war ihre einzige Antwort. Es war alles, was er benötigte.

Er war sich der Intimität seiner Handlung bewusst. Und er wollte diese Intimität mit ihr, wollte jeden Zentimeter ihres Körpers kennenlernen, sodass er nie vergessen würde, wie sie sich anfühlte. Sich immer an ihren Geschmack erinnern würde.

Triton ließ seinen Blick wieder auf das Dreieck von dunklen Locken fallen, das an der Verbindung ihrer Schenkel saß. Knapp unterhalb glänzte ihr rosa Fleisch mit Feuchtigkeit. Sie weinte schon vor Sehnsucht nach seiner Berührung.

Langsam, jede Sekunde genießend, ließ er seinen Kopf zu ihrer Muschi hinab und drückte einen sanften Kuss in ihre Locken. Dann rutschte er tiefer und brachte seinen Mund zu ihren Schamlippen. Als er zum ersten Mal an ihr leckte und ihren Honig kostete, versteifte sich sein Körper. Er würde es nicht lange durchhalten, nein, dieser köstliche Geschmack würde ihn in kürzester Zeit zum Höhepunkt bringen.

Sophia bäumte sich auf gegen ihn, um mehr zu verlangen, und er war nur allzu bereit, ihr mehr zu geben. Seine Zunge leckte an ihren feuchten Falten mit dem Eifer eines jungen Mannes, der gerade erst die fleischlichen Künste entdeckt hatte, doch Triton war ein erfahrener Mann – nur ihre bebende Muschi zu kosten, sollte ihn nicht so verrückt machen. Sein Verlangen nach ihr kletterte höher und höher, übernahm die Führung über seinen Körper und Geist und raubte ihm jegliche Kontrolle, die er jemals in ihrer Gegenwart gehabt hatte.

Was auch immer sie wollte, würde er ihr geben. Keine Forderung wäre zu groß oder zu abwegig zu erfüllen, solange sie ihm weiterhin erlaubte, ihren Körper zu kosten. Er würde den Rest seines unsterblichen Lebens auf Ambrosia und sogar auf Wein verzichten, wenn er nur stattdessen von ihr trinken durfte.

Triton versuchte, die Pfeile des Vergnügens, die durch seinen Körper schossen und seinen Schwanz entzündeten, zu ignorieren, aber ohne Erfolg. Was sie mit ihm tat, war zu mächtig, um es auch nur eine Sekunde lang zu ignorieren. Sein Körper stand in Flammen, und nicht einmal ein Bad in den kalten Tiefen des Ozeans konnte diese Flammen löschen und das Feuer kühlen.

Er leckte nach oben bis an die Basis ihrer Locken, wo er ihre geschwollene Klitoris fand. Seine Lippen schlangen sich um sie herum und zogen sie in seinen Mund. Sophia keuchte schwer und wand sich unter seinem Halt.

„Du gehst nirgendwo hin“, flüsterte er gegen ihre Haut.

„Oh Gott.“

Ja, er war heute Nacht ihr Gott, und er würde sie kommen lassen. Triton saugte an der kleinen Knospe und leckte mit der Zunge in einem Rhythmus über sie, dass Sophias Körper einen Satz machte. Er ließ von einem ihrer Oberschenkel ab und brachte einen Finger zu ihrer feuchten Muschi. Ohne ihre Klitoris loszulassen, schob er seinen Mittelfinger in ihre enge Scheide. Ihre Muskeln zuckten sofort.

Seine eigene Kontrolle zerschmetterte.

Eine Sekunde später fühlte er sie erzittern, als sie ihren Höhepunkt erreichte. Noch immer ließ er nicht von ihrer Klitoris ab. Stattdessen hielt er seine Lippen fest um sie gelegt, und ab und zu schnippte er seine Zunge darüber, verlängerte damit ihren Orgasmus, bis sie schließlich unter ihm zur Ruhe kam.

Er zog sich zu ihr hoch und schloss sie in seine Arme. Sie schmiegte sich sofort an ihn. Als ihre Hand sich um seinen Schwanz legte, umschlang er ihr Handgelenk und hielt sie davon ab. „Ich fürchte, ich bin zum gleichen Zeitpunkt gekommen wie du.“

Wie ein unerfahrener Junge hatte er seinen Samen in die Bettlaken geschossen. Es sollte ihm peinlich sein, doch seltsamerweise fühlte er sich zufrieden.

„Ich hab dir ja gesagt, du würdest es nicht überleben.“ Sie schmunzelte.

Triton lachte. Wann war das letzte Mal gewesen, als er im Bett gelacht hatte? Er konnte sich nicht erinnern. „Gib mir ein paar Minuten, und ich zahl’s dir heim.“

Ohne eine Antwort abzuwarten, nahm er ihre Lippen und küsste sie, gab ihr damit eine Vorschau auf das, womit sie rechnen musste, wenn er endlich richtig Liebe mit ihr machte, wenn er schließlich mit all seiner Kraft in sie stieß und ihre vollkommene Hingabe forderte.

Offenbar hatte ihr Magen andere Ideen, da dieser plötzlich laut zu knurren begann, was ihn dazu brachte, seinen Kuss zu unterbrechen. „Hungrig?“

„Mmm hmm.“

„Okay, dann lass mich mal erst etwas kochen.“

25

Auf dem Sofa im Wohnzimmer sitzend und nur mit einem Bademantel bekleidet, steckte Sophia ihre Füße unter sich. Sie beobachtete, wie Tritons Silhouette aus dem Zimmer verschwand, als er die leeren Teller in die Küche trug.

Sie lehnte sich zurück und seufzte. Jedem anderen Mann wäre es peinlich gewesen, wenn er gekommen wäre, ohne in sie einzudringen, nicht so Triton. Er hatte einfach zugeben, dass sie ihn so erregt hatte, dass er die Kontrolle verloren hatte. Ehrlich gesagt, sah sie das als Kompliment an. Und sie mochte einen Mann, der genug Selbstvertrauen hatte, dass ihn diese Dinge unberührt ließen. Einen Mann, der sich in seinem eigenen Körper wohlfühlte. Und was für einen Körper er hatte. Da sie nicht in der Lage war, ihn wirklich zu sehen, war sie gezwungen gewesen, ihn mit ihren Händen zu sehen.

Unter ihren Fingerspitzen hatte sie die glatte, haarlose Haut eines jungen Mannes gespürt, der kein Fremder in einer Sporthalle war. Sein ganzer Körper war gut proportioniert, weich an den richtigen Stellen und hart an anderen – oh, so hart. Sophia spürte einen Anflug von Wärme durch ihr Inneres schießen. Nie hatte sie sich mit einem Mann so frei gefühlt. Vielleicht war es die Tatsache, dass sie ihn nicht sehen konnte und sich nur darauf konzentrieren konnte, wie er sich anfühlte und was er mit ihr tat, die ihr erlaubt hatte, sich zu entspannen und sich wirklich gehen zu lassen.

Oder vielleicht brauchte ihr Körper dies einfach, um all die Verkrampfung abzuschütteln, wegen den Dingen, die sie durchgemacht hatte. Sie verkrampfte sich bei dem Gedanken, was für eine Panik sie in der Dusche ergriffen hatte. Das Wasser war immer heißer geworden, und obwohl sie versucht hatte, das heiße Wasser abzudrehen und noch mehr kaltes Wasser zuzuführen, hatte es nicht funktioniert. Sie konnte nicht glauben, dass sie die Hähne verwechselt hatte. Was noch beunruhigender war, war die Frage, warum sie nicht in der Lage gewesen war, die Duschtür zu öffnen. Sie hatte geklemmt. In ihrem ganzen Leben hatte sie noch nie so viel Angst gehabt.

„Was ist los?"

Sie hatte Triton nicht hereinkommen hören.

„Nichts."

Er setzte sich neben sie und zog sie so selbstverständlich auf seinen Schoß, als ob sie sich schon seit langer Zeit kannten. Er trug nur ein T-Shirt und Shorts. „Warum hast du dann ein riesiges Stirnrunzeln auf dem Gesicht? Etwas bedrückt dich."

Sie hätte sich denken können, dass ihm das als Pfleger auffallen würde. Sie kuschelte sich in seine Halsbeuge, atmete seinen männlichen Duft ein und ließ die Wärme seines Körpers in sich sickern. Es beruhigte sie. „Ich habe gerade an die Dusche gedacht."

Seine Hand vergrub sich in ihrem Haar, als er ihren Kopf anhob, um sie anzusehen. Sein Gesicht war zu verschwommen, um viel zu erkennen.

„Alles ist jetzt in Ordnung. Du hast dich nicht verbrannt."

„Nein, aber es hätte passieren können, wenn du nicht sofort gekommen wärst. Das Wasser wurde immer heißer. Ich konnte es nicht abdrehen."

Triton strich seine Fingerknöchel über ihre Wange. „Wahrscheinlich warst du nur verwirrt. Es ist eine neue Dusche, nicht wahr? Du bist einfach noch nicht an die neuen Hähne gewöhnt."

Sie schüttelte ihren Kopf und drückte abwehrend gegen seine Brust. Er glaubte ihr nicht. „Nein. Die Hähne drehten sich nicht, sie blieben fest, und dann konnte ich die Tür nicht aufbekommen."

„Sophia, ich bin sicher, dafür gibt es eine einfache Erklärung."

„Ich erfinde das nicht." Sie bemerkte, wie ihre Stimme immer schriller wurde.

„Schsch", flüsterte er und streichelte ihr Gesicht. „Ich weiß, dass du das nicht erfindest. Die Tür hat ein wenig geklemmt, als ich sie öffnen wollte, und ich gebe zu, dass es schwierig war, die Wasserhähne abzudrehen. Lass mich morgen mit dem Installateur sprechen und sehen, dass er das repariert. Einverstanden?"

„Okay."

Er küsste sie auf die Stirn. „Und bis das behoben ist, glaube ich, sollte ich dir lieber beim Duschen helfen."

Ein Lächeln stahl sich auf ihre Lippen. Er wollte ihr beim Duschen helfen? „Aber dann wird doch deine Kleidung nass, wenn du mir duschen hilfst", neckte sie.

Sein weiches Lachen dröhnte durch seine Brust und erreichte ihre Handflächen, die noch immer gegen ihn drückten.

„Ich hatte geplant, diese Aufgabe ohne Kleidung durchzuführen. Außer du willst das nicht."

Sie legte einen Finger auf seine Lippen, um ihn aufzuhalten. „Doch, ich will."

Triton schnappte ihren Finger und zog ihn in seinen Mund. „Mmm, Nachspeise!", kommentierte er. Im selben Augenblick drehte er sie auf seinen Schoß, sodass sie gespreizt über ihm dasaß. Der Gürtel ihres Bademantels lockerte sich plötzlich, und Sophia erkannte, dass er ihn aufmachte. „Ich liebe Nachtisch."

Triton zog sein T-Shirt über den Kopf und warf es auf den Boden, bevor seine Hände in ihren Bademantel hinein glitten, sie umschlangen und sie näher zu sich zogen. Sofort spürte sie den harten Muskel, der dort unter ihr pulsierte, wo ihre Körper sich trafen. Um noch deutlicher zu machen, was er wollte, drückte er sie fester auf sich.

„Dieses Mal möchte ich in dir sein", sagte er mit heiserem Ton.

Sophia öffnete den Knopf seiner Hose, dann zog sie den Reißverschluss nach unten. Er trug keine Unterwäsche. Gut, denn sie war plötzlich ungeduldig, ihn in sich zu spüren.

Ihre Hand umschloss seine Erektion, und sie spürte seine beeindruckende Größe. Sein Stöhnen bestätigte ihr, wie sehr er ihre Berührung genoss. Sie hob sich hoch auf ihre Knie, und er nutzte die Gelegenheit, um seine Shorts weiter nach unten zu schieben, um ihr einen besseren Zugang zu seinem Schaft zu geben.

Sie fand das Kondom, das sie etwas früher in die Tasche ihres Bademantels geschoben hatte, und umhüllte ihn damit. Dann führte sie ihn zu ihrer feuchten Spalte und senkte sich langsam auf ihn, nahm ihn Zentimeter für wundervollen Zentimeter in sich auf. Es war das Perfekteste, was sie je getan hatte. Das Gleiten von Fleisch auf Fleisch war geschmeidig und schickte Schockwellen durch ihren Körper.

Tritons Hände kamen zu ihren Hüften, unterstützten sie, anstatt ihre Bewegung zu beschleunigen. Sein Atem ging schwer, und sie spürte, was es ihn kostete, nicht einfach seine Hüften hochzustoßen, um sich ganz in ihr zu versenken.

„Du bringst mich um", behauptete er mit zusammengebissenen Zähnen. „Und ich liebe jede Sekunde davon."

Er ließ sie ihr eigenes Tempo bestimmen, und zum ersten Mal fühlte sich Sophia stark und zuversichtlich beim Sex. Zu wissen, dass er ihr Vergnügen bereiten wollte – eine Tatsache, die er bereits früher bewiesen hatte – erregte sie mehr als alles andere, das sie je erlebt hatte.

Sie fuhr fort, sich auf Tritons hartes Fleisch zu senken, das jetzt halbwegs in ihr war, sie erfüllte, sie streckte. Sophia fand seine Lippen und küsste ihn, dann senkte sie sich ganz auf ihn hinab, nahm ihn bis zum Anschlag in sich auf. Triton öffnete seinen Mund mit einem Stöhnen und riss den Kuss an sich.

Sophia fand ihren Rhythmus, und Triton passte sich diesem an. Sie nahm ihn tief, dann zog sie sich zurück, fuhr dann wieder nach unten auf ihn, immer und immer wieder. Seine Hüften wölbten sich nach oben, trafen Stoß für Stoß mit ihren zusammen. Seine Zunge imitierte die Handlung seines Schwanzes, drang tief ein, dann wieder zurück, schmeichelte ihr.

Triton schmeckte nach Salz und Meer, und seine Haut roch nach Strand und Sonne. Er war die Kombination all ihrer Lieblingsgerüche und -geschmäcker, und sie konnte nicht genug von ihm bekommen. Nie hatte sie sich so wild und waghalsig gefühlt, all ihre Vorsicht in den Wind geschlagen, nur für eine Chance auf das ultimative Vergnügen in den Armen eines

Fremden. Vergnügen, das er ihr bereits gezeigt hatte. Jetzt wollte sie ihm das gleiche Vergnügen bereiten.

Intimität war immer schwierig für sie gewesen, aber mit Triton schien es natürlich zu sein. Fast blind zu sein, half ihr, ihre anderen Sinne zu öffnen, vor allem ihren Tastsinn. Am Ende spielte es keine Rolle, wie jemand aussah, sondern wie er sich anfühlte und wie er sie fühlen ließ.

Und mit Triton fühlte sie sich begehrt, gehegt, geschätzt.

„Du fühlst dich so gut an“, murmelte er an ihren Lippen, bevor er Küsse über ihren Hals verteilte. „Ich kann nicht genug von dir bekommen.“

Die Worte trafen sie tief in ihrem Inneren und verbreiteten eine unbekannte Wärme in ihr. Seine Stimme war mit Leidenschaft durchzogen, jedoch so aufrichtig, dass ihr Herz sich einen Spalt öffnete. Konnte dies wirklich der Mann sein, der für sie bestimmt war? War es möglich, dass sie in ihrer dunkelsten Stunde jemanden getroffen hatte, der für sie bestimmt war?

Sie hatte keine Chance, die Frage für sich selbst zu beantworten, denn Triton forderte jetzt ihre ganze Aufmerksamkeit. Er ließ seine Hand zwischen ihre Körper gleiten und legte seinen Finger auf ihre Klitoris. In kleinen Kreisen rieb er sanft mit seinem Daumen über das Bündel von Nerven.

„Komm mit mir!“, drängte er sie, und es gab nichts, was sie mehr wollte.

Sie ließ sich von ihm hinweg tragen, sie berühren, sie streicheln, Vergnügen aus ihrem Körper wringen. Mit jedem Streicheln seines Daumens und jedem Stoß seines Schwanzes erwärmte sich ihr Körper mehr. Ihre Haut wurde feucht von Schweiß, ihre Körpertemperatur drohte jedes Thermometer explodieren zu lassen, während ihre Hände damit beschäftigt waren, ihn zu berühren, immer mehr von ihm zu fordern, eine engere, tiefere Verbindung.

Ihr Atem ging unregelmäßig, ihr Herzschlag unruhig, doch nur das Wissen war wichtig, dass er sie höher und höher trieb. In einem hektischen Rhythmus verbanden sich ihre Körper: sein Schaft in ihrer engen Scheide, ihre Zungen verflochten sich miteinander, ihre Arme umschlangen sich.

„Oh, Gott, ja!“ Die Worte platzten aus ihr heraus, als ihr Orgasmus über sie hereinbrach und sie hinwegspülte. Eine Sekunde später stieß er ein letztes Mal hart in sie ein, und dann spürte sie, wie sein Schwanz zuckte, als er explodierte. Sein tiefes Stöhnen erfüllte das Wohnzimmer, während er sich weiter in ihr vor und zurück bewegte.

Als sie sich auf ihn fallen ließ, hielten seine Arme sie sofort gefangen und anstatt aus ihr heraus zu gleiten, blieb sein Schwanz tief in ihr.

Er blies einen Atemzug gegen ihr Ohr. „Gib mir ein paar Minuten, und wir versuchen das noch einmal.“

Sie gab ein halbes Lachen von sich, für mehr war sie zu erschöpft. „Noch mal?“

Triton bewegte sich nicht. „Wenn ich nicht zu erledigt wäre, würde ich deinen hübschen Hintern jetzt dafür versohlen, weil du so einen zweifelnden

Ton in deiner Stimme hast. Natürlich noch mal!“ Er stupste ihre Nase. „Ich bin kein Dummkopf, ich weiß, wann ich etwas Gutes gefunden habe. Außerdem komme ich gerade erst in Schwung.“

26

Triton legte seinen Kopf auf das Kissen in Sophias Bett, die schlafende Sophia in seinen Armen. Ihr Kopf lag auf seinem Oberarm, während er sie umfangen hielt. Mit diesem Bild war etwas ernsthaft nicht in Ordnung. Er war nicht der Typ Mann, der eine Frau die ganze Nacht lang in den Armen hielt, nachdem er bekommen hatte, was er haben wollte: Sex. Wenn dies eine andere Frau wäre, wäre er schon vor Stunden aus ihrem Bett geflüchtet. Dennoch war er noch hier.

Triton wartete darauf, dass das Gefühl der Klaustrophobie auf ihn einschlug, und war überrascht, dass es nicht passierte. Stattdessen zog er sie näher an sich heran, sodass keinerlei Platz zwischen ihren Körpern blieb. Sophia gab einen kleinen Seufzer von sich, wachte jedoch nicht auf.

Vielleicht war die Tatsache, dass er derzeit ohne seine göttlichen Kräfte war, dafür verantwortlich, dass er so anfällig für die Reize einer sterblichen Frau war. Es gab keine andere Erklärung dafür. Er würde jetzt einfach diese Tatsache akzeptieren und konnte nur hoffen, dass dieses Gefühl wieder vorüberging, sobald er seine Kräfte zurück hatte. Denn so konnte er auf keinen Fall leben: Er mochte sie. Er sorgte sich, dass es ihr gut ging, dass sie glücklich und zufrieden war, obwohl er bisher immer nur um sein eigenes Wohlbefinden besorgt gewesen war.

Je mehr er darüber nachdachte, desto mehr erkannte er, dass dieses neue Gefühl, das sich in seiner Brust ausbreitete, es ihm erleichtern würde, seine Mission zu erfüllen. Indem Zeus ihn seiner Kräfte beraubt hatte, hatte dieser ihn in einen fürsorglichen Mann verwandelt.

Ich zeig's dir, Zeus!

Offensichtlich hatte der König der Götter dies nicht berücksichtigt, als er Triton auf die Erde verbannt hatte. Von nun an würde die Sache ein Kinderspiel sein. Freundlich und rücksichtsvoll zu sein würde einfach für ihn sein, und folglich würde sich Sophia in ihn verlieben – das war schon beschlossene Sache. In der Zwischenzeit würde er genießen, der neue Mann zu sein, in den er sich verwandelt hatte. Es war gar nicht so schlecht. Besonders mochte er dieses warme Gefühl, das sich in seiner Brust ausbreitete, wann immer er an Sophia dachte. Könnte es sein, dass diese unbekannten Empfindungen etwas mit Liebe zu tun hatten? Er musste mit Eros darüber reden. Natürlich nur, um das Phänomen zu erkunden.

Triton strich Sophia die Haare von ihrem Hals zurück und drückte einen sanften Kuss auf ihre Haut. Er spürte ihren Herzschlag darunter. Die

Zärtlichkeit in seinem Kuss war ihm unbekannt, aber er wollte sie weiter erforschen. Als Sophia sich rührte, rollte er sie auf den Rücken und nahm ihren Mund mit seinem gefangen. Ihre Lippen öffneten sich unter leichtem Druck, und er strich mit seiner Zunge gegen ihre.

„Mmm“, hörte er sie summen.

„Du musst nicht aufwachen“, flüsterte er auf ihren Lippen. „Ich kümmere mich um dich.“ Seine Hand wanderte zu ihrem Venushügel und seine Finger durchkämmten ihr Nest von Locken, rutschten dann zu ihrem warmen Fleisch. Sie war immer noch nass oder vielleicht schon wieder, und ohne Zögern schlüpfte sein Finger in ihre enge Scheide.

„Du glaubst doch nicht wirklich, dass ich dabei weiterschlafen kann, oder?“, fragte sie, ohne ihre Augen zu öffnen.

„Aber du brauchst deinen Schlaf.“ Und er konnte für eine Weile ohne Schlaf auskommen. Mit ihr Liebe zu machen, das wäre viel lohnender und verjüngender als jede Menge Schlaf jemals sein könnte. Triton brachte sie mit einem Kuss zum Schweigen und fuhr fort, ihre Muschi zu streicheln, zog seinen Finger aus ihr heraus und bewegte ihn dann weiter nach oben. Sein mit ihrem Tau bedeckter Finger strich über ihre Klitoris und ließ sie zusammenzucken.

Vage erkannte er, dass sein erhitzter Körper sich plötzlich abkühlte. Hatte er schon das Interesse an ihr verloren? Er ließ für einen Moment von ihren Lippen ab, wunderte sich, was sich plötzlich geändert hatte, als er eine Brise auf seinem Rücken bemerkte. Dann nahmen seine Sinne den Klang des Deckenventilators wahr. Kein Wunder, dass er sich abkühlte – der Deckenventilator hatte sich eingeschaltet und lieferte die dringend benötigte Kühlung für die laue Sommernacht.

Sophia reagierte auf seinen Kuss mit der gleichen Leidenschaft und Hingabe wie zuvor. Sie war mit Sicherheit nicht mehr schläfrig, was er aus der Art und Weise erkannte, wie sie ihre Arme um ihn schlang und ihn auf sich zog. Als sich ihre Oberschenkel spreizten, positionierte er sich dazwischen und brachte seinen zügellosen Schwanz zu ihrem Zentrum.

Dann erinnerte er sich daran, dass er ein Kondom brauchte, und streckte er sich zum Nachttisch. Während er schnell die Folienverpackung öffnete, blickte er zu ihr zurück. In einer Sekunde würde er wieder in ihr himmlisches Portal eindringen und in ihre Hitze eintauchen, sie reiten, bis sie beide ihrem Orgasmus erlagen. Während er die Vorfreude genoss, sie nochmals zu besitzen, erreichte ein kratzendes Geräusch, das der Deckenventilator machte, seine Sinne. Es war lauter als zuvor, und mit jeder Sekunde verstärkte sich der Lärm.

Dann knackste etwas.

Aus reinem Reflex packte Triton Sophia und rollte sie beide vom Bett herunter, wo er hart mit dem Rücken auf dem Holzfußboden landete, Sophia auf ihm. Im selben Moment krachte der Deckenventilator auf das Bett.

Triton atmete schwer aus. Ohne Rücksicht darauf, wie sich sein eigener Körper anfühlte, streiften seine Hände verzweifelt über Sophias Körper. „Bist du in Ordnung? Bist du verletzt?“

Er spürte, wie sie ihren Kopf schüttelte, doch sie antwortete nicht.

„Sag etwas, Sophia! Du machst mir Angst.“

„Triton.“ Nur ein Wort, das war alles, was sie hervor brachte. Sie zitterte am ganzen Körper.

Triton zog ihren Kopf zu sich und küsste sie, doch dies war nicht der leidenschaftliche oder zärtliche Kuss von zuvor, dieser war verzweifelt. Ein Kuss um sicherzustellen, dass sie in Ordnung war, dass sie unverletzt und unversehrt war. Dann drückte er sie an seine Brust, wo sein Herz in einem hektischen Tempo gegen seinen Brustkorb schlug.

Was – zum Hades – war geschehen?

Er brachte sie beide in eine sitzende Position, hielt Sophia fest in seinen Armen und blickte auf das Bett. Die Lichtstrahlen, die von einer Straßenlaterne durch das Fenster fielen, gaben gerade genug Licht, um den Schaden zu sehen.

„Sag mir, was passiert ist“, forderte ihre zittrige Stimme.

„Der Deckenventilator ist aufs Bett gefallen.“

Sie zitterte in seinen Armen. „Oh, Gott, wenn du nicht so schnell reagiert hättest, wäre er auf dich gefallen.“

„Und auf dich“, fügte Triton hinzu. „Sieht aus, als ob die Laken zerfetzt sind.“

„Zerfetzt? Sind die hölzernen Ventilator-Flügel gesplittert?“

Er streckte die Hand in Richtung Bett aus und berührte den Ventilator. Das Material fühlte sich nicht wie Holz an. Es war zu glatt. „Keine Splitter. Sie sind intakt.“

Er hob Sophia aus seinen Armen und stand auf. Einen Augenblick später schaltete er die Nachttischlampe an, die ihm genügend Licht bot, um die Szene besser zu überblicken. Der Lüfter war in der Mitte des Bettes gelandet, genau dort, wo er und Sophia gerade Liebe machen wollten. Abgesehen von einem abgerissenen Kabel schien er intakt zu sein. Keiner der hölzernen Flügel war abgebrochen, obwohl das verdammte Ding gut drei Meter tief gefallen war.

„Sophia, sagtest du, die Flügel wären aus Holz?“

Sie nickte. ‚Ja, das ist ein alter Ventilator. Wir haben ihn schon seit Jahren.“

„Er sieht nicht alt aus. Bist du sicher?“

„Ja, denn bevor ich ins Krankenhaus eingeliefert wurde, habe ich Charlie gebeten, ihn zu reparieren. Ich wollte ihn nicht ersetzen lassen.“

Triton berührte die Flügel und streifte mit der Hand über die glatte Oberfläche. Dann kratzte er mit dem Fingernagel dagegen. Der Ton bestätigte, was er schon vermutete. „Das ist Metall. Es ist nur so gestrichen, dass es wie Holz aussieht.“

„Aber warum? Ich habe doch Charlie gesagt, dass ich den alten Ventilator behalten wollte."

Er nahm Sophia bei den Schultern und sah sie an. „Sophia, das Problem ist nicht, dass er einen neuen Deckenventilator installiert hat. Das Problem ist, dass dieser mitten in der Nacht aufs Bett gestürzt ist. Und da du geschlafen hast, und ich nicht einmal weiß, mit welchem Schalter man diesen Ventilator betätigt, möchte ich gerne wissen, wer ihn eingeschaltet hat. Denn als das Ding in Bewegung gesetzt wurde, hat sich vermutlich etwas gelockert, sodass es dann aufs Bett fiel."

Ihre Augen weiteten sich, ihr Mund öffnete sich und ein überraschtes Keuchen entwich ihr. „Du glaubst, es war kein Unfall?"

~ ~ ~

Orion fluchte.

Michael war ein Idiot und völlig nutzlos für die Aufgabe, die er ihm aufgetragen hatte. Statt einen Streit zwischen Triton und Sophia zu verursachen, indem er in Sophia einen Verdacht gegenüber Triton schürte, trieb er sie direkt in seine Arme. Hatte der Mann denn keine Ahnung, dass er durch die Verursachung dummer Unfälle Tritons Beschützerinstinkt weckte und ihn zu einem Helden machte, in den sich Sophia verlieben würde?

Er hatte Michael genügend Hinweise gegeben, wie zum Beispiel die Pflege-Agentur zu kontaktieren, um mehr über Tritons Herkunft herauszufinden, denn Orion wusste, dass dies ausreichend Material liefern würde, damit Sophia jegliches Vertrauen in Triton verlor. Aber Michael hatte sich nicht genug Mühe gegeben, diesem Hinweis nachzugehen und bei der ersten Hürde aufgegeben. Wofür bezahlte er diesen Idioten überhaupt?

Orion schnaubte wütend, während er aus sicherer Entfernung von einer kleinen Wolke aus ins Schlafzimmer spähte. Wenn er alles einem idiotischen Sterblichen wie Michael überlassen würde, würde sein ganzer Plan schnell in Rauch aufgehen. Er erkannte nun, dass, wenn er Resultate wollte, er selbst handeln musste. Jetzt musste er sogar noch hinter Michael aufräumen, damit niemand misstrauisch wurde und herausfand, was wirklich los war.

Während sich ein Plan in seinem Kopf formte, teleportierte er auf die Straße. Er würde Sophias Vertrauen in Triton untergraben und ihn entlarven als das, was er war: ein Lügner und ein Betrüger, ohne dabei dessen Status als Gott zu enthüllen, denn wenn er dies täte, würde Zeus ihn bestrafen. Nein, vor den Augen einer Sterblichen aufzudecken, dass Triton ein Gott war, würde nur Zeus' Zorn auf ihn selbst ziehen. Er hatte eine viel bessere Idee.

Und noch dazu eine viel einfachere. Wer war nun der intelligentere Bruder?

27

Sophia war in Tritons Bett aufgewacht. Er hatte sie die ganze Nacht in seinen Armen gehalten, als ob er befürchtete, dass ihr etwas Schlimmes zustoßen würde, wenn er sie losließe. Wäre sie nicht so von den Ereignissen der Nacht aufgerüttelt worden, dann wäre sie auf einer Wolke geschwebt, weil sie einen so liebevollen und einfühlsamen Mann getroffen hatte.

Aber so wie die Sache lag, stand sie noch immer unter Schock. Zuerst das Ereignis unter der Dusche, dann der Unfall mit dem Deckenventilator. Nein, kein Unfall. Triton glaubte nicht, dass es ein Unfall war, und nachdem sich der Verdacht in ihrem Kopf festgesetzt hatte, konnte sie ihn nicht wieder abschütteln. Hatte jemand wirklich vor, sie zu verletzen, oder hatte Charlie wieder bei seiner Arbeit versagt? Könnte es sein, dass die Pfuschereien, die der Bauleiter ständig verursachte, daran schuld waren, oder steckte ein anderer ominöser Grund hinter den Vorfällen?

Sophia stand in der Küche und stützte sich an der Kücheninsel ab. Obwohl Triton sie gebeten hatte, sich im Garten auszuruhen, konnte sie jetzt nicht untätig herumsitzen. Sie musste sich beschäftigen, während Triton sich im Obergeschoss mit zweien seiner Freunde die Dusche und den Deckenventilator genauer ansah.

Wenn sie sich doch nur mit etwas beschäftigen könnte, während sie wartete. Triton hatte darauf bestanden, dass er sich der Sache annahm. Der Ton in seiner Stimme hatte ihr gezeigt, dass er es besser fand, wenn sie während der Ermittlungen, warum der Deckenventilator heruntergefallen war und warum sie das Wasser nicht abdrehen konnte, nicht anwesend war.

„Miss Baker?“ Sie drehte sich zu der weiblichen Stimme hinter ihr um. „Ich bin Alice, Gregs Frau.“

„Alice?“ Sophia kramte in ihrem Kopf, um sich zu erinnern, warum Gregs Frau sie besuchen würde. Sie wusste, dass es etwas gab, das sie erst gestern mit ihm besprochen hatte. Aber für einen Moment war ihr Kopf ganz leer.

„Greg ist heute zuhause geblieben, weil er krank ist, aber er sagte mir, Sie wollten mich sehen.“ Die Frau machte eine Pause. „Wegen der Stelle.“

Jetzt erinnerte sie sich. „Oh, ja natürlich. Bitte, kommen Sie herein.“ Trotz allem, was in der vorherigen Nacht geschehen war, sowohl das Gute als auch das Schlechte, ging ihr Leben weiter. Sie hatte noch immer Pflichten und eine davon war, diese Pension zu leiten. Und ohne Personal würde sie nicht in der Lage sein, sie zu führen.

Sophia streckte ihre Hand in Alices Richtung. Die Frau schüttelte sie.

„Ich habe gestern Abend meinen Lebenslauf abgetippt." Alice schob ihr ein Blatt Papier entgegen.

„Sie hätten sich nicht die Mühe machen sollen."

„Oh, heißt das, dass Sie die Stelle schon vergeben haben?" Ihre Stimme trug die Art von Panik in sich, wie sie nur ein verzweifelter Mensch haben konnte.

Sophia bereute sofort ihre taktlose Bemerkung und erklärte: „Nein, nein. Habe ich nicht. Ich kann Ihren Lebenslauf nur nicht lesen. Hat Ihr Mann nicht erwähnt, dass ich fast blind bin?"

Ein Seufzer der Erleichterung entkam Alice. „Oh, Gott sei Dank." Sofort schien Alice zu erkennen, wie dies klingen musste „Ich meine, nicht dass Sie blind sind, aber wegen des Jobs. Es tut mir leid. Ich meine, es tut mir leid zu hören, dass Sie blind sind. Ich meine ..." Ihr Stammeln war Beweis ihrer Nervosität.

Sophia griff nach ihr und tätschelte ihren Arm. „Nein, das ist ganz in Ordnung. Sie brauchen einen Job, und ich brauche eine Haushälterin und Köchin für die Pension."

„Es tut mir leid, ich wollte wirklich nicht ..."

„Alice, bitte, keine weiteren Entschuldigungen. Da ich Ihren Lebenslauf nicht lesen kann, warum erzählen Sie mir nicht, was Sie bisher gemacht haben? Ich glaube, ich kann mich erinnern, gehört zu haben, dass Sie für die alte Mrs. Winterbottom gearbeitet haben."

Alice atmete aus. „Ja, ich habe Mrs. Winterbottom über zehn Jahre das Haus geführt. Und dann starb sie vor zwei Jahren. Sie haben es wahrscheinlich gehört? Lungenentzündung. Danach haben ihre Erben das Haus aufgegeben und es verkauft. Ich fand Arbeit in einer Bäckerei auf der Broad Street, aber die mussten nur wenige Monate später wieder zumachen. Danach fand ich eine andere Stelle als Haushälterin bei Mrs. Carlisle, aber die Kinder haben sie in einem Pflegeheim untergebracht. Wirklich schade war das."

Sophia nickte. Sie hatte von Mrs. Carlisle gehört, kannte sie aber nicht persönlich. „Können Sie gut kochen und backen?"

„Natürlich."

„Die Köchin hier müsste sich ums Frühstück kümmern und dann für den Nachmittagstee backen. Kein Abendessen. Glauben Sie, Sie fühlen sich dem gewachsen?"

„Warten Sie hier." Für einen Moment verschwand Alice aus der Küche, kam dann mit einer Tüte in der Hand zurück. Sie durchwühlte sie und zog etwas heraus. Als ein Deckel geöffnet wurde, drang der süße Duft von frischen Backwaren in Sophias Nase.

„Hier, probieren Sie. Ich habe das gestern Abend gebacken." Alice drückte ihr ein quadratisches Stück Kuchen in die Hand.

„Was ist es?"

„Beißen Sie hinein, und Sie werden schon sehen."

Sophia nahm einen vorsichtigen Bissen, dann verbreitete sich der Geschmack von Schokolade, die auf ihrer Zunge schmolz, in ihrem Mund. „Mmm, Brownies." Sie kaute für einen Moment genüsslich und vergaß alles um sich herum. Es war das beste Brownie, das sie je gegessen hatte. Sie schluckte, dann räusperte sie sich. „Sie sind eingestellt."

„Oh, ich danke Ihnen, Miss Baker, Sie werden es nicht bereuen."

„Können Sie morgen anfangen? Es gibt vor der Eröffnung noch so viel zu organisieren."

„Natürlich. Ich werde um 7 Uhr hier sein."

Alice drehte sich um, aber Sophia hielt sie auf. „Und könnten Sie bitte die restlichen Brownies hierlassen?"

„Natürlich, Miss Baker."

„Danke, Alice, und nennen Sie mich bitte Sophia."

„Miss Baker", kam die Stimme eines Arbeiters von der Tür. „Triton möchte, dass Sie nach oben kommen."

Sophia holte tief Atem und wappnete sich. Jetzt würde sie herausfinden, was die Ursache der Vorfälle von gestern Abend war.

~ ~ ~

Triton rieb sich die Nasenwurzel mit seinen Fingern. Er hatte kaum geschlafen, weil er sich wegen dem, was passiert war, zu sehr um Sophia sorgte. Er wollte sie beschützen – die Götter wussten, warum. Anstatt nochmals Liebe mit ihr zu machen, als er sie in sein eigenes Bett mitgenommen hatte, nachdem der Ventilator auf ihres gestürzt war, hatte er sie die ganze Nacht in seinen Armen gehalten. Wann war ihm das schon jemals passiert? So benahm er sich nie. Wenn er mit einer Frau im Bett war, war er dort, um Sex mit ihr zu haben, so einfach war das. Und was hatte er getan? Er hatte gekuschelt! Er konnte nur hoffen, dass seine Freunde nichts davon erfuhren, denn die würden sich über ihn lustig machen.

Seltsamerweise wollte er es wieder tun. Er wollte die nächste Nacht wieder mit Sophia in seinen Armen verbringen, sie halten und sie trösten. Etwas stimmte nicht mit ihm, weil er seine göttlichen Kräfte nicht hatte.

Triton wandte seine Aufmerksamkeit wieder Hermes und dem von ihm mitgebrachten Installateur zu. Nachdem der Mann an den Hähnen herumhantiert hatte, hatte er das ganze Ding auseinander genommen und die Leitungen kontrolliert. Dann hatte er die Tür zur Dusche inspiziert.

Nach einigem Grunzen und Murmeln hatte der Installateur sein Urteil verkündet.

„Sind Sie sicher?", fragte Triton.

Der Mann stemmte seine Hände an seine Hüften. „Natürlich bin ich mir sicher. Wollen Sie es der Dame sagen oder soll ich?"

Triton schloss die Augen. Der Elektriker, ein anderer Freund von Hermes, hatte bereits den Deckenventilator überprüft und sein Urteil abgegeben. Und nun dies. „Ich werde es ihr sagen.“ Er nickte Hermes zu, um einen der Arbeiter nach ihr zu schicken.

„Was wirst du jetzt tun?“, fragte Hermes, während sie warteten. Glücklicherweise hatte sein Freund heute Cargo-Hosen an, die die Flügel seiner Sandalen verbargen. Obwohl er mit Sandalen überhaupt ziemlich lächerlich aussah.

„Was kann ich tun? Sie braucht mich jetzt mehr als je zuvor.“

„So, du magst sie also?“

Triton schaute weg. “Geht dich überhaupt nichts an.“

Hermes zuckte nur mit den Schultern und fuhr fort: „Da sie nicht in der Lage war, letzte Nacht in ihrem eigenen Bett zu schlafen, nehme ich an, du hast etwas horizontalen Einsatz betrieben?“

Triton ergriff Hermes an seinem Hemd, bevor der Götterbote reagieren konnte. „Welchen Teil von *es geht dich nichts an* muss ich dir ins Griechische übersetzen?“

„Triton“, kam Sophias Stimme von der Tür.

Er ließ sofort von Hermes ab, ging zu ihr und nahm ihre Hand in seine. „Komm, Sophia!“

„Haben sie sich alles angesehen?“

Triton nickte. „Ja. Der Installateur hat die Dusche überprüft, und der Elektriker hat den Ventilator auseinandergebaut.“ Er zögerte.

„Und?“

Triton spürte ihre Nervosität. Er sah Hermes und dann den Klempner an, ohne zu wissen, wie er ihr antworten sollte.

„Mit der Dusche war alles in Ordnung“, platzte der Installateur heraus. Hatten sie nicht vereinbart, dass Triton ihr die unerwartete Nachricht beibringen sollte?

„Aber –“

„Ich konnte nichts finden, das kaputt war“, fuhr der Mann fort. „Ja, sicher, die Hähne sind ein wenig straff, aber ich denke, Sie sind einfach in Panik geraten.“

Ein Stirnrunzeln überzog Sophias Gesicht. „Und die Tür? Ich konnte sie nicht öffnen.“ Sie drückte Tritons Hand fester.

„Sie klemmte ein bisschen. Ich werde die Scharniere ein wenig anpassen.“

„Triton“, flehte sie, „sag ihm, du hattest auch Probleme, die Tür aufzubekommen. Sag es ihm.“

„Habe ich schon.“

„Tut mir leid“, wiederholte der Klempner, „aber ich konnte kein Problem mit der Tür finden.“

Triton beobachtete, wie sich Sophias Gesicht veränderte. Ein gequälter Blick huschte über ihr Gesicht. „Und der Deckenventilator?“

Hermes räusperte sich. „Der Elektriker konnte keinen Defekt an dem Ventilator finden. Er meinte, es war nur ein unglücklicher Unfall."

„Aber hast du ihm die Flügel nicht gezeigt, Triton? Sie waren aus Metall und angemalt, um wie Holz auszusehen. Das sollte nicht so sein." Ihr flehender Ton ging Triton unter die Haut, und er schalt sich selbst, dass er letzte Nacht Sophia mit seinen Vermutungen beunruhigt hatte.

„Ich habe mich geirrt. Vielleicht war es der Schock von letzter Nacht, und ich habe nicht richtig hingesehen, aber sie waren aus Holz. Es war dein alter Ventilator, kein neuer."

Triton versuchte sein Unbehagen über die Situation abzuschütteln. In der Nacht zuvor hatte er etwas ganz anderes gedacht. Er war davon überzeugt gewesen, dass der Ventilator nagelneu und aus Metall war. Wie konnte er einen solchen Fehler gemacht haben? Vielleicht war sein liebesbetäubter Zustand – nein, lustbetäubter Zustand – daran schuld.

Er zog Sophia von dem Installateur und Hermes weg, um privat mit ihr zu sprechen. „Sophia, wir waren beide gestern Nacht mit anderen Dingen beschäftigt", flüsterte er ihr zu, sodass nur sie ihn hören konnte. „Ich glaube, keiner von uns beiden hat klar gedacht. Wir haben überreagiert. Unfälle passieren, und mit all der Arbeit, die hier im Haus vor sich geht, laufen einfach ein paar Dinge schief."

Er versuchte nicht nur sie, sondern auch sich selbst zu überzeugen. Etwas kam ihm immer noch falsch vor, aber er konnte nicht sagen, was es war. Außer sowohl den Installateur als auch den Elektriker als inkompetent hinzustellen, gab es keine Möglichkeit, deren Resultate zu bestreiten.

„Aber gestern Nacht, du warst dabei. Du hast gesehen, was passiert ist." Sie klang den Tränen nahe, und es riss ihm das Herz entzwei. Er zog sie in seine Arme, aber einen Augenblick später schob sie ihn zurück. „Du glaubst, ich bin hysterisch, nicht wahr?"

Er wusste nicht, was er ihr antworten sollte. Der Gedanke war ihm nie in den Sinn gekommen. Stattdessen fragte er sich, ob er selbst verrückt wurde, wenn er bedachte, wie falsch er die Ereignisse der letzten Nacht eingeschätzt hatte. Doch bevor er die Worte finden konnte, um ihr dies zu erklären, stürmte sie aus dem Zimmer.

„Sophia!" Doch sie hielt nicht inne und rannte in den Flur.

Er wollte ihr nachlaufen, aber Hermes legte eine Hand auf seinen Unterarm. „Warte. In der Stimmung, in der sie gerade ist, wird sie sowieso nicht auf dich hören."

„Seit wann kennst du dich mit Frauen aus?", fuhr Triton ihn an. Er war nicht auf Hermes wütend, sondern auf sich selbst.

„Es ist nicht notwendig, mich zu beleidigen. Ich versuche nur zu helfen."

„Oh ja? Nun, wenn du mir wirklich helfen willst, warum versuchst du dann nicht, herauszufinden, warum ich ebenso Mühe hatte, das heiße Wasser abzudrehen, und warum es schwer war, die Duschtür zu öffnen. Und wenn du schon dabei bist, sag mir, warum ich letzte Nacht gedacht habe, dass der Ventilator sich selbst eingeschaltet hat, und warum die Flügel sich wie Metall anfühlten und nicht aus Holz waren."

Ohne Hermes' Antwort abzuwarten, stürmte er hinter Sophia her. Als er sie eingeholt hatte, fand er sie im Flur der ersten Etage wieder, gerade als ein junger Schwarzer die Treppe herauf kam.

„Miss Baker?", fragte der Fremde.

Triton sah den Mann an und erkannte ihn. Oh, verdammt, jetzt war die Kacke wirklich am Dampfen. Und er würde gleich hineintreten.

28

Sophia blickte auf die große dunkle Gestalt, die sich ihr näherte. „Ja? Ich bin Miss Baker."

Der Mann kam näher, seine gestiefelten Füße schleiften über den Staub auf dem Holzboden. Dies war hoffentlich nicht schon wieder ein Verkäufer, der sie davon zu überzeugen versuchte, dass sie eine teure Marketing-Broschüre oder ein schickes Schild vor dem Haus brauchte. Im Moment hatte sie dafür keine Nerven, wenn alles, woran sie denken konnte war, ob sie geisteskrank war.

Sie war in der Dusche in Panik geraten, ja, aber *nachdem* sie nicht in der Lage gewesen war, das heiße Wasser abzuschalten. Und jetzt glaubten alle, sie sei hysterisch, als ob sie all dies erfunden hätte. Selbst Triton. Nicht einmal er glaubte ihr.

„Die Agentur hat mich gesandt." Zuerst registrierte sie die Worte des Mannes nicht.

Hatte sie einen Termin vergessen? „Welche Agentur?"

„*Privater Pflegedienst*. Ich bin hier, um meine Stelle anzutreten", antwortete er.

Sophia schüttelte den Kopf. „Das muss ein Irrtum sein."

„Kann ich mich nicht darum kümmern?", kam Tritons Stimme von der Treppe. Sie blickte in seine Richtung, sah aber nur den Ansatz seiner Silhouette. „Du siehst müde aus. Ich bringe dir etwas zu essen und zu trinken in den Garten."

Aber Sophia war nicht in der Stimmung, jetzt auf ihn zu hören. Im Garten zu sitzen würde sie jetzt nicht beruhigen. „Es ist alles in Ordnung, Triton. Ich kümmere mich darum." Ihre Worte kamen schärfer heraus, als sie beabsichtigt hatte. Sie wusste, dass er dies nicht verdiente, aber sie konnte nicht anders als so zu reagieren. Er hatte gegen die Aussage des Installateurs keinen Protest eingelegt, sie nicht unterstützt. Zumindest empfand sie es so.

„Was will die Agentur? Wie Sie sehen können, haben sie mir bereits letzte Woche jemanden geschickt." Sie deutete auf Triton. Oder hatte Triton um eine Versetzung gebeten? Als der Gedanke aufkam, fühlte sie einen unangenehmen Stich in ihrer Brust. Verließ er sie? Er war heute morgen früh aufgestanden. Was, wenn er die Agentur angerufen hatte, um seine Beschäftigung hier zu beenden?

„Letzte Woche?", fragte der Mann, seine Stimme voller Verwirrung. „Aber wir haben Ihren Auftrag doch erst gestern Nachmittag erhalten."

„Nein, es tut mir leid, aber ich bin sicher, dass das jemand in Ihrem Büro verwechselt haben muss. Ich wurde vor einer Woche aus dem Krankenhaus entlassen, und die Agentur hat Triton einen Tag später geschickt.“

„Miss Baker, das ist unmöglich. Wir haben den Anruf gestern erhalten, und –“

„Ich würde wissen, wenn ich die Agentur gestern angerufen hätte, glauben Sie mir.“

„Aber“, fing der Mann wieder an.

„Wie Sie sehen können, muss es Missverständnisse im Büro gegeben haben“, unterbrach Triton.

Sophia nickte. „Es tut mir leid, dass Sie sich umsonst bemüht haben, aber –“

„An welchem Datum wurden Sie aus dem Krankenhaus entlassen, Miss Baker?“, unterbrach sie die knappe Stimme des Mannes.

Sie stieß einen verärgerten Atemzug aus. Na gut, eine Minute würde sie ihm noch gönnen. „Am neunundzwanzigsten ...“

„Miss Baker, heute ist der dreißigste, also sind Sie gestern nach Hause gekommen, und Sie haben für heute um einen Pfleger gebeten.“

„Ich weiß nicht, wer Sie sind, aber heute ist nicht der Dreißigste, heute ist der Sechste“, antwortete sie.

„Was?“ Die Stimme des Mannes war ein überraschtes Keuchen.

„Sie sind eine Woche zu spät dran. Würden Sie also bitte jetzt gehen?“, fügte Triton hinzu.

Es gab eine kurze Pause, bevor der Mann antwortete und auf Triton deutete. „Miss Baker, darf ich fragen: Wer ist dieser Kerl, der behauptet, Ihr Pfleger zu sein? Ich kenne jeden Pfleger in unserer Agentur, und glauben Sie mir bitte, dieser Mann ist nicht bei uns angestellt.“

Sophias Herz stoppte. Einen Augenblick später kämpfte sie nach Luft. Das konnte nicht wahr sein.

„Sophia, es ist doch eindeutig, dass dieser Mann ein Betrüger ist. Lass uns ihn hinaus schmeißen!“ Triton legte seine Hand auf ihren Arm.

„Ich bin kein Betrüger. Hier. Das ist mein Ausweis.“ Sie sah wie der Fremde ihr etwas entgegenhielt. Sie musste wissen, was darauf stand.

„Charlie? Wo sind Sie?“, rief sie. Er erschien Augenblicke später.

„Was gibt’s?“, fragte Charlie.

„Würden Sie mir bitte sagen, was auf dem Ausweis dieses Mannes steht?“

„Jonathan Matthews, amtlich geprüfter Pfleger, und dann einige Daten, und der Name der Firma: Executive Home Healthcare.“

„Danke Charlie, das ist alles.“ Sie stützte sich an der Wand ab und schaute in Tritons Richtung.

„Mr. Matthews, sind Sie sicher, dass dieser Mann nicht für Ihre Firma arbeitet?“ Sie erstickte fast an ihren Worten.

„Hundert Prozent sicher.“

„Sophia, ich kann das erklären“, sagte Triton, als er seine Hand auf ihren Arm legte.

Sie schüttelte ihn ab. Er hatte sie angelogen. Er war nicht der, der er vorgab zu sein. Michaels Worte kamen zu ihr zurück. Hatte ihr Cousin dieses Mal recht gehabt?

„Wer bist du?“ Sie wich von ihm zurück. Er war in ihr Haus eingedrungen, ein Fremder, und nicht nur das, sie hatte ihn in ihr Bett gelassen. Und sie wusste nichts über ihn. Was wollte er? Welchen bösen Plan hatte er im Sinn?

„Bitte, wir müssen reden – alleine, nur du und ich. Ich kann alles erklären.“

Alleine? „Für wie dumm hältst du mich eigentlich? Warum sollte ich so verrückt sein, mit dir alleine zu sein?“ Sie versuchte die Erinnerung an ihre Intimitäten der vorangegangenen Nacht zurückzudrängen. Er wusste, wann er eine gute Sache sah, hatte er gesagt. Es war jetzt so offensichtlich, was er damit meinte. „Was bist du? Ein Betrüger, der einsame und verletzliche Frauen dazu bringt, dir zu vertrauen, damit du sie ausnehmen kannst?“ Was ihn kein Stückchen besser machte als Michael.

„Nein, Sophia, nein! Ich hatte nie die Absicht, dich zu verletzen“, behauptete Triton, seine Stimme ebenso aufgeregt wie ihre. Na ja, wenigstens war er ein guter Schauspieler, denn dies alles konnte nur Schauspielerei sein.

Und sie war so dumm gewesen. Diesmal war es nicht einmal ein hübsches Gesicht gewesen, denn Triton war noch immer gesichtslos für sie, nur eine Silhouette, deren Gesichtszüge sie nicht erkennen konnte. Und jetzt war sie dankbar dafür. Zumindest würde sie keinerlei Erinnerungen an sein Gesicht haben. Vielleicht würde es das einfacher machen, ihn zu vergessen.

„Verschwinde! Verschwinde und nimm deine Freunde mit!“, schrie sie, wohl wissend, dass sie ihre Tränen nicht mehr lange zurückhalten konnte.

„Ich brauche dich, und du brauchst mich.“

„Nein. Ich brauche niemanden wie dich. Einen Lügner und Betrüger. Und wer weiß, vielleicht sogar ein Psychopath. Du solltest besser jetzt gehen, bevor ich die Polizei rufe und dich verhaften lasse.“

„Bitte tu das nicht! Gib mir eine Chance, dir alles zu erklären!“ Triton trat näher, aber Sophia wich zurück.

„Hier ist deine Chance: Erkläre es jetzt, hier!“

„Nicht vor all diesen Leuten.“

„Ha! Ich wusste es. Du glaubst, du kannst mir was vorgaukeln, wenn wir alleine sind. Wie dumm glaubst du denn, dass ich bin? Ich habe vielleicht lange gebraucht, dein Spiel zu durchschauen, aber jetzt, da ich weiß was vor sich geht, mache ich den gleichen Fehler nicht noch einmal.“ Zugegeben, manchmal tat sie es doch, aber sie schwor sich, diesmal würde es nicht passieren. Nein, denn diesmal würde es schlecht ausgehen, wenn sie es täte.

„Ich gehe jetzt, aber glaube mir, ich werde wiederkommen, wenn du bereit bist, mit mir zu sprechen."

„Droh mir nicht!" Sophia packte das Geländer als Stütze, da ihre Knie beinahe nachgaben.

„Das ist keine Drohung. Das ist ein Versprechen. Ich komme wieder, und dann wirst du dem zuhören, was ich zu sagen habe. Alleine."

Mit diesen Worten wandte sich Triton um und rannte die Treppe hinunter. Ein paar Sekunden später schlug die Haustür mit einem Knall zu.

Sophias Knie wurden weich, und sie wäre gefallen, wenn der Pfleger sie nicht gepackt und gestützt hätte.

„Ich kann wirklich nicht oft genug sagen, wie leid es mir tut, Miss Baker, aber ich habe keine Ahnung, was passiert ist. Ich verstehe nicht, wie ich eine ganze Woche verloren haben kann, ohne mich an irgendwas zu erinnern. Etwas ist hier ernsthaft nicht in Ordnung. Und ehrlich gesagt, die Tatsache, dass dieser Mann, den sie Triton nannten, hier eindringen und so tun konnte, als sei er ich ... ich glaube, wir müssen mit der Agentur sprechen und es der Polizei melden. Ich nehme keine Drogen – es ist unmöglich, dass ich für eine ganze Woche einen Blackout hatte."

„Mr. Matthews –"

„Jonathan", korrigierte er sie.

„Jonathan, ich weiß nicht, was passiert ist. Aber ich kann mich jetzt nicht mit der Polizei beschäftigen. Können Sie das verstehen?" Alles, was sie wollte, war, zu vergessen und nicht daran erinnert zu werden, wie Triton sie eingewickelt hatte.

Er nickte. „Ich verstehe. Aber wir werden der Sache auf den Grund gehen. Ich muss wissen, was in dieser Woche passiert ist. Aber warum mache ich Ihnen in der Zwischenzeit nicht einen Kaffee und Sie setzen sich für einen Moment?"

~ ~ ~

Triton sah zu den Wolken hinauf. Der Himmel sah bedrohlich aus, und er konnte schon den Regen in der Luft riechen. Bald würde es in Strömen gießen. Der Wind hatte bereits an Geschwindigkeit zugenommen und peitschte die Bäume, die die Kopfsteinpflasterstraße säumten.

Dionysos würde eine Standpauke erhalten, sobald Triton den Schweinehund gefunden hatte. Was war in ihn gefahren, den Pfleger vorzeitig aus seinen Klauen zu lassen? Gerade als alles angefangen hatte, so gut zu laufen.

Da es Tag war, suchte Triton nicht in Dionysos' üblichen Trinkhallen nach ihm, sondern ging direkt in dessen Studio, wo ihn sein Freund in den ersten paar Wochen in Charleston hatte wohnen lassen. Offenbar unterhielt Dionysos

Junggesellenwohnungen in vielen irdischen Städten. Es schien, dass dessen Palast auf dem Olymp nicht für den Säufer und Schürzenjäger ausreichte.

Triton riss die Tür zu Dionysos' Wohnung auf, hob sie dabei fast aus den Angeln. Zumindest hatte er noch seine physische Kraft, die sich als nützlich erweisen würde, wenn er Dionysos mit seinen Fäusten traktieren würde.

„Du betrunkener, unzuverlässiger Gottessohn!"

Abrupt stoppte Triton seine Tirade, als er Dionysos auf dem Boden liegend im Wohnzimmer vorfand –blutig geschlagen.

„Scheiße!"

Triton ließ sich neben seinem Freund nieder. Er musste nicht nach dessen Puls fühlen –Dionysos war unsterblich, und obwohl er Schmerzen spüren und verletzt werden konnte, konnte er nicht sterben. Wenigstens diese eine Tatsache war sicher.

Triton schob seine Arme unter seinen Freund und hob seinen schlaffen Körper vom Boden. Als er ihn zum Bett trug, fühlte er, wie Dionysos sich rührte. Als er ihn vorsichtig auf die Decke gelegt hatte, zwang Dionysos ein Auge auf. Das andere blieb verschlossen, da es zu geschwollen und blutgetränkt war, um ein Öffnen möglich zu machen.

„Den Göttern sei Dank, du bist es", presste er mit heiserer und schwacher Stimme hervor.

„Sag nichts!", befahl Triton. Er ging ins Badezimmer, nahm ein Handtuch und weichte es in lauwarmes Wasser ein, bevor er zu Dionysos zurückkehrte.

Dann setzte er sich auf den Rand des Bettes und begann das Gesicht seines Freundes von dem verkrusteten Blut zu reinigen und den Rest seines zusammengeschlagenen Körpers zu inspizieren. Seine Kleidung war an einigen Stellen blutbefleckt, an anderen zerrissen. Dionysos' Fäuste waren genauso wie sein Gesicht blutverschmiert und bestätigten, dass er mit jemandem gekämpft und ein paar prächtige Hiebe ausgeteilt hatte.

Triton fluchte leise. Warum musste Dionysos sich immer in Schlägereien verwickeln lassen? Was bewog ihn dazu? Musste er wirklich jedem beweisen, dass er ein überlegener Kämpfer war? Triton vermutete, dass ihn wahrscheinlich jemand versehentlich beleidigt hatte, und dass der empfindliche Gott des Weines es für notwendig befunden hatte, seine Ehre zu verteidigen. Natürlich würde er nie zugeben, dass ein falsches Wort ihn genauso leicht verletzen konnte wie eine gut platzierte Faust.

Als Triton das blutige Handtuch ein drittes Mal ausgewrungen hatte, waren Dionysos' Wunden sauber. Sie hatten bereits begonnen sich zu schließen und zu heilen, aber es würde noch mehrere Stunden dauern, bis er wieder so gut wie neu war.

Dionysos blinzelte mit einem Auge. „Ich habe sie nicht kommen sehen."

„Willst du damit sagen, dass du die Schlägerei nicht angezettelt hast?" Triton hob eine zweifelnde Augenbraue.

„Ich schwöre bei der Göttin Artemis, ich wurde aus heiterem Himmel angegriffen." Dionysos versuchte, sich in eine sitzende Position zu begeben und zuckte zusammen. Seine Hand fuhr zu seinen Rippen, welche offenbar geprellt waren. „Ich sollte Asklepios rufen, um mich heilen zu lassen. Das tut weh."

Triton winkte ab. Ein bisschen Schmerz würde ihm gut tun. Es war nicht notwendig, den Gott der Heiler zu rufen, nur um ein paar blaue Flecken zu beheben. „Dazu ist keine Zeit. Wenn du dich nicht betrunken und herumgeschlagen hättest, dann wäre dir der Pfleger nicht entkommen."

„Oh, Scheiße!", zischte Dionysos. Er hob den Kopf und blickte Triton an, echtes Bedauern lag in seinem Blick. „Was ist passiert?"

„Das frage ich dich", entgegnete Triton und stand auf. „Er ist heute Morgen im Haus aufgetaucht und hat meine Deckung auffliegen lassen."

„Hör zu, Triton, du musst mir glauben. Das war keine gewöhnliche Schlägerei. Drei Typen haben mich überfallen, sie kamen aus dem Nichts. Ich hatte sie noch nie zuvor gesehen. Das war nicht eine übliche Prügelei. Sie wussten, wo meine Schwachstelle ist. Sie wussten es." Die Aufrichtigkeit in Dionysos' Stimme und Augen ließ Triton innehalten. Hatte es jemand auf Dionysos abgesehen, weil er den Pfleger versteckt hatte?

„Bist du sicher?"

Dionysos nickte, und Triton bemerkte, wie sein Kopf durch die Bewegung zu schmerzen schien. „Jemand muss ihnen gesagt haben, wie sie mich fertigmachen konnten. Nur ein anderer Gott würde so etwas wissen."

Triton nickte. Jeder Gott hatte mindestens eine Schwachstelle, eine Art Achillesferse. Wenn jemand genau darauf zielte, war es ziemlich einfach für einen Sterblichen, einen starken Gott wie Dionysos zu überwältigen. Der Sterbliche brauchte nur zu wissen, wo diese Stelle war. Und nur ein anderer Gott würde wissen, wo sich diese Schwachstelle befand.

„Hast du einen der Götter in der Nähe gespürt?" Wenn ein anderer Gott in der Nähe gewesen wäre, hätte Dionysos es bemerken müssen. Jeder Gott hatte eine besondere Aura. Leider konnte Triton die Aura seines Freundes nicht spüren, wie er es normalerweise konnte, wenn er seine Kräfte hatte.

„Nein, wer auch immer diese Schlägertypen engagiert hat, blieb weit genug weg, während ich noch bei Bewusstsein war, sodass ich ihn nicht spüren konnte. Obwohl ... ich eine Ahnung habe, wer dahinter steckt, besonders wenn diese Person versucht hat, wegen des Pflegers an mich ranzukommen, anstatt nur seinen Spaß mit mir zu haben."

Und es gab eine beliebige Anzahl von Göttern, die liebend gerne Dionysos verprügeln würden. Aber sein Freund hatte recht, dies hatte mit Triton und seiner Mission zu tun.

„Ich hätte dich nicht da mit hineinziehen sollen", sagte Triton, bereit, sich bei seinem Freund zu entschuldigen. Es war ein ganz neues Gefühl. Er hatte sich noch nie in seinem Leben für etwas entschuldigt.

„Zu spät. Jetzt ist es persönlich. Niemand schickt ein paar Ganoven hinter mir her und kommt ungestraft davon. Vertrau mir, ich finde heraus, wer dahinter steckt."

Triton nickte. Er hatte seinen eigenen Verdacht, wer nicht scharf darauf war, dass er Zeus' Herausforderung erfüllte.

„Orion", stießen er und Dionysos den Namen des Täters im selben Atemzug aus.

„Familie kann man sich nicht aussuchen", bestätigte Triton.

„Freunde aber schon."

Triton klopfte Dionysos auf die Schulter, was ihn vor Schmerzen zusammenzucken ließ. „Entschuldige!"

„Also berichte mal, was los ist! Wie geht deine Verführung der blinden Frau voran?"

„Verführung?", grunzte Triton, nicht sicher, wer wen verführte.

Er war völlig von Sophia eingenommen, und der Gedanke, dass sie ihn hasste, verengte jetzt schmerzhaft seine Brust. „Sie hat mich in ihrer Hand. Und im Moment denkt sie, ich sei ein Psychopath."

Dionysos lachte. „Nun, wenn das alles ist, bin ich mir sicher, dass wir das beheben können."

29

„Ich hab dir ja gesagt, dass er ein Gigolo ist, aber du wolltest ja nicht auf mich hören, nicht wahr?“ Michaels Stimme ging ihr auf die Nerven. Wie lange würde er noch weiter Salz in ihre Wunden reiben, bevor er sich damit zufrieden gab, genug Schaden angerichtet zu haben, damit sie sich noch mieser fühlte als sie es eh schon tat?

Sophia machte eine Handbewegung, um ihm das Wort abzuschneiden. „Es geht dich nichts an! Ich tue, was ich will. Ich bin niemandem Rechenschaft schuldig, schon gar nicht dir.“ Sie hatte keine Ahnung, wie er herausgefunden hatte, was passiert war, aber er war hier: einen Tag nachdem sie Triton aus dem Haus geworfen hatte.

Michael trat näher, viel zu nahe für ihr Empfinden. „Du kannst mein Erbe nicht einfach so verschleudern, ich warne dich.“

Sie wappnete sich mit einem tiefen Atemzug. „Es ist nicht dein Erbe, es ist meins!“

„Mit deiner Tendenz, ständig in dumme Unfälle verwickelt zu werden, wird es eines Tages meins sein.“

Sophias Herzschlag verdoppelte sich auf seine Anspielung hin. Drohte er ihr? Würde er wirklich so weit gehen? Ihre eigene Familie? „Von welchen Unfällen sprichst du?“

Es gab eine kurze Pause, bevor er antwortete: „Was, hast du denn schon vergessen, dass du die Treppe hinuntergefallen bist und dir den Kopf angeschlagen hast?“

Nein, sie hatte es nicht vergessen, genauso wenig wie den Vorfall in der Dusche und den herabfallenden Deckenventilator. Wusste Michael auch von diesen Unfällen? Oder noch schlimmer, hatte er etwas damit zu tun? Bei dem Gedanken, dass ihr Cousin so weit gehen würde, um zu bekommen, was er wollte, stockte ihr Herzschlag. Sicherlich konnte nicht einmal er so böse sein. „Das war *ein* Unfall. Auf welche anderen spielst du an?“

Sie konnte den Hohn in seiner Stimme hören, als er fortfuhr, „Brauchst du noch mehr?“

Drohte er ihr damit? „Spuck’s aus, auf welche anderen Unfälle beziehst du dich?“

„Bist du paranoid? Oder bist du vielleicht endlich so geisteskrank wie deine Mutter?“

Der Schlag war tief und gemein, und er traf sie hart. Alles andere war für einen Moment vergessen, außer der Angst, einer Geisteskrankheit zu erliegen.

Hatte sie wirklich die Sache in der Dusche erfunden? Hatte sie sich nur eingeredet, dass sie das Wasser nicht abstellen und die Tür nicht öffnen konnte? Wenn das der Fall war, hatte vielleicht Triton nur versucht, ihr gut zuzureden, als sie in Panik war. Oder schlimmer noch, hatte er gedacht, er könne einen Vorteil aus der Situation schlagen, um sie ins Bett zu bekommen? Was er auch getan hatte. Sie ins Bett bekommen. Ihre Verletzlichkeit ausgenutzt. Und sie hatte es ihm erlaubt.

„Oh, ich kenne diesen Blick." Michaels Stimme durchbrach ihre Gedanken. „Ich habe ihn oft genug gesehen, als wir Kinder waren. Es passiert wieder, nicht wahr? Du siehst wieder diese Kreaturen, stimmt's?"

Sophia hob trotzig ihr Kinn. „Du hast unrecht. Und du hast kein Recht, diese Sache wieder aufzuwärmen. Ich war ein Kind mit einer lebhaften Fantasie. Nichts war falsch daran." Sie musste sich wehren und gute Miene zum bösen Spiel machen, auch wenn sie selbst nicht daran glaubte. Nein, sie sah keine Geschöpfe aus anderen Welten mehr, aber sie hatte offenbar begonnen, sich Dinge einzubilden, und sie wurde immer paranoider.

„Lebhafte Fantasie, so ein Unsinn. Du warst verrückt! Und jetzt bist du auch nicht vernünftiger. Kein vernünftiger Mensch würde glauben, er könnte dieses Haus auf eigene Faust in eine Pension umbauen. Ein vernünftiger Mensch würde um Hilfe bitten. Aber nein, du denkst, du kannst es alleine bewältigen. Deine Gier raubt dir deinen Verstand. Du willst einfach nicht teilen, nicht wahr?"

„Du beschreibst dich selbst, Michael, nicht mich. Du bist derjenige, der gierig ist. Du bist derjenige, der gestohlen und betrogen hat. Verwechsle mich nicht mit dir!" Langsam spürte sie, wie ihre Kraft zurückkehrte. Je haarsträubender seine Anschuldigungen wurden, desto leichter war es, sie zurück zu drängen und gegen ihn anzukämpfen. Sie würde ihm nicht erlauben, das Gespräch wieder auf ihre geistige Verfassung zu lenken.

„Ich sagte dir schon, dass ich mich geändert habe. Aber du bist zu hochnäsig, jemandem eine zweite Chance zu geben. Ich mache *einen* Fehler und werde für den Rest meines Lebens dafür bezahlen. In deinen Augen gibt es keine Tilgung meiner Schuld, stimmt das nicht?"

Sie merkte, dass er sich an Strohhalme klammerte, und es erfüllte sie mit einem Gefühl der Ruhe. Ihre Stärke war jetzt vollkommen zurückgekehrt. Ihre Stimme war gleichmäßig, als sie antwortete: „Einen Fehler? Du hast Hunderte von Fehlern begangen. Gib doch nicht vor, dass dies eine einmalige Sache war! Du hast Eleni und mich dein ganzes Leben lang betrogen. Und jetzt erwartest du von mir, dass ich dir verzeihe und dein Wort für bare Münze nehme?"

„Du bist verrückt, wenn du denkst, in deinem Zustand dieses idiotische Projekt fortsetzen zu können, und auch noch glaubst, dabei Erfolg zu haben.

Du bist blind, buchstäblich und sprichwörtlich Hast du diese Tatsache übersehen?“

Sophia schluckte die Angst, die ihr das Wort machte, hinunter: blind. Wie sie es hasste! Aber sie würde ihm nicht erlauben, wieder die Oberhand zu gewinnen. „Ich werde nicht für immer blind sein. Dies ist eine vorübergehende Situation. Meine Augen heilen.“ Sie hoffte, dass sie nicht log. Heute Nachmittag würde sie mehr wissen. Sie hatte ihren Nachsorge-Termin bei Dr. Zimmerman.

„Und in der Zwischenzeit? Wer wird die Renovierungsarbeiten leiten? Wer stellt sicher, dass der Bauleiter dich nicht betrügt? Außer mir hast du niemanden, dem du vertauen kannst.“

„Vertrauen? Ich bezweifle, dass du die Bedeutung dieses Wortes kennst“, fauchte sie ihn an. Er hatte jegliches Vertrauen verspielt, das sie jemals in ihn gehabt hatte. Es war nichts mehr davon übrig. Sie hatte ihm eine zweite Chance gegeben, sogar eine dritte und vierte, aber er hatte auch diese verspielt. Warum konnte er das nicht zugeben und sie ein für alle Mal in Ruhe lassen?

„Wie bösartig von dir, so was zu sagen. Du wirst zickig. Du bist wohl schon lange nicht mehr befriedigt worden, oder? Nun, wer würde dich schon wollen? Wer möchte sich schon eine Behinderte aufhalsen?“

„Verschwinde! Raus aus meinem Haus und komm nicht wieder! Ich werde heute Nachmittag zur Polizei gehen, und wenn du dich mir oder diesem Haus auch nur auf fünfhundert Meter näherst, werde ich dich verhaften lassen.“

„Du machst einen großen Fehler, Sophia. Ich warne dich.“

„Ich sagte, raus!“

Sie hörte Schritte sich nähern. Offenbar waren die Arbeiter auf ihren Streit aufmerksam geworden.

„Das wirst du bereuen!“, warnte Michael mit einem eiskalten Ton, der ihr das Blut in den Adern gefrieren ließ. Sie konnte das Böse in ihm förmlich spüren.

„Stimmt etwas nicht, Miss Baker?“, kam Gregs Stimme von der Tür.

Sophia schluckte das ekelige Gefühl hinunter „Könnten Sie bitte dafür sorgen, dass dieser Mann mein Haus verlässt?“

„Nicht nötig“, unterbrach Michael. „Ich gehe. Aber dies hier ist noch nicht vorbei.“

Als die Haustür hinter ihrem Cousin zufiel, ließ sie die Schultern fallen. Ihre Streitereien waren schon immer hässlich gewesen, aber dieser Streit war bei weitem der Schlimmste. Und er hatte ihr bestätigt, was sie schon immer vermutet hatte: Michael war durch und durch verdorben. Und egal, wie viele Chancen sie ihm gab, er würde sich nie ändern. Er würde nicht aufgeben, bis er bekam, was er wollte. Heute Nachmittag nach ihrem Arzttermin würde sie zur Polizei gehen und mit den Beamten dort besprechen, was sie dagegen tun konnte.

„Vielleicht sollte ich Alice mit einer Tasse Tee reinschicken? Jonathan ist immer noch beim Einkaufen."

Sophia nickte. „Danke, Greg."

Einen Augenblick später kam seine Frau nach oben. „Was für ein Lärm. Dieser Junge hatte ganz schön Wut in sich. Ein Freund von Ihnen?"

„Mein Cousin."

„Familie kann man sich nicht aussuchen", murmelte sie. „Wollen Sie ein paar Kekse? Sie werden in ein paar Minuten fertig sein."

Erst jetzt bemerkte Sophia den Geruch von frischen Backwaren durch das Haus wehen. Kekse waren genau das, was sie jetzt brauchte.

„Was guckst du denn so, Greg? Hast du nichts zu tun?", kritisierte Alice ihren Ehemann.

„Es ist nichts", murmelte er. Sophia spürte ihn zögern, bevor er aus dem Zimmer schlurfte.

~ ~ ~

Sophia saß in einem der Behandlungsräume von Dr. Zimmermans Praxis, während Jonathan draußen im Rezeptionsbereich auf sie wartete. Der Arzt hatte sie bereits untersucht, einige Tests gemacht und sich dann entschuldigt, um seinen Kollegen zu konsultieren. Das war vor zehn Minuten gewesen.

Sie faltete ihre Hände auf ihrem Schoß und stellte fest, wie feucht ihre Handflächen waren. Mit jeder Minute, die verging, stieg ihre Nervosität. Warum brauchte er so lange? War ihm nicht klar, dass dieses Warten reine Folter für sie war?

Nach allem, was in den letzten Tagen geschehen war, brauchte sie gute Nachrichten. Sehr gute Nachrichten. Enttäuschung stieg wieder in ihr hoch, als sie an Triton dachte. Er war ein Hochstapler, der sie betrügen wollte. War all seine Hilfe, seine Güte, seine Behutsamkeit ein Trick gewesen, um sie einzuwickeln? Und sie hatte sich einwickeln lassen, war auf ihn hereingefallen. Sie hatte alles geglaubt. Sie hatte tatsächlich geglaubt, dass er sie mochte.

Aber es war eine Lüge.

Was sein genauer Plan war, würde sie wahrscheinlich nie herausfinden, aber sie war davon überzeugt, dass er ihr alles hatte stehlen wollen, was ihr gehörte. Wie einer dieser Heiratsschwindler, von denen sie im Fernsehen gehört hatte: Männer, die reichen Witwen Liebe vorgaukelten und sie dann ausnahmen. Und hatte sie nicht ein leichtes Ziel abgegeben? Praktisch blind, einsam und sich nach Liebe sehnend. Welcher Betrüger könnte da widerstehen?

Trotz des hässlichen Streits mit Michael war eine Sache, die er gesagt hatte, wahr: Sie brauchte Hilfe. Und obwohl Jonathan, ihr neuer Pfleger, großartig war, wenn es um seine Aufgaben ging, würde er ihr bei der Leitung der Renovierungen nicht helfen. Und warum sollte er auch? Es war nicht seine Aufgabe.

Triton hatte sie verwöhnt. Trickbetrüger oder nicht, er hatte sich wirklich ihrer Bedürfnisse angenommen. Die drei Tage, die sie im Garten verbracht hatte, um sich zu entspannen, hatten ihr geholfen, ihre Stärke wieder zu gewinnen Und die Art, wie er mit Charlie umgegangen war und dafür gesorgt hatte, dass dieser seine mangelhafte Arbeit korrigierte, ohne ihr extra etwas dafür zu berechnen, das hätte sie nie selbst so durchsetzen können.

Aber er hatte alles aus Berechnung getan. Er hatte es nicht getan, weil er sie mochte oder sich um sie sorgte, sondern weil er etwas von ihr wollte. Es war nicht richtig. Ihr Kopf wusste das. Doch leider erzählte ihr ihr Herz etwas anderes, nämlich dass Triton nicht böse war, dass seine Gefühle ihr gegenüber nicht geheuchelt waren.

Als Triton mit ihr geschlafen hatte, hatte sie nur eins gefühlt: Liebe. Eine tiefe Verbindung, mehr als nur Leidenschaft oder Lust. Und die Art, wie er sie gehalten hatte in jener Nacht, nachdem der Ventilator heruntergefallen war – kein Mann hatte sie jemals so gehalten. Er war um sie besorgt gewesen. Sie hatte es gespürt.

Oder hatte er diesen Teil auch vorgespielt? Hatte er die Unfälle angezettelt, sodass sie sich in ihrer Angst an ihn wenden würde? Sodass er den Helden spielen und sie retten konnte? Ein Schauer durchfuhr sie bei diesem Gedanken. Nein, sie wollte das nicht glauben. Und außerdem hatten weder der Installateur noch der Elektriker herausgefunden, dass jemand den Ventilator oder die Dusche manipuliert hatte. Seine Freunde hatten es bestätigt. Seine Freunde? Was, wenn sie für ihn gelogen hatten, um die Sache zu vertuschen? Sie könnten seine Komplizen gewesen sein.

Ihr Herz schlug wie verrückt gegen ihre Brust. Nein, es war nicht gut, an so etwas zu denken, da sie doch nie die Wahrheit herausfinden würde. Sie musste die Vergangenheit ausblenden, vergessen was geschehen war. Sie hatte es schon einmal getan, und sie konnte es wieder tun.

Sophia nahm ein paar kräftigende Atemzüge. Sie würde durchkommen, diese Enttäuschung vergessen, genau wie sie andere schlechte Erfahrungen hinter sich gelassen hatte. Sie würde stark sein.

Als sich die Tür zum Untersuchungsraum öffnete und Dr. Zimmerman eintrat, schob Sophia alle negativen Gedanken aus ihrem Kopf.

„Tut mir leid, dass es so lange gedauert hat“, sagte er und schloss die Tür hinter sich.

Als er sich räusperte und näher kam, fühlte Sophia, wie sich ihre Brust verengte. Ein Gefühl der Vorahnung schlug ihr aus dem Nichts entgegen.

„Miss Baker, ich habe mit meinem Kollegen Dr. Norbert gesprochen, und wir sind beide zu dem gleichen Schluss gekommen.“ Er hielt inne. „Es ist nicht einfach, das zu sagen. Was ich heute durch das Objektiv sehen konnte, ist leider schlüssig ..."

„Dr. Zimmerman, bitte, sagen Sie mir, wie lange es dauern wird, bis alles ganz heilt. Wenn es länger dauert, als Sie zuerst erwartet haben, werde ich das akzeptieren. Aber geben Sie mir doch einen Zeitrahmen, damit ich planen kann." Sophia brauchte eine feste Antwort. Wenn ihr Fortschritt langsamer voranging als zunächst angenommen, würde sie jemanden einstellen müssen, um die Renovierungen zu beaufsichtigen.

Als der Arzt ihre Hand nahm und sie drückte, schoss Adrenalin durch ihren Körper. Irgendetwas stimmte nicht.

„Es tut mir leid, aber die Operation war ein Fehlschlag. Das Gewebe ist zu schwach, um eine Wiederbefestigung Ihrer Netzhaut zu ermöglichen. Es wächst nicht an. Die Kanten fransen bereits wieder aus, da wo wir den Laser verwendet haben. Zwischen dem optischen Nerv und der Netzhaut hat sich Flüssigkeit zu sammeln begonnen. Das wird den Prozess nur beschleunigen."

„Welchen Prozess?" Sophia spürte ihren Atem stocken.

„Miss Baker, die Netzhaut an beiden Augen trennt sich wieder ab. Die Flecken, die Sie sehen, werden immer größer, und innerhalb von ein paar Wochen wird die wenige Sehkraft, die sie noch haben, permanent verschwunden sein."

Ihre Welt stand still. Nichts bewegte sich. Alles, was sie hören konnte, war das Geräusch ihres Herzschlags. Laut wie eine Trommel in ihren Ohren. Jeder Schlag war wie eine kleine Explosion. Und jede Explosion betäubte sie mehr.

Permanent.

Das Wort klang in ihren Ohren.

Blind für immer.

Sie packte die Armlehne und versuchte, sich von ihrem Stuhl zu erheben. Ihre Bewegungen waren automatisch, wie ein Roboter, ein bloßer Reflex ihres Körpers. Sie fühlte sich, als stünde sie neben sich, als beobachte sie sich selbst, wie sie auf wackeligen Beinen zu stehen versuchte. Als ob sie damit etwas ändern konnte. Aus dem Untersuchungszimmer zu flüchten würde die Diagose nicht ändern.

„... eine weitere Operation", drang die Stimme des Arztes durch den Nebel in ihrem Kopf, „... nur eine zehnprozentige Chance auf Erfolg ..."

Der Raum begann, sich vor ihr zu drehen, dann wurde es dunkel.

„Miss Baker." Die besorgte Stimme des Arztes.

Ihre Knie gaben nach, und all ihre Kraft verließ sie. Als die Dunkelheit kam, kämpfte sie dagegen an, verlor jedoch den Kampf. Das Letzte, was sie fühlte, waren die Arme des Arztes, als er sie auffing.

30

Hermes fand die Tür zu Zeus' Büro nur angelehnt. Es kam nicht oft vor, dass er seinen Vater besuchte, aber es gab Zeiten, in denen auch er sich in die Höhle des Löwen wagte, ohne gerufen worden zu sein. Dies war einer dieser Momente. Ein für allemal würde er seinem Vater ganz deutlich sagen, was er von seinen Handlungen hielt, Handlungen, die letztendlich das Leben von Sterblichen gefährdeten.

Die Götter hatten Aufgaben, die nicht auf die leichte Schulter genommen werden durften. Abgesehen davon, ein paar Streiche zu spielen und etwas Unfug zu treiben, war das mutwillige Riskieren von Menschenleben unverantwortlich und es ging zu weit, selbst wenn es darum ging, einem anderen Gott eine Lektion zu erteilen – die Triton zugegebenermaßen nötig hatte. Es gab sicherlich noch einen anderen Weg, Triton für sein Eindringen in Zeus' Territorium zu bestrafen, statt ihn seiner Kräfte zu berauben – Kräfte, die er *jetzt* benötigte. Jetzt. Nicht morgen, nicht in einer Woche oder einem Monat.

Bevor Hermes eine Chance hatte, die Tür weiter zu öffnen, hörte er Zeus lachen. Das Lachen eines anderen Mannes mischte sich mit seinem. Hermes erstarrte. Zeus war nicht alleine. Er hatte einen Besucher. Und der Besucher war kein anderer als Poseidon. Hermes war nicht überrascht, Poseidon auf dem Olymp anzutreffen. Sicher war er gekommen, um bei Zeus für Tritons Rückkehr zu plädieren.

Hermes spähte durch den kleinen Spalt zwischen Tür und Rahmen und ließ seinen Blick über die beiden Götter schweifen. Ihre Tuniken sahen etwas zerzaust aus, und der süße Geruch von Ambrosia hing schwer in der Luft. So wie es aussah, waren sein Vater und sein Onkel schon seit Stunden am Trinken. Was eher ungewöhnlich war, da sich die beiden in der Regel nicht gut verstanden. Rivalität unter Geschwistern war ja nichts Neues bei den Göttern.

Was genau hatte also zu diesem freundlichen Familientreffen geführt? Hermes fühlte sofort einen Verdacht in sich hochsteigen. Er erinnerte sich daran, dass das einzige Mal, dass Zeus und Poseidon einander freundlich behandelt hatten, war, als sie ein gemeinsames Ziel gehabt hatten, oder noch genauer: einen gemeinsamen Feind, nämlich als sie sich verbündet hatten, um ihren Vater Kronos zu stürzen.

„Macht nichts", lachte Zeus, „ich möchte nur sehen, wenn er verliebt ist und es ihm das Herz bricht."

Was sagte Zeus da? Hermes horchte intensiver zu.

„Wer sagt, dass er Liebeskummer haben wird? Vielleicht findet er die richtige Frau und lernt schließlich und endlich, was Liebe ist. Es bedeutet doch nicht, dass es einseitig sein muss“, kam Poseidons Antwort.

Zeus schnaubte. „Ich weiß, du liebst deinen Sohn, aber ist dir aufgefallen, wie er Frauen behandelt? Ich glaube, dies ist eine Wette, kleiner Bruder, die du verlieren wirst.“

Eine Wette? Die beiden Götter wetteten über den Ausgang von Tritons Strafe?

„Nicht so schnell, Zeus, noch ist nichts verloren. Triton wird sich verlieben und sich seinen Weg zurück verdienen, das verspreche ich dir. Und wenn er Glück hat, könnte sie sogar seine Liebe erwidern. Mein Junge ist nicht durch und durch schlecht. Er braucht nur ein wenig Hilfe.“

Hermes kratzte sich am Kopf. Warum sollte Triton sich verlieben müssen? Die Herausforderung bestand eindeutig darin, dass sich eine sterbliche Frau in *ihn* verliebte.

„Die ihm niemand leisten wird, nicht einmal seine sogenannten besten Freunde.“

Poseidon unterbrach ihn: „Nur weil du mitten im Spiel die Regeln geändert hast und es niemandem mitteilst.“

„Schlau, nicht wahr? Niemand wird wissen, wie er Triton helfen kann, weil niemand weiß, dass *er* derjenige sein muss, der sich verliebt, nicht die Frau.“

„Abgesehen von Eros natürlich“, gestand Poseidon ein.

Eros wusste davon? Hermes stieß einen Fluch aus. Eine Sekunde später schwang die Tür auf. Hermes sah, wie Zeus seinen Arm hochhob und die Tür mit seinen unsichtbaren Kräften bewegte. Verdammt, er war beim Lauschen erwischt worden.

„Na, wenn das nicht einer meiner vielen Söhne ist.“

„Vater, wie schön dich zu sehen“, antwortete Hermes mit einem gezwungenen Lächeln.

Zeus unterbrach ihn mit einer ungeduldigen Handbewegung. „Wie lange bist du schon hier?“

„Lange genug, um zu wissen, dass du mogelst. Selbst für deine Verhältnisse ist das abscheulich.“

Zeus erhob sich mit einer raschen Bewegung, und einen Augenblick später stand er nur wenige Zentimeter von Hermes entfernt. „Und du, mein Sohn, wirst nichts daran ändern.“

„Ich werde nicht tatenlos zusehen, wie unschuldige Menschen durch dein Handeln leiden müssen.“ Hermes’ Stimme blieb trotz der Einschüchterungstaktik, die sein Vater anwandte, fest.

„Wovon – im Hades – redest du?“

„Von dem Sturm natürlich. Bist du dir nicht des Sturms bewusst, der sich zusammenbraut?“ Hermes starrte ihn an.

„Natürlich weiß ich über den Sturm Bescheid“, antwortete er, und seine Stimme klang abweisend, als ob er mit einem kleinen Kind sprach. „Wer denkst du hat ihn heraufbeschworen?“

Hermes wich einen Schritt zurück und starrte ihn ungläubig an. Gleichzeitig fing er Poseidons Blick auf. „Und du bist damit einverstanden, Poseidon? Ist der Ozean nicht dein Gebiet?“

Poseidon zuckte die Achseln. „Du kennst Triton besser als der Rest von uns. Was sollten wir denn tun? Der Junge will nicht erwachsen werden. Er denkt, er kann mit den Gefühlen der Frauen spielen. Wir müssen ihm eine Lektion erteilen.“

Hermes schüttelte den Kopf. „Und das ist euer Plan? Seid ihr beide noch bei Verstand?“

Zeus knurrte gefährlich. „Ich versichere dir, wir wissen genau, was wir tun. Und jetzt, da du unseren kleinen Plan belauscht hast, bist du ein Mittäter.“

„Nein!“

„Oh, doch!“

„Du kannst mich nicht Teil deines verabscheuungswürdigen Plans machen. Ich sage Triton, was er tun muss. Ich werde ihm sagen, dass es nicht ihre Liebe ist, die er gewinnen muss, sondern dass er sich verlieben muss. Er ist mein Freund, und du kannst mich nicht davon abhalten, ihm zu helfen.“

Hermes wandte sich zum Gehen. Die Tür knallte vor seiner Nase zu.

„Oh, doch, das kann ich. Ein Wort zu Triton über das, was du hier gehört hast, und ich werde dich um deine göttlichen Kräfte erleichtern.“

Hermes drehte sich nicht um. „Das würdest du nicht tun.“ Aber er wusste schon, was die Antwort darauf war. Sein Vater war zu allem fähig.

~ ~ ~

Hermes’ Faust traf mit so einer Wucht auf Eros’ Nase, dass dessen Kopf nach hinten schnellte, bevor er in der Lage war, sich wieder aufzurichten.

„Was – zum Hades – sollte das denn?“

Der Hieb war eigentlich für Zeus gemeint, aber da dies keine Option war, würde Eros herhalten müssen, vor allem, da dieser ein Mittäter bei dieser Scharade war.

„Wenn du ein wahrer Freund von Triton wärst, würdest du nicht gegen ihn arbeiten.“

Hermes holte noch einmal aus, um einen weiteren Schlag zu landen, aber Eros hielt seinen Arm zur Verteidigung hoch. „Bevor du nochmals zuschlägst, hast du Interesse daran, meine Seite zu hören?“

„Nicht besonders.“

„Okay“, meinte Eros und landete seine Faust in Hermes’ Gesicht, bevor dieser überhaupt verstand, was ihm geschah. „Wie wär’s jetzt?“

„Wenn du’s so sagst.“

„Dachte ich mir doch.“ Eros machte eine kurze Pause. „Da steckt ganz schön was in deiner Faust. Machst du Sport?“

Hermes grinste. „Nur ein bisschen. Aber dein Schlag tut nicht weniger weh.“

„Bogenschießen baut Muskeln auf.“ Eros zog seine Tunika gerade. „Aber um zur Sache zu kommen, ich gebe zu, dass ich anfangs Teil von Zeus’ Plan war.“ Er hielt seine Hände verteidigend hoch, als Hermes seine Faust wieder hob. „Aber das hat sich geändert. Zu Beginn war alles so, wie Zeus es verkündet hatte; Triton musste eine Frau finden, die ihn wegen seiner Selbstlosigkeit und Güte liebt. Und ich sollte sicherzustellen, dass Triton die richtige Strafe wählt.“

„Stopp. Wie konntest du so sicher sein, dass er deinem Rat folgen würde und nicht meinem?“

Eros lachte. „Bitte! Du hast ihn schon öfter ausgetrickst, als ich mich überhaupt erinnern kann. Natürlich würde er mir vertrauen. Und außerdem bin ich sicher, dass Zeus etwas anderes eingefallen wäre, wenn es nicht gekappt hätte. Anfangs war ich damit einverstanden, aber als ich dann sah, dass Triton diese Aufgabe nie im Leben lösen konnte, entschied ich mich, ihm zu helfen.“

„Wie?“

„Ich hatte geplant, auf eine der Frauen einen Pfeil zu schießen, damit sie sich in ihn verliebt. Leider bekam Zeus Wind von meinem Plan und hat mich daran gehindert.“

„Dich gehindert?“

Eros nickte. „Er hat mir die Fähigkeit genommen, Pfeile zu schießen, solange Triton seine Herausforderung nicht erfüllt hat. Und um es noch schlimmer zu machen, hat Zeus beschlossen, die Regeln zu ändern. Plötzlich dachte er, es wäre viel effektiver, wenn Triton sich verlieben müsste. Und natürlich hat er ihm nichts davon gesagt.“

„Schweinehund.“

„Glücklicherweise ist Zeus nicht ganz so schlau wie er denkt.“

Hermes hob eine Augenbraue. „Irgendwie hoffe ich, dass diese Geschichte ein Happy End haben wird.“

Eros grinste von einem Ohr zum anderen. „Zeus hat nur mich daran gehindert, Pfeile zu schießen, aber er vergaß meinen Bogen, also kann jemand anderer meine Pfeile schießen.“

Hermes wollte vor Freude in die Luft springen. Die Lösung zu Tritons Problem stand direkt vor ihm. „Ja, worauf warten wir denn noch? Ich mache es für dich.“

„Ich bin dir schon zuvor gekommen. Ich habe Orion überredet, mit meinem Pfeil auf Triton zu schießen. Alles ist schon in Bewegung gesetzt."

„Orion? Wie hast du das zu Stande gebracht?"

„Orion ist im Moment einfach zu leichtgläubig. Muss die Tatsache sein, dass er nur daran denkt, wie er Artemis in sein Bett bekommt. Mach dir keine Sorgen, er wird uns keinen Ärger machen."

„Aber warum hast du mich nicht einfach gefragt, es zu tun?"

Eros schüttelte den Kopf. „Hätte ich das Risiko eingehen sollen, dass Zeus dich bestraft, wenn er es herausfindet? Nein, ich dachte, es wäre besser, wenn Orion die Schuld dafür übernimmt, falls die Sache rauskommt."

„Schlau."

„Siehst du, jetzt wird alles gut."

„Aber der Sturm. Bist du dir des Sturms bewusst?"

Eros nickte. „Ich fürchte, es gibt nichts, was wir im Moment dagegen tun können. Ich kann nur hoffen, dass Zeus am Ende das Richtige tun wird und den Sturm selbst beruhigt, wenn Triton seine Kräfte nicht rechtzeitig zurückbekommt. Da Zeus ihn heraufbeschworen hat, hat er auch die Macht, ihn verschwinden zu lassen."

Hermes ließ seinen Blick zur Erde hinunter schweifen und bemerkte die Gewitterwolken, die sich immer näher auf die Küstenlinien von North und South Carolina zubewegten. „Ich wäre mir da nicht so sicher. Du weißt, wie ernst Triton seine Aufgabe als Gott nimmt. Es würde mich nicht überraschen, wenn Zeus keinen Finger rühren würde, um den Sturm zu beruhigen. Was für eine bessere Strafe gäbe es denn, aus Triton einen Versager zu machen, sowohl in der Liebe als auch in der Arbeit?"

31

Triton zwängte seinen Fuß zwischen Tür und Türrahmen, damit Jonathan, Sophias neuer Pfleger, ihm die Tür nicht vor der Nase zuschlagen konnte.

„Ich gehe nicht, bis ich sie gesehen habe.“

Jonathan schwang die Tür weiter auf und stemmte seine Hände in die Hüften. Aber dies schüchterte Triton nicht ein. Nichts würde ihn einschüchtern. Er war hier, um mit Sophia zu sprechen, und – bei Zeus – er würde mit ihr reden.

„Sie will Sie nicht sehen. Kriegen Sie das nicht in Ihren Dickschädel hinein?“

„Sie muss mich anhören.“

„Damit Sie ihr noch mehr Lügen auftischen können? Haben Sie sie nicht schon genug verletzt?“

„Verletzt? Ich bin nicht hier, um ihr weh zu tun.“ Nein, er war hier, um ihr die Wahrheit zu sagen, obwohl Götter immer ihre Deckung behalten mussten. Sie durften Sterbliche nie von ihrer Existenz wissen lassen. Zeus wollte es so, weil er glaubte, dass die Anbetung der Götter zu noch mehr Günstlingswirtschaft führen würde als es auf dem Olymp bereits der Fall war. Sterbliche sollten in dem Glauben gelassen werden, dass die griechischen Götter nicht existierten.

„Verschwinden Sie, oder ich rufe die Polizei.“

„Das ist nicht Ihre Entscheidung.“

„Wirklich nicht? Vielleicht sollte ich denen berichten, dass Sie hier den Pfleger gespielt haben, während ich eine Woche meines Lebens verloren habe, von der ich immer noch nicht weiß, wo sie hingekommen ist. Glauben Sie nicht, dass das ziemlich seltsam ist?“

Jonathans Augen verengten sich. Die Drohung war klar, aber Triton war es egal. Er wusste genau, was mit Jonathan passiert war. Kein Schaden war ihm zugefügt worden. Alles was Dionysos getan hatte, war, sein Zeitgefühl zu verzerren, sodass er nicht wusste, dass er in Wirklichkeit eine Woche auf Sauftour gewesen war. Und weil Jonathan kein Gefühl dafür hatte, wie viel Zeit vergangen war, hatte er auch keine Erinnerung an die Vorfälle während dieser Zeit. Es war ein Trick, den viele Götter anwendeten und der völlig harmlos war.

„Lassen Sie mich mit ihr reden! Wenn sie mich rauswerfen will, nachdem ich mit ihr gesprochen habe, dann dürfen Sie mir sogar in den Hintern treten.“

„Verlockend, aber nein danke." Er stieß einen genervten Atemzug aus. „Können Sie die Frau nicht in Ruhe lassen? Sie braucht jetzt nicht noch mehr Aufregung. Es ist schlimm genug, womit sie jetzt zu kämpfen hat."

„Bitte, ich kann ihr helfen."

„Also spielen Sie jetzt auch Augenchirurg?"

„Was?"

„Sie erblindet dauerhaft, also lassen Sie sie in Ruhe. Suchen Sie sich ein anderes Opfer."

Dauerhaft? Die Worte hallten in Triton Kopf wider. Seine Sophia verlor ihr Augenlicht für immer? Ein plötzliches Engegefühl in seiner Brust ließ ihn nach Luft schnappen. Als er seine Stimme wiederfand, kamen die Worte wie automatisch. „Sie braucht mich jetzt mehr als je zuvor."

Als er sich an Jonathan vorbeidrückte, kam ein Schrei von oben. Sophia! Er tauschte einen Blick mit Jonathan aus, und beide rannten die Treppe hinauf, Triton zwei Schritte voraus.

~ ~ ~

Sophia fühlte, wie das Geländer ihres Balkons nachgab, als sie sich dagegen lehnte. Ihre Hände griffen wild um sich, um sich an etwas festzuhalten, aber sie war nicht in der Lage, ihr Körpergewicht nach hinten zu verlagern.

Panik ergriff sie, als sie nach vorne fiel. Ihre Arme ruderten, bis sie irgendetwas greifen konnten. Instinktiv packte sie mit beiden Händen eine Metallstange und konnte so ihren Sturz in die Tiefe verhindern.

Ihr Leben lief nicht vor ihren Augen ab. Sie hatte nur einen Gedanken: Sie würde sterben, ohne jemals wahre Liebe gespürt zu haben. Das war nicht fair.

Mit ihren Füßen in der Luft baumelnd hing sie vom Balkon im zweiten Stock. Der Wind, der bereits im Laufe des Tages stärker geworden war, schlug ihr entgegen. Sie wusste, dass unter ihr ein paar Büsche waren. Würden sie ihren Fall abmildern und sie abfedern? Oder war die Höhe ausreichend, um sich den Hals zu brechen?

So wollte sie ihr Leben nicht enden sehen. Es war nicht richtig. Ihre Schultern brannten, und die Kraft in den Armen ließ nach. Sie brauchte Hilfe. Hatte sie geschrien? Sie konnte sich nicht erinnern.

„Hilfe!", schrie sie verzweifelt. Der Atem, mit dem sie den Schrei herauspresste, raubte ihr ihre Kraft. Sie fühlte, wie ihre Handflächen feucht wurden. Nein, sie musste sich festhalten, durfte nicht abrutschen. Nur noch ein paar Minuten. Jemand musste sie gehört haben. Ein Arbeiter vielleicht oder Jonathan. Jemand, irgendjemand, bitte!

Feuchtigkeit sammelte sich zwischen ihren Fingern und der Metallstange, die aus dem Boden des Balkons hervorragte. Ihre linke Hand glitt und rutschte ab. Jetzt hing sie nur noch mit einer Hand an der Stange. Sie streckte sich so sehr sie konnte, um ihre Hand wieder um die Stange zu legen, aber nur ihre Fingerspitzen erreichten das Metall.

In der Ferne hörte sie Schritte auf der Treppe, dann das Geräusch einer sich öffnenden Tür.

„Sophia!“ Sie erkannte die Stimme, aber sie musste träumen. Vielleicht war sie bereits gefallen und war tot, denn er konnte nicht hier sein.

Dann spürte sie einen starken Griff um ihr Handgelenk. „Ich habe dich, agapi mou.“ Die Wärme seiner Hand erneuerte ihre Stärke.

„Nehmen Sie den anderen Arm!“, befahl Triton jemandem, den Sophia nicht sehen konnte.

Einen Augenblick später spürte sie eine zweite Hand ihr anderes Handgelenk packen. „Hab sie.“ Es war Jonathan.

„Jetzt, langsam, wir ziehen sie hoch. Vorsicht!“, wies Triton an.

Gemeinsam gelang es ihnen, sie über den Rand des Balkons und aus der Gefahrenzone zu ziehen. In dem Moment, als sie den Boden unter sich fühlte, stieß sie den Atem aus, den sie angehalten hatte. Dann umschlangen sie starke Arme. Sie würde diese Arme überall erkennen.

„Sophia“, flüsterte Triton in ihr Haar und drückte sie näher an sich.

Es war so leicht, alles in seinen Armen zu vergessen. Sie fühlte sich sicher.

„Triton!“ Sophia hob ihren Kopf und versuchte, ihn anzusehen.

Als seine Lippen sich auf ihre legten und sie küssten, hätte sie ihn zurückstoßen sollen, aber stattdessen antwortete sie ihm mit Hingabe. Sie hätte sterben können, doch sie lebte, weil Triton sie gerettet hatte. Trotz all seiner Lügen verdiente er einen Kuss. Und sie verdiente ihn auch. Sie brauchte dies, sie wollte das Leben jetzt umarmen.

Sein Kuss war anders als all seine Küsse zuvor. Sie spürte, dass auch er Angst gehabt hatte.

Jemand räusperte sich laut, und einen Augenblick später trennte Triton seine Lippen von ihren. „Ich hätte dich beinahe verloren.“ Seine Worte wärmten ihr Herz. Er sorgte sich um sie.

„Du hast mich gerettet.“

„Ich nehme an, das bedeutet, dass Sie nicht wollen, dass ich ihn rauswerfe“, bemerkte Jonathan trocken.

Sophia schüttelte den Kopf. „Nein, Triton und ich müssen reden. Danke, Jonathan, ich danke Ihnen für Ihre Hilfe.“ Sie streckte ihre Hand aus und drückte Jonathans. „Ich muss mich zu fest an das Geländer gelehnt haben.“

„Das bezweifle ich sehr“, kam Tritons Widerspruch. Er ließ sie los und trat zurück. „Lass mich mal einen Blick darauf werfen.“

Ein paar Augenblicke später hörte sie Triton fluchen.

Triton berührte die glatte Kante von dem, was vom Geländer übrig geblieben war. Es war nicht einfach durchgebrochen, weil es alt war, nein, jemand hatte die Holzhalterung sauber durchgesägt, damit das Geländer vollständig durchbrechen würde, sobald sich jemand mit nur ein bisschen Druck dagegen lehnte. Dies war ein Unfall zu viel.

„Das war kein Zufall."

Hinter sich hörte er, wie sich mehrere Leute in den Raum drängten, offensichtlich alarmiert von Sophias Schreien. Er wandte sich wieder vom Balkon ab und sah, dass Jonathan Sophia zurück ins Schlafzimmer geführt hatte.

Hatte Triton Sophia in Gefahr gebracht, indem er sie zum Objekt seiner Begierde gemacht hatte? Würde sein Halbbruder wirklich so weit gehen, Sophia ernsthaft zu verletzen oder sogar zu töten, nur um sicherzustellen, dass Tritons Vorhaben scheitern würde? Selbst für Orion schien dies zu drastisch zu sein. Allerdings – wenn er bedachte, was mit Dionysos geschehen war, war es ziemlich offensichtlich, dass Orion dafür gesorgt hatte, Jonathan entkommen zu lassen. Nur ein anderer Gott hätte gewusst, wo Dionysos den Sterblichen versteckt hatte, und nur Orion hatte wirklich ein Motiv, Triton scheitern zu lassen. Ja, Orion war mit Sicherheit daran beteiligt.

„... Geländer durchgebrochen. Wir haben sie gerade noch rechtzeitig erwischt", erklärte Jonathan den Arbeitern. Überraschtes Murmeln ging durch die Menge.

Triton sah Alice mit besorgtem Gesicht in der Tür stehen. „Würden Sie bitte Sophia etwas zu trinken bringen, Alice?"

Die Frau nickte. „Kaffee?"

„Sie braucht etwas Stärkeres als Kaffee."

Bis Alice mit einem Glas Brandy zurückkam, saß Sophia auf der Bettkante. Sie zitterte immer noch wegen des Schocks, den sie erlitten hatte. Triton erschauderte bei dem Gedanken, dass er zu spät hätte kommen können. Er schloss seine Augen, um die hässlichen Gedanken zu verdrängen.

„Hier, Sophia", sagte Alice, als sie ihr das Glas reichte. „Was für ein schrecklicher Unfall. Vielleicht ist es an der Zeit, dass Sie den Bauleiter feuern."

„Danke, Alice."

Triton wandte sich an Alice. „Der Bauleiter hat nichts damit zu tun. Das war kein Zufall. Jemand hat das Holz durchgesägt, damit es ganz durchbrechen würde, sobald sich jemand dagegen lehnte. Es gab schon zu viele sogenannte Unfälle in diesem Haus. Zuerst die Dusche, dann der Sturz des Deckenventilators auf Sophias Bett, jetzt das."

Auf seine Worte hin bemerkte er, wie Alice aschfahl wurde. „Oh mein Gott!" Dann eilte sie aus dem Zimmer.

Sophia hob ihren Kopf. Ihre Stimme war ruhig, als sie sprach. „Der Unfall, der meine Augen verletzt hat, ist auch hier passiert."

Schock durchfuhr Tritons Körper. „Erzähl mir, wie es passiert ist."

„Ist das wirklich nötig?“, unterbrach Jonathan. „Sophia ist nicht in der richtigen Verfassung, von ihrer Qual zu erzählen.“

Triton ignorierte ihn, setzte sich neben sie aufs Bett und nahm Sophias Hand in seine.

„Ich fiel die Treppe hinunter.“

„Einfach so?“

Sie schüttelte den Kopf. „Ich bin mitten in der Nacht aufgewacht und habe ein Geräusch gehört. Aber es war nur die Katze von nebenan, die versehentlich in einem Schrank eingesperrt war. Ich wollte sie aus dem Haus lassen, aber die Glühbirne war durchgebrannt, und deshalb bin ich gestolpert und die Treppe hinuntergefallen.“

Hatte jemand ihr schon Schaden zufügen wollen, noch bevor Triton in ihr Leben getreten war? Dies würde Orion als Verdächtigen ausschließen, und damit war Triton wieder am Anfang. Bevor er seine Meinung äußern konnte, hörte er ein Geräusch an der offenen Tür. Alice stand dort und stieß Greg in die Rippen. Mit zusammengebissenen Zähnen flüsterte sie ihm etwas zu. Etwas stimmte nicht.

„Greg, Sophia ist jetzt nicht in der Verfassung, sich um die Renovierung zu kümmern“, tadelte er den Arbeiter, denn er wollte nicht, dass sich Sophia jetzt um irgendetwas kümmern musste. Sie stand unter Schock und wäre nicht in der Lage, Entscheidungen zu treffen.

Statt aus dem Zimmer zu schlurfen, machte Greg einen zaghaften Schritt herein. „Es geht nicht um die Renovierung.“

„Nicht jetzt.“ Triton wandte sich Sophia zu, deren Körper noch immer zitterte. Triton führte das Glas Brandy an ihren Mund. „Hier, Sophia, trink ein bisschen!“

Aus dem Augenwinkel sah Triton, dass weder Alice noch Greg das Zimmer verlassen hatten. „Was noch?“ Langsam aber sicher verlor er seine Geduld.

„Sag’s ihnen, Greg, sie haben ein Recht es zu wissen“, drängte Alice ihren Ehemann.

Greg machte einen weiteren Schritt in den Raum. „Es tut mir leid, aber ich wusste wirklich nicht, wer dieser Mann war, bis ich ihn gestern hier gesehen habe“, nuschelte der Arbeiter.

Triton blickte auf. „Wovon sprechen Sie?“

„Nun, von dem Mann. Er ist mir eines Tages gefolgt und wollte, dass ich etwas für ihn tue.“

Orion? War Orion im Haus gewesen? Triton war sofort in Alarmbereitschaft. „Und? Weiter!“

„Er sagte, er würde mich gut bezahlen, und da Alice gerade ihren Job verloren hatte, war ich in Versuchung geraten. Er wollte, dass ich ...“ Greg schüttelte den Kopf, als ob er eine schlechte Erinnerung abschütteln wollte.

Triton fühlte, wie Sophia sich neben ihm rührte. „Greg, wovon reden Sie?“, fragte sie.

Er schluckte schwer. „Er fragte mich, wie man einen Deckenventilator so umbauen könnte, dass man ihn mit einer Fernbedienung einschalten kann, die weit genug reicht, damit man nicht im selben Zimmer sein muss.“

„Was?“, schnappte Triton. „*Sie* haben das getan?“

Greg Augen weiteten sich. „Nein, natürlich nicht. Ich sagte ihm, ich würde es nicht tun. Ich lehnte ab. Es war eine wirklich seltsame Anfrage, und da wurde ich misstrauisch.“

„Und Sie haben Sophia nicht davor gewarnt?“ Triton war bereit, Greg zu Brei zu schlagen.

„In derselben Nacht wurde ich so krank, dass ich mir fast meine Eingeweide rausgekotzt habe, und am nächsten Tag konnte ich nicht aus dem Bett. Ich war dem Delirium nahe und hatte es ganz vergessen. Ich habe mich erst wieder daran erinnert, als ich diesen Mann wieder sah. Und ich habe nicht einmal gewusst, dass etwas mit einem der Ventilatoren hier passiert ist. Nur als Alice mir gerade jetzt von dem Unfall mit dem Deckenventilator erzählt hat ... Da habe ich erst verstanden, was er versucht hatte, und dass er jemand anderen dafür gefunden haben muss.“

Sophia sprang auf und machte einen Schritt auf Greg zu. „Wer? Greg, wer war es? Wer war der Mann?“

„Der Mann, mit dem Sie gestern gestritten haben, Ihr Cousin.“

Nur ein Gurgeln kam aus Sophias Kehle. „Michael?“

Sophia spürte kaum, wie Triton seinen Arm um ihre Taille legte und sie stützte. Michael, ihr eigenes Fleisch und Blut, wollte sie verletzen, sie sogar töten. Sie hatte ihn bereits verdächtigt, aber die Bestätigung dessen, was er getan hatte, traf sie härter als sie erwartet hatte. Der einzige Verwandte, den sie noch hatte, wollte ihr etwas antun. War es nicht genug, dass sie ganz alleine auf der Welt war mit einem Schuldenberg, der mit jedem Tag größer wurde, und der Gefahr dauerhafter Erblindung, die bedrohlich am Horizont lauerte?

„Sind Sie sicher, Greg?“, fragte Triton.

„Ja. Und die Art, wie er mich ansah, als er mich erkannte, hat mir Angst gemacht“, sagte Greg „Ich bin ein Feigling. Er hat mir diesen Blick zugeworfen, um mir zu sagen, dass wenn ich etwas sagte, er Alice oder mich verletzen würde. Und ich wusste sowieso nicht, was er wirklich vorhatte ... es war ja nur eine Fernbedienung ... das war alles, was er wollte. Und außerdem wusste ich ja gar nicht, dass er von einem Ventilator in diesem Haus sprach. Ich wusste es nicht.“

Es war alles so klar. Michael war für die Unfälle verantwortlich, die sie erlitten hatte, seit sie das Haus geerbt hatte, vielleicht sogar für den Unfall, der sie ihr Augenlicht gekostet hatte. Und die Tatsache, dass Michael so dumm war, zu versuchen, sich von einem ihrer eigenen Arbeiter dabei helfen zu lassen, sprach Bände: Nicht nur war er böse, er war auch so dumm, zu glauben, dass ihm letztendlich niemand auf die Schliche kommen würde. Und er tat es nur einer Sache wegen. „Wegen des Testaments“, sagte sie und suchte Tritons Stärke. Er zog sie näher.

„Welches Testament?“, fragte Triton sofort.

„Elenis. Es gab darin eine Notfall-Klausel. Wenn ich ohne Kinder sterbe, erbt Michael alles. Er weiß es. Er weiß, dass wenn ich jetzt sterbe, er das Haus bekommt.“

Jetzt, da sie es laut ausgesprochen hatte, wusste sie, dass es wahr war. Von Anfang an hatte Michael versucht, an das Erbe zu gelangen. Zuerst hatte er versucht, sie davon zu überzeugen, dass Eleni offensichtlich nicht beabsichtigt hatte, ihn auszuschließen. Dann hatte er versucht zu verhandeln. Und schließlich hatte er ihr gedroht.

Triton zog sie an seine Brust. „Es tut mir leid, agapi mou.“ Er drückte Küsse in ihr Haar, und für einen Moment entspannte sie sich. Für einen Moment fühlte sie sich sicher in seinen Armen. Aber diese Sicherheit war nur vorübergehend.

„Er wird dir nicht mehr wehtun, das verspreche ich dir.“ Tritons Stimme klang fest und bestimmt.

„Wir müssen zur Polizei gehen.“ Nachdem sie die schlechten Nachrichten in der Arztpraxis erhalten hatte, hatte sie nicht die Kraft gehabt, zur Polizeistation zu gehen, um eine einstweilige Verfügung gegen ihn zu erwirken. Aber dies war etwas, das sie jetzt sofort nachholen musste – und noch mehr: Sie musste Anzeige gehen ihn erstatten. Sophia zog sich zurück und sah, wie Triton seinen Kopf schüttelte.

„Nein. Meine Freunde und ich werden uns auf unsere Weise um ihn kümmern. Wenn du es der Polizei überlässt, wird er auf freiem Fuße bleiben. Was ist, wenn es nicht genug Beweise gibt? Du weißt doch selbst, dass der Elektriker nichts Verdächtiges an dem Ventilator finden konnte. Außerdem haben wir nichts außer Gregs Aussage. Nichts für ungut, Greg, ich glaube Ihnen, aber ich bin nicht die Polizei.“

Nein, er war nicht die Polizei, er war auch nicht Familie. Alles, was er getan hatte, kam plötzlich mit einem Ruck wieder zu ihr zurück: der Verrat, die Täuschung. Er hatte sie belogen. „Wer bist du, Triton?“ Sie wusste immer noch nicht, was er wollte oder warum er wiedergekommen war.

Mit seiner Hand hob er ihr Kinn an. „Ich werde dir alles erklären, sobald ich mich um Michael gekümmert habe. Ich muss dich bitten, mir bis dahin zu vertrauen. Ich werde dir keinen Schaden zufügen. Glaubst du mir das?“

Sie zögerte. Er hatte ihr das Leben gerettet. Er hatte sie nie körperlich verletzt. Aber ihm vertrauen? Sie konnte seine Frage nicht beantworten. „Was hast du mit Michael vor?“ Schon jetzt war ihr der Gedanke, dass Triton ihrem

Cousin etwas antun würde, unangenehm. Trotz allem, was er ihr angetan hatte, brachte sie es nicht übers Herz, eine andere Seele zu verletzen.

„Mach dir keine Sorgen, Sophia, ich werde ihm keinen körperlichen Schaden zufügen, aber wenn ich mit ihm fertig bin, wird er mich so sehr fürchten, dass er nie wieder versuchen wird, dir ein einziges Haar zu krümmen.“

Sophia hatte ihn noch nie mit solcher Autorität und Entschlossenheit sprechen hören. Sie nickte; sie wollte nicht wissen, was er tun würde, um Michael so einzuschüchtern, dass er sich nie wieder blicken ließ.

32

Triton hielt sich an Hermes' Schultern fest, während sie, angetrieben von Hermes' geflügelten Sandalen, durch die Luft segelten. Die Wolken hatten den Himmel verfinstert, und die Sonne war untergegangen. Sie flogen mitten durch den Orkan, der bei der Dämmerung auf das Land getroffen war. Der starke Regen durchnässte sie innerhalb von Sekunden. Das miserable Wetter machte es unwahrscheinlich, dass sie von irgendwelchen Sterblichen gesehen wurden. Niemand würde bei diesem Sturm nach draußen gehen.

Triton konnte nicht umhin, seinen Freund zu beneiden: Seine geflügelten Sandalen waren ein cooler Apparat, obwohl er wollte, dass Hermes noch schneller flog.

„Haben deine Sandalen eine Geschwindigkeitsbegrenzung?", fragte Triton.

„Eine Geschwindigkeitsbegrenzung? Nein, warum fragst du?", antwortete Hermes. Seine Stimme war schwer zu verstehen, weil der Wind so kräftig an Tritons Ohren vorbei blies.

„Weil du wie eine alte Dame fliegst." Selbst Sophias kleiner roter Sportwagen bewegte sich schneller als Hermes.

Einen Augenblick später verlor Triton fast seinen Halt, als der Götterbote seine Sandalen in einen höheren Gang schaltete und die Welt unter ihnen vorbeiflitzen ließ.

„Glaubst du jetzt immer noch, dass ich wie eine alte Dame fliege, oder ist dir das schnell genug?" Hermes lachte und machte einen Looping, sodass sie zeitweise kopfüber flogen, bevor er sie wieder in die Waagerechte brachte.

„Jetzt verstehen wir uns. Lass uns etwas zulegen. Ich will nicht, dass dieser kleine Wichser uns durch die Lappen geht."

„Was willst du mit ihm machen?"

„Leider habe ich Sophia versprochen, ihn körperlich nicht zu verletzen. Aber es gibt andere Möglichkeiten."

Hermes drehte seinen Kopf und grinste ihn an. „Viele Möglichkeiten."

Die Lichter der Stadt funkelten unter ihnen in der Dunkelheit. In der Ferne war das Wasser, wo die Brandung vom Wind hochgetrieben wurde. Als er auf das Meer blickte, fühlte Triton nicht die gleiche Anziehungskraft, die es normalerweise auf ihn ausübte. Etwas hatte sich verändert. Jedes Gewässer zog ihn in der Regel wie ein Magnet an. Nicht so heute Abend. Heute zog ihn vielmehr der Gedanke an, Sophia wieder in seine Arme zu schließen und ihr die Wahrheit zu sagen. Und es machte ihm Angst, dass die Wahrheit sie trennen könnte. Was, wenn sie ihn ablehnte? Was, wenn sie dachte, er sei verrückt? Und warum sollte sie das auch nicht denken?

Sterbliche wussten nichts über die Götter. Vor Tausenden von Jahren hatten sie ihren Glauben an sie verloren; nur ein Mythos war geblieben. Und Zeus hatte es besser gefunden, dass die Götter im Verborgenen arbeiteten, weit weg von den zweifelnden Augen der Sterblichen. Es gefiel ihm, dass die meisten Sterblichen nur an eine Gottheit glaubten, und Zeus nahm natürlich diesen Rang für sich selbst in Anspruch. Andere Götter waren aus der Welt der Menschen verschwunden, und wenn die Menschen zu einem Gott beteten, beteten sie zu Zeus, selbst wenn sie dessen Namen nicht verwendeten. So hatte Zeus seine Macht zementiert, während er allen anderen Göttern verboten hatte, sich den Sterblichen zu offenbaren.

„Dort unten, siehst du das heruntergekommene Mehrfamilienhaus?“, rief Hermes durch den Wind hindurch und deutete auf ein zweistöckiges Gebäude, das schon bessere Zeiten gesehen hatte. „Dort hat er sich verkrochen.“

„Endlich.“ Triton atmete auf, als sie auf einem Balkon landeten. Er war bereit, Michael zu bestrafen, und er hatte schon eine ziemlich gute Vorstellung davon, was er mit dem Scheißkerl machen würde.

Es war dunkel in der Wohnung, als Triton gefolgt von Hermes eintrat. Der Duft von Rauch schlug ihm entgegen. Er erkannte den süßen Kräutergeruch sofort, den er als Marihuana identifizierte.

Hermes atmete ein. „Na, ja. Sieht so aus, als ob wir Probleme haben werden, uns ernsthaft mit ihm zu unterhalten.“

„Kannst du mich abtrocknen?“, fragte Triton, da er es hasste, wie seine nasse Kleidung an ihm klebte.

Hermes machte eine Bewegung mit seiner Hand, und einen Augenblick später war Tritons Kleidung so trocken, wie sie vor seinem Flug gewesen war.

„Danke.“ Triton sah sich in dem Raum um. Jetzt, da sich seine Augen an die Dunkelheit gewöhnt hatten, erkannte er, dass das Zimmer leer war. Hatten sie ihn verpasst? „Du sagtest, du hast ihn hier gespürt.“

„Er ist hier, mach dir keine Sorgen!“, antwortete Hermes voller Zuversicht. „Meine Fähigkeit, Spuren zu lesen, hat mich noch nie im Stich gelassen. Sehen wir uns den Rest dieses Schweinestalls mal an.“

Triton hatte nichts dagegen, das unordentliche Wohnzimmer zu verlassen. Die Möbel waren alt und abgenutzt, und Ordnung zu halten war eindeutig keine von Michaels Stärken. Wie er mit Sophia verwandt sein konnte, die außerordentlich fleißig und ordentlich war, war ihm ein Rätsel.

Ein dunkler Korridor führte zu drei Türen. Eine davon war die Eingangstür zur Wohnung. Die Tür zu seiner Rechten war offen. Hermes steckte seinen Kopf hinein: Es war ein Badezimmer. „Leer“, kommentierte er eine Sekunde später.

Triton lehnte seinen Kopf an die andere Tür und legte seine Hand auf den Türknauf. Mit einem kräftigen Stoß drückte er die Tür auf und traf auf Widerstand.

„Autsch!“, kam eine männliche Stimme von der anderen Seite. Dann ein Fluch.

Triton drängte sich in die Küche und fand Michael, der sich seine Nase hielt. In dem Augenblick, als er Triton erblickte, schrie Michael noch lauter. „Was zum Teufel!“

Aber im gleichen Moment zwängte sich auch Hermes in den kleinen Raum und blockierte den einzigen Fluchtweg. Wenn Michael fliehen wollte, würde dieser Plan nicht funktionieren. Triton schätzte schnell den Raum ab. Es gab ein Fenster, jedoch war es klein, und selbst Michael wäre nicht dumm genug, aus dem zweiten Stock zu springen.

„Hallo, Michael“, begrüßte Triton ihn. Er fühlte, wie sich Zufriedenheit in seiner Brust ausbreitete, als er bemerkte, dass ein dünnes Rinnsal Blut aus Michaels Nase lief. Er hatte zwar Sophia versprochen, ihrem Cousin nicht weh zu tun, aber dies war praktisch ein Unfall gewesen. Es zählte gar nicht.

„Wie seid ihr hier rein gekommen? Verschwindet aus meiner Wohnung oder ich rufe die Polizei!“ Seine Augen huschten zu einem Handy, das auf dem Küchentisch lag. Triton schnappte es sich, bevor Michael einen Schritt machen konnte.

„Hermes, entsorge es!“, befahl er seinem Freund und reichte ihm das Telefon.

Eine Sekunde später hörte er ein knirschendes Geräusch. Triton folgte Michaels Blick, der auf Hermes’ Handfläche ruhte, wo er nun die zermahlenen Metallteile von Michaels Telefon hielt. „Hoppla!“ Hermes grinste. „Tut mir leid, aber du weißt doch, dass du mir solche Sachen nicht geben sollst. Du weißt doch, wie ungeschickt ich bin.“

Michael schluckte schwer.

„Jetzt, da wir uns geeinigt haben, dass wir die Polizei nicht für unseren kleinen Plausch brauchen, lass uns nochmals von vorne anfangen. Ich sagte, *Hallo, Michael*“, meinte Triton. Er würde jetzt festlegen, wer hier das Sagen hatte.

„Was wollt ihr von mir?“, krächzte Michael.

Triton wandte sich an Hermes. „Hast du auch das Gefühl, dass er nicht wirklich versteht, dass wir es ernst meinen?“

Sein Freund nickte. „Hab ich.“

„Vielleicht sollten wir ihm zuerst mal zeigen, dass er mit uns nicht rumspielen kann, was denkst du?“, setzte Triton sein Gespräch mit Hermes fort, als ob Michael gar nicht anwesend wäre.

„Ich glaube, das ist eine ausgezeichnete Idee. Ich weiß genau den richtigen Ort, um ihm das einzubläuen. Schon mal was von dem Fluss Styx gehört?“, richtete sich Hermes an ihr Opfer.

Ein ahnungsloser Ausdruck erschien auf Michaels Gesicht.

„Es scheint, dass Geografie nicht seine Stärke ist“, bemerkte Triton. Er amüsierte sich jetzt. Wenn sie erst einmal mit ihm fertig waren, würde sich Michael nie wieder in Sophias Nähe wagen.

„Dann hat er Glück, denn ich weiß, wie man dorthin kommt.“ Hermes grinste. „Jetzt müssen wir uns nur zum nächstgelegenen Eingang des Hades begeben.“

„Hades?“ Michael Augen wurden von Sekunde zu Sekunde größer. „Was ist Hades?“

„Ihr Sterblichen nennt es die Hölle.“

„Die Hölle? Ihr seid verrückt! Verschwindet von hier und lasst mich in Ruhe!“, schrie er. „Spielt eure dummen Witze mit jemand anderem!“

Triton packte Michaels Schulter, dann drehte er ihn und zwang dessen Arme hinter seinen Rücken. „Hermes, fliegen wir oder teleportieren wir?“

„Es ist nicht arg weit, ich glaube, ich schaffe es schon, uns alle drei zu teleportieren. Es wird aber holprig werden.“

„Dann lass uns mal gehen!“, befahl Triton.

33

Michael spürte, wie ein Ruck durch seinen Körper ging. Einen Augenblick später wurde alles dunkel, aber er wusste, dass er nicht ohnmächtig war, weil er immer noch spürte, wie Sophias Gigolo seine Arme nach hinten hielt. Er fühlte den Druck in seinen Schultern, da der Typ offenbar beschlossen hatte, ihm Schmerzen zuzufügen.

Wie zum Teufel waren diese zwei Schlägertypen in seine Wohnung eingedrungen, und wie hatten sie ihn überhaupt gefunden? Nicht einmal Sophia wusste, wo er derzeit lebte, und das sollte auch so bleiben. Die beiden waren nicht von der Polizei – angesichts ihrer Methoden vermutete er eher die Mafia.

Er musste es Sophia lassen, sie hatte einen herzlosen Beschützer gefunden. Vielleicht hatte er sie doch unterschätzt. Hatte Sophia sich wieder mit diesem Scheißkerl versöhnt, nachdem sie ihn rausgeworfen hatte?

Triton und sein Freund Hermes – ja, was für ein lächerlicher Name das war – mussten ihn irgendwie betäubt haben, warum sonst würde er nichts sehen und sich fühlen, als ob sein Körper in hundert verschiedene Richtungen gezogen wurde, fast so, als ob er in einem Trockner herumgewirbelt wurde? Aber er hatte weder eine Injektion gespürt noch irgendein Spray gesehen, mit dem sie ihn hätten betäuben können.

Oder hatte das Gras, das er geraucht hatte, irgendwelche Nachwirkungen? Scheiße, normalerweise hatte das Zeug nie diese Wirkung auf ihn. Hatte sein Händler das Marihuana mit irgendetwas anderem vermischt? Das fehlte ihm gerade noch. Jetzt, wo er alle seine Sinne zusammenhalten musste, um diese zwei Arschlöcher aus seiner Wohnung zu werfen, bevor sie ihm noch etwas antaten.

Plötzlich schüttelte ein weiterer Ruck seinen Körper, und Michael spürte wieder festen Boden unter seinen Füßen. Er hatte bis jetzt gar nicht bemerkt, dass er geschwebt war. Was für ein Trip! Dies würde das letzte Mal sein, dass er von jemandem Marihuana kaufte, den er kaum kannte.

Lichter tanzten vor seinen Augen, und Stimmen wanderten zu seinen Ohren.

„Sieht aus, als ob er wieder zu sich kommt", hörte er Tritons Stimme in der Ferne.

Michael hörte den Regen und fühlte die Nässe in seine Kleidung kriechen. Seine Augen passten sich der Dunkelheit an. Sie standen unter einem Baldachin auf einem Pier, und vor ihnen erkannte er das glitzernde Schild eines Kasino-Bootes. Wie zum Teufel war er hierhergekommen? Es war Michael nun klar, dass er ohnmächtig geworden war. Oh, Scheiße, was würden diese beiden noch mit ihm machen? Warum hatten sie ihn zu dem Ort seiner größten Versuchung geführt, zu seiner eigenen persönlichen Hölle? Ein Kasino!

„Wir machen Folgendes, Michael: Wir gehen jetzt ohne jegliches Aufsehen dort hinein, oder mein Freund hier muss dir das antun, was er deinem Telefon angetan hat. Verstehen wir uns?"

Michael nickte automatisch auf Tritons Drohung. Wie konnte er auch widersprechen? Wenn er auf dem Weg hierher schon ohnmächtig geworden war, wie würde er dann genug Kraft haben, diese beiden Typen zu bekämpfen? Außerdem waren sie zu zweit und ziemlich groß.

Triton und Hermes hielten ihn nicht fest, während sie mit ihm durch den Eingang gingen, einer auf jeder Seite, nahe genug, um ihn zu packen und zu verprügeln, wenn er versuchte zu fliehen. Nein, er musste versuchen, sie irgendwie auszutricksen.

Als sie in die Spielhalle marschierten, betäubte der Klang der Glocken und Trillerpfeifen seine Sinne. Helle Lichter blitzten von den Reihen der Spielautomaten auf. Ein ständiges *bing, ping* und *ding* erklang in dem großen Raum. Die Maschinen summten, lockten ihn, sich hinzusetzen und die Tasten zu streicheln, versuchten, ihn mit ihren hellen Farben und blinkenden Lichtern zu verführen.

„Bist du dir sicher, dass man von hier aus in den Hades kommt?", fragte Triton seinen Freund.

„Natürlich. Jedes Kasino hat ein direktes Portal dazu. Onkel Hades dachte sich, es wäre nur zu passend." Hermes lachte.

Michael konnte den Witz nicht lustig finden. Verdammt, es war nicht einmal ein Witz. Was auch immer die beiden redeten, Michael konnte sich keinen Reim darauf machen. All das Gerede über Hades. Zuerst hatte Triton gesagt, dass Hades Hölle bedeutete, jetzt nannte der andere Kerl Hades seinen Onkel. Sie verarschten ihn vermutlich und versuchten, ihn zu verwirren. Und dabei konnten sie sich nicht einmal an ihre eigenen Lügen erinnern. Und Michael wusste immer noch nicht, was sie von ihm wollten, obwohl er es ahnen konnte.

Das Kasino war voll, obwohl es erst früh am Abend war. Michael hatte schon viele Nächte hier verbracht und versucht, groß zu gewinnen, nur um am Morgen festzustellen, dass ihm sein Glück nicht zur Seite gestanden hatte. Aber er wusste, dass er eines Tages den Jackpot knacken würde, und dann wären all seine Sorgen vorbei. Dann konnte er endlich so wie Sophia den Luxus genießen, den sie nicht verdiente. Es war nicht richtig, dass Eleni ihr alleine das Haus überlassen hatte.

Michael bemerkte kaum, wo sie entlang gingen, während er über seine düsteren Aussichten nachdachte. Die Spielhalle lag jetzt hinter ihnen, und sie hatten einen Korridor betreten, der eindeutig für Angestellte bestimmt war. Als sie vor einer Tür mit der Aufschrift Heizraum anhielten, hob Michael seinen Kopf.

„Hätte ich mir denken können." Triton schmunzelte und zeigte auf das Schild. „Er hat einen Sinn für Humor, nicht wahr?"

Über wen redeten die beiden jetzt?

Hermes stieß ihn an. „Nach dir."

Die Tür öffnete sich von selbst. Es musste ein Trick sein. Hermes oder Triton hatten wohl irgendwo einen Knopf bedient, oder eine dieser Tasten, die Türen für behinderte Menschen öffnete. Er würde nicht auf solch einen billigen Trick hereinfallen, versprach sich Michael, als er einen Fuß über die Schwelle setzte.

In dem Moment, als er den dunklen Raum betrat, der nach Öl und etwas anderem stank, das er nicht einordnen konnte, wunderte sich Michael, warum die beiden ihn nicht in seiner Wohnung zusammengeschlagen hatten. Warum mussten sie ihn zuerst hierher bringen? War es eine Einschüchterungstaktik? Aber er hielt die Klappe und hoffte, dass sich später eine Gelegenheit zur Flucht ergeben würde. Geduldig war er ja.

Er spürte eine Hand auf seinem Rücken, die ihn weiter in den Raum schob. Dann schloss sich die Tür hinter ihnen. Michael hörte jetzt nur den Klang des Heizkessels und das Atmen der beiden Männer hinter sich. Er bereitete sich auf die Schläge vor, die jeden Moment kommen würden. Hier würden sie ihn windelweich prügeln, und dann?

„Ein paar Schritte weiter geradeaus", befahl Hermes.

Vor ihm war nur die Wand. „Es geht nicht weiter", protestierte Michael und hielt inne. Mehr Druck von hinten brachte ihn näher an die Wand. Er wehrte sich gegen den Druck.

„Entspann dich!" Hermes' Stimme hinter ihm war erstaunlich beruhigend. Was zum Teufel! „Atme!"

Einen Augenblick später gab die Wand nach und sein Körper glitt hinein – ja, in die verdammte Betonwand. Michael geriet in Panik. Jetzt wusste er mit Sicherheit, dass diese Arschlöcher ihm irgendetwas eingeflößt hatten. Was hatten sie verwendet? LSD? Acid?

Scheiße!

Sekunden später war er durch die Wand hindurch. Triton und Hermes standen hinter ihm. Der Heizraum war verschwunden. Vor ihm lag etwas, das er noch nie zuvor gesehen hatte: ein unterirdischer Fluss, blutrot und in Flammen stehend.

Michael roch den abscheulichen Geruch jetzt intensiver. Er kam aus dem Fluss vor ihm. Oh nein, er wollte dieser tückischen Wasserstraße nicht nahekommen. „Uh!"

„Das, was du riechst, ist Schwefel“, flüsterte Hermes ihm zu. Konnte das Arschloch seine Gedanken lesen? „Willkommen in meiner Welt.“

Michael zuckte und wandte sich an die beiden Ganoven, die ihn entführt hatten. Er musste sie jetzt bekämpfen. „Ihr verdammten Arschlöcher! Lasst mich hier raus! Ich weiß nicht, wie ihr das gemacht habt, aber das ist nicht mehr lustig.“

„Es war auch nie lustig gemeint“, antwortete Triton in einem kühlen Ton. „Oder sehe ich so aus, als ob ich scherze?“

„Was ist das? Was für Drogen habt ihr mir gegeben?“ Michael spürte, wie sein Herzschlag sich beschleunigte. Er musste aus diesem verdammten Höllenloch heraus.

„Wir haben dir keine Drogen gegeben. Und du darfst mir glauben, dass das bisschen Unkraut, das du geraucht hast, nicht in der Lage ist, dich in derartige Halluzinationen zu versetzen. Mach deine Augen auf und schau dich um!“, lud Triton ihn ein und deutete in Richtung des brennenden Flusses. „Das ist die Realität – eine Realität, mit der du leben musst, wenn du weiterhin versuchst, Sophia zu verletzen.“

Ach, Scheiße! Triton wusste, was los war. Hatte er es herausgefunden, oder hatte er es nur erraten? Michael musste die Beschuldigung bestreiten. „Ich habe Sophia nichts angetan.“ Die Lüge rollte so leicht über seine Lippen, wie ein Schluck Bier seine Kehle hinunterlaufen würde. Er log schon sein ganzes Leben lang. Inzwischen war es zu seiner zweiten Natur geworden. Es gab keinen Grund, jetzt damit aufzuhören.

Triton machte einen Schritt auf ihn zu, sein großer Körper beugte sich drohend über ihn. „Ich weiß, was du getan hast, und ich werde dafür sorgen, dass du nie wieder einen weiteren Versuch machst.“ Dann wandte er sich an seinen Freund. „Hermes, ich glaube, er ist für eine Vorschau bereit, was mit ihm geschehen wird, wenn er Sophia noch einmal etwas antut.“

Michael gefiel der Klang von Tritons Stimme nicht. Zu leugnen, was er getan hatte, würde jetzt nicht mehr helfen. Er musste jetzt verhandeln. „Es war nicht meine Idee.“ Nun, es war seine Idee gewesen, aber er konnte ja jemand anderem die Schuld geben.

Tritons Kopf fuhr wieder zu Michael herum. Seine Augen verengten sich. „Ich höre.“

„Dieser Kerl, er bot mir Geld an. Und ich brauchte Geld. Meine Tante, sie hat mich aus ihrem Testament gestrichen. Ich hatte kein Geld. Sophia bekam alles. Es war nicht fair.“

„Hör auf, Sophia die Schuld zu geben!“, zischte Triton durch die Zähne.

Schlechter Zug. „Nein, nein, natürlich nicht. Es war der Kerl. Er wollte nicht, dass ihr zwei zusammen seid. Er ist derjenige, der ihr was antun wollte.“ Nun, das entsprach zwar nicht genau der Wahrheit, denn der Kerl hatte nur gesagt, er wolle, dass die Beziehung zwischen Triton und Sophia auseinanderging, aber Triton würde die Wahrheit sowieso nicht herausfinden.

„Wer ist er?“

Michael zuckte mit den Schultern. „Ich weiß es nicht. Er hat mir seinen Namen nicht genannt. Ehrlich.“ Das war der erste ehrliche Satz, den er den ganzen Abend über seine Lippen gebracht hatte. Es war die Wahrheit, der Mann hatte nie seinen Namen erwähnt. Jetzt, wo er darüber nachdachte, fand er dies ziemlich seltsam.

„Wie sah er aus?“, fragte Triton.

„Ich weiß es nicht.“

„Denk nach und zwar schnell! Ich bin mit meiner Geduld am Ende.“

Michael zitterte trotz der Hitze, die von dem brennenden Fluss ausstrahlte. „Groß mit braunen Haaren.“

„Das ist nicht sehr aussagekräftig.“

„Er war komisch gekleidet“, fügte Michael hinzu und hoffte verzweifelt, diese Sache hinter sich zu bringen.

„Komisch?“

„Ja, als ob er in den Wald ginge, auf die Jagd oder so was. Ich meine, mitten in der Stadt, das ist doch –“

„Orion“, sagten Triton und Hermes wie im Chor.

Sie kannten den Typen? Scheiße, das war keine gute Nachricht. Hatte ihm jemand eine Falle gestellt? Nichts ergab mehr einen Sinn.

„Nicht einmal Orion würde versuchen, einen Sterblichen zu töten, nur um’s mir heimzuzahlen. Oh, ich glaube mit Sicherheit, dass er versucht hat, einen Keil zwischen mich und Sophia zu treiben und dich dabei benutzt hat, aber der Rest, all diese Unfälle, die sind auf deinem Mist gewachsen.“ Triton wandte sich an Hermes. „Gib ihm eine Tour durch den Hades, und bring ihn wieder lebend zurück! Ich muss mich oben um ein paar Dinge kümmern.“

Dann funkelte Triton Michael an. „Wenn du jemals wieder Sophias oder meinen Weg kreuzt, werde ich dich in den Hades zurückschicken – auf alle Ewigkeit. Schau dich gut um! Die Wahl liegt bei dir.“

34

Sophia hörte Schritte auf der Treppe und rutschte auf der Couch bis zur Kante vor. Die Person zögerte im Flur, bevor sie ins Wohnzimmer trat. Sie sah die Umrisse seiner Gestalt, groß und breit. Sein Gang, als er sich näherte, war ihr vertraut. Trotz ihrer Sehschwäche erkannte sie ihn sofort.

„Triton."

Sie hatte stundenlang auf ihn gewartet, während ihre Gedanken einer Welle voller Zweifel zur nächsten rasten. Sie war verwirrt, und ihre Gefühle kämpfen gegeneinander. In einem Moment war sie bereit, Triton für all seine Täuschungen zu vergeben, und im nächsten wollte sie ihn hinausschmeißen und ihm sagen, dass er nie wieder kommen sollte. Warum er zurückgekommen war, verstand sie immer noch nicht. Was wollte er von ihr?

Triton blieb vor der Couch stehen und ließ sich in der Hocke vor ihr nieder. Er nahm ihre Hände in seine. „Sophia, wie fühlst du dich?"

„Besser. Es geht mir besser."

„Ich kann dir versprechen, dass Michael dir nie wieder etwas antun wird."

Sophias Atem stockte, und ihr Herz schlug bis in ihre Kehle. „Hast du ihn verletzt?"

Triton schüttelte den Kopf. „Ich habe dir versprochen, dass ich das nicht tun würde, obwohl es nicht leicht für mich war, dieses Versprechen einzuhalten. Er hätte es verdient, dass ich ihn zu Brei schlage."

Erleichterung fegte durch sie. „Hat er zugegeben, dass er für die Unfälle verantwortlich ist?"

„Erst nachdem ich ihn davon überzeugt habe, dass es zu seinem Vorteil ist, die Wahrheit zu sagen."

„Du hast ihm gedroht." Es war lediglich eine Feststellung. Sie wusste, dass Triton ihm hatte drohen müssen, womit, wollte sie nicht wirklich wissen. „Wie kannst du dir so sicher sein, dass er es nicht noch einmal versuchen wird?"

Triton führte ihre Hände an seinen Mund und küsste ihre Fingerknöchel. Sie wollte ihre Hände zurückziehen, aber der Kontakt fühlte sich gut an. „Er weiß, dass ich hier sein werde, um dich zu beschützen, und er hat zu viel Angst vor mir. Du bist ihn los. Das ist doch das, was du wolltest, nicht wahr?"

Sophia nickte. „Ja. Er hat genug Probleme verursacht. Es ist besser für uns alle. Aber ..." Sie zögerte. Er hatte gesagt, er würde hier sein, um sie zu beschützen, aber warum und für wie lange?

„Was ist?" Triton rückte näher, sein Kopf jetzt nur Zentimeter von ihr entfernt.

„Du sagst, du wirst hier sein, aber ... warum? Triton, wer bist du? Was willst du von mir?“ Sophia hielt ihren Atem an. Sie musste die Wahrheit wissen.

Er räusperte sich. „Was ich dir jetzt erzähle, klingt vermutlich sehr fantastisch und ungeheuerlich, aber ich versichere dir, dass alles der Wahrheit entspricht. Kannst du mir versprechen, mich bis zum Schluss anzuhören?“

Was meinte er damit? Wie abwegig konnte seine Erklärung denn sein? War er ein Geheimagent, der gekommen war, um sie zu beschützen? Ein Leibwächter, den ihre Tante vor ihrem Tod angestellt hatte, weil sie vermutete, dass Michael etwas Böses versuchen würde?

„Okay?“ Sie wusste, dass Zweifel in ihrer Stimme mitklangen, aber sie würde ihm zuhören. Er hatte ihr Leben mehr als einmal gerettet, und er verdiente es, dass sie ihn ohne Vorurteile anhörte.

„Ich bin nicht von hier.“

„Das weiß ich schon. Du bist aus Griechenland.“ Oder war das auch eine Lüge?

„Na ja, nicht ganz. Ich bin Grieche, aber ich bin nicht aus Griechenland, nicht aus dem Griechenland, das du kennst.“ Sie spürte, wie er zögerte, als ob er nicht wusste, wie er fortfahren sollte.

„Was für ein anderes Griechenland gibt es denn?“

„Du bist doch vertraut mit griechischer Mythologie, nicht wahr?“, fragte er.

„Sicher, aber was hat das damit zu tun, woher du kommst? Und warum ist das überhaupt wichtig? Ich will nur wissen, wer du bist und was du von mir willst.“

Triton drückte einen Kuss auf ihre Hände. „Wo ich herkomme ist wichtig, da es erklärt, wer ich bin. Sophia, ich weiß, du wirst denken, dass ich verrückt bin, sobald ich es dir sage, aber bitte glaube mir etwas: Ich werde dir nie wehtun.“

In ihrem Herzen wusste sie, dass er die Wahrheit sprach. Er hatte sie beschützt, für sie gesorgt. Er war für sie da gewesen, wenn sie ihn gebraucht hatte. Nein, er war nicht hier, um sie zu verletzen. Aber was wollte er? „Ich weiß.“

„Sophia. Mein Name ist Triton, aber mein Nachname ist nicht Waters. Ich habe keinen Nachnamen. Ich bin einfach Triton, Sohn von Poseidon und Amphitrite, Beruhiger von Stürmen, Gott der Seeleute und Matrosen.“

Sophia sprang auf und riss ihre Hände von ihm los. „Von all den abscheulichen Dingen, die du tun konntest, musst du dich auch noch über mich lustig machen? Wie kannst du nur?“ Wie konnte er nur so grausam sein? Sie zu quälen, indem er auf die Geschöpfe anspielte, die sie früher gesehen hatte, die Götter und Monster, die Feen und Gnome. Und dazu noch Poseidon zu erwähnen, den Gott, der sie vor dem Ertrinken gerettet hatte, als sie ein kleines Kind gewesen war. Es gab nur eine einzige lebende Person, die davon wusste.

„Michael hat dich dazu angestiftet, nicht wahr? Ich hätte es wissen müssen. Du warst die ganze Zeit mit ihm im Bunde." Sie versuchte, von Triton zurückzuweichen, aber er stand auf und nahm sie bei den Schultern.

„Sophia, ich habe dir gerade gesagt, dass ich mich um Michael gekümmert habe. Ich helfe *dir*, nicht ihm. Wie kannst du nur so etwas denken?"

Sie versuchte sich aus seinem Griff zu befreien, aber er ließ es nicht zu. „Lass mich los!"

„Nicht bevor du mir sagst, warum du plötzlich denkst, dass ich auf Michaels Seite bin."

„Ich sage dir, warum. Weil du mich mit den Dingen verhöhnst, die ich früher gesehen habe. Michael ist der einzige Mensch, der darüber Bescheid weiß. Er ist der Einzige, der dir davon erzählt haben könnte."

Triton wurde ungeduldig. „Mir was erzählt?"

„Dass ich die Geschöpfe sah", rief sie aus. „Dass ich Geschöpfe gesehen habe, die nur als Mythos existieren: Feen, Götter. Michael ist der Einzige, der weiß, dass ich Götter und andere Geschöpfe gesehen habe, obwohl doch jeder weiß, dass sie nicht echt sind."

„Aber sie sind echt! Die Götter – sie existieren, genauso wie die Feen und Nymphen. Ich spreche ständig mit ihnen. Sie sind meine Freunde."

Bei der Ernsthaftigkeit in seiner Stimme blieb Sophia der Mund offen stehen. Er hatte erfundene Freunde? War es möglich? „Du sagst, du siehst sie?"

Er nickte. „Natürlich!"

War Triton genau wie sie? Hatte er die gleichen Probleme? Ein Knoten bildete sich in ihrer Brust. Sie hatte dasselbe durchgemacht, aber es war ihr gelungen, die Geschöpfe wegzuwünschen. Sie brachte es nicht übers Herz, jemandem ihre Hilfe zu verweigern, der sie so offensichtlich brauchte. Und wenn er die gleichen Symptome hatte, unter denen sie einst gelitten hatte, dann brauchte er ihre Hilfe. Aber sie musste mehr wissen, bevor sie sich sicher sein konnte, dass er sie nicht anlog. „Du sagtest, diese Geschöpfe existieren?"

Er nickte eifrig. „Ja, das ist, was ich versucht habe, dir zu sagen. Die Götter, die Feen, alle. Natürlich kann niemand sie sehen. Ich kann es, weil ich einer von ihnen bin."

„Erzähl mir mehr über sie. Was siehst du, wenn du sie siehst? Wie sehen sie aus?"

„Wenn sie auf der Erde sind, würde niemand wirklich wissen, dass sie nicht wie Sterbliche sind, außer dass ihre Energie um sie herum schwebt, die ich sehen kann."

„Wie?"

„Wie ein Dunst oder Nebel. Es ist ihre Aura."

Genau so hatte auch sie diese Geschöpfe erkannt. Sie nickte. Ja, er war eine verlorene Seele. Seine Symptome waren dieselben wie ihre. „Wie sieht Poseidon aus?“ Sie musste sich versichern, dass er etwas wusste, was er nicht durch Michael herausgefunden haben könnte, denn nicht einmal ihr Cousin kannte alle Details.

„Vater? Er sieht nicht allzu schlecht aus für sein Alter.“ Triton schmunzelte. „Aber ich sehe ihm überhaupt nicht ähnlich, außer dass natürlich meine untere Hälfte sich in eine große Flosse verwandelt, wenn ich im Meer bin, genauso wie Poseidons. Du musst dir keine Sorgen darüber machen: Auf dem Trockenen habe ich meinen menschlichen Körper.“

Sophia erinnerte sich, wie sie Poseidon gesehen hatte. Natürlich konnte Triton aus einem Buch über Mythologie wissen, wie der Meeresgott aussah. Das war vermutlich so, wie auch ihre eigenen Visionen angefangen hatten. Es bewies nichts. Nur die Aufrichtigkeit in Tritons Stimme tat es. Er glaubte an das, was er sagte. Er glaubte wirklich, dass er diese Fabelwesen sah. „Ich verstehe jetzt alles, Triton.“

„Also glaubst du mir?“ Seine Stimme klang erleichtert.

Sie nickte. Sie musste mitspielen, damit er ihre Hilfe annehmen würde. „Ich glaube dir, wenn du sagst, dass du Götter und all die anderen Geschöpfe siehst. Ich dachte, dass ich sie auch gesehen hätte. Aber ich konnte meine Augen schließen und sie einfach wegwünschen. Du kannst das gleiche tun. Ich kann dir dabei helfen.“

35

Triton wollte seinen Ohren nicht trauen. Sie dachte, er sei verrückt? Bereit für die Klapsmühle? „Sophia, ich erfinde das nicht. Ich bin ein Gott, und Poseidon ist mein Vater."

„Ich weiß, wie echt diese Erscheinungen sein können. Das waren sie auch für mich. Als ich fünf Jahre alt war, hat Poseidon mich vor dem Ertrinken im Meer gerettet. Aber er war nicht echt. Ich habe mir das nur eingebildet."

„Agapi mou, das hast du dir nicht eingebildet. Ich glaube dir, wenn du sagst, dass Poseidon dich gerettet hat. So etwas macht er. Er hat vielleicht manchmal ein heftiges Temperament, aber er ist dafür bekannt, kleine Mädchen vorm Ertrinken zu retten. Ich bin nur überrascht, dass du ihn sehen konntest. Die Götter bleiben normalerweise für die Menschen unsichtbar. Du musst eine besondere Gabe haben."

Sophia schüttelte ihren Kopf. „Es ist keine Gabe, es ist eine Krankheit. Und ich bin geheilt, genauso wie du heilen kannst."

Triton nahm ihr Kinn mit seiner Hand und zog sie näher. „Du bist nicht psychisch krank. Genauso wenig wie ich!"

„Triton, akzeptiere es und du kannst geheilt werden, genauso wie ich es geschafft habe."

„Hör mir bitte zu! Ich bin dafür bestraft worden, weil ich etwas angestellt habe. Zeus beraubte mich deshalb meiner göttlichen Kräfte und verbannte mich in die Welt der Sterblichen. Er wird mir meine Kräfte erst wieder zurückgeben, wenn ich bewiesen habe, dass ich die Liebe einer Frau verdiene. Deine Liebe. Ich habe mich als Pfleger ausgegeben, weil du dich in mich verlieben solltest, damit ich meine Kräfte zurückverdienen kann. Deshalb bin ich hier. Es tut mir leid, dass ich dich angelogen habe, aber ich brauche dich."

Er drückte seinen Mund auf ihren und nahm ihre Oberlippe gefangen. „Sophia", flüsterte er zwischen federleichten Küssen. „Ich brauche deine Liebe." Als er die Worte aussprach, erkannte er, dass er ihre Liebe nicht nur brauchte, um seine Kräfte wiederzuerlangen, sondern dass er sie für sich brauchte. Er wollte spüren, wie sich ihre Liebe in seinem Herzen ausbreitete, um sie einzufangen und zu hüten. „Bitte liebe mich!"

Ihre Lippen öffneten sich mit einem Seufzer. „Triton, bitte, ich kann dir helfen."

„Hilf mir, indem du mich liebst, indem du mir glaubst. Alles, was ich dir gesagt habe, ist die Wahrheit. Bitte vertraue mir!" Er hatte noch nie in seinem Leben gebettelt, aber das war jetzt egal. Er würde auf seine Knie fallen, wenn er damit ihre Liebe gewann. Er würde für sie bis zum Ende der Erde und wieder zurück wandern, wenn sie ihn dann lieben würde.

Sophias Hand streichelte seine Wange. Er wandte sein Gesicht und presste einen Kuss in ihre Handfläche. „Ja. Triton, küss mich, und wir werden gemeinsam alles vergessen."

„Nicht alles", antwortete er. „Nur die schlechten Dinge."

Er legte seine Lippen auf ihre und küsste sie zunächst sanft, um ihr zu zeigen, wie kostbar sie in seinen Augen war. Aber dann drängte sein Verlangen nach ihr an die Oberfläche. Er wollte diese Frau, wie er nie jemand anderen gewollt hatte, weder eine Göttin noch eine Sterbliche.

Triton hob sie in seine Arme.

„Was hast du vor?" Ihre Stimme war rau und mit der gleichen Leidenschaft gefärbt, die auch er für sie empfand.

„Ich bringe dich ins Bett, und dann werde ich mit dir Liebe machen, bis wir beide zusammenbrechen. Denn heute hätte ich dich fast verloren. Und ich muss diese Erinnerung aus meinem Gedächtnis löschen."

Bevor sie antworten konnte, zeigte er ihr mit seinen Lippen, wie groß sein Bedürfnis war, das Geschehene zu vergessen. Sie vom Balkon hängen zu sehen hatte ihn fast umgebracht. Er hatte noch nie zuvor diese Art von Verzweiflung gespürt, die ihn in jenem Moment ergriffen hatte, und er wollte nie wieder etwas so Schmerzhaftes empfinden.

Triton trug sie in ihr Schlafzimmer und legte sie auf ihr Bett. Als sie an ihrer Kleidung zupfte, ergriff er ihre Hände. „Nein, bitte, lass mich dich ausziehen. Es wird mir ein Vergnügen sein."

Sie seufzte zufrieden und legte sich entspannt zurück. „Als du mir das erste Mal geholfen hast mich anzuziehen, erzähl mir, woran du dabei gedacht hast."

Er öffnete den Knopf ihrer Hose und zog den Reißverschluss nach unten. „Ich habe mich wie der glücklichste Mensch auf dieser Erde gefühlt. Und ich hatte einen riesigen Steifen. Du hättest mich wahrscheinlich gefeuert, wenn du ihn gesehen hättest."

Ihre Wangen färbten sich in einem schönen Rotton. „Bist du jetzt genauso hart?"

Er schmunzelte. „Warum findest du das nicht selbst heraus?" Triton nahm ihre Hand und führte sie zu seiner Leistengegend, wo seine Erektion drohte, die Nähte seiner Jeans aufzureißen. Ihre Finger streiften entlang der Linie, die sein Schaft durch den Stoff drückte, bevor sie ihre Handfläche über die Beule legte. Wärme durchflutete ihn. „Ich bin immer hart für dich, agapi mou, meine Liebste. Es gab keinen Moment, seit ich dir begegnet bin, in dem ich dich nicht in meine Arme nehmen wollte, um dich zu lieben."

„Warum?"

„Warum? Du bist schön, und du bist tapfer und mutig. Du gibst nie auf, du bist stark und entschlossen. Du bist eine Kämpferin und du bist fair. Und großzügig. Als Gregs Frau einen Job brauchte, hast du ihr einen gegeben, obwohl du es dir kaum leisten kannst, sie zu bezahlen. Und trotz Michaels Verrat wolltest du nicht, dass ich ihm wehtat. Du hast ein gutes Herz, weißt du das?“ Er hatte noch nie jemanden wie sie getroffen, und er bewunderte sie.

„Aber sieh mich doch an, ich bin ein Durcheinander. Ich erblinde bald vollständig, und es gibt nichts, was die Ärzte tun können. Und ich weiß nicht, ob ich das mit der Pension jemals auf die Reihe bringen werde.“

Triton legte seinen Finger an ihre Lippen. „Hör auf, dir Sorgen zu machen! Ich bin jetzt hier, und ich werde dir helfen. Alles wird in Ordnung kommen. Das verspreche ich dir.“

Dann küsste er sie.

Sophia entspannte sich bei seinem Kuss. War er wirklich ein Gott, wie er behauptete? Natürlich nicht, denn schließlich existierten Götter nicht. Aber spielte das eine Rolle? Nicht wirklich. Er hatte ihr das Leben gerettet, hatte sich um Michael gekümmert, und jetzt ließ er sie sich sicher und geschätzt fühlen. Er würde ihr nicht wehtun. Und er brauchte sie. Sie konnte ihm helfen. Sobald er akzeptierte, dass das, was er sah, nicht echt war, würde sie ihm helfen, die Geschöpfe verschwinden zu lassen, so wie sie es bei sich selbst getan hatte. Alles würde in Ordnung kommen. Und sobald es ihm besser ging, würde sie herausfinden, wer er wirklich war. Und war es wirklich wichtig, wer er war? Ihr eigener Cousin war ein schlechter Mensch, und sie kannte ihn schon ihr ganzes Leben lang. Sie wusste nichts über Triton, außer dass er gut zu ihr war, und dass sie ihn wollte. Vielleicht war es dumm, ihm zu vertrauen, aber sie konnte ihm nichts verweigern. Heute Nacht würde sie ihre Zweifel vergessen und nur das tun, was ihr Herz wollte: ihn lieben.

Während der Sturm draußen vor dem Fenster wütete, fühlte sie sich in Tritons Umarmung sicher. Mit sanften und geduldigen Bewegungen zog er ihr die Kleider vom Leib. Sie spürte die Bewegungen eines Mannes, der sich sicher war, dass das, was er auspackte, ihm gehörte. Jedes Mal, wenn er mehr von ihrer nackten Haut bloßlegte, küsste er die Stelle, als ob er sie begrüßen und wie ein Kartograf zur weiteren Erforschung markieren wollte.

„Du bist schöner als jede Göttin, die ich je gesehen habe.“ Er blies gegen ihren Nabel. „Ich wünschte, ich könnte dich zu einer Göttin machen, aber ich verspreche dir, ich werde dich wie eine behandeln.“

Sie lachte leise. Ja, er war genauso verrückt, wie sie es einmal gewesen war. Also spielte sie mit. „Wie würdest du eine Göttin behandeln?“

„Du bist dabei, es am eigenen Leibe zu erfahren.“

Einen Augenblick später bedeckte er sie mit seinem nackten Körper, und die harte Kontur seines Schwanzes glitt über den Hügel ihrer Schamhaare und rieb leicht gegen ihre Klitoris. „Ich glaube, ich mag es, wie eine Göttin behandelt zu werden.“ Sie hob ihm ihr Becken entgegen.

„Das kann ich spüren.“ Er drückte seinen Schaft gegen sie, diesmal härter. „Ich habe dich die letzten zwei Nächte vermisst.“

Sein Geständnis erfüllte sie mit Wärme. Triton musste diese Dinge nicht sagen, denn er hatte sie bereits im Bett. Weitere Verführungstechniken waren nicht erforderlich. Doch dass er ihr gestand, dass er sie vermisst hatte, bedeutete ihr etwas. Es fühlte sich gut an, es fühlte sich ehrlich und richtig an. „Ich habe dich auch vermisst.“

Seine Antwort war ein Kuss voller Leidenschaft und Begierde. Triton ließ seine Lippen über ihre gleiten und nahm sie gefangen, riss sie mit. Sophia schmeckte das Salz des Meeres und roch den Sand in seinem Kuss. Es war so, als ob eine Meeresbrise sie verschlang, als seine Hände über ihren Körper wanderten, sie streichelten, sie erkundeten, ihren Leib und ihre Seele eroberten. Nie hatten sie die Hände und der Mund eines Mannes sich so frei und begehrt fühlen lassen.

Sophia streichelte die glatte Haut an seinem Nacken und spürte ihn erzittern. Der Gedanke, dass er von ihrer Berührung genauso verzaubert war wie sie von seiner, ließ ihr Herz in einem heftigen Stakkato schlagen. Seine Hüften bewegten sich rastlos gegen sie, sodass sein Schwanz wieder über ihr Geschlecht zog und dabei eine Lawine von Wärmeschauern in ihr auslöste. Als Sophia den Kuss unterbrach, war es nur, um ihn um das zu bitten, was sie wollte. „Ich brauche dich jetzt.“

Sie konnte nicht länger warten. Das Bedürfnis, ihn in sich zu spüren, wie er sie erfüllte, sie liebte, war zu groß, um es zu ignorieren.

„Du hast mich doch“, flüsterte er an ihren Lippen, während er seine Hüften zurückzog und seinen Schwanz zu dem feuchten Eingang ihres Körpers brachte. Langsam glitt er hinein. Zentimeter um Zentimeter dehnten sich die Wände ihres engen Kanals für ihn und luden ihn tiefer ein, bis sie ihn ganz eingefangen hatte. Dann hielt er in seinen Bewegungen inne und atmete aus.

“Du hast mich“, wiederholte er. „Ganz.“

Tritons Lippen verschmolzen mit ihren, als er sich gleichzeitig ihrer Scheide entzog, um dann wieder in sie hineinzustoßen. Und wieder.

Triton fand seinen Rhythmus und stieß langsam und stetig in sie hinein. Er wollte, dass ihr erstes Liebemachen, nachdem er ihr seine Identität gestanden hatte, andauerte. Es war das erste Mal, dass er wirklich als er selbst Liebe mit ihr machte, ohne Täuschung, ohne Heuchelei.

Sophia hatte ihn trotz ihrer Zweifel akzeptiert. Nichts anderes zählte jetzt. Er hatte sie zurückgewonnen, nachdem er gedacht hatte, alles verloren zu haben, nachdem er sie fast für immer verloren hatte. Die schmerzhaften Erinnerungen vergessen wollend, beraubte er ihren Mund immer wieder, trank ihren süßen Geschmack, schwelgte in dem Gefühl, das ihre Finger entfachten, wenn sie über seine Haut tanzten. Überall dort, wo sie ihn berührte, entzündete sich ein Feuersturm, bis sein ganzer Körper wie ein Inferno wütete, so heiß, dass er dachte, er würde verbrennen.

Mit jedem Stoß nahm sie ihn tiefer in ihren Körper auf, und ihr enger Kanal krampfte sich um ihn und drückte ihn wie eine starke Faust. Aber er würde nicht kommen, noch nicht. Er wollte diese körperliche Verbindung mit ihr verlängern, und sie so lange er konnte genießen. Und er wollte ihr jedes Quäntchen Vergnügen schenken, zu dem er fähig war. Sie brauchte es, verdiente es. Er wollte, dass sie die schmerzhaften Erinnerungen und Enttäuschungen, die sie durchlebt hatte, vergaß.

Zum ersten Mal in seinem langen Leben wollte er nichts für sich selbst und alles für sie. Wenn er Freude und Zufriedenheit in ihr Leben bringen könnte, vielleicht sogar Glück, dann wäre auch er glücklich.

Triton verlagerte sein Gewicht und zog sich aus ihr heraus.

„Was ist los?“, fragte sie mit einem Hauch von Panik in ihrer Stimme.

„Nichts, agapi mou. Aber ich möchte, dass es andauert, und wenn du mich so fest umklammerst, dann komme ich, bevor du kommst.“

„Aber –“

Er legte seinen Finger auf die Lippen. „Es ist wichtig.“

Sophia sank zurück in die Kissen, und Triton legte sich zwischen ihre gespreizten Schenkel. Seine Hand fuhr zu ihrem Venushügel und fand ihre Klitoris sofort. Sie war geschwollen. Er schnippte mit seinem Finger dagegen und entlockte Sophia ein nicht so subtiles Stöhnen.

„Magst du das?“

„Ja.“

„Gut.“ Triton nahm seinen Schaft in seine Hand und führte ihn zu ihrer Klitoris. Er war benetzt mit ihren Säften und rutschte leicht über ihre harte kleine Knospe.

„Oh, Gott, ja“, hauchte sie.

„Du kannst mich ruhig Triton nennen – über die Formalitäten sind wir längst hinweg“, scherzte er.

Ein weiches Glucksen war ihre Antwort, bevor ein weiteres ersticktes Stöhnen ihre Kehle verließ, als er seine Erektion gegen ihre Klitoris rieb, hinauf und hinunter. Zuerst leicht und langsam, dann schneller und mit mehr Druck. Und die ganze Zeit hielt er sich unter Kontrolle. Die Muskeln in seinem Nacken und seinen Schultern traten hervor, und seine Venen drohten vor Anstrengung zu platzen, doch das war es ihm wert. Jedes Stöhnen, das er ihr entlockte, schenkte ihm mehr Befriedigung, als er sich jemals hätte vorstellen können.

„Bitte, jetzt, hinein, Triton.“ Ihr Wunsch war dringend, und er zögerte nicht. Mit einer schnellen Bewegung drang er in sie ein, ritt sie härter als zuvor und stieß tiefer. Er spürte jede Zelle ihres Körpers, fühlte eine Verschmelzung von mehr als nur ihrer fleischlichen Körper. Er fühlte sich ihr näher, als er jemals einem anderen Wesen gewesen war.

In dem Moment, als ihre Muskeln sich um ihn verkrampften, zerschmetterte seine Kontrolle in eine Millionen Stücke, und er ließ sich fallen. Er explodierte in ihr, sein Schaft schoss seinen Samen in heißen und eifrigen Spritzern in sie hinein. Und mit jeder Welle ihres Orgasmus kam er wieder. Als die Explosionen in seinem Körper nachließen, vergrub er sein Gesicht in ihrer Halsbeuge und drückte Küsse auf ihre Haut.

„Bei den Göttern, ich habe noch nie etwas so Unglaubliches erlebt“, gestand er.

Ihre Hand fuhr durch sein Haar. „Ich liebe dich.“ Ihr Flüstern war so sanft, dass er es kaum hörte.

Triton hob seinen Kopf mit einem Ruck. „Was hast du gerade gesagt?“

„Ich liebe dich.“

„Du liebst mich?“ Sie liebte ihn? Sophia liebte ihn? „Du liebst mich!“ Er schrie es heraus, wollte, dass die ganze Welt es erfuhr. „Sophia!“ Sein Herz fühlte sich an, als wolle es explodieren, als ob es zu voll wäre. Er eroberte ihre Lippen und küsste sie wie ein Verrückter, wie ein verhungernder Mann, der gerade entdeckt hatte, dass es Nahrung und Wasser gab und er nicht genug davon bekommen konnte.

Ein lautes Geräusch unterbrach ihn. Triton drehte seinen Kopf und sah, wie ein Ast immer wieder gegen das Fenster schlug. Der Sturm hatte sich verstärkt und peitschte jetzt die Küste und die Stadt.

Der Sturm!

Triton hatte ihn vergessen. Er rollte sich von Sophia herunter und setzte sich auf.

„Der Sturm!“ Er musste ihn beruhigen. Und mit Sophias Liebe konnte er dies jetzt auch. Er hatte Zeus' Herausforderung erfüllt und sollte nun seine Kräfte wieder haben.

„Muschel!“, rief er, während er seine offene Handfläche ausstreckte. Aber nichts geschah. Seine Hand blieb leer. „Muschel“, wiederholte er, doch nichts tat sich. Panik raste seinen nackten Rücken hinauf. Warum konnte er keine Muschel hervorzaubern?

„Was machst du?“ Sophia setzte sich neben ihm auf.

„Es funktioniert nicht. Warum funktioniert es nicht?“

„Warum funktioniert was nicht?“ Verwirrung drang in ihre Stimme.

Triton wandte sich ihr zu. „Ich sollte meine Kräfte wieder haben. Ich sollte in der Lage sein, den Sturm jetzt zu beruhigen, aber ich kann nicht einmal eine Muschel herzaubern. Ich verstehe es nicht.“ Er fuhr sich mit der Hand durch sein feuchtes Haar und spürte, wie Sophia einen Kuss auf seine Schulter drückte. Aber die Berührung war nicht ausreichend, um seine Verzweiflung zu lindern. Wenn seine Kräfte nicht zurück waren ...

„Triton, vergiss es! Du musst mir nichts beweisen. Ich liebe dich, und ich schere mich nicht darum, wer du bist.“

Er sah sie an und erkannte die Aufrichtigkeit in ihrem Gesicht. Sie sprach die Wahrheit, sie liebte ihn. „Aber das ist es ja gerade. Wenn du mich trotz allem liebst, dann sollte ich meine göttlichen Kräfte wiederhaben.“

Sie strich mit ihren Händen über seine verspannten Schultern, massierte und küsste sie abwechselnd. Ihre weichen Lippen und ihre zarten Finger fühlten sich an, als wäre er im siebten Himmel gelandet, obwohl außerhalb des Hauses der Sturm wütete und die Küste verwüstete.

„Hör auf zu denken!“, drängte sie ihn. „Nicht alles kann rational erklärt werden. Was auch immer deine Kräfte sein mögen, wenn du sie vorher hattest, kommen sie wieder. Lass dir Zeit!“

„Aber ich habe keine Zeit.“ Er stand auf und ging zum Fenster. Alles, was er sehen konnte, war der unerbittliche Regen. „Menschen werden sterben. Ich muss sie retten. Es ist meine Pflicht.“

Das Rascheln der Laken sagte ihm, dass Sophia das Bett verlassen hatte. Einen Augenblick später stand sie neben ihm und nahm seine Hand. Ihre Stimme war sanft und beruhigend, als sie sprach. „Du kannst niemanden retten, wenn du dich nicht zuerst selbst rettest. Weißt du denn das nicht? Du bist eine verlorene Seele. Du musst zuerst deinen Weg nach Hause finden, bevor du anderen helfen kannst.“

Er drehte sich zu ihr. Ihre Worte waren denen seines Vaters ähnlich. Hatte nicht auch dieser etwas über die Suche nach seinem Zuhause gesagt, und dass er den Sturm vergessen sollte? „Aber all die Verwüstung dort draußen. Ich muss etwas tun.“

Sophia drückte seine Hand an ihren Mund und küsste sie. „Triton, akzeptiere, dass du ein Mann bist. Der Mann, den ich liebe. Den Sturm zu bändigen liegt außerhalb deiner Macht.“

Triton warf einen Blick auf das Fenster und den Sturm jenseits davon. Er hatte versagt. Doch so sehr er sein Versagen bedauerte, jubelte ein anderer Teil seines Herzens. Er hatte Sophias Liebe gewonnen. „Glaubst du wirklich, dass du mich liebst?“

„Ja.“

Er betete für die Leben, die verloren gehen würden, und versprach sich, dass er eines Tages, wenn er die Macht dazu hatte, dafür Entschädigung leisten würde. Aber Zeus hatte ihm seine Kräfte nicht zurückgegeben, und im Moment war er nur ein Mensch. Und die Frau neben ihm hatte ihm Herz ihr geschenkt und – bei den Göttern – er wollte dieses Herz, und er wollte ihre Liebe.

Triton wandte sich ihr zu und schlang seine Arme um sie. „Ich will deine Liebe mehr als ich jemals dachte, dass ich etwas in dieser Welt wollen würde.“

Als er sie küsste und sie ins Bett zurückbrachte, ließ er alles andere in den Hintergrund treten. Nur sie zwei existierten, eingehüllt in einen Kokon von

Begierde, Leidenschaft und Zuneigung. Seine Hände erforschten sie, seine Lippen verehrten sie. Sie war seine Göttin, auch wenn er kein Gott mehr war. Auch wenn Zeus ihn verlassen hatte. Gestrandet auf dieser Erde war Triton zum ersten Mal in seinem Leben glücklich. Glücklich aus einem Grund: Sophia liebte ihn.

Er hatte nie verstanden, was andere meinten, wenn sie über Liebe sprachen, aber er verstand es jetzt. Die Liebe der Frau, die ihn gerade drängte, in sie einzudringen, war die einzige Sache, die für Triton zählte. Solange sie ihn liebte, solange er sie glücklich machen konnte, würde seine Welt perfekt sein. Er brauchte kein Gott zu sein, denn sie gab ihm das Gefühl, ein richtiger Mann zu sein. Ein Mann, der sein Zuhause gefunden hatte.

„Ich gehöre dir, agapi mou“, flüsterte er ihr ins Ohr und drang in sie ein, nahm sie dieses Mal heftiger. Sein Körper verband sich mit ihrem, und er fühlte sich, als schwebe er auf einer Wolke. Ekstase trieb ihn höher, Lust und Leidenschaft heizten ihn an. Seine Haut zischte bei dem Kontakt mit ihren Händen und Lippen. Und sein hartes Fleisch stieß immer wieder in sie hinein, wurde niemals müde, stoppte nie, begierig, ihr zu gefallen und sich ihr hinzugeben.

In ihren Armen fühlte er sich vollständig. Mit ihren Küssen besänftigte sie seine Sehnsucht. Als sich ihre Scheide um ihn zusammenzog, ergab er sich ihrer Liebe und ließ seinen Höhepunkt über sich spülen. Sein Schaft pulsierte, erfüllte sie mit seiner Essenz.

Dann gaben seine Lippen von sich, was sein Herz schon eine Weile wusste: „Ich liebe dich, Sophia. Ich liebe dich von ganzem Herzen.“ Die Worte fühlten sich richtig an, rollten trotz ihrer Neuheit mit Leichtigkeit von seiner Zunge.

Er sah, wie ihre Augen bei seinem Eingeständnis feucht wurden, und küsste die ungeweinten Tränen weg. „Gewöhne dich daran, das von mir zu hören, weil es wahr ist, und es fühlt sich gut an, wenn ich es sage.“

Bevor er sie wieder küssen konnte, fühlte er eine Kraft, als ob ihn ein Stromschlag am Kopf treffen und durch seinen gesamten Körper hindurch schießen würde. Er zuckte zusammen und bebte unter den Auswirkungen. Mit Mühe gelang es ihm, zur Seite zu rollen, damit er Sophia nicht wehtat. Die lähmenden Schmerzen dauerten nur ein paar Sekunden an, bevor sie verschwanden. Zurück blieb das Wissen, was gerade geschehen war.

„Triton, was ist los?“ Sophias panische Stimme drang an sein Ohr.

Seine Kräfte waren wieder da. Er spürte das Meer nach ihm rufen und um seine Hilfe bitten. Und er hörte die Schreie der Menschen, die von dem Sturm bedroht wurden.

Triton griff nach ihrer Hand und drückte sie beruhigend. „Es ist alles in Ordnung, meine Liebste.“ Dann stand er auf und streckte seine Hand aus.

„Muschel!“ Aus dem Nichts erschien eine wunderschöne korallenfarbige Muschel in seiner Handfläche.

Mit zwei Schritten war er am Fenster und öffnete es. Der Wind blies heftig und der Regen prasselte herunter, aber er blieb trotz der Elemente, die auf seinen nackten Körper peitschten, standhaft. Er durfte keine Zeit verlieren.

Triton setzte die Muschel an seine Lippen und blies. Die Melodie war einfach, aber das Meer erkannte sie und beruhigte sich.

Sophia sah Triton vor dem offenen Fenster stehen und etwas vor sein Gesicht halten. Die Melodie, die er damit erzeugte, übertönte den Lärm des Sturms. Es fühlte sich an, als ob der Klang den Wind und die Wellen überredete und ihnen schmeichelte.

Die seltsame Energie, die jetzt von Triton ausging, war etwas, das sie vor langer Zeit schon gesehen hatte. Nein, nicht wirklich gesehen, sondern gespürt hatte. Wann immer sie einen der Götter oder eins der Fabelwesen gesehen hatte, hatte sie dieselbe Energie um sie herum schweben gespürt.

Sophia schwang die Beine aus dem Bett. Was direkt vor ihr geschah, war unmöglich, aber sie wusste, dass sie nicht träumte.

Als sie das offene Fenster erreichte, hatte sich der Regen bereits gelegt und der Wind, der die Bäume wie wild geschlagen hatte, zog sich zurück.

Sie drehte sich vom Fenster weg und starrte Triton an. Als er vorhin darüber verzweifelt gewesen war, seine Kräfte nicht zurückbekommen zu haben, hatte sie lediglich versucht, ihn zu beruhigen, in der Hoffnung, dass diese Episode der Halluzination vorübergehen würde. Sie hatte kein einziges Wort von dem, was er gesagt hatte, geglaubt. Sie hatte nur versucht, ihm zu helfen, ihn zu heilen. Doch er brauchte keine Hilfe.

„Oh, mein Gott, du bist wirklich ein Gott, nicht wahr? Genau wie du gesagt hast.“

„Willst du damit sagen, du hast mir vorher nicht geglaubt?“ Überraschung lag in Tritons Stimme.

Eine Seite ihres Mundes zog sich hoch. „Natürlich habe ich dir nicht geglaubt.“ Hatte er wirklich gedacht, jemand würde seinen fantastischen Behauptungen glauben?

„Warum hast du mich dann wieder zurückgenommen, wenn du dachtest, ich lüge dich an?“

„Ich dachte, du wärst so verrückt wie ich. Aber ...“

Triton brach in ein herzliches Lachen aus und hob sie in seine Arme, schwang sie beide in einem Kreis. „Du dachtest, ich sei verrückt? Und du liebst mich trotzdem? Und jetzt, liebst du mich immer noch, obwohl ich ein Gott bin?“

Sie fuhr mit ihren Händen durch sein Haar. Wenn er ein Gott war, was wollte er dann mit ihr? „Die Frage ist: Liebst *du* mich noch, jetzt wo du deine göttliche Macht zurück hast?“

Er strich seine Lippen über ihre. „Lass mich dir zeigen, wie sehr ich dich liebe.“ Er trug sie die kurze Strecke zum Bett und ließ sich mir ihr darauf nieder. „Eine kleine Warnung: Jetzt, wo ich meine Kräfte wieder habe, werde ich nicht so leicht müde.“

„Oh, Gott.“

36

Triton spürte eine Hand auf seiner Schulter, die ihn sanft rüttelte. Versuchte Sophia ihn zu wecken, damit er nochmals Liebe mit ihr machte? Ehrlich gesagt, hätte er nichts dagegen.

„Agapi mou“, flüsterte er und öffnete seine Augen. Mit einem Ruck war er hellwach.

„Ich vermute, dieses Kosewort war nicht für mich bestimmt“, bemerkte Eros, der neben dem Bett stand.

„Du hast vielleicht Nerven, hier aufzutauchen“, zischte Triton leise und warf einen Blick auf Sophia neben ihm im Bett. Sie schlief noch, und er wollte, dass es so blieb.

Er schwang die Beine aus dem Bett und stand auf, packte Eros augenblicklich an der Schulter und zerrte ihn ins Bad. Erst nachdem er die Tür hinter sich geschlossen hatte, sprach er wieder. „Du hast einiges zu erklären.“ Triton hob seine Faust.

Eros hielt seine Arme zur Verteidigung hoch. „Bevor du mich wie Hermes verprügelst, hör mir bitte zu.“

„Du hast zwei Minuten. Und um dich schon mal vorzuwarnen: Ich habe meine Kräfte wieder, also bereite dich auf eine gute Tracht Prügel vor, wenn mir deine Erklärung nicht gefällt.“

Eros warf ihm einen verärgerten Blick zu. „Warum denkt ihr alle, ihr könnt mich einfach verdreschen, wenn ihr frustriert seid? Ich bin genauso groß wie ihr und genauso muskulös.“

Triton verschränkte die Arme vor seiner Brust. „Eineinhalb Minuten.“

„Toll, ist das der Dank dafür, den ich bekomme? Warum mache ich mir eigentlich die Mühe?“

„Dank? Wofür denn? Dafür, dass du meine Mission sabotiert hast und hinter meinem Rücken mit Orion zusammengearbeitet hast?“, spottete Triton.

„Würde es dir was ausmachen, dir was anzuziehen?“, bat Eros mit einem Blick auf Tritons nackten Körper.

Triton schnappte sich ein Handtuch von der Stange und wickelte es sich um die Hüften. „Genug mit der Hinhaltetaktik.“

„Du hast also deine Kräfte wieder. Ich schätze, das bedeutet, dass du Sophia liebst.“

Triton kniff die Augen zusammen. „Was soll das bedeuten?“

„Genau das, was ich gesagt habe. Du liebst Sophia, deshalb sind deine Kräfte wieder zurück.“

„Ich habe meine Kräfte wieder, weil Sophia mich liebt. Zugegeben, Zeus brauchte eine Weile, um sie mir zurückzugeben, aber sie sind wieder da.“

Eros schüttelte den Kopf. „Er hat dir deine Kräfte nicht wiedergegeben, weil Sophia dich liebt, sondern weil *du sie* liebst.“

„Hast du nicht zugehört?“

„Habe ich, aber leider hat Zeus die Regeln des Spiels geändert.“

Panik schoss durch Triton. Was hatte Zeus getan? „Was?“

„Okay, Folgendes ist passiert. Und schlag ja nicht zu, sonst wirst du nie die ganze Geschichte aus mir heraus bekommen.“ Als Triton nicht antwortete, fuhr Eros fort: „Zeus und Poseidon wollten dir eine Lektion erteilen.“

„Mein Vater war auch in die Sache verwickelt?“

Eros zuckte die Achseln. „Kannst du es ihm verdenken? Du warst ein totaler Schürzenjäger, hinter jedem Rock her. Bist du dir überhaupt bewusst, wie oft dein Vater einen betrogenen Ehemann oder verärgerten Vater wegen dir beschwichtigen musste?“

Triton zuckte zusammen. Er war ein ziemlicher Frauenheld gewesen, jetzt da er daran zurückdachte, wurde es ihm bewusst. Aber all dies lag hinter ihm. Von nun an gab es nur noch Sophia für ihn. Sie war die einzige Frau, die er wollte.

„Ich sehe, du erinnerst dich“, meinte Eros trocken. „Als ich von Zeus’ und Poseidons Plan gehört habe, habe ich ehrlich gesagt gedacht, dass er funktionieren könnte.“

Triton holte tief Atem, bereit, Eros einen Faustschlag zu versetzen. Aber der Liebesgott hob seine Hand. „Moment. Ja, zuerst dachte ich, es wäre ein guter Plan. Ich dachte mir, wenn du einmal nett zu Frauen sein müsstest, würdest du etwas lernen: Bescheidenheit. Ich hätte mir denken können, dass es nicht funktionieren würde. Also habe ich nach ein paar Wochen Mitleid mit dir bekommen. Ich wollte meinen Pfeil auf eine dieser Frauen schießen, sodass sie sich in dich verliebt.“

Triton horchte auf. Eros war auf seiner Seite?

„Leider bekam Zeus Wind davon. Also beraubte er mich meiner Kraft, Pfeile zu schießen. Ich sage dir, das ist wirklich Scheiße. Jetzt häuft sich meine Arbeit, und ich werde ein paar wirklich lange Schichten einlegen müssen, um alles nachzuholen.“

„Du arme Seele“, antwortete Triton sarkastisch.

Eros ignorierte seine Bemerkung. „Wie auch immer, das war ungefähr zu dem Zeitpunkt, als Zeus sich entschied, das Spiel und die Regeln zu ändern. Er und dein Vater dachten, es wäre viel effektiver, wenn *du* derjenige wärst, der sich verlieben muss, nicht die Frau. Und was noch schlimmer war, sie entschieden sich, es dir nicht mitzuteilen.“

„Verdammter Gottessohn!“, fluchte Triton. Zeus war hinterhältiger, als er erwartet hatte.

„Da kam mir diese Idee mit Orion. Ich wusste, dass er dich sabotieren wollte, aber Orion wusste auch nicht über die Änderung der Regeln Bescheid. Da ich keine Pfeile mehr schießen konnte, dachte ich mir, dass Orion es für mich tun könnte."

„Er schoss einen Pfeil auf Sophia, damit sie sich in mich verliebt?" Triton fühlte sich plötzlich enttäuscht. Hatte sie sich wegen Eros' Pfeil in ihn verliebt?

Eros schüttelte den Kopf. „Orion hat auf dich geschossen."

Warum sollte Orion auf ihn geschossen haben? „Auf mich?"

„Ja, ich habe ihn davon überzeugt, dass wenn du dich in einen verliebten Trottel verwandeln würdest, die Frauen einen weiten Bogen um dich machen würden. Niemand will einen notgeilen Typen."

„Ich bin nicht notgeil." Triton hob seine Faust nochmals.

„Sagt ja auch niemand. Ich habe nur deinen idiotischen Bruder zum Narren gehalten."

„Halbbruder", korrigierte Triton hastig.

„So, wie du siehst, hat alles funktioniert. Du bist in Sophia verliebt. Zeus hat dir deine Kräfte zurückgegeben. Ende der Geschichte. Zeit, nach Hause zu gehen."

„Ich will nicht nach Hause gehen. Ich bin schon zu Hause." In dem Moment, als er es sagte, erinnerte sich Triton, was sein Vater in jener Nacht auf Fort Sumter zu ihm gesagt hatte, dass er sein Zuhause finden würde. Er hatte es mit Sophia gefunden.

„Ich glaube nicht, dass du mich verstanden hast. Du bist wieder ein Gott. Es ist Zeit, zum Olymp zurückzukehren."

„Und ich glaube nicht, dass du mich verstanden hast. Ich liebe sie und ich bleibe. Danke für deine Hilfe. Es tut mir leid, dass ich dich falsch eingeschätzt habe. Aber wenn du nichts dagegen hast, würde ich jetzt gerne wieder zurück ins Bett gehen." Und Sophia in seinen Armen wiegen, morgens mit ihr aufwachen und sie erneut lieben. Aber das wollte er Eros nicht gestehen, denn das war persönlich und eine Sache nur zwischen ihm und Sophia.

„Muss ich es für dich buchstabieren? Du bist wieder ein Gott. Meine Pfeile wirken nicht bei Göttern."

„So? Ich liebe Sophia, also hat der Pfeil offensichtlich doch funktioniert." War es wirklich wichtig, warum er sich in sie verliebt hatte? Einen Moment lang fragte sich Triton, ob alles nur Einbildung war, aber er verwarf den Gedanken sofort. Er liebte sie, egal wie es passiert war.

„Weil Orion auf dich geschossen hat, während du deine göttlichen Kräfte nicht hattest. Jetzt hast du sie zurück, und der Effekt des Pfeils wird nachlassen."

„Welcher Effekt?" Triton gefiel die Richtung nicht, in die dieses Gespräch führte. Ein Anflug von Zweifel schlich sich in seine Brust.

„Die Wirkung meines Pfeils. Du wirst bald erkennen, dass du sie nicht mehr liebst. Sie wird dir nichts mehr bedeuten. Götter sind immun gegen die Magie meiner Pfeile. Deine Liebe für sie wird sich in Luft auflösen."

Triton wich einen Schritt zurück und stieß gegen die geflieste Wand. Er würde sie nicht mehr lieben? Nein! Das war nicht möglich. Nein, er würde Sophia immer lieben, er wusste es einfach. „Nein!"

Eros legte eine Hand auf seinen Unterarm. „Es tut mir leid. Wirklich. Aber du musst sie jetzt verlassen."

Sophia verlassen? Wie konnte er das tun? Sie liebte ihn. Er würde ihr das Herz brechen. Und sie brauchte ihn, jetzt mehr denn je. Wer würde sich um sie kümmern, wenn er weg war? Triton schluckte schwer, aber der Kloß in seinem Hals löste sich nicht. Und wenn er blieb? Was wenn Eros recht hatte?

„Wie kannst du dir da so sicher sein?"

„Du musst mir vertrauen. Du musst jetzt gehen."

Triton schüttelte den Kopf. „Nein. Ich bleibe. Wir werden sehen, ob meine Liebe für sie nachlässt, und falls das passiert – ich sage: Falls es wirklich so ist, wie du sagst – erst dann werde ich sie verlassen. Und nur dann!"

Der ernste Blick, den Eros ihm zuwarf, zog den Knoten in Tritons Bauch noch enger.

„Triton, du verstehst mich nicht." Er nahm einen schweren Atemzug. „Es ist so, dass ich nicht nur nicht genau weiß, ob es zwei bis drei Stunden oder zwei bis drei Tage dauern wird, bis deine Liebe für sie verschwindet, sondern da jemand anderer als ich auf dich geschossen hat, war der Pfeil kontaminiert."

Triton starrte Eros an. „Was soll das bedeuten?"

„Deine Erinnerungen an sie und deine Zeit mit ihr werden von einer Minute auf die nächste verschwinden. Es kann sein, dass du morgen neben ihr aufwachst und nicht einmal weißt, wer sie ist."

Tritons Knie gaben nach, und er sank zu Boden, verzweifelt. „Wie konntest du mir das antun?"

Eros' Hand auf seiner Schulter war kein Trost. Triton schüttelte sie ab. „Ich werde ihr wehtun, wenn ich bleibe. Ich werde sie nicht mehr lieben. Ich werde sie nicht einmal kennen." Er konnte ihr das nicht antun. Er liebte sie zu sehr, um sie leiden zu sehen. Es war besser, wenn er sie sofort verließ. Vielleicht würde sie darüber hinwegkommen, ihn schnell vergessen. Er hoffte es.

„Verzeih mir, Sophia", flüsterte er, obwohl sie ihn nicht hören konnte.

37

Sophia kuschelte sich tiefer in die warmen Laken. Ihr ganzer Körper summte angenehm durch die Nachwirkungen ihres Liebesspiels mit Triton. Sie hatte sich noch nie in ihrem ganzen Leben besser gefühlt. Und schließlich war auch eine große Sorge von ihren Schultern genommen worden: Sie war nicht geisteskrank. Die Geschöpfe, die sie gesehen hatte, sogar Poseidon, der sie vor dem Ertrinken gerettet hatte, existierten. Und wenn sie echt waren, bedeutete dies auch, dass ihre Mutter nicht verrückt gewesen war.

Alles ergab jetzt einen Sinn. Sie hatte die Gabe, Wesen anderer Welten zu sehen, von ihrer Mutter geerbt. Und jetzt hatte sie sich in einen Gott verliebt. Triton. Sie rollte auf die andere Seite des Bettes und versuchte, sich ihm zu nähern. Aber das Bett war leer.

Sophia setzte sich mit einem Ruck auf und lauschte auf die Geräusche im Haus. Sie konnte jemanden im ersten Stock hören. Schnell schwang sie ihre Beine aus dem Bett und fand ihren Bademantel.

Während sie im Flur der ersten Etage entlang ging, hörte sie eine Nachrichtensprecherin im Fernsehen. „Meteorologen ist es bisher nicht gelungen, das Phänomen zu erklären, aber es ist klar, dass der Sturm gestern Abend eine abrupte Wendung nahm und sich von der Küste abwendete. Der Radar konnte den Weg des Sturms nicht verfolgen . .“

Sophia ging in die Küche, wo sie jemanden mit Töpfen und Pfannen herumklappern hörte. „Triton?“

„Guten Morgen, Sophia“, begrüßte Alice sie fröhlich.

„Guten Morgen, Alice. Haben Sie Triton gesehen?“

„Nein, niemand außer mir ist hier.“ Das Geräusch der sich öffnenden Eingangstür hallte plötzlich im Haus wider. „Oh, vielleicht ist er das.“

Sophia trat einen Schritt zurück in den Flur, als jemand die Treppe heraufkam. „Triton!“, rief sie.

„Nein, ich bin’s, Jonathan“, erwiderte die Stimme. „Tut mir leid, dass ich heute Morgen ein bisschen spät dran bin. Ich habe gerade die Nachrichten über den Sturm gesehen. Verrückt, nicht wahr? Dass er einfach so abzog.“

Sophia nickte. Triton hatte das getan. Sie war stolz auf ihn, aber natürlich konnte sie niemandem sagen, was er getan hatte. „Guten Morgen, Jonathan.“

„Guten Morgen. Oh, schön, wer hat Ihnen die Blumen gebracht?“

„Welche Blumen?“

„Die auf der Anrichte. Sieht aus, als ob eine Karte dabei ist“, meinte Jonathan.

Sophia hörte Alice aus der Küche kommen. „Die waren schon hier, als ich heute Morgen kam."

„Können Sie mir die Karte vorlesen?" Sie wusste instinktiv, von wem die Blumen waren. Und sicherlich wusste Triton, dass sie die Karte nicht lesen konnte, und würde deshalb nichts zu Intimes schreiben, wohl wissend, dass es ihr jemand vorlesen musste. Vielleicht war er gegangen, um etwas zu erledigen, und würde bald zurück sein.

Jonathan ging an ihr vorbei. Sie hörte ein Rascheln, als er einen Umschlag öffnete.

„Sophia, alles, was ich gestern Nacht sagte, ist wahr, aber ich kann nicht bleiben. Verzeih mir. Triton", las Jonathan.

Er hatte sie verlassen? Eine eiskalte Hand ergriff ihr Herz und drückte den letzten Blutstropfen aus ihr heraus. Ihre Lungen rangen nach Luft, aber sie konnte keine bekommen. Sie schloss die Augen, sehnte sich nach dem Trost und der Abgeschiedenheit völliger Dunkelheit und versuchte den Rest der Welt auszuschließen. Triton war weg. Seine Worte hatten eine Endgültigkeit an sich, die sie verstand.

Sie spürte Jonathans Hand an ihrem Ellbogen, als er sie stützte. „Es tut mir leid", sagte er leise. „Ich weiß, Sie mochten ihn."

Mögen kam dem, was sie für Triton empfand, nicht annähernd nahe. Sie hatte ihr Herz für ihn geöffnet. Sophia nahm einen Atemzug. Mit dem Atemzug kam das erste Schluchzen, aber sie biss es zurück. Nein, sie konnte sich nicht erlauben zu weinen, nicht hier, nicht vor Alice und Jonathan.

„Ich mache Ihnen eine Tasse Kaffee", sagte Alice von der Küche aus, und das Mitleid in ihrer Stimme raubte Sophia das letzte bisschen ihrer Fassung.

~ ~ ~

Triton wandte sich von den Bildern ab, die sich auf der Oberfläche des Wassers widerspiegelten, das den Palast seiner Eltern umringte. Er konnte nicht mit ansehen, wie sich Sophia schon die zweite Nacht in den Schlaf weinte. Es schmerzte ihn zu sehr. Schon gestern Abend hatte er zurücklaufen wollen, um sie zu trösten, ihr zu sagen, dass er zu ihr zurückkehren würde, wenn sie nur aufhörte zu weinen. Aber er hatte sich zurückgehalten, wissend, dass er ihr nicht geben konnte, was sie brauchte. Sie verdiente einen Mann, der ihr für den Rest ihres Lebens treu blieb, und das konnte er nicht garantieren.

„Ist irgendetwas nicht in Ordnung, mein Sohn?", hörte er die Stimme seines Vaters hinter sich.

Triton drehte sich mit einem einzigen Schlag seiner Schwanzflosse um. „Nichts ist in Ordnung!"

„Glaubst du nicht, dass du ein wenig melodramatisch reagierst?"

„Ich habe dir und Zeus nicht vergeben, was ihr getan habt." In der Tat kochte Triton noch immer vor Wut. Nicht wegen seiner eigenen Schmerzen, sondern wegen der Schmerzen, die Sophia jetzt erlitt. Seinen eigenen Schmerz hatte er verdient. Es war an der Zeit, dass er für all seine Jugendsünden und für seine Gefühllosigkeit bezahlte. Aber es war nicht fair, Sophia deswegen leiden zu lassen.

„Wir haben nur versucht, dir eine Lektion zu erteilen, eine, wenn ich das hinzufügen darf, die du dringend brauchtest. Alle Handlungen waren die deinen."

Triton funkelte seinen Vater an. Aber Poseidons Miene wurde nicht zornig. Stattdessen blieb sein Gesicht ruhig, was Triton noch mehr verärgerte. „Ich habe meine Lektion gelernt, das versichere ich dir. Aber du und Zeus, ihr seid dieses Mal zu weit gegangen. Sophia ist unschuldig. Sie hat es nicht verdient zu leiden."

„Sie leidet?"

Triton legte schwimmend die Entfernung zurück, bis er sich Kopf an Kopf mit seinem Vater befand. „Sie weint jede Nacht, sie isst nichts, sie hat keine Hoffnung mehr", zischte er.

„Vielleicht solltest du etwas dagegen unternehmen", sagte Poseidon unschuldig.

Triton kniff die Augen zusammen. „Was meinst du damit?"

„Ich nehme an, sie leidet wegen dir?"

Er mochte die Anklage nicht, die sein Vater aussprach – vor allem nicht, weil sie wahr war. Sophia litt, weil er sie verlassen hatte. Ohne eine Erklärung und mitten in der Nacht hatte er sich davongeschlichen. Wie ein Dieb, der ihr Herz gestohlen und es dann weggeworfen hatte. Bei den Göttern, wie er sich dafür hasste.

Ohne ein weiteres Wort drehte er sich um und schwamm in Richtung Palast.

„Mein Sohn", rief Poseidon ihm nach. „Du musst deinen Gefühlen vertrauen. Nur du kannst wissen, was echt ist. Niemand sonst."

Was wusste sein Vater schon, was er fühlte? Sein Herz wurde vierundzwanzig Stunden am Tag durch die Mangel gedreht. Seit er von der Welt der Sterblichen zurückgekehrt war, hatte es nicht einen Moment gegeben, in dem er nicht das Gefühl des akuten stechenden Schmerzes spürte, der sein Herz in Stücke riss. Nicht einmal nachts bekam er eine Gnadenfrist. Er hatte nicht geschlafen, seit er Sophia verlassen hatte. Wenn er versuchte seine Augen zu schließen, überfluteten ihn Bilder von Sophia, die den Schmerz in seinem Herzen nur noch verschlimmerten.

Wie lange würde es dauern, bis Eros' Pfeile ihre Wirkung verloren? Hatte Eros nicht gesagt, es sei nur noch eine Frage von Stunden? Maximal drei Tage, hatte er gemeint. Nun, vielleicht wurde er noch weiter bestraft. Er verdiente es mit Sicherheit. Und er war durchaus bereit, mehr Strafe auf sich zu nehmen, wenn nur Sophia wieder glücklich wäre.

Er musste etwas für sie tun, um ihr zu helfen.

~ ~ ~

Der Gott der Heilkunst, Asklepios, hob nur eine Augenbraue, als er Tritons Frage hörte. „Du weißt doch, ich brauche einen guten Grund, um jemanden zu heilen. Sonst würden alle erwarten, von jeder Krankheit geheilt zu werden, und es gäbe überhaupt keine Krankheiten auf der Welt der Sterblichen mehr."

„Diese Frau ist etwas Besonderes. Sie braucht unsere Hilfe. Wegen der Götter ist ihr Unrecht widerfahren, und es ist nur gerecht, ihr etwas zurückzugeben, das ihr helfen wird, die Hoffnung in ihrem Leben wiederzufinden." Triton blickte auf den Stab in der Hand des Gottes. Eine einzelne Schlange wand sich um ihn herum und ihre Zunge züngelte hin und wieder. Triton wusste, dass, wenn Asklepios es wollte, sein Stab jede Krankheit heilen konnte.

„Ah, das ist also die Frau, von der jeder auf dem Olymp redet."

Triton verbarg seine Überraschung nicht. „Was meinst du damit?"

Der Gott der Heiler lachte. „Endlich hat dich eine sterbliche Frau in die Knie gezwungen."

Die Einschätzung war richtig, aber Triton war nicht in der Stimmung, seine Gefühle mit ihm oder irgendjemand anderem zu diskutieren. „Es spielt keine Rolle, was jeder sagt. Wirst du mir helfen?"

„Dir helfen? Ich dachte, du wolltest, dass ich *ihr* helfe."

„Ihr helfen hilft mir."

„Ich verstehe. Wie du weißt, ist hier auf dem Olymp nichts umsonst. Was kannst du mir im Tausch anbieten?"

Triton hatte nicht darüber nachgedacht. Er hatte nichts, das der Gott der Heilkunst sich wünschen konnte. Panik breitete sich in ihm aus. Wenn er Asklepios nicht etwas von großem Wert bieten konnte, würde dieser Sophia ihr Augenlicht nicht wiedergeben. Verzweifelt durchkämmte Triton seinen Geist, auf der Suche nach etwas, das wertvoll war. Er fand nichts.

„Was willst du?", fragte er verzweifelt. „Ich gebe dir, was du willst, was auch immer in meiner Macht steht."

„Was immer ich will?", versicherte sich Asklepios. „Genau wie ich vermutet habe." Ein schiefes Lächeln kroch auf seine Lippen. „Es sieht so aus, als könnte ich meine Wette doch noch gewinnen."

„Deine Wette?"

„Dein Freund Hermes hat sich in einen richtigen Buchmacher verwandelt, seitdem du zurückgekommen bist. Ich habe ziemlich viel in dich investiert."

Sie schlossen Wetten auf ihn ab? „Was – im Hades – geht hier vor?"

„Das kann ich dir natürlich nicht sagen. Sonst könnte mir vorgeworfen werden, die Wette zu meinen Gunsten zu manipulieren. Aber hier ist mein Vorschlag: Ich werde deinen Wunsch erfüllen und der Frau ihr Augenlicht zurückgeben. Und wenn ich meine Wette gewinne, dann schuldest du mir nichts. Wenn ich sie verliere, nehme ich mir von dir, was ich will."

Triton war nie ein Glücksspieler gewesen, und da er nicht wusste, um was es bei der Wette ging, hatte er keine Ahnung, was er dem Gott der Heilkunst schulden würde, oder *ob* er ihm etwas schulden würde. Aber es spielte keine Rolle. Asklepios hatte zugestimmt, Sophia zu heilen – das war alles, was zählte. Was auch immer er von ihm in der Zukunft wollte, würde es wert sein. Triton musste nicht weiter darüber nachdenken. Seine Entscheidung war klar.

„Einverstanden."

~ ~ ~

Sophia fühlte einen Lichtstrahl in ihrem Gesicht, als ob jemand einen Scheinwerfer auf sie richtete. Aus reinem Reflex heraus schloss sie die Augen, nur um sie eine Sekunde später wieder aufzureißen.

Der Schock über das, was sie sah, katapultierte sie gegen die Wand.

Sie schrie auf.

Sofort kam Jonathan aus der Küche gelaufen. „Sophia! Was ist los? Sind Sie verletzt?"

Sie starrte ihn an, ließ ihre Augen von Kopf bis Fuß über ihn schweifen. Seine Haut hatte die Farbe von Milchschokolade und seine Augen waren eine Mischung aus grau und blau. „Sie haben graue Augen", war das erste, was über ihre Lippen kam.

Jonathans Kiefer sackte herunter. „Sie können mich sehen!"

Sophia drehte sich langsam im Kreis und nahm ihrer Umgebung wahr. Sie konnte alles sehen: die Holztäfelung an den Wänden, die geschmackvollen Läufer auf dem glatten Holzboden, die Bilder, die an den Wänden hingen. Sie konnte sogar die Namen der Künstler lesen.

„Ich kann sehen!", wiederholte sie. „Jonathan, ich kann sehen!" Sie lief auf ihn zu und umarmte ihn, bevor sie in die Küche eilte. Alice kam bereits auf sie zu.

„Sophia?", fragte sie mit ungläubiger Stimme, und ihre Blicke trafen sich. „Oh, mein Gott!", entfuhr es Alice.

Als Alice sie umarmte, strömten Tränen über Sophias Gesicht. Sie war glücklich und gleichzeitig unglücklicher als je zuvor. Denn die einzige Person, über die sie wirklich ihre Augen schweifen lassen wollte, war nicht hier. Und er würde nie wieder kommen. Ihre Augen würden nie sehen, wen sie sehen wollte: Triton.

38

Dionysos' Faust traf Orions Nase.

„Das ist dafür, dass du mir diese drei Schläger auf den Hals gehetzt hast." Er landete einen rechten Haken unter Orions Kinn, einen Augenblick bevor der Gott der Jäger seine Arme zur Verteidigung hochbringen konnte. „Und das ist dafür, dass du Triton reingelegt hast."

„Moment mal", unterbrach ihn Triton aus dem Hintergrund. „Überlass das mir!" Er war gerade rechtzeitig zu Dionysos' Aufenthaltsort teleportiert, um zu sehen, wie sein Freund seinen Halbbruder verprügelte. Aber er wollte das selbst tun. In der Tat, er war nur so erpicht auf einen Faustkampf!

Zwei Tage zuvor hatte Asklepios Sophias Sehkraft wiederhergestellt. Triton hatte gedacht, er würde sich jetzt besser fühlen, aber das war nicht der Fall. Ja, er war froh, als er sah, wie glücklich Sophia darüber war, dass sie nicht mehr blind war. Aber dann hatte er beobachtet, wie sie sich nachts wieder in den Schlaf geweint hatte, genauso wie die Nächte zuvor. Nichts hatte sich geändert. Sie war immer noch unglücklich, und der Gedanke, dass er ihr dies angetan hatte, dass er die Ursache für ihren Schmerz war, ließ ihn sich sein eigenes Herz herausreißen wollen.

Da dies praktisch unmöglich war, würde er eine Tracht Prügel von einem der anderen Götter in Betracht ziehen – wen auch immer er ködern konnte, sich auf einen Kampf einzulassen, war dafür recht. Und Orion war genau die Art von Kerl, der den Köder schlucken würde.

Dionysos trat beiseite. „Bedien dich!"

Orion sprang auf, die Fäuste zum Kampf gehoben. Ausgezeichnet. Dionysos hatte ihn schon verärgert. Triton musste ihn nicht einmal mehr provozieren. Er positionierte sich direkt vor seinen Halbbruder und wartete auf den ersten Schlag. Dieser kam innerhalb von Sekunden und viel härter als Triton es erwartet hatte. Egal. Der Hieb in sein Gesicht war das erste wahre Gefühl, das er seit Tagen gespürt hatte. Zumindest lenkte es ihn von den Schmerzen in seinem Inneren ab.

„Ist das alles, was du kannst?", fragte Triton, als er sich das Blut von seiner Lippe wischte. „Du schlägst zu wie eine alte Dame."

Orions Antwort darauf war ein brutaler Aufwärtshaken auf die Nase. Schmerz brannte durch Tritons Kopf. „Verteidige dich, du Idiot!", forderte Orion.

Triton grinste. Er hatte nicht die Absicht, den nächsten Schlag abzuwehren. Er brauchte mehr, damit er endlich betäubt würde und nicht jeden

Augenblick seines elenden Lebens daran erinnert wurde, was er Sophia angetan hatte. Langsam hob er seine Fäuste vor sein Gesicht.

„Das ist schon besser“, kommentierte Orion und schlug zu.

Doch anstatt Orions Fäuste mit seinen Armen abzuwehren, ließ Triton sie fallen und erlaubte Orions Schlag, sich einen klaren Weg zu bahnen. Dessen Faust landete auf seinem Kinn, peitschte seinen Kopf zur Seite. Blut füllte seinen Mund, und er spuckte es aus.

„Was zum Hades?“, fluchte Orion und trat zurück.

„Das ist genug“, unterbrach Dionysos, bevor er sich an Triton wandte. „Was ist – verdammt noch mal – mit dir los?“

Triton ignorierte ihn und gestikulierte stattdessen mit seinen Armen in Orions Richtung. „Ich glaube, wir sind noch nicht fertig.“

„Oh, wir sind fertig. Was auch immer dein Spiel sein mag, kleiner Bruder, ich spiele nicht mehr mit.“

„Es war kein Spiel. Es war ein fairer Kampf.“

Orion starrte ihn an. „Es ist kein fairer Kampf, wenn du nicht einmal versuchst, dich zu verteidigen. Wenn du jemanden brauchst, der dich zusammenschlägt, weil du dich selbst hasst, dann such dir jemand anderen.“

Dann drehte er sich auf seinen Fersen um und teleportierte von der Lichtung.

„Was war das?“

Triton schaute sich um und sah, wie Dionysos an einem Baumstamm lehnte, seine Arme vor seiner Brust verschränkt.

„Was war was?“ Triton hob sein Kinn im Trotz, ungeachtet der Schmerzen in seinem Kiefer.

„Warum hast ihm erlaubt, dich zu verprügeln?“

Triton konnte die Bitterkeit nicht aus seinem Lachen heraushalten. „Weil ich es verdiene. Willst du weitermachen? Komm schon, sei ein Freund!“

Dionysos schüttelte den Kopf. „Du bist immer noch nicht über Sophia hinweg, stimmt's?“

„Geht dich – verdammt noch mal – nichts an!“

„Hey, ich bin nicht der Feind. Und egal wie sehr du mich provozierst, ich habe keine Lust, mit dir zu kämpfen.“

„Wie du willst.“ Wenn er von ihm nicht bekommen konnte, was er brauchte, vielleicht würde Hermes ihm den Gefallen tun. Triton wandte sich zum Gehen.

„Die anderen werden es auch nicht tun. Außerdem will keiner schrecklich aussehen, wenn wir heute Abend alle auf Sophias Party gehen.“

Triton blieb stehen. „Sophia gibt eine Party?“

„Ich erzähle dir später davon. Aber nur, wenn du mir sagst, warum du solches Trübsal bläst.“

„Frag mich nicht etwas, worauf du die Antwort schon kennst!“

„Na gut. Warum gehst du dann nicht zu ihr, da du sie offensichtlich nicht vergessen kannst?“

Triton stieß einen Atemzug aus. „Hat es dir Eros nicht erzählt?“

„Natürlich. Und?“

„Warum fragst du dann noch? Die Wirkung seines Pfeils wird nachlassen, und ich werde sie nicht mehr lieben. Ich werde nicht einmal wissen, wer sie ist und dass ich sie jemals geliebt habe. Ich werde sie betrügen, sie schlecht behandeln und dann verlassen. Du weißt, wie ich vorher war. Das hat sie nicht verdient.“

„Wie lange bist du jetzt zurück? Vier Tage, oder sogar fünf?“

Triton zuckte die Achseln. Er hatte aufgehört zu zählen. Ein Tag war in den nächsten übergegangen. War es wirklich schon fünf Tage her? Er erinnerte sich noch zu lebendig an den Moment, in dem er sie verlassen hatte.

„Und du glaubst, du liebst sie immer noch?“

„Ja.“ So sehr wie zuvor. Seine Gefühle hatten nicht nachgelassen.

„Hast du jemals die Möglichkeit in Erwägung gezogen, dass Eros unrecht haben könnte?“

Triton hob eine Augenbraue. Ein winziger Schimmer von Hoffnung schlich sich in sein Herz.

„Was, wenn du dich ohne Hilfe seines Pfeils in sie verliebt hast?“

„Aber er hat auf mich geschossen.“

„Genau genommen hat Orion dich mit Eros’ Pfeil erwischt. Aber wenn Sophia und du, wenn ihr beide füreinander bestimmt seid, hättest du seinen Pfeil nicht gebraucht, um dich in sie zu verlieben. Du hättest dich auch ohne seine Hilfe verliebt.“

„Du meinst ...“ Triton wagte nicht, seinen Gedanken zu Ende zu führen.

„Genau, und deshalb wird die Liebe nicht nachlassen.“

Triton starrte Dionysos an, als dessen Worte in seinem Kopf widerhallten. Was, wenn er in sie verliebt war, weil sie seine Seelenverwandte war? Und hatte Eros nicht gesagt, dass die Wirkung des Pfeils innerhalb von ein paar Stunden oder maximal drei Tagen verfliegen würde?

„Dio, wie sieht mein Gesicht aus?“

„Zum Kotzen.“

„Meinst du, du kannst mir helfen, es wieder hinzukriegen?“ Triton schenkte ihm ein schiefes Grinsen.

„Ich bin ein Gott, kein Zauberer.“ Dann schmunzelte Dionysos. „Aber ich kann’s ja mal versuchen.“

39

Sophia betrachtete den üppig dekorierten Speisesaal. Entlang der Wände waren Tische mit verschiedenen Speisen und Getränken aufgebaut worden, aber in der Mitte des Raumes standen keinerlei Möbel, damit die Gäste umherwandern konnten. Morgen würden die ersten Übernachtungsgäste eintreffen, aber heute hatte sie einige Bürger der Stadt eingeladen, um die Eröffnung mit ihr zu feiern.

Sie hatte niemanden ausgeschlossen, am wenigsten die Arbeiter, die ihr geholfen hatten, die Renovierungsarbeiten zeitgemäß zu beenden. Nachdem Triton sie verlassen hatte, hatte einer seiner Freunde angeboten, ihr weiterhin zu helfen. Und all die anderen waren seinem Beispiel gefolgt. Sie hatte sofort erkannt, dass keiner von ihnen sterblich war. Viele waren kleinere Götter, andere Helden, wie die Söhne eines Gottes und einer Sterblichen genannt wurden, und sogar einige Feen hatten sich angeschlossen, sodass die Renovierungsarbeiten in Rekordzeit durchgeführt werden konnten. Sophia fragte nicht, wie sie es angestellt hatten, und war sich sicher, dass sie ab und zu ihre göttlichen Kräfte benutzt hatten.

Allzu oft schweiften ihre Gedanken zurück zu Triton und was sie verloren hatte, aber sie wusste, dass sie weitermachen musste. Andere Menschen waren von ihr abhängig, und sie würde sie nicht enttäuschen, obwohl sie die Traurigkeit in ihrem Inneren nicht abschütteln konnte. Aber sie versprach sich, den traurigen Gedanken nicht weiter nachzuhängen. Sie hatte ihr Augenlicht zurück und Dr. Zimmerman hatte es ein Wunder genannt. Er hatte sie untersucht und erklärt, dass sogar das Narbengewebe verschwunden war. Er hatte so etwas noch nie gesehen.

Sophia hatte einen Verdacht, wem sie dies zu verdanken hatte. Trotz der Tatsache, dass er sie verlassen hatte, hatte Triton etwas für sie getan, das kein anderer hätte vollbringen können. Sie war dafür dankbar. Gleichzeitig versuchte sie nicht darüber zu spekulieren, warum er sie verlassen hatte, doch in den dunklen Stunden der Nacht war es schwer, nicht an ihn zu denken und sich zu fragen, was ihn zu seiner Handlung veranlasst hatte.

Sie versprach sich, dass sie heute Abend neu anfangen würde. Heute würde sie nicht weinen. Francesca war kurz nach Tritons Verschwinden über Umwege von der Westküste zurückgekehrt, da ihr Chef sie nach der Messe kurzerhand nach San Francisco geschickt hatte, um dort Kontakte mit anderen Unternehmen zu knüpfen. Obwohl sie und Francesca mehrere Male während ihrer Abwesenheit telefoniert hatten, hatte Sophia ihr erst vor ein paar Tagen von den Geschehnissen mit Triton und Michael erzählt. Francesca hatte sich als ein großer Trost erwiesen, und Sophia lächelte ihr zu, als diese sich unter die Gäste im Speisesaal mischte, um ihr bei ihren Pflichten als Gastgeberin zu helfen.

Sophia hatte Alice den Tag freigeben und für den Abend einen Partyservice engagiert, sodass sie den Abend genießen und sich auch unter die Gäste mischen konnte. Jonathan war auch hier, aber an dem Tag, nachdem Dr. Zimmerman sie als geheilt erklärt hatte, endete seine Beschäftigung. Sie brauchte ihn nicht mehr.

Auch der neue Bankmanager war aufgetaucht. Sie hatte mit ihm einen Rundgang durch die neu renovierten Zimmer gemacht, und er war beeindruckt gewesen. Sie fing Mr. Mortons Blick auf, als er sie zu sich winkte, während er mit einer Nachbarin plauderte.

Sophia näherte sich. „Ich hoffe, Sie genießen die Party, Mr. Morton. Hallo, Beth, es ist schön, dass Sie kommen konnten", begrüßte sie ihre Nachbarin.

„Was für ein herrliches Haus. Ich wusste immer, dass Sie es in sich hatten", plapperte Beth. „Und das alles auf eigene Faust! Das ist beeindruckend. Nicht wahr, Mr. Morton?"

Mr. Morton nickte. „Nicht ganz auf eigene Faust. Ich glaube, Miss Bakers Verlobter hat auch bei dem Projekt mitgeholfen."

Sophia schluckte schwer. Sie hatte total vergessen, dass Morton Triton kannte und glaubte, dass dieser ihr Verlobter war. „Ja, ja, das hat er. Mehr Wein?" Sie musste das Gespräch auf ein anderes Thema lenken, bevor sich Neugier über ihren sogenannten Verlobten ausbreitete.

„Sie sind verlobt?", fragte Beth, ihr Mund weit offen. „Das hat noch niemand erwähnt. Warum hat mir das niemand erzählt? Wo ist er? Stellen Sie ihn mir vor?" Beth konnte nicht aufhören zu plappern, während ihr Blick im Zimmer hin und her schweifte, als ob sie in der Menschenmenge versuchte, den Mann zu erkennen, der Sophias Verlobter sein könnte.

„Oh, er konnte heute Abend nicht kommen", antwortete Sophia hastig. Nächste Woche würde sie eine Geschichte erfinden und Beth erzählen, dass sie sich getrennt hatten. Es würde Klatsch geben – Beth war leider die schlimmste Klatschbase in der Nachbarschaft, aber mit der Zeit würden sich die Gerüchte wieder legen.

„Sind Sie sicher?", fragte Morton. „Ich dachte, dass ich ihn nur vor ein paar Minuten hier gesehen hätte."

Sophias Herz raste. Er hatte Triton hier gesehen? „Sie müssen sich irren, Mr. Morton. Er hätte mir Bescheid gesagt, wenn er es doch noch schaffen würde", log sie. Morton hatte sich bestimmt geirrt. Schließlich war er Triton nur einmal begegnet und das nur für ein paar Minuten, während denen er Sophia mehr Aufmerksamkeit geschenkt hatte als ihrem Begleiter.

Aus dem Augenwinkel sah sie, wie Alice versuchte, ihre Aufmerksamkeit zu erhaschen. „Entschuldigen Sie mich, Mr. Morton, ich glaube, Alice braucht mich." Erleichtert, das Gespräch nicht weiterführen zu müssen, ging sie zu Alice.

„Ich wollte Sie nicht stören, aber es sieht so aus, als ob die Gäste alle diese Hors d'Oeuvres nur so verschlingen. Haben wir noch mehr?" Alice deutete auf einen der Tische. Sie hatte recht, die Platten waren fast leer.

„Lassen Sie mich in der Küche nachschauen."

„Ich komme mit", bot Alice an.

„Nein, Alice, genießen Sie die Party. Ich will Sie heute Abend nirgendwo in der Nähe der Küche sehen, und das ist ein Befehl."

Sophia zwängte sich durch die Menge und schlüpfte aus dem Zimmer. Die Küche war leer. Sie öffnete den Kühlschrank und spähte hinein. Der Partyservice hatte noch mehrere Platten bereitgestellt, aber keine der beliebtesten Hors d'Oeuvres waren noch übrig. Sie ließ die Tür zufallen. „Mist."

„Stimmt etwas nicht?", hörte sie eine Stimme hinter sich. Sophia wirbelte herum. Sie erkannte den Mann als einen von Tritons Freunden.

„Entschuldigung, ich glaube nicht, dass ich Ihren Namen kenne", sagte sie.

„Hermes", antwortete er und lächelte. „Kann ich Ihnen irgendwie helfen?"

Seine Aura identifizierte ihn als unsterblich. „Hermes. Sie sind also der, äh, ...?"Mit ihrem Kopf machte sie eine Bewegung in Richtung Himmel.

Er zwinkerte ihr zu, dann legte er seinen Finger auf seine Lippen. „Ich weiß, Sie können ein Geheimnis bewahren. Also, was brauchen Sie?"

„Sie wären nicht etwa in der Lage, ein paar mehr von diesen Hors d'Oeuvres zu finden?"

„Die mit den Feigen?", fragte er.

„Genau die."

Hermes streckte seinen Arm aus. Einen Augenblick später erschien eine Platte beladen mit den kleinen leckeren Häppchen auf seiner Handfläche. Sophia starrte ihn verwundert an, aber nach allem, was sie durchgemacht hatte, überraschte sie nichts mehr.

„Warum lassen Sie mich die nicht zu den Gästen bringen, und Sie gehen auf den Balkon und entspannen sich ein wenig? Sie sehen müde aus."

„Aber ich muss mich um die Gäste kümmern", protestierte Sophia, obwohl sie erschöpft war.

Hermes schob sie zur Balkontür. „Entspannen Sie sich ein wenig. Die Gäste sind viel zu beschäftigt damit, zu essen und zu trinken, dass sie überhaupt nicht bemerken werden, wenn Sie weg sind."

„Danke."

Sophia trat auf den dunklen Balkon. Die Luft war warm. Sie hob ihren Kopf und blickte über das Wasser, das das Mondlicht auf seiner Oberfläche reflektierte. Keine Wolken hingen am funkelnden Sternenhimmel. Es war wunderschön. Sie füllte ihre Lungen mit der Meeresbrise.

„Guten Abend, Sophia."

Ihr Herz hörte auf zu schlagen. „Triton." Er war zurückgekommen.

Bevor sie sich umdrehen konnte, war er hinter ihr und seine Hände umklammerten ihre Schultern, hinderten sie daran, ihn anzusehen. „Nein, sieh mich nicht an. Wir müssen zuerst miteinander reden."

Er war so nahe, dass sie sich an ihn lehnen wollte, fühlen wollte, wie ihr Körper mit seinem verschmolz. Aber würde er bleiben, oder war er nur gekommen, um ihr zu erklären, warum er sie verlassen hatte? Würde er wieder gehen?

„Es tut mir leid, Sophia. Ich habe dir weh getan. Ich schulde dir eine Erklärung."

Sie schluckte schwer. Also war er nur gekommen, um sein Gewissen zu erleichtern. Sophia versteifte sich in seinen Armen. Würde er ihr jetzt mitteilen, dass er sie nie geliebt hatte?

„Du schuldest mir nichts." Sie wollte die Wahrheit nicht hören. Alles, was sie wollte, war, die paar glücklichen Erinnerungen zu behalten, die sie von ihm hatte. „Bitte geh!" Bevor er diese Erinnerungen zerstörte.

„Nein, Sophia. Bitte hör mir zu! Ich weiß, ich war ein Idiot, dich zu verlassen, als du mich am meisten brauchtest."

„Es geht mir jetzt gut." Es war eine Lüge. Ja, sie war nicht mehr blind, aber sie brauchte ihn immer noch. Ihr Herz war leer ohne ihn.

„Aber mir nicht. Ohne dich geht es mir nicht gut. Ohne dich fühle ich mich elendig."

Sophia horchte auf. Er war ohne sie unglücklich? „Aber –"

„Ich muss dir erzählen, was passiert ist. Der Liebesgott, mein Freund Eros, schoss einen seiner Pfeile auf mich, damit ich mich in dich verlieben würde."

„Gegen deinen Willen. Also hast du mich nur deshalb geliebt." Sie wünschte, er hätte es ihr nie erzählt. Er hatte sie geliebt, aber er hatte sie nicht lieben wollen. Wie grausam konnte das Leben noch sein?

„Warte. Das ist nicht die ganze Geschichte. Ja, er hat auf mich geschossen, um mir zu helfen, weil Zeus die Regeln meiner Strafe geändert hatte. Was ich dir in jener Nacht gesagt habe, war die Wahrheit. Oder zumindest dachte ich das. Ich wurde von Zeus bestraft. Er nahm mir meine Kräfte weg und verbannte mich. Ich musste eine Frau finden, die mich für die Charakterzüge liebte, von denen ich glaubte, dass ich sie nicht habe: Güte und Selbstlosigkeit. Charakterzüge, die du, Sophia, in mir geweckt hast."

Triton seufzte. „Sophia, du weißt nicht, wie ich war, bevor ich dich traf. Ich war ein Schürzenjäger. Ich behandelte Frauen wie Objekte, ich betrog sie. Ich war kein guter Mensch. Nicht der Mann, den du verdienst."

Es war also das Ende. Es war die berühmte *es liegt nicht an dir, sondern an mir* Rede. Warum war er nur zurückgekommen? „Ich will nichts mehr hören."

„Du musst aber. Sophia, ich habe mich geändert. Du hast mich verändert. Du, agapi mou, hast mich zu einem besseren Menschen gemacht. Du hast mich gelehrt, mir Gedanken um jemand anderen als mich selbst zu machen." Er zögerte, bevor er fortfuhr. „Es gibt etwas, das ich dir noch nicht gestanden habe. Wir sind uns schon einmal vor deinem Unfall begegnet. Du hast mich bei unserer ersten Begegnung abgewiesen, nicht weil dir nicht gefiel, wie ich aussah, sondern wegen der Art Mann, der ich war. Aber ich konnte dich nicht vergessen. Es tut mir leid, ich hatte nicht den Mut, dir zu gestehen, wer ich war, denn ich hatte Angst, dass du mich einfach hinauswerfen würdest, wenn du wüsstest, wer ich bin." Er drehte sie langsam in seinen Armen, bis sie ihn anblicken konnte.

Endlich sah Sophia das Gesicht des Mannes, dem sie ihr Herz geschenkt hatte. Es war vom Mondlicht beleuchtet. Adrenalin schoss durch ihren Körper. „Du? Du bist es?!"

Kein Wunder, dass sein Geruch und sein Körper ihr so vertraut gewesen waren, als er zum ersten Mal ihr Haus betreten hatte. Triton war der Mann aus der Bar, der Mann, den sie einen *Himbo* genannt hatte, der, den sie so kaltschnäuzig hatte abblitzen lassen, weil sie dachte, er wäre oberflächlich. Er war sogar noch schöner, als sie ihn in Erinnerung hatte. Das konnte nicht wahr sein. Er hatte sich in ihr Leben geschlichen und hatte verborgen, wer er war.

„Du hast mich hintergangen!", schnappte sie und riss sich aus seiner Umarmung. „Wie konntest du nur?"

„Ich war verzweifelt, Sophia. Ich wollte dich, und du wolltest mir keine Chance geben. Ehrlich gesagt, kann ich es dir nicht verübeln, dass du mir in der Bar einen Korb gegeben hast. Ich war damals ein arroganter Arsch. Ich war deiner Liebe nicht würdig. Aber ich wollte sie – bei den Göttern – wie sehr ich deine Liebe wollte." Sein Blick war plötzlich gequält. „Was mir lange nicht klar war, war, dass während der ganzen Zeit, in der ich alles versuchte, damit du dich in mich verliebst, ich mich stattdessen in dich verliebt habe."

Plötzlich lächelte er sie an, aber sie kochte immer noch vor Wut.

„Du hast dich in mein Leben eingeschlichen. Wie ein Dieb."

„Ich wollte dich nie verletzen. Ich weiß, wie das jetzt aussehen mag, aber ich wollte dich beschützen. Ich hätte das nicht tun können, wenn du mich hinausgeworfen hättest. Siehst du nicht, dass ich dir nicht sagen konnte, wer ich war, sonst hättest du mich aus deinem Leben geworfen. Du dachtest, ich wäre unzuverlässig. Ich wollte dir beweisen, dass du unrecht hattest. Ich hatte nicht die Absicht, dir weh zu tun."

Seine Worte waren aufrichtig, genauso wie der Blick in seinen Augen. Instinktiv wusste sie, dass er die Wahrheit sprach. Sophia spürte, wie ihre Wut langsam aus ihr wich. Aber am Ende hatte er sie doch verletzt. „Du hast mich verlassen."

Er schloss seine Augen für eine Sekunde, als verursachte es ihm Schmerzen, ihr in die Augen zu sehen. „In der Nacht, in der ich dich verlassen habe, kreuzte Eros auf. Er erzählte mir, was Zeus getan hatte. Erinnerst du dich, als ich so verwirrt war, weil ich keine Muschel herzaubern konnte, obwohl du mir deine Liebe gestanden hattest?"

Sophia nickte. „Aber du hast deine Kräfte später wieder bekommen."

„Aber erst als *ich dir* meine Liebe gestand. Eros sagte mir in jener Nacht, dass Zeus die Bedingungen meine Strafe geändert hatte, ohne mir etwas davon zu sagen. *Ich* musste mich verlieben. Nicht du."

Sophia verstand jetzt. „Und als du deine Kräfte wieder hattest, hast du mich verlassen. Du brauchtest mich nicht mehr." Es tat weh zu wissen, dass er sie verlassen hatte, nachdem er bekommen hatte, was er wollte.

Triton hob ihr Kinn mit seinen Fingern an. „Nein, agapi mou. Ich wollte dich nicht verlassen, aber dann sagte Eros mir, dass er seinen Pfeil auf mich geschossen hatte, und er erzählte mir auch, dass jetzt, da ich wieder ein Gott war, die Wirkung des Liebespfeils nachlassen würde. Ich hatte keine Wahl. Ich wollte nicht plötzlich aufwachen und dich nicht mehr kennen. Ich konnte dir das nicht antun."

„Mich nicht kennen? Das verstehe ich nicht."

„Ich hätte die Erinnerung an unsere gemeinsame Zeit verloren. Ich hätte dich und dass ich dich liebte einfach vergessen."

„Aber du bist jetzt hier und kennst mich eindeutig noch." Ob er sie immer noch liebte, war eine andere Frage.

Er lächelte. „Und ich liebe dich immer noch. Weil Eros unrecht hatte. Sein Pfeil war nicht schuld daran, dass ich mich in dich verliebt habe. Das warst du."

Ihr Herz machte einen Sprung, aber ihr Kopf zwang sie, ihn trotzdem zu fragen: „Wie kannst du so sicher sein? Es könnte immer noch nachlassen, und dann wirst du mich wieder verlassen." Sie konnte das alles nicht nochmals durchmachen.

„Ich weiß es hier." Er berührte die Stelle, wo sein Herz war. Tritons Mund kam näher, während er seine Stimme senkte. „Ich liebe dich immer noch. Und ich werde dich immer lieben. Ich fühle mich elend ohne dich. Ich habe nicht geschlafen, weil ich deine Arme um mich brauche, um einzuschlafen. Ich brauche dich, Sophia. Bitte nimm mich zurück!"

Sagte er wirklich diese Dinge oder träumte sie nur? „Wie kann ich sicher sein, dass das alles echt ist?"

„Ich werde es dir beweisen."

„Wie?"

„Für dich werde ich alles aufgeben: meine Macht und meine Unsterblichkeit. Liebe mich, heirate mich, und wir werden dieses Haus mit unseren Kindern füllen."

Er durchwühlte seine Jackentasche, bis er etwas herauszog. Als er seine Hand hob, sah sie den Ring, den er darin hielt. Ein wunderschöner Smaragd funkelte im Mondlicht.

Sophia starrte ihn an. Das konnte nicht wahr sein. „Aber du bist ein Gott. Warum würdest du all das aufgeben, nur um mit mir zusammen zu sein?"

Triton zog sie näher an sich. „Weil du mir wichtiger als alles andere bist. Ich liebe dich. Werde meine Frau!"

Dieses Mal überstimmte ihr Herz ihren Verstand. „Ja!"

40

Als Triton ihre Antwort hörte, überschlug sich sein Herz. Er steckte den Ring an ihren Finger und nahm ihr Gesicht in seine Hände. Er wollte etwas erwidern, aber er war sprachlos. Ohne ein Wort streifte er mit seinen Lippen über ihre und küsste sie.

Bei den Göttern, wie er sie vermisst hatte! Für diese Frau würde er bis ans Ende der Welt und wieder zurück gehen. Kein Opfer war zu groß für sie. Triton schlang seine Arme um sie und zog sie näher. Seine Zunge glitt zwischen ihre geöffneten Lippen und tauchte in sie ein, machte sich wieder mit der köstlichen Höhle ihres Mundes vertraut. Sie antwortete ihm so leidenschaftlich wie in der ersten Nacht, die sie zusammen verbracht hatten.

Alle Sorgen fielen wie eine abgestorbene Haut von ihm ab. Sophia hatte ihn zurückgenommen, ihm vergeben für das, was er ihr angetan hatte. Und er würde sie für ihre Großzügigkeit für den Rest ihres Lebens mit Liebe überschütten.

Triton ließ von ihren Lippen ab und sah sie an. Ihre Blicke trafen sich. Endlich sah sie ihn wirklich. Er konnte nicht genug davon bekommen, in die Tiefe ihrer Augen zu blicken und ihre Liebe darin zu sehen. „Sag mir, dass du mich liebst“, flüsterte er.

Ihre Lippen formten sich zu einem Lächeln. „Ich liebe dich, Triton.“

Sein Herz füllte sich mit Wärme und Stolz. Er hatte die Frau gewonnen, die richtig für ihn war. „Morgen werde ich mit Zeus sprechen und ihm sagen, dass ich auf meine Kräfte verzichten werde.“

„Ich glaube, wir sollten besser noch heute Abend darüber reden, mein Junge!“, donnerte eine Stimme hinter ihm.

Die Worte ließen Triton herumfahren. Ah, Mist! So viel zu einer ruhigen Nacht in Sophias Armen.

„Das ist also die Frau, die diese ganze Aufregung verursacht hat.“

Zeus ließ seinen Blick über Sophia schweifen. Instinktiv zog Triton sie näher an sich heran. Ihm gefiel nicht, wie Zeus sie betrachtete. Kein anderer Mann durfte sie so ansehen.

„Entspann dich, Triton, ich habe kein Interesse an ihr.“ Trotz der Worte ließ Triton Sophia nicht los. Dem Gott der Götter konnte man bei keiner Frau trauen.

Zeus machte eine gute Figur in der Kleidung der Sterblichen. Er hatte seine weiße Tunika in eine eng anliegende schwarze Lederhose und ein weißes Hemd eingetauscht, das vorne bis hinunter zu seinem Waschbrettbauch offen war. Seine massive Brust war mit leichtem hellbraunem Haar bedeckt, und seine Muskeln spannten sich mit jeder Bewegung, die er machte.

Triton blickte Sophia an und war erleichtert, als er sah, dass sie nicht von Zeus' körperlicher Schönheit geblendet schien.

„Ich nehme an, Sie sind Zeus", wandte sie sich an den Gott.

„Und du bist die Sterbliche, die glaubt, diesen Hitzkopf hier zu lieben."

Sophia schlang ihren Arm enger um Tritons Taille, sagte jedoch nichts weiter.

„Na gut. Es ist dir hoffentlich klar, Triton, dass es überhaupt nicht in Frage kommt, dass du deinen Status als Gott aufgibst." Zeus' Stimme war so ruhig, als ob er sich lediglich über das Wetter unterhielt. „Ich habe nicht die Absicht, dir diese Bitte zu gewähren, also kannst du sie gleich wieder vergessen."

Triton straffte seine Schultern. „Ich werde nichts dergleichen tun. Sophia und ich gehören zusammen, und ich werde mit ihr leben. Hier, in der Welt der Sterblichen. Gib meine Kräfte jemand anderem. Ich will sie nicht. Ich möchte sterblich sein und den Rest meines Lebens mit der Frau verbringen, die ich liebe." Er sah Sophia an und drückte einen Kuss auf ihre Stirn.

„Wie niedlich. Weiß sie, wie du wirklich bist, Triton? Ist ihr bewusst, was für ein Weiberheld du bist?", höhnte Zeus.

Bevor er zu seiner Retourkutsche ausholen konnte, antwortete Sophia: „Triton liebt mich. Ich vertraue ihm."

Zeus hob eine Augenbraue. „Sie ist tapfer, nicht wahr? Und auch schön. Vielleicht interessiert sie mich ja doch." Er ließ ein laszives Lächeln um seine Lippen kräuseln. Triton knurrte und schob Sophia hinter seinen Rücken.

„Berühre sie und ich werde dich vernichten!"

„Du würdest dich ihretwillen deinem Gott widersetzen? Du würdest riskieren, von mir bestraft zu werden?"

„Du kannst mit mir machen, was du willst, aber du wirst sie nie berühren", warnte Triton mit zusammengebissenen Zähnen. Seine Hände ballten sich zu Fäusten, bereit Sophia zu verteidigen, egal was die Strafe dafür sein würde.

Für einige geladene Momente funkelten er und Zeus sich an. Dann lachte der Gott der Götter plötzlich. Ein polterndes Lachen, das die Nacht erfüllte.

„Poseidon! Wo – zum Hades – bist du?", rief Zeus.

Einen Augenblick später erschien Poseidon neben Zeus, weniger provokativ gekleidet als sein älterer Bruder. Er trug einen dunklen Anzug. „Ich hatte recht, nicht wahr?", fragte Tritons Vater ohne jegliche Begrüßung.

„Das hast du sehr wohl. Ich habe nicht geglaubt, dass dein Junge es in sich hätte, aber ich bin der Erste, der zugibt, wenn er unrecht hat. Er liebt sie wirklich."

Triton blickte seinen Vater an, der ihn endlich zur Kenntnis nahm. „Ich bin stolz auf dich, mein Sohn. Und ich gratuliere dir, dass du uns eine so hübsche Frau in die Familie gebracht hast."

Sophia trat neben Triton. Er schlang sofort seinen Arm um sie.

„Mach dir keine Sorgen!“, fügte sein Vater hinzu. „Zeus wollte dich nur testen. Er glaubte mir nicht, als ich ihm sagte, dass du sie wirklich liebst.“

Triton stieß den Atem aus, den er angehalten hatte, seit Zeus auf der Terrasse erschienen war. „Vater, es ist schön, dich zu sehen.“

„Ich erinnere mich an dich“, sagte Sophia und blickte Poseidon an. Sie machte einen Schritt auf ihn zu, und Triton ließ sie gehen, wenn auch widerwillig.

Poseidon streckte seine Arme aus. „Und ich mich an dich. Ich hatte damals ein gutes Gefühl. Ich wusste, dass du das richtige Mädchen für meinen Sohn bist. Es hat nur eine Weile gedauert, bis ich euch beide zusammengebracht habe.“ Er umarmte sie und küsste sie auf den Kopf.

„Kann ich sie jetzt zurückhaben, Vater?“ Triton fühlte einen stechenden Schmerz in seiner Brust obwohl er wusste, dass die Umarmung seines Vaters nicht intim gemeint war.

Poseidon ließ sie los. „Du musst wirklich noch ein bisschen an dieser Eifersucht arbeiten, Triton.“

Triton nahm Sophia in seine Arme. „Ich weiß, Vater, aber das ist eine Herausforderung für ein andermal.“

Sophia sah ihn an und lächelte. „Du wirst nie irgendeinen Grund haben, eifersüchtig zu sein.“

„Das weiß ich, agapi mou.“ Er eroberte ihre Lippen und küsste sie.

Die beiden älteren Götter räusperten sich. Widerstrebend ließ Triton von Sophias Mund ab. „Später“, flüsterte er ihr zu, sodass nur sie ihn hörte.

„Es bleibt noch die Frage deiner Kräfte“, fuhr Zeus fort.

Triton versteifte sich. „Ja.“

„Wie ich schon sagte, ich kann deinem Wunsch nicht nachgeben –“

„Aber ich dachte, du wolltest mich nur testen.“ Verwirrt starrte Triton ihn an.

„Stimmt, aber das bedeutet nicht, dass ich dir deinen Wunsch gewähren werde.“

Triton verstärkte seinen Halt um Sophia. „Ich werde sie nicht verlassen.“

„Das verlangt auch niemand. Im Angesicht wahrer Liebe bin nicht einmal ich so grausam. Triton, ich befehle dir, Gott der Seeleute und Matrosen zu bleiben. Allerdings wirst du hier, in der Welt der Sterblichen, leben; und glaube nicht, dass ich dich nicht im Auge behalten werde. Ein Ausrutscher, und ich werde dich bestrafen. Deine Vereinigung mit der sterblichen Sophia hat unseren Segen, und alle deine Kinder werden Helden sein. Du kannst wählen, welchem eurer Söhne oder Töchter du deine göttliche Macht übergeben willst, wenn er oder sie alt genug ist.“

Es war mehr als Triton jemals erwartet hatte. Er entließ Sophia aus seiner Umarmung und fiel vor Zeus auf die Knie. „Ich danke dir, Zeus.“

„Aber ...”, unterbrach Sophia.

Alle drei Götter sahen sie an.

„Wenn Triton ein Gott bleibt, ist er unsterblich, und ich bin es nicht. Ich werde alt und verrunzelt werden.“ Sie sah Triton an. „Und du wirst aufhören, mich zu lieben.“

„Möchtest du es ihr selbst erklären, Triton?“, schmunzelte Zeus.

Triton sah die Zweifel in Sophias Augen und erhob sich. „Agapi mou. Solange ich ein Gott bin, wirst du von meiner Unsterblichkeit zehren. Du bleibst so jung wie ich.“ Er konnte sehen, wie Erleichterung in ihre Augen trat.

„Und jetzt, da dies erledigt ist, werde ich mich mal an die köstlichen Häppchen da drinnen ranmachen.“ Zeus deutete auf den Speisesaal.

„Oh, bitte“, antwortete Sophia hastig „Bedienen Sie sich, bevor die Hors d'Oeuvres alle weg sind.“

Triton tauschte ein Grinsen mit Zeus und seinem Vater aus, bevor er wieder Sophia ansah. „Zeus sprach nicht über das Essen, meine Liebste.“

Es dauerte zwei Sekunden bis Sophia seine Bemerkung verstand. Ihre Wangen färbten sich sofort in einem hübschen Rotton. „Oh.“

Zeus verschwand mit einem Grinsen.

„Ich hoffe, ihr besucht uns bald. Deine Mutter möchte deine Braut kennenlernen.“

Triton nickte seinem Vater zu und lächelte Sophia an. „Wir brauchen ein paar Tage alleine, aber ich verspreche dir, danach kommen wir euch besuchen.“

Doch in diesem Moment wollte er nichts mehr, als Sophia von der Terrasse zu entführen und sie beide für die lange Trennung zu entschädigen. Sein Vater fing den Blick auf, den er über Sophia gleiten ließ, einen Blick, der jedem sagen würde, dass er mit ihr alleine sein wollte.

„Zeus und ich werden die Gäste unterhalten, da es scheint, dass ihr beide an einer anderen Feier interessiert seid.“ Poseidon schmunzelte.

„Oh, Vater, vielleicht könntest du mir einen Gefallen tun. Da drinnen ist ein gewisser Bankmanager, dem eine Lektion in Sachen Manieren erteilt werden sollte.“

Poseidons Augen funkelten. „Verstehe. Ich glaube, ich weiß, wen du meinst ... Oh, und noch was: Asklepios hat mir aufgetragen, dir im Falle, dass ich dich mit Sophia zusammen finde, auszurichten, dass er seine Wette gewonnen hat, und dass du ihm nichts schuldest. Weißt du, was er damit meint?“

Triton lächelte und nickte. „Asklepios hat eben eine gute Menschenkenntnis.“ Und jetzt verstand er auch, worauf dieser gewettet hatte: dass Triton Sophia wirklich liebte.

Poseidon erwiderte das Lächeln und folgte dann Zeus durch die Doppeltüren in den Speisesaal.

Als sie alleine waren, nahm Triton Sophia in seine Arme. „Lass uns nach oben gehen.“

„Wir werden es nie durch die Menschenmenge hindurch schaffen, ohne aufgehalten zu werden.“

„In solchen Momenten ist es sehr praktisch, ein Gott zu sein. Halte dich an mir fest!“ Einen Bruchteil einer Sekunde später war die Terrasse verschwunden, und sie standen in der Mitte von Sophias Schlafzimmer.

Sie sah um sich, dann blickte sie zu ihm auf. „Was war das?“

Er grinste. „Teleportieren.“

„Ich glaube, ich könnte mich daran gewöhnen.“

Seine Lippen schwebten über ihrem Mund. „Und ich könnte mich an das hier gewöhnen.“ Seine Lippen senkten sich auf ihre und verschmolzen in einem tiefen Kuss. Er neigte seinen Kopf zu Seite, suchte eine tiefere Verbindung und spürte, wie sie mit der gleichen Dringlichkeit auf ihn reagierte. Ihre Arme schlangen sich um seinen Hals und hielten ihn fest, und ihre weichen Brüste drängten sich gegen seine Brust. Er liebte das Gefühl, sie zu umarmen, ihren perfekten Körper gegen seinen gedrückt zu spüren.

„Bist du dir sicher, dass es in Ordnung ist, Zeus und Poseidon die Gäste unterhalten zu lassen?“

„Mmm hmm“, murmelte er und platzierte heiße Küsse auf ihren Hals.

„Was, wenn die Leute herausfinden, wer sie sind?“

„Du machst dir zu viele Sorgen.“ Triton drängte sie nach hinten, bis sie das Bett erreichten. Er knabberte an ihren Lippen. „Für die nächsten vierundzwanzig Stunden möchte ich, dass du dich um nichts anderes kümmerst als darum, mit mir Liebe zu machen. Ich bin nämlich hier am Verhungern, und du siehst lecker aus, vor allem –“ Er machte eine Pause, schnippte mit den Fingern und ließ damit ihre Kleidung verschwinden. „– nackt.“

Sophia blieb der Mund offen stehen, als sie bemerkte, was er getan hatte. „Das ist nicht fair!“

Triton zwinkerte und schnippte nochmals mit den Fingern. Seine eigene Kleidung verschwand, und er drückte Sophia an seine nackte Haut. „Jetzt sind wir quitt.“

„Kannst du mir das beibringen?“

„Ich bin mir nicht sicher, ob ich das sollte. Wer weiß, wie du es benutzt. Das ist ein viel zu gefährliches Werkzeug in deinen Händen.“

Einen Augenblick später gab sie ihm einen leichten Stoß, und er fiel auf das Bett. Sophia landete auf ihm. „Dann muss ich wohl mit anderen Werkzeugen spielen“, meinte sie. Ihre Hand bewegte sich tiefer, über seine Brust, dann in Richtung Bauch, bevor sie seinen Schaft erreichte, der pochend, hart und schwer auf ihre Berührung wartete.

Als sie ihre Hand um ihn schlang, schlug ihm das Herz bis in die Kehle. „Du kannst jederzeit mit mir spielen, so lange ich das Gleiche tun darf.“

„Klingt wie ein fairer Handel.“

Sie drückte ihn, und nur ein ersticktes Stöhnen kam aus seiner Kehle.

„Hast du was gesagt?"
„Nein, agapi mou. Du hast mich endgültig sprachlos gemacht."
„Ich liebe dich."
Und er liebte sie auch, seine ganz eigene Göttin.

~ ~ ~

Über die Autorin

Tina Folsom ist gebürtige Deutsche und lebt schon seit über 25 Jahren im englischsprachigen Ausland, seit 2001 in San Francisco, wo sie mit einem Amerikaner verheiratet ist.

Tina ist schon immer ein bisschen herumzigeunert und hat in vielen verschiedenen Orten gelebt: nach Lausanne in der Schweiz, arbeitete sie kurzzeitig auf einem Kreuzfahrtschiff im Mittelmeer, verbrachte dann ein Jahr in München, bevor sie nach London zog. Dort ließ sie sich als Buchhalterin ausbilden. Aber die Wanderlust ergriff sie nach 8 Jahren in England, und sie zog über den großen Teich.

In New York war sie ein Jahr auf der berühmten Schauspielschule, der American Academy of Dramatic Arts. Danach blieb sie ein Jahr in Los Angeles, wo sie an der UCLA Drehbuchschreiben studierte. Dort lernte sie auch ihren Mann kennen, der in San Francisco lebte. So zog sie kurzerhand drei Monate später nach San Francisco.

Erst war sie dort als Buchhalterin und Steuerberaterin tätig. Sie machte sogar ihre eigene Kanzlei auf. Doch damit war sie noch nicht ganz zufrieden. Eine Zeit lang hatte sie ihr eigenes Immobiliengeschäft, aber das Schreiben vermisste sie sehr. Also fing sie im Herbst 2008 wieder damit an und schrieb ihren ersten Liebesroman.

Vampire haben es ihr schon immer angetan. Mittlerweile hat sie über 35 Bücher in Englisch sowie über drei Dutzend in anderen Sprachen (Französisch, Spanisch und Deutsch) herausgegeben.

Tina hört gerne von ihren Lesern. Schreiben Sie ihr doch einfach eine email: tina@tinawritesromance.com

http://facebook.com/TinaFolsomFans
Twitter: @Tina_Folsom
www.tinawritesromance.com

19420179R00143

Printed in Poland
by Amazon Fulfillment
Poland Sp. z o.o., Wrocław